Mina Baites
Der weiße Ahorn

AF177838

Das Buch

Berlin, 1881. Die Schuhfabrikation der Familie Breitenbach ist unter Bedrängnis geraten. Georg Breitenbach soll in Colorado eine Tochterfabrik eröffnen, die ihr Überleben garantiert. Seine abenteuerlustige Schwester Rosa begleitet ihn nach Übersee. Dort möchte die rebellische junge Frau ihren Traum von einem selbstbestimmten Leben und einer eigenen Schule verwirklichen. Mit Mut und dem unbedingten Willen, ihr Schicksal selbst in die Hand zu nehmen, wagen die Geschwister den Aufbruch in das Ungewisse der Neuen Welt und stehen bald weit größeren Herausforderungen gegenüber, als sie sich je vorstellen können.

Zuhause kämpft Vater Hermann Breitenbach mit ihrem Bruder Theodor nicht nur gegen einen Widersacher, auch in ihrem Privatleben erwarten sie turbulente Ereignisse. Wird es den Breitenbachs gelingen, dem Firmensymbol des weißen Ahorns, das für Stabilität und Familienzusammenhalt steht, auch in unruhigen Zeiten gerecht zu werden?

Die Autorin

Mina Baites alias Iris Klockmann ist eine Geschichtenerzählerin. Als kleines Mädchen unterhielt sie ihre Familie mit kindlichen Abenteuern und konnte es kaum erwarten, endlich selbst lesen und schreiben zu können. Mit sieben verschlang sie so viele Bücher, dass sie ihre Eltern schier zur Verzweiflung brachte. Doch erst viel später, sie hatte längst selbst Kinder, fand sie Raum und Zeit, um ihre unzähligen Ideen aufzuschreiben. Seit gut zehn Jahren veröffentlicht die erfolgreiche Schriftstellerin zeitgenössische und historische Romane.

MINA BAITES

DER WEISSE AHORN

Die Breitenbach Saga

Roman

Deutsche Erstveröffentlichung bei
Tinte & Feder, Amazon Media EU S.à r.l.
38, avenue John F. Kennedy, L-1855 Luxembourg
Februar 2019
Copyright © der deutschsprachigen Ausgabe 2019
By Mina Baites

Umschlaggestaltung: semper smile, München, www.sempersmile.de
Umschlagmotiv: © simon's photo / Getty; © ClickAlps Srls / Alamy
Stock Photo; © gyn9037 / Shutterstock; © DarkBird / Shutterstock;
© Lukasz Szwaj / Shutterstock; © Andrew Zarivny / Shutterstock;
© photo5963_shutter / Shutterstock; © Kolesov Sergei / Shutterstock;
© Valery Sidelnykov / Shutterstock
Lektorat und Korrektorat: Verlag Lutz Garnies, Haar bei München,
www.vlg.de
Gedruckt durch:
Amazon Distribution GmbH, Amazonstraße 1, 04347 Leipzig /
Canon Deutschland Business Services GmbH, Ferdinand-Jühlke-Straße 7,
99095 Erfurt /
CPI books GmbH, Birkstraße 10, 25917 Leck

ISBN 978-2-91980-627-0

www.tinte-feder.de

Für Charlotte

Die wichtigsten Charaktere

Berlin:

Hermann Breitenbach (geb. 1830): Inhaber von *Schuherzeugung Breitenbach*
    Theodor Breitenbach (geb. 1851): Hermanns älterer Sohn ist der Erbe des Unternehmens
    Elena Breitenbach (geb. 1851): Ehefrau von Theodor
    Vanda Nagy (geb. 1855): Boulevardtänzerin aus Ungarn
    Felix Breitenbach (geb. 1875): Sohn von Theodor und Elena

Colorado:

Georg Breitenbach (geb. 1857): Hermanns jüngerer Sohn, Firmeninhaber und Pensionswirt in Rico
    Rosa Breitenbach (geb. 1859): Hermanns Nesthäkchen ist Pionierin und leitet eine Schule in Cortez
    Wendelin Ehrlich (geb. 1845): Pionier und Ehemann von Rosa
    Funny Breitenbach (geb. 1836): Hermanns Schwester

Johnny Weizman (Levy Weißmann, geb. 1869): Mädchen für alles bei Georg

Laura Golding, genannt Miss Laura (geb. 1850): Hure und Bordellbesitzerin

Blind Katy, Jessi Chocolate, Fat Liddy und Olivia: Huren

Florence March (geb. 1857): Rosas Nachbarin

KAPITEL 1

Jedes Mal, wenn Theodor die Schreibstube der Sekretärin von *Schuherzeugung Breitenbach* in der Christinenstraße betrat, fiel sein Blick unwillkürlich auf das markante Firmenzeichen, das beinahe die gesamte gegenüberliegende Wand einnahm. Es zeigte einen in reinem Weiß gehaltenen Ahornbaum, dessen weit verzweigtes Astwerk durch den Verzicht auf die Abbildung der Blätter besonders gut zur Geltung kam und Kraft und Tradition zum Ausdruck brachte. Für ihre Kunden war der weiße Ahorn ein gewohntes Qualitätssiegel. Doch für Theodor und seine Familie bedeutete der Ahornbaum weit mehr als nur ein Symbol. Er war ein Gelöbnis, das sich die Familie einst gegeben hatte.

Das Klappern der Schreibmaschine und der zarte Duft eines Eau de Toilette erfüllten den Raum. Gemächlich schritt der Geschäftsführer und älteste Sohn des Firmengründers auf und ab, während er seiner Sekretärin mit auf dem Rücken verschränkten Armen einen Brief diktierte.

»Zu unserem zwanzigsten Jubiläum möchten wir Ihnen, unseren verehrten Kunden, einen Rabatt in Höhe von fünfzehn Prozent auf unsere exklusive Damen- und Herrenkollektion gewähren. Einlösbar bis zum 1. Dezember 1881. Hochachtungsvoll, gezeichnet und so fort. Haben Sie das, Fräulein Nehlsen?«

»Selbstverständlich, Herr Breitenbach.« Eilfertig schob Eva Nehlsen ihre Brille auf die Nase, ohne aufzusehen, was ihm ein Schmunzeln entlockte. Trotz ihrer knapp vierzig Jahre war sie noch immer unverheiratet und ging ganz in ihrer Arbeit auf.

»Den Ahornbaum bitte auf den oberen Teil des Werbezettels. Zweitausend Stück sollten für den Anfang genügen.«

»Ich werde alles veranlassen.«

Theodors Vater betrat den Raum.

Hermann Breitenbach trug eine Weste, an deren Knopf die Kette seiner goldenen Taschenuhr befestigt war, darüber ein Sakko. Er war ein stattlicher Mann, in dessen dunklem Haar erste Silberfäden schimmerten. Auf seinen kantigen Gesichtszügen, die Theodors glichen, zeichneten sich selten große Gefühlsregungen ab. Als Firmeninhaber hatte er gelernt, sie hinter einer freundlichen, aber reservierten Miene zu verbergen.

Theodor hingegen war es nie gelungen, und er bewunderte seinen Vater für seine Selbstbeherrschung.

»Lächle höflich, Junge«, hatte der Vater gebetsmühlenartig gepredigt, »wie ein Pokerspieler, der sich nicht in die Karten schauen lässt. Je mehr Empfindungen du deinem Gesprächspartner offenbarst, umso angreifbarer bist du.«

Theodor forschte in seinen Erinnerungen nach Momenten, in denen sein Vater zuletzt seine Maske hatte fallen lassen. Damals beim Tod ihrer Mutter vor fünfzehn Jahren musste es gewesen sein. Wie ein Kind hatte er tagelang geweint. Danach hatte er Rosa, Georg und Theodor zu sich gerufen und ihnen mit müdem Blick erklärt, sie müssten jetzt lernen, mit ihrem

Verlust zu leben. Als Halbwüchsiger war Theodor von seinem Verhalten verunsichert gewesen, bis er irgendwann begriff, dass sein Vater nur mit einer gewissen Distanz in der Lage war, den frühen Tod seiner Frau zu verarbeiten.

»Evchen, setzen Sie sich bitte mit dem Gerber Hessler in Verbindung.« Hermann zwirbelte seinen Schnurrbart. »Wir brauchen das Rindsleder bis Ende der Woche. Sollte ihm das nicht möglich sein, wenden wir uns an die Konkurrenz.«

»Natürlich, Herr Breitenbach. Ich werde mich sofort darum kümmern.«

Einmal mehr wunderte sich der Dreißigjährige, dass die Sekretärin bei der vertraulichen Anrede seines Vaters keine Miene verzog. Niemand sonst durfte sie beim Vornamen anreden, schon gar nicht mit Evchen.

Hermann schlug ihm auf die Schulter. »Du kommst allein zurecht? Ich habe gleich einen Termin.«

Warum nur ärgerte Theodor die Frage? Er bekleidete seit sechs Jahren die Position des Geschäftsführers und war mit allen Belangen der Schuhfabrik vertraut. »Sicher«, erwiderte er deshalb knapp.

Sein Vater wandte sich erneut Fräulein Nehlsen zu. »Die nächste halbe Stunde wünsche ich nicht gestört zu werden. Sobald Meißner eintrifft, führen Sie ihn bitte in mein Besprechungszimmer.«

Damit ging er hinaus, und Theodor sah in der Fertigungshalle nach dem Rechten. Sechzig Männer saßen zur Linken an Werkbänken und erhoben sich bei seinem Eintritt, zwei Dutzend Frauen an ihren Nähmaschinen zur Rechten, die es ihnen gleichtaten. Der vertraute Geruch von Leder und Schweiß und das unermüdliche Rattern der Nähmaschinen hingen über der Halle. Theodors jüngere Schwester Rosa saß am letzten Tisch und warf ihm ein leichtes Lächeln zu, bevor sie ihren hübschen Lockenkopf wieder über die Nähmaschine beugte.

»Lassen Sie sich nicht stören!«, rief Theodor, und die Mitarbeiter nahmen wieder Platz. Dem Fleiß und Geschick dieser Männer und Frauen war es zu verdanken, dass *Schuherzeugung Breitenbach* zu einer der führenden Fabriken der Stadt aufgestiegen war.

»Wie läuft es, Kovasz?«, fragte Theodor den Vorarbeiter, der einem Lehrling gerade einen Arbeitsschritt demonstrierte.

»Wie jeschmiert«, erwiderte dieser. »Aber dit Fräuleinchens Hensen und Kaufmann haben sich krankjemeldet. Wenn noch mehr dazukommen, dann war's dit jewesen.«

Theodor gab dem Vorarbeiter Anweisungen, einige Aushilfen einzustellen, die bei zu schwacher Besetzung einspringen konnten. Als er auf dem Rückweg am Besprechungszimmer seines Vaters vorbeikam, nahm er ein hitziges Wortgefecht wahr, das ihn verblüfft aufhorchen ließ. Sein Vater erhob sonst nie die Stimme, besaß er doch eine natürliche Autorität, die unsachliche Argumentationen im Keime zu ersticken verstand.

Wenig später ging er in seine Schreibstube und wandte sich dem Stapel mit Zeichnungen zu. Ihm oblag die Vorauswahl für die nächste Damenkollektion, während sein Vater letztlich die Entscheidung traf, welche Entwürfe in Produktion gehen sollten.

Da wurde eine Tür geräuschvoll ins Schloss gezogen. Theodor erhaschte einen Blick auf Meißner, der wegen seiner Dickleibigkeit nur mit Mühe und Not durch die Tür passte, und beobachtete, wie dieser die Fabrik verließ.

Als die Standuhr viermal schlug und Fräulein Nehlsen ihm einen angenehmen Abend wünschte, begann er sich zu fragen, wo sein Vater blieb. Indes senkte sich Dunkelheit über Berlin. Felix wartete bestimmt schon ungeduldig auf ihn. Sein

Sechsjähriger würde erst in einigen Monaten die Schule besuchen, kannte bisher weder Alphabet noch Einmaleins, aber schlug die Uhr vier, wusste er genau, dass sein Vater nach Hause kam.

Gerade steckte Rosa ihren blonden Lockenkopf durch die Tür, trat ein und richtete ihren Filzhut mit dem Straußenfederbusch. Sie hauchte ihm einen Kuss auf die Wange. »Hast du Georg oder Vater gesehen?«

Theodors vierundzwanzigjähriger Bruder arbeitete als Buchhalter für *Schuherzeugung Breitenbach*. Rosa war das Nesthäkchen der Familie und wickelte mit ihrem unschuldigen Charme jeden um den Finger, was sie von Zeit zu Zeit bewusst einsetzte, um ihr Ziel zu erreichen.

Er kniff ihr liebevoll in die Wange. »Du hast es wohl eilig, ins Vereinsheim zu kommen.«

Damit spielte er auf Rosas Mitgliedschaft im Allgemeinen Deutschen Frauenverein an. Bereits als Backfisch hatte sie begonnen, ihrem Vater Fragen zu stellen. Warum durften Töchter nur eine höhere Mädchenschule besuchen, in der sie dazu erzogen wurden, eine sittsame Hausfrau zu werden? Rosa hatte sich so sehr gewünscht, wie ihre Brüder ins Gymnasium zu gehen und später vielleicht zu studieren. Woher nahmen Männer eigentlich das Recht, über das Leben ihrer Frauen zu entscheiden, obgleich sie von Natur aus gleich waren? Und warum hatten Frauen kein Wahlrecht? Weder Theodor noch seinem Vater war es gelungen, Rosas bohrende Fragen zu ihrer Zufriedenheit zu beantworten, weshalb sie kurz nach ihrem einundzwanzigsten Geburtstag im letzten Jahr Mitglied im Frauenverein geworden war. Seither setzte sie sich dort gemeinsam mit Gleichgesinnten für bessere Bildungs- und Berufsmöglichkeiten für Frauen ein. Ihr Vater beobachtete ihren politischen Einsatz mit Sorge. Georg und Theodor jedoch bestärkten sie in ihrem Engagement.

Rosa nickte. »Wir treffen uns nachher gegen sieben.«

Üblicherweise kehrten die Breitenbachs gemeinsam in ihre Stadtvilla in der Rykestraße zurück, die sich gegenüber der Synagoge nahe dem Wasserturm und dem Wörther Platz befand. Theodor bewohnte dort mit seiner Frau Elena und Felix einen Nebentrakt des Gebäudes.

Georg stürmte in den Raum. »Entschuldigung, ich hatte Zahlungsausgänge, die ich nachprüfen musste.«

Als Hermann Breitenbach endlich auf sie zusteuerte, spürte Theodor sofort, dass etwas nicht stimmte. Die sonst kerzengerade Haltung seines Vaters wirkte gebeugt, und anders als gewohnt sah er seinen Kindern nicht lächelnd entgegen.

Georg und er wechselten einen fragenden Blick.

»Kommt, wir haben etwas zu besprechen.« Der Vater wies auf sein Besprechungszimmer.

Die drei folgten seiner Aufforderung und nahmen am Tisch Platz. Um Hermanns Mund gruben sich tiefe Falten, die offenbarten, dass er die fünfzig schon überschritten hatte.

»Ihr wisst, dass ich vorhin ein Gespräch mit Kaspar Meißner geführt habe.«

»Passiert ja in schönster Regelmäßigkeit«, führte Georg lässig an. »Es vergeht kaum eine Woche, in der die Kugel dich nicht von der Arbeit abhält.«

»Mir gefällt deine Respektlosigkeit nicht, mein Sohn«, rügte Hermann streng. »Sie steht dir nicht gut zu Gesicht.«

»Ist doch wahr.« Georg schob sich eine dunkelblonde Haarsträhne hinters Ohr. Mit seinen weichen, fast noch kindlichen Gesichtszügen und den blauen Augen ähnelte er seiner Schwester. Er besaß eine Unbekümmertheit, um die ihn Theodor von Zeit zu Zeit beneidete.

»Was wollte Meißner diesmal von dir?«, fuhr Georg unbeirrt fort. »Er lässt wirklich keine Gelegenheit aus, uns spüren zu lassen, wer derzeit unser größter Konkurrent ist.«

Im Kreis der Familie wurde es still, und mit jedem Atemzug, den Hermann Breitenbach zögerte, schien sich die Atmosphäre im Raum weiter zu verdichten.

»Er will unsere Fabriken vereinen«, setzte Hermann erneut an und legte ein Schreiben auf den Tisch, das einer nach dem anderen mit wachsendem Entsetzen überflog. »Gemeinsam würden *Schuherzeugung Breitenbach* und *Schuh Meißner* zu einem der führenden Unternehmen des Kaiserreiches aufsteigen. Unsere Modelle mit seinen Sportschuhen unter einem Dach, das wäre für beide Seiten ein Gewinn, meinte er.« Hermanns Blick blieb auf Rosas hübschem Gesicht haften. »Um seinen guten Willen zu bekräftigen, will er dich zur Frau nehmen.«

Ihre Wangen verloren schlagartig den rosigen Schimmer. »Meißner? Nie und nimmer, Vater!«

»Sei still, mein Liebes, und lass mich erst mal ausreden.«

»Was gibt es da noch zu reden?«, erboste sich Rosa und machte Anstalten, den Raum zu verlassen. »Ich mag ihn nicht und werde nicht seine Trophäe sein.«

»Hinsetzen!« Der Tonfall ihres Vaters duldete keinen Widerspruch. »Er hat mich in der Hand, er hat uns alle in der Hand.«

Als Theodor etwas einwenden wollte, brachte sein Vater ihn mit einer Handbewegung zum Schweigen.

»Was ich euch jetzt zu sagen habe, beschämt mich zutiefst. Hört mir aufmerksam zu. Ich muss ein wenig ausholen.«

»Erzähl.« Rosa strich ihrem Vater über den Arm.

»Es geschah kurz nach meinem achtzehnten Geburtstag, am 18. März 1848«, begann er. »König Friedrich Wilhelm IV. verlas damals ein Patent zu Reformen vor dem Stadtschloss. Ich war Schuhmachergeselle, ein Hitzkopf, der von einer Republik träumte.« Hermann brach ab.

15

»Daran ist nichts Falsches«, warf Georg ein. »Wir haben doch alle Träume.«

Sein Vater lächelte dünn. »Manchmal entwickeln sie sich jedoch zu Albträumen. An jenem Tag demonstrierte ich jedenfalls mit Hunderten anderen für Freiheit und Gerechtigkeit. Zunächst verlief alles friedlich, doch nachdem sich zwei Schüsse in der Menge gelöst hatten, schlug die Stimmung um. Das Militär umzingelte uns und drosch mit Schlagstöcken auf uns ein. Plötzlich hielt ich einen Stein in der Hand. In der Hitze des Gefechts verfehlte mein Wurf jedoch den Gegner und traf den Kopf von Ferdinand Mohr.«

»Oh, mein Gott!«, kam es gepresst von Theodor. Rosa hatte bestürzt eine Hand vor den Mund gepresst, und Georg wurde kreidebleich.

»Er, Kaspar Meißner und ich waren Arbeitskollegen«, fuhr Hermann fort. »Ich gebe zu, ich mochte die beiden nicht besonders. Kaspar kannte ich nur von gemeinsamen politischen Aktivitäten. Ferdinand war ein Aufschneider, der gern anderen die Arbeit überließ. Außerdem traf er sich mit meiner Nachbarin Henriette, in die eigentlich ich verliebt war, und nutzte ihre Unerfahrenheit aus. Aber das tut jetzt nichts zur Sache.«

Rosa beugte sich vor. »Hast du Ferdinand verletzt, Vater?«

Hermanns Lippen wurden schmal, und Theodor konnte spüren, wie schwer seinem Vater die Worte über die Lippen gerieten.

»Leider ja. Er starb noch am selben Tag.«

Atemloses Entsetzen erfüllte den Raum.

»Du hast ihn schließlich nicht absichtlich …«, kam es matt von Georg.

»Natürlich nicht«, entgegnete sein Vater heiser. »Aber Kaspar hatte das Geschehen beobachtet und behauptete, ich hätte die Gelegenheit genutzt, mich wegen Henriette an Ferdinand zu rächen.«

Rosa entfuhr ein Stöhnen. »Herr, steh uns bei.«

»Am selben Abend bin ich ins Berliner Umland geflohen und habe mich für eine Weile dort versteckt. Als ich glaubte, es sei genug Gras über die Sache gewachsen, suchte ich mir eine neue Arbeit, lernte bald darauf eure Mutter kennen und gründete unsere Firma.«

»Doch dann tauchte Meißner vor über einem Jahr wieder auf«, meinte Theodor.

»Exakt. Seither droht er, mich als Brudermörder und Revolutionär zu vernichten, und verlangt ein monatliches Schweigegeld. Ich weiß schon, meine Lieben, ich hätte es nicht zahlen müssen, aber unser Ansehen steht auf dem Spiel.« Der Vater legte eine Pause ein. »Er will unser gesamtes Geschäftsvermögen in Aktiva und Passiva. Im Gegenzug bietet er uns eine Beteiligung von zwanzig Prozent für das neue Unternehmen ›Meißner & Breitenbach‹.«

Rosas Gesicht nahm eine ungesunde Röte an. »Du ziehst sein Angebot hoffentlich nicht ernsthaft in Betracht, Vater?«

»Nein, sonst säßen wir hier nicht beieinander.«

»Unsere Fabrik floriert«, warf Theodor aufgebracht ein. »Wir lassen uns nicht übernehmen und erpressen schon gar nicht. Der Mann ist eine Schlange. Ich zweifle keinen Moment daran, dass er seine Drohung wahr macht und dich durch den Dreck ziehen wird.«

»Ich auch nicht«, räumte Georg ein.

Hermann schüttelte betrübt den Kopf. »Weder davor noch danach habe ich mir etwas zuschulden kommen lassen. Durch jahrzehntelange harte Arbeit habe ich mir den Ruf eines ehrlichen, kaisertreuen Firmeninhabers erworben. Käme an die Öffentlichkeit, dass ich einst ein gewalttätiger Revolutionär war, der im Gefecht einen Kameraden ermordete – denn so würde es Meißner darstellen –, können wir unseren Namen vom Eingangsschild kratzen.«

Sie schwiegen betroffen.

»Wir dürfen den Kerl nicht verärgern«, sagte Rosa wie zu sich selbst. »Kannst du ihn mit deiner Antwort noch eine Weile vertrösten?«

Ihr Vater verzog das Gesicht. »Ich habe mir zwei Wochen Bedenkzeit erbeten. Ich werde mit einem Gegenangebot antworten, dadurch gewinnen wir Zeit.«

Sichtlich aufgewühlt klopfte Georg auf die Tischplatte. »Wir brauchen einen Plan. Theodor, Rosa, wir müssen Vaters Geheimnis unter allen Umständen wahren, wenn wir unser Unternehmen ins nächste Jahrhundert führen wollen.«

In Hermanns Augen trat ein feuchter Schimmer. »Kann ich auf eure Unterstützung zählen?«

Rosa trat hinter ihn und legte die Arme um seinen Hals. »Ich schwöre es bei allem, was mir heilig ist. Und wenn es bedeutet, heiraten zu müssen, werde ich das tun. Nur bitte nicht diesen Widerling.«

Er tätschelte ihre Hand.

Georg und Theodor wechselten einen Blick, und der Jüngere ergriff das Wort. »Du kannst dich auf uns verlassen, Vater.«

»Danke.« Hermanns Züge entspannten sich etwas. »Was haltet ihr davon, eine Tochterfabrik zu eröffnen, die unsere Existenz sichert?«

Rosa schnaubte. »Glaubst du etwa, du kannst das vor Meißner geheim halten? Der Mann hat seine Ohren überall.«

»Nicht, wenn wir geschickt vorgehen.« Hermann stützte die Ellenbogen auf und betrachtete seine Kinder einen nach dem anderen. »Habt ihr den letzten Brief eurer Tante gelesen?«

Hermanns lebenslustige jüngere Schwester Funny war vor zwölf Jahren nach Colorado ausgewandert.

»Verschlungen haben wir ihn, wie jede Nachricht aus Rico«, erwiderte Georg.

»Dann wisst ihr«, sagte Hermann, »dass sie in der Bergbaustadt händeringend eine Lederfabrik benötigen, die auch Schuhe für die Bergarbeiter anfertigt. Funny erwähnte, sie habe einen geeigneten Standort für uns gefunden.«

KAPITEL 2

Rosa

Rosa lauschte den Plänen ihres Vaters fassungslos. Noch Wochen zuvor hatte er zu Theodors Vorschlag, wegen der guten Auftragslage zu expandieren, mit einem seiner Lieblingszitate geantwortet: Schuster, bleib bei deinem Leisten. Jetzt zog er sogar eine Tochterfabrik im Ausland in Erwägung.

Wie sehr ihn Meißners andauernde Erpressung gequält haben musste, vermochte sie sich kaum auszumalen. Doch es erklärte Vaters Wortkargheit der letzten Zeit, seine Ausflüchte, wenn sie ihn nach seinem Befinden gefragt hatte. Das Herz wurde ihr schwer.

Hermann wandte sich an Georg. »Mit Entwürfen für die besten Arbeitsschuhe, die es zu kaufen gibt, reist du nach Colorado und eröffnest eine Tochterfabrik auf deinen Namen. Du wirst den Bau beaufsichtigen und dich um geeignete Arbeitskräfte kümmern. Bei Sprachschwierigkeiten steht dir deine Tante hilfreich zur Seite. Ihr wisst ja, wie lange sie bereits versucht, uns zum Umsiedeln zu überreden.«

»Und wer kümmert sich während meiner Abwesenheit um die Buchhaltung?«, warf Georg ein.

Theodor ergriff das Wort. »Ich bin zwar nicht so versiert wie du in dem Bereich, aber mit Fräulein Nehlsens Hilfe kann ich dich vertreten.«

»Ansonsten stellen wir eine Hilfskraft ein.« Hermann versuchte zu lächeln. »Rosa, du gehst Kaspar freundlich, aber bestimmt aus dem Weg. Mir wird schon etwas einfallen, womit ich ihn von dir ablenken kann.« Er schlug mit der flachen Hand auf den Tisch. »Ihr Lieben, lasst uns den leidigen Umstand nutzen, ein neues Kapitel für *Schuherzeugung Breitenbach* zu schreiben.«

Rosa musterte Georg und ihren Vater verdutzt. Ihr Puls beschleunigte sich.

»Ich soll tatsächlich nach Rico?«, entfuhr es ihrem Bruder. Auf sein Gesicht trat ein Ausdruck reinster Verwirrung. »Nicht Theodor?«

»Nein. Ich brauche deinen Bruder hier.« Hermann sah seinen Ältesten an. »Meißner ist die Zusammenarbeit mit uns gewohnt. Je offensichtlicher die Veränderung, umso größer die Gefahr, dass er unsere Pläne durchkreuzt.«

»Sehe ich ebenso.« Theodor schlug seinem Bruder auf die Schulter. »Jetzt kannst du zeigen, was in dir steckt.«

Georg strahlte. »Mit großem Vergnügen.«

Wärme durchflutete Rosa. Sie stand beiden nah, doch ihr jüngerer Bruder hatte einen besonderen Platz in ihrem Herzen inne. Wie sie träumte er von einem aufregenderen Leben, in dem er seine Talente unter Beweis stellen konnte. Einem Leben, in dem Geschlecht oder Herkunft keine Rolle spielten. Jäh mischte sich ein dumpfes Brennen in ihre Freude. *Er lebt bald am anderen Ende der Welt. Werde ich ihn dann je wiedersehen?* Sie wandte den Blick ab.

»Gut, dann hätten wir das geklärt«, sagte ihr Vater. »Gehen wir nach Hause und besprechen dort alles Übrige.«

Ohne ein weiteres Wort machten sich die vier auf den Weg. Ein frostiger Wind wehte durch die Straßen am Prenzlauer

Berg, auf den Gehwegen hatte sich eine feine Eisschicht gebildet. Mit gesenktem Kopf schritt Rosa neben Georg her, der sich bei ihr eingehakt hatte. Die leise Unterhaltung zwischen ihrem Vater und Theodor wurde für einen Moment von Hufgetrappel verschluckt, als eine Kutsche an ihnen vorüberfuhr.

Wendelin Ehrlich öffnete die Tür der Villa Breitenbach. Der Hausangestellte der Familie war kurz nach Rosas Geburt als Fünfzehnjähriger in ihren Dienst getreten. Der Hüne mit den kräftigen Armmuskeln hätte ebenso ein Boxer sein können, und er liebte Bücher. Er war für die Breitenbachs »das Mädchen für alles«, neben ihm gab es noch das rothaarige Dienstmädchen Magda.

»Guten Abend, die Herrschaften. Es ist lausig kalt heute, nicht wahr?« Damit nahm er ihnen die Mäntel ab.

Als Rosa an dem Hünen vorüberging, hielt er sie am Arm fest. »Alles in Ordnung?«

Sie blickte zu ihm auf. Sein gut geschnittenes Gesicht und die Wärme in seinen Augen taten ihr gut. »Ja, ich bin nur müde.«

Sein Blick folgte ihr, bis sie die Tür zu ihrem Zimmer hinter sich schloss.

Rosa warf sich aufs Bett, verschränkte die Arme hinter dem Kopf und überließ sich ihren Gedanken. Warum nur nagte die Vorstellung an ihr, dass Georg im Auftrag der Familie zu neuen Ufern aufbrach, während sie vermutlich den Rest ihres Lebens am Nähtisch zubrachte? Rosa hätte nicht mehr sagen können, wie viele Jahre sie ihren Vater vergeblich angefleht hatte, Schuhmacherin werden zu dürfen. Das sei kein Beruf für ein anständiges Mädchen, war stets seine Antwort gewesen. Sie könne froh sein, dass er ihr gestatte zu arbeiten. Andere junge Frauen hätten dieses Privileg nicht.

Dennoch, rief sie sich zur Ordnung. Ausgerechnet Georg zu beneiden, der sich ohnehin als schwarzes Schaf der Familie betrachtete und stets im Schatten ihres ehrgeizigen Bruders gestanden hatte, war nicht recht. Doch sosehr sie auch um Gelassenheit rang, das Brennen in ihrem Inneren wollte nicht verebben.

Colorado. Der Klang des Namens genügte, ihr Blut in Wallung zu bringen. Weite. Raum. Ungeahnte Möglichkeiten. Rosa liebte Tante Funny über alles, sie erschien ihr als Inbegriff einer unabhängigen und selbstbestimmten Frau. Seit Jahren schrieben sich die beiden regelmäßig, während die restliche Post immer an alle Familienmitglieder gerichtet war. Rosa sah in ihrer Fantasie die Landschaft vor sich, wie Tante Funny sie in den schillerndsten Farben beschrieben hatte. Sie bewunderte, mit welcher Beharrlichkeit die Tante ihr Recht eingefordert hatte, das Haus in Rico, das sie von einem Verehrer geerbt hatte, selbst zu beziehen. Ein Lächeln schlich sich in Rosas Mundwinkel. Allen Widerständen zum Trotz hatte die damals dreiunddreißigjährige Funny Breitenbach tatsächlich am 6. März 1869 in Bremen das Auswandererschiff *Union* betreten und sich auf eine Reise ins Unbekannte begeben.

Auf Rosas Bitte hin berichtete die Tante regelmäßig von den betuchten Bürgern der Bergbaustadt. Von Hank Stone, dem Sheriff, mit dem sie Sherry trank, um ihn bei Laune zu halten, denn nicht selten erregten die jungen Frauen in Tante Funnys Female Boarding House seinen Unmut, weil sie zu »lebenslustig« waren. Die Freiheiten in Amerika schienen die Menschen dort zu verändern. Rosa staunte über Tante Funnys Schilderungen von ausgelassenen Sommerabenden am Ufer des Silver Creek, in dessen Wasser spärlich bekleidete Frauen fröhlich und ungeniert ihre Füße kühlten. Sie durften lauthals lachen und tanzen, ohne darauf hingewiesen zu werden, dass sich ein derartiges Benehmen nicht schickte. *Wie viel anders wäre mein Leben dort.* Tante Funny wusste von Frauen zu erzählen, die sich nicht mehr in die Rolle fügen wollten, die ihre Männer ihnen zugewiesen hatten. Von deutschen Familien, die im Montezuma County in dem beschaulichen Ort Cortez in einer Gemeinschaft lebten. Von der jungen Agnes aus Osnabrück, die das gleiche Alter wie Rosa hatte und vor Kurzem in Cortez einen Einheimischen geheiratet hatte. Tante Funny schwärmte von den großzügigen Farmhäusern der Einwanderer und der Fülle an Wild, die den Germans eine willkommene Abwechslung im Speiseplan boten. In dem Ort werde dringend eine Schule benötigt, schrieb sie, doch es fehle derzeit an Mitteln wie auch an geschickten Handwerkern.

Sinnierend blickte Rosa hinaus auf die von Laternen beleuchtete Straße. Eine Mutter mit zwei kleinen Kindern ging soeben am Fenster vorbei. Aus dem Nebenzimmer drangen die verträumten Klänge von Schumanns *Papillons* herüber. Georg spielte wundervoll Klavier, und obgleich Rosa wenig von Musik verstand, berührte sie sein Spiel. Er besaß Talent. *Wenn er erst in Rico lebt, kann er endlich spielen, ohne von Vater liebevoll darauf hingewiesen zu werden, dass er sich die gleiche Hingabe auch für* Schuherzeugung Breitenbach *wünscht.*

Rosa sprang vom Bett und nahm das Kästchen von der Anrichte, in dem sie die Briefe ihrer Tante aufbewahrte. Rasch wurde sie fündig und las erneut die Zeilen, die sich tief in ihr Gedächtnis gebrannt hatten.

> *Dank dem ehemaligen Präsidenten Lincoln gibt es ein Gesetz namens Homestead Act. Soweit ich weiß, wurde es 1862 erlassen und besagt, dass sich jeder, der mindestens einundzwanzig Jahre alt ist, einhundertsechzig Acres Land aussuchen darf, wenn er versichert, es in irgendeiner Weise zu nutzen. Wer es fünf Jahre lang erfolgreich bewirtschaftet, wird zum rechtmäßigen Eigentümer und erhält die Besitzurkunde. Dabei ist es unerheblich, ob du Mann oder Frau bist, woher du kommst, ob reich oder arm.*

Während Rosa auf die ausgeprägte Handschrift ihrer Tante starrte, ergriff sie Erregung.

Tante Funnys Zeilen berauschten sie weit mehr noch als Georgs Klavierspiel, während sie ihr braunes Kleid auszog und in ein dunkelrotes mit einem Rüschenausschnitt schlüpfte. Rosa hatte mit der ihr eigenen Beharrlichkeit bei ihrem Vater durchgesetzt, kein Korsett tragen zu müssen. Bei der Arbeit am Nähtisch war das enge Ding ohnehin hinderlich, und seit einiger Zeit trug sie die eng geschnürten Kleider nur noch zu besonderen Anlässen. Rosa blickte in den Spiegel, zupfte ein wenig an sich herum, bis sie mit ihrem Anblick zufrieden war, und steckte dann den Brief in den Ausschnitt.

Ihr Vater warf einen bedeutungsvollen Blick auf die Uhr, als sie den Speiseraum betrat, an dem sich ihre Brüder, Elena und der kleine Felix bereits eingefunden hatten. Auch Wendelin nahm die Mahlzeiten mit ihnen gemeinsam ein, was Gäste anfangs mit Befremden aufgenommen hatten, immerhin sei er nur ein Dienstbote. Doch für die Breitenbachs gehörte er seit Langem zur Familie.

»Du kommst spät.«

»Entschuldige, Vater.«

Rosa ließ sich auf dem Stuhl neben ihren Brüdern nieder. *Ob Vater mich wenigstens anhört?* Ihre Hände wurden feucht vor Aufregung. Elena, Felix und Wendelin hatten ihnen gegenüber ihre Plätze und ihr Vater saß wie üblich auf dem Polsterstuhl am Ende der Tafel. An diesem Abend fiel es ihr schwer, sich auf die beiläufigen Gespräche bei Tisch einzulassen. In der Familie Breitenbach galt das ungeschriebene Gesetz, Differenzen oder Probleme nie beim Essen zur Sprache zu bringen. Als sie in ihrer Nervosität den Suppenlöffel fallen ließ, grinste Felix verstohlen.

Elena wirkte elegant in ihrem grauen Seidenkleid, dessen Ausschnitt für Rosas Geschmack ein wenig zu viel Haut preisgab. Beim Dessert erzählte die Schwägerin ihrem Mann von dem vergnüglichen Stadtbummel, den sie am Morgen mit ein paar Freundinnen unternommen hatte. Theodor nickte hin und wieder abwesend.

»Es scheint dich nicht sonderlich zu interessieren, wie ich meinen Tag verbringe«, erklärte Elena eisig, nachdem er auf eine Frage nicht geantwortet hatte. »Mein Fehler. Ich sollte das nach all den Jahren inzwischen begriffen haben.«

Theodor hob beschwichtigend eine Hand. »Entschuldige, Elena. Wir hatten einen harten Tag.«

Sie schob ihren Teller beiseite und erhob sich. »Felix, es ist spät. Wir gehen jetzt.«

»Ich will aber noch mit Vater spielen«, protestierte der Junge und schlang die Arme um Theodors Hals.

Dieser lächelte liebevoll. »Wir spielen morgen, versprochen. Heute müssen wir noch einiges bereden. Sei brav und geh mit deiner Mutter. Gute Nacht, mein Schatz.«

Er küsste seinen Sohn, und Rosa verfolgte betroffen, wie Elena den Kleinen, ungerührt von seinem Protest, aus dem Speiseraum zog.

»Sie hat es bestimmt nicht böse gemeint«, flüsterte sie Theodor zu und begegnete dem Blick ihres Vaters, dem die Situation sichtlich unangenehm war.

Ihr Bruder wehrte ab. »Ich hätte ihr besser zuhören sollen.«

Rosa behielt ihre Meinung über Elenas Verhalten für sich, glaubte jedoch, Theodors unterdrückten Zorn beinahe mit Händen greifen zu können. Doch Georg verwickelte ihn glücklicherweise sogleich in ein Gespräch über zwei Genfer Medizinaltechniker, die offenbar vor Kurzem ein mit Dampf betriebenes dreirädriges Gefährt erfunden hatten.

Als sich die Stimmung am Tisch entspannte, besprachen die Männer jeden einzelnen Schritt bis zu Georgs Abreise.

»Ihr macht euch zu viele Sorgen«, wiegelte dieser lachend ab. »Meißner bekommt mich ohnehin selten zu Gesicht. Der merkt nicht mal, wenn ich fort bin.«

»Wir wollen schließlich nichts dem Zufall überlassen«, sagte ihr Vater. »Ich werde Funny morgen früh telegrafieren und sie über unsere Pläne unterrichten. Fürs Erste wirst du bei ihr unterkommen. Theodor, du erkundigst dich nach den Abfahrtzeiten der Schiffe in den nächsten Wochen. Es sollte eins mit Zielhafen New York sein. Bitte denkt daran, der Erfolg unseres Plans hängt von unserer Verschwiegenheit ab.«

»Natürlich.«

»Kommen wir zu dem Bau.« Hermann gab Wendelin einen Wink, ihm Wein nachzuschenken. »Wir brauchen eine detaillierte Liste für das Baumaterial, damit Funny die Bestellung beizeiten in Auftrag geben kann.« Er wandte sich seiner Tochter zu. »Du kannst ruhig gehen. Den Rest besprechen wir unter uns.«

»Einen Moment noch, Vater.« Rosa reckte das Kinn. *Der Augenblick der Wahrheit ist gekommen.*

Hermann blinzelte. »Hast du nicht eine Verabredung im Vereinsheim?«

»Das kann warten.« Sie legte den Kopf schief. »Erinnerst du dich, wie oft ich mich deinen Wünschen gefügt habe?« Sie fühlte Wendelins Blick auf sich ruhen.

Ihr Vater hob eine Braue. »Das erwartet ein Vater auch von seiner Tochter. Worauf willst du hinaus?«

»Obwohl ich einen anderen Beruf ergreifen wollte, wurde ich eine gute und pflichtbewusste Schneiderin.«

»Das bist du, Rosa«, sagte er weich.

»Sieh nur, Vater. Jetzt habe ich endlich die Möglichkeit, zu tun, wovon ich mein Leben lang träume.«

»Und das wäre?«

»Ich möchte Georg nach Amerika begleiten. Ich habe gehört, dass es unter den Einwanderern viele Analphabeten geben soll.

Während ich hier seit Jahren für Frauenrechte kämpfe, ohne dass sich viel ändert, kann ich in Cortez tatsächlich etwas bewirken. Ich möchte auf einem Stück Land eine Schule bauen, weil ich mir wünsche, dass die Einwandererkinder – besonders die Mädchen – eine bessere Chance auf Bildung erhalten.«

Wendelin hielt mit geweiteten Augen in der Bewegung inne. Rosas jüngerer Bruder, der überrascht den Kopf gehoben hatte, verschluckte sich an dem Burgunder und wischte hustend mit einer Serviette über seine Hose.

»Ein unverheiratetes Weib wie du?«, warf Theodor entgeistert ein.

»Ja, und?«, erwiderte sie. »In Amerika ist es möglich.«

Ihr Vater ließ sie nicht aus den Augen. »Und wovon willst du deinen Lebensunterhalt bestreiten? Von Wohltätigkeit wirst du nicht satt.«

»Mit Gemüse- oder Obstanbau, was die Erde so hergibt. Meine Waren werde ich auf dem Mercantile in der Nähe verkaufen.«

Die Züge ihres Vaters versteinerten. »Schlag dir diesen Irrsinn aus dem Kopf.«

»Nein.« Es war so befreiend, ihre Gedanken offen auszusprechen. »Weise mich nicht wieder mit ein paar gutmütigen Bemerkungen ab und hör mich an. Du weißt, ich liebe dich, Vater, und ich möchte das Land nicht ohne dein Einverständnis verlassen.« Energisch schluckte Rosa die Tränen hinunter, die ihr in die Kehle stiegen. »Aber, bitte, lass mich nach Cortez gehen.«

Hermann starrte auf ihre verschlungenen Hände. »Wenn du erst verheiratet bist, kannst du abseits von Berlin Land bestellen und dich für wohltätige Zwecke einsetzen. Ich sehe nicht, wieso du dafür das Land verlassen musst.«

»Ich will aber nicht heiraten, Vater«, erklärte sie bestimmt. »Ich möchte unabhängig sein wie Tante Funny. Hier würde man mich immer nur missbilligend betrachten und mir böse Worte nachwerfen.« Ihre Stimme wurde heiser. »Versteh doch. Lange Jahre habe ich getan, was du von mir erwartest, was ihr alle von mir erwartet.« Sie sah in die entsetzten Gesichter der Anwesenden. »Doch jetzt bin ich volljährig und möchte endlich ein Leben führen, das mich glücklich macht.«

»Ich dachte, du findest inzwischen Gefallen an deiner Arbeit«, erwiderte ihr Vater kaum verständlich.

»Du irrst. Ich habe es für uns und unsere Fabrik getan.« Rosas Herz klopfte zum Zerspringen, aber sie durfte jetzt keine Schwäche zeigen.

Als ihr Vater aufsah, warf die Erschöpfung Schatten auf sein Gesicht. »Das kann ich dir unmöglich erlauben. Colorado ist wild und in vielen Teilen menschenleer. Im Umkreis von Cortez gibt es vermutlich keinen Mercantile. Wie gedenkst du dort hinzukommen?«

»Die *Denver & Rio Grande Western Railroad* baut gerade eine Eisenbahnstrecke von Durango nach Silverton.« Rosa spürte Unmut in sich aufsteigen. »Es wird also bald eine gute Verbindung zwischen den Städten geben.«

»Cortez verfügt meines Wissens aber über keinen Bahnhof.«

»Dann nehme ich bis dahin eben einen Planwagen.«

»Sei vernünftig, Rosa«, warf Theodor kopfschüttelnd ein. »Eine Frau allein kann in der Einsamkeit nicht bestehen.«

Sie verzog trotzig den Mund. »Ich bin überhaupt nicht allein. Ich suche mir ein oder zwei Männer, die mir bei der Feldarbeit zur Hand gehen. Außerdem ist Georg in der Nähe.«

Ihr Vater lachte freudlos. »Laut Funnys Angaben liegen zwischen Rico und Cortez etwa achtzig Kilometer, wovon der Großteil der Strecke über bergiges Gebiet verläuft.«

»Nahe genug, sich regelmäßig zu besuchen, Vater.« Rosas und Georgs Blicke trafen sich, und sie meinte ein feines Lächeln um seine Lippen zu entdecken. *Er würde sich ebenso freuen, wenn wir gemeinsam reisen.*

»Ihr wisst genau, wie sehr Rosa die Natur liebt«, kam ihr Georg zur Hilfe. »Während andere Mädchen mit Puppen spielten, pflanzte sie Blumen und Setzlinge oder erntete mit Mutter Mais und Kartoffeln. Ich erinnere mich noch, wie sie sich über jeden Schmetterling im Garten freute. Rosa hat noch nie die Hände in den Schoß gelegt, sie setzt sich für Belange ein, die ihr wichtig sind.« Georg sah seinen Vater an. »Bitte überdenk deine Entscheidung noch mal. Im Grunde wissen wir doch alle, dass sie mit ihrer Arbeit unglücklich ist.«

Hermann nahm einen tiefen Atemzug. »Schon gut, mein Junge. Aber zwischen ein wenig Gartenarbeit in der Freizeit und einem Stück Land, das bestellt werden muss, klaffen ja wohl Welten. Außerdem hast du keinerlei Erfahrung mit der Landwirtschaft, Mädchen.«

»Dann werde ich es eben erlernen«, erklärte sie ruhig.

»Obendrein sind bei einem Hausbau kräftige Männer vonnöten, Frauen haben dort nichts verloren.«

Rosa hielt seinem Blick stand. »Ich bin kein schwaches Weib und kann zupacken, das weißt du genau.«

»Dennoch lasse ich dich nicht allein unter Fremden.«

Sie senkte den Kopf, als sie das leichte Zittern in der Stimme ihres Vaters vernahm, und biss sich auf die Unterlippe.

»Ich möchte Rosa begleiten«, drang Wendelins warme Stimme an ihr Ohr.

Wie vom Donner gerührt betrachtete sie die gelassene Miene ihres Vertrauten seit Kindertagen.

»Wie bitte?« Ihr Vater rang nach Worten. »Wendelin, wir brauchen Sie hier. Sie wollen uns doch nicht etwa nach all den Jahren im Stich lassen?«

Der Hüne lächelte, was seinen kantigen Gesichtszügen mehr Weichheit verlieh. »Weit gefehlt, verehrter Herr Breitenbach.

Als ich meinen Dienst in Ihrem Haus antrat, kam ich in ein Haus voller Leben, mit kleinen Kindern und Hundewelpen, die einem vor die Füße liefen. Ihre drei waren wie jüngere Geschwister für mich. Inzwischen sind sie erwachsen, und im Haus wird es immer stiller.« Seine braunen Augen ruhten auf Rosa. »In Cortez hätte ich eine Herausforderung zu meistern, während ich hier allmählich verweichliche, wenn Sie mir die Bemerkung erlauben.«

Er zwinkerte Rosa unauffällig zu, und ihr Herz wurde weit.

Ihr Vater musterte Wendelin nachdenklich. »Verstehe.«

Theodor legte seine Serviette gedankenverloren auf den Teller.

»Mein Bruder Simon würde sich glücklich schätzen, in Ihren Dienst treten zu dürfen«, setzte Wendelin erneut an. »Er ist ein ausgesprochen fleißiger junger Mann und kocht um Längen besser als ich. Bis zu unserer Abreise hätte ich genügend Zeit, ihn einzuarbeiten, wenn Sie gestatten.«

Hermann öffnete den Mund und schloss ihn gleich wieder. Rosa vermochte nicht zu ergründen, was sich hinter seiner breiten Stirn abspielte.

»Na schön«, gab das Familienoberhaupt nach kurzer Pause zu verstehen. »Schicken Sie Ihren Bruder morgen zu mir. Dann sehen wir weiter.«

»Sie werden es nicht bereuen. Danke vielmals.« Wendelin verneigte sich leicht. »Wenn Sie Rosa die Überfahrt gestatten, versichere ich Ihnen, sie wie mein eigen Fleisch und Blut zu beschützen, Herr Breitenbach.«

Hermann erwiderte Rosas Blick, zwischen seinen Brauen hatte sich eine steile Falte gebildet. »Du weißt nicht, worauf du dich einlässt, Liebes. Was, wenn ihr in Schwierigkeiten geratet? Wir können euch dann nicht zur Seite stehen.«

»Das ist mir durchaus bewusst«, wandte sie sanft ein. »Aber ich bin längst erwachsen. Bitte sag Ja.« Sie lächelte Wendelin zu. »Du siehst, ich befinde mich in besten Händen.«

Ihr Vater schob seinen Stuhl zurück. »Ich werde entscheiden, wenn ich mit Simon Ehrlich gesprochen habe. Das ist mein letztes Wort.« Er strich Rosa über die Wange. »Ich ziehe mich zurück. Es war ein anstrengender Tag. Wir sehen uns morgen.«

Die Geschwister warteten, bis er den Raum verlassen hatte.

Theodor nickte anerkennend. »Gut gekämpft, Rosa. Mehr Lorbeeren waren heute nicht zu gewinnen.« Er setzte eine strenge Miene auf. »Wenngleich ich deine Idee für ein Hirngespinst halte. Aber wenn das dein Weg ist, dann sollst du ihn auch gehen.«

»Danke, Theodor.« Gerührt betrachtete sie ihre beiden Brüder und steuerte auf Wendelin zu, der Anstalten machte, den Speiseraum zu verlassen.

»Ich möchte dir von Herzen danken«, sagte Rosa leise. »Ohne deinen Beistand hätte Vater meine Bitte rigoros abgelehnt. Aber eins verstehe ich nicht. Warum willst du alle Brücken hinter dir abbrechen, obwohl es dir gut bei uns geht?«

»Es ist, wie ich sagte. Ich suche ohnehin länger nach einer neuen Herausforderung, da kommt mir diese Gelegenheit gerade recht.«

Rosa forschte in seiner Miene nach einer Regung, aber ob dies tatsächlich der einzige Anstoß für seine Entscheidung war, ließ sich nicht ergründen. *Irgendetwas passt nicht. Wendelin hat immer gern für uns gearbeitet. Woher der plötzliche Sinneswandel?*

Sie sah ihm nach und zog sich ebenfalls zurück. An jenem Abend warteten die Kameradinnen des Frauenvereins vergeblich auf sie.

KAPITEL 3

Hermann

Die Privaträume des Familienoberhaupts befanden sich im Erdgeschoss der Villa und waren schlicht möbliert. Ein silberner Kronleuchter stellte den einzigen Schmuck dar. Hermann verabscheute überladene Zimmer und Prunk. Er warf sein Sakko auf das ausladende Sofa aus Mahagoni und durchmaß, von Unruhe getrieben, seinen Salon. *Sie haben die Nachrichten gefasst aufgenommen.*

Zorn überfiel ihn jäh, als seine Gedanken zu Meißner schweiften. Für ihn war es mehr als ein unglücklicher Umstand, dass der Kerl seine Schuhfabrik ausgerechnet in Berlin eröffnet hatte. Hermann ging jede Wette ein, dass Meißner den Standort seiner Firma bewusst gewählt hatte, um mit ihm in Konkurrenz zu treten. Wie er Kaspar kannte, hatte dieser zuvor Erkundigungen über *Schuherzeugung Breitenbach* eingezogen und sich eine Taktik zurechtgelegt, wie er ihn am besten von der Bildfläche tilgen konnte. Und das Schlimmste war: Seine Chancen standen durchaus erfolgversprechend.

Hermann lockerte seine Krawatte, goss sich einen großzügigen Schluck französischen Cognac ein und kippte ihn hinunter.

Er war bei Weitem nicht so zuversichtlich, wie er sich vor seinen Kindern den Anschein gegeben hatte. Aber wozu sie weiter beunruhigen? Er trat ans Fenster, von wo aus er einen hübschen Blick auf den Hinterhof genoss, den Rosa so liebevoll angelegt hatte, und öffnete es weit. Dabei spürte er kaum den kalten Windzug, der die dickbauchigen Kerzen auf dem Tisch flackern ließ.

Rosa.

Hermanns Inneres krampfte zusammen, dachte er an ihren flehenden Blick, als sie ihm ihre Bitte vorgetragen hatte. Sie war seiner Helene wie aus dem Gesicht geschnitten, doch das rebellische Naturell hatte sie von ihm geerbt. Was ihn zuweilen schier um den Verstand brachte, denn sie legte trotz ihres kämpferischen Wesens eine Sanftmut an den Tag, die es ihm nahezu unmöglich machte, ihr einen Wunsch abzuschlagen.

Ich habe sie zu sehr verwöhnt, würde sie sonst auf eine derart aberwitzige Idee kommen? Andererseits hatte Rosa keinen Hehl daraus gemacht, dass sie auch ohne seine Erlaubnis übersiedeln würde. Hermann lauschte. Oben knarrten die Holzdielen. Im ersten Stock direkt über ihm lief Rosa in ihrem Zimmer auf und ab. Georgs Klavierspiel drang gedämpft zu ihm. Es schien, als wären sie drei an diesem Abend gleichermaßen aufgewühlt. Wenn Rosa es sich nicht noch anders überlegte – was Hermann sich kaum vorstellen konnte –, wäre er bald mit Magda, zwei Kutschpferden und den paar Hühnern im Garten allein. *Wendelin hat in allem recht.* Doch für Sentimentalitäten hatte Hermann später noch Zeit genug.

Er nahm in seinem Ohrensessel Platz und stopfte eine Pfeife. Vielleicht war es klüger, Rosa gewähren zu lassen. Obgleich sie als Mädchen aus gutem Hause nicht den Hauch einer Vorstellung hatte, was es bedeutete, als alleinstehende Frau im einsamen Westen zu leben. Grimmig betrachtete er die flackernden Kerzen. Schließlich konnte er ihr nicht mal einen

Vorwurf machen. Auch er hatte die wohlgemeinten Warnungen seiner Eltern ignoriert, als er sich aus dem Brandenburgischen nach Berlin aufgemacht hatte, um vor dem Stadtschloss zu demonstrieren. Das Gleiche galt für seinen Entschluss zwei Jahre später, das gesamte Erbe seiner Eltern zusammen mit ein paar Ersparnissen in den Bau einer Fertigungshalle zu investieren. Sie hätten sich sprichwörtlich im Grabe umgedreht und ihn einen unverbesserlichen Träumer genannt. Doch wie steinig der Weg zu seiner Schuhfabrik auch gewesen war, am Ende hatte er seinen Lebenstraum verwirklicht. *Lass Rosa gehen*, sprach er sich zu. *Sie wird ihre Fehlentscheidung erkennen und bald nach Hause zurückkehren.*

Der Gedanke war tröstlich. Hermann blies kleine Rauchwölkchen in die Luft. Er tat gut daran, ein paar Erkundigungen über die Häfen einzuziehen, von denen die Auswandererschiffe ablegten. Außerdem wollte er sich Wendelins Bruder Simon ganz genau ansehen.

Frustriert schüttelte er den Kopf. Er schätzte keine Überraschungen, schon gar nicht geballt. Veränderungen und Abschiede mochte er erst recht nicht. Aber ihm stand nicht zu, der Jugend Vorschriften zu machen, wie sie ihr Leben gestalteten. In dieser Hinsicht würde er ein denkbar schlechtes Beispiel abgeben.

Georgs Freude über die verantwortungsvolle Aufgabe in Colorado hatte sein Herz gewärmt. Hermann war bewusst, dass hinter der zur Schau getragenen Lässigkeit seines Sohnes eine empfindsame und tiefgründige Seele steckte, dass mehr Talente in ihm schlummerten, als er zu erkennen gab. Zu seinem Leidwesen hatte Georg bisher keinen Ehrgeiz an den Tag gelegt, eine leitende Position für *Schuherzeugung Breitenbach* anzustreben. Wenn es nach ihm ginge, würde er sich wohl auf die Musik konzentrieren, und vielleicht mangelte es ihm auch an Führungsqualitäten. Darüber würden die nächsten Monate

Aufschluss geben, wenn Georg den Bau der Filiale selbstständig leitete und er sich nicht mehr hinter Zahlen oder seinem Klavier verstecken konnte. Einmal mehr war Hermann froh, dass Theodor sich zu einem guten Geschäftsmann gemausert hatte. Ihm würde er eines Tages die Firma übergeben.

Hermann betrachtete die Messingtafel mit dem Markenzeichen der Breitenbachs auf der Anrichte. Wenn er sich eins für die Zukunft wünschte, war es, dass Theodor, Rosa und Georg später ihren Kindern die Bedeutung des weißen Ahorns nahebrachten. Auch seine Enkel mussten verinnerlichen, dass sie das Erbe nur erfolgreich fortführen konnten, wenn sie als Familie zusammenhielten und es nie in fremde Hände gaben.

Meißner würde toben, wenn er bemerkte, dass Rosa das Land verlassen hatte. Das würde die Situation ungut zuspitzen, gleichzeitig reizte Hermann die Vorstellung zu einem Schmunzeln.

Er musste die Verhandlungen zäh gestalten und in die Breite ziehen, bis Georg und Rosa amerikanischen Boden betreten haben würden, hernach aber würde er Kaspar eine Absage erteilen. Gedankenverloren drehte er seinen Siegelring am Finger. Dann löschte er die Lichter und zog sich in sein Schlafzimmer zurück.

Nach einer kurzen und unruhigen Nacht fand er sich am folgenden Morgen im Speiseraum zu einem gemeinsamen Frühstück ein. »Ich werde mir gleich bei Professor Salzmann juristischen Beistand einholen.« Er schenkte sich Kaffee nach, bat Wendelin, die Pferde anzuspannen, und der Hausangestellte verließ den Raum.

Hermann entging nicht die Anspannung auf Georgs und Rosas Gesichtern, tat aber, als bemerkte er sie nicht.

»Wirst du dem Advokaten alles erzählen?«, wollte Theodor wissen.

»Es bleibt mir nichts anderes übrig.« Hermann stürzte den Kaffee hinunter und schob den Stuhl beiseite. »Wünscht mir Glück.«

Als er kurz darauf ins Freie trat, wartete Wendelin bereits auf dem Kutschbock. Es herrschte schneidende Kälte. Hermann, der wie üblich seinen Zylinder trug, zog seinen Schal ein wenig dichter um den Hals.

»Machen Sie es sich bequem, Herr Breitenbach.« Wendelin schnalzte mit der Zunge, und die Pferde setzten sich in Bewegung.

Hermann lehnte sich auf der Bank zurück und spielte mit seinem Gehstock. Die Fahrt führte sie am Jüdischen Friedhof vorbei, und wenige Minuten später erreichten sie ihr Ziel in der Torstraße.

Gustav Salzmann war außerordentlicher Professor für Strafrecht und sprach mit rheinischem Dialekt. Er empfing seinen Besucher mit einem verbindlichen Lächeln. »Verehrter Herr Breitenbach, willkommen! Was verschafft mir das Vergnügen? Wir haben uns ja eine Ewigkeit nicht gesehen.«

Hermann ergriff die ausgestreckte Rechte. »Zuletzt im Februar, als der Generalpostmeister Stephan uns zur Teilnahme am Fernsprechverkehr überredete.«

»Ganz recht. Übrigens halte ich es nach wie vor für fraglich, ob sich der Fernsprecher in absehbarer Zeit durchsetzt.«

Hermann war anderer Meinung, schwieg jedoch.

Der hagere Mittsechziger machte eine einladende Handbewegung in Richtung Besprechungszimmer. »Wenn Sie mir bitte folgen?« Er bot Hermann einen Polstersessel an und nahm selbst Platz. »Wie laufen die Geschäfte?«

»Alles bestens, danke.« Salzmann hielt ihm eine Zigarrenschachtel hin, aber er lehnte dankend ab. »Ich brauche in einer äußerst delikaten Angelegenheit Ihre Hilfe.«

Salzmann faltete die Hände über dem Bauch. »Sie können auf meine Diskretion zählen. Wie kann ich Ihnen behilflich sein?«

Die Sekretärin brachte ein Tablett mit einer Porzellankanne, Tassen und Gebäck herein. »Ich habe den Tee gerade frisch aufgebrüht. Ist Ihnen das recht?«

»Danke, ja. Ich bin vorerst nicht zu sprechen«, gab der Professor ihr zu verstehen.

Als sie wieder allein waren, räusperte sich Hermann und erzählte von jenem unglückseligen Tag 1848.

Der Advokat hatte aufmerksam zugehört und ließ nun seine Teetasse sinken. »Ein wirklich sehr bedauerlicher Vorfall.« Er griff nach einem Gebäckstück. »Aber Sie brauchen sich nicht zu sorgen, Herr Breitenbach. Man hätte Ihnen den Totschlag nachweisen müssen, auf den Zuchthaus nicht unter drei Jahren steht, und selbst dann wäre die Tat laut unserem Strafgesetzbuch nach fünf Jahren verjährt. Sie können nicht mehr belangt werden.«

»Das wohl nicht.« Hermann rührte Zucker in den Tee. »Leider gibt es aber einen Zeugen, der seit einiger Zeit droht, die Sache publik zu machen. Sie können sich gewiss vorstellen, was das für meinen Leumund bedeuten würde.«

Der Advokat musterte ihn scharf. »Dazu benötige ich keine Fantasie. Wer ist es?«

»Kaspar Meißner. Wir waren früher Arbeitskollegen.«

»Der Eigentümer der Schuhfabrik Meißner?« Als Hermann nickte, pfiff Salzmann durch die Zähne. »Verstehe. Gibt es Zeugen für die Erpressung, irgendwelche Beweise? Ich brauche Fakten.«

»Nein, aber ich habe dies hier.« Hermann zog einen Umschlag aus der Innentasche seines Sakkos und legte ihn auf den Tisch.

Der Professor studierte das Schreiben sorgfältig. »Ein schriftliches Angebot, interessant. Unter anderen Umständen wäre es sogar ein kluger Schachzug, mittels einer Heirat beide Firmen zu vereinen.«

»Das kommt nicht infrage. Der Betrieb bleibt in Familienhand, Herr Professor.« Außerdem war seine Tochter kein Objekt, das man nach Gutdünken für Profit oder Machtgier benutzte. Hermann hatte seine Helene aus Liebe geheiratet und das Gleiche wünschte er sich auch für Rosa.

»Immerhin haben wir ein schriftliches Angebot vorliegen«, fuhr der Advokat fort. »In welcher Höhe beläuft sich das Schweigegeld?«

Hermann nannte ihm die Summe. »Mir geht es vorerst nicht darum, ihn zu verklagen, vielmehr will ich sicherstellen, dass er weder der Firma noch meiner Familie schaden kann.« Er weihte Salzmann in seine Strategie ein. »Aber letztlich zögere ich damit die Konfrontation natürlich nur heraus.«

Der Advokat entzündete gemächlich eine Zigarre. »Wenn sich Meißner in den Kopf gesetzt hat, Berlins größter Schuhfabrikant zu werden, traue ich ihm eine ganze Menge Schweinereien zu.«

»Ich auch. Er wird mich öffentlich als Revolutionär und Mörder anprangern. Was können wir tun, um einen Eklat zu verhindern?«

Der Advokat beugte sich tiefer über den Tisch. »Schlagen Sie mit gleichen Waffen zurück.«

Hermann versteifte sich. »Was soll ich mir darunter vorstellen?«

»Beauftragen Sie einen Detektiv, Herr Breitenbach. Jeder hat eine Leiche im Keller. Finden Sie seine.«

»Das entspricht nicht meiner Auffassung von korrektem Geschäftsgebaren.«

»Sie mit Erpressung aus dem Verkehr ziehen zu wollen, gewiss auch nicht«, gab der Professor ernst zu bedenken. »Haben Sie die Schweigegelder eigentlich über die Geschäftsbücher laufen lassen?«

»Wo denken Sie hin?«, wehrte Hermann ab. »Mein Sohn wäre sofort darüber gestolpert. Ich muss jeden Monatsersten einen Boten mit dem Geld schicken. Meißner taucht niemals selbst auf.«

»Das überrascht mich nicht.« Der Advokat verengte die Augen. »Versuchen Sie ihn zu einem Treffen zu überreden. Wir brauchen einen Zeugen, der die Geldübergabe bestätigt, falls der Fall vor Gericht verhandelt werden muss. Derweil untersuche ich die Angelegenheit nach rechtlichen Möglichkeiten. Kann ich mir eine Abschrift des Angebots anfertigen?«

»Selbstverständlich.« Hermann kreuzte die Beine. »Eine Frage noch, Herr Professor. Haben Sie Kontakte zu Leuten, die Erfahrungen mit Auswandererschiffen und ihren Häfen gemacht haben? Ich wüsste gern, ob man mir eins empfehlen kann. Mir sind neben der Sicherheit auch vernünftige Unterkünfte und eine gute Versorgung während der Überfahrt wichtig. Leider kann ich mich nicht selbst darum kümmern, Meißner darf nichts von unseren Bemühungen erfahren.«

»Ich kenne tatsächlich eine ganze Anzahl Familien mit Angehörigen, die ausgewandert sind«, antwortete der Professor. »Manche sind erst vor Kurzem aufgebrochen, andere inzwischen zurückgekehrt. Ich versuche, etwas herauszufinden.«

»Ich danke Ihnen.« Hermann erhob sich.

»Keine Ursache. Wir hören voneinander.«

Der Advokat geleitete ihn hinaus.

Als Hermann kurze Zeit später vor dem Fabrikgebäude aus der Kutsche stieg, sagte er zu Wendelin: »Ich stelle Sie eine Stunde frei. Bitte besorgen Sie einschlägige Fachliteratur zu den Überfahrten, in der wir, angefangen von den gesetzlichen Bestimmungen, alles sonst erfahren, was zu beachten ist.« Er trat näher, steckte ihm einige Scheine zu und senkte die Stimme. »Passen Sie auf, dass niemand Sie beobachtet.«

»Wird gemacht.« Wendelin tippte an seinen Hut und trieb die Pferde an.

Kaum hatte Hermann den Empfangsraum betreten, kam ihm Theodor mit langen Schritten entgegengeeilt. »Simon Ehrlich wartet auf dich.« Er musterte seinen Vater. »Kann Salzmann uns helfen?«

»Ich hoffe. Hat sich Kaspar gemeldet?«

Theodor verneinte.

Hermann hielt seinen Sohn fest. »Eins noch. Ich möchte, dass ihr Felix künftig aus euren Eheproblemen heraushaltet. Stell Elena zur Rede, mein Junge, sonst tue ich es. Die Situation bei Tisch war mehr als unangenehm.«

Theodor räusperte sich. »Ich habe mit ihr gesprochen. Ihr Benehmen tut mir leid.«

»Einen Augenblick!« Hermann umfasste die Arme seines Sohnes. »Du wirst dich nicht für sie entschuldigen. Du trägst keine Schuld daran.«

Theodor nickte und ging in seine Schreibstube.

Als sein Sohn Elena der Familie vorgestellt hatte, waren alle von ihrer Anmut und den guten Umgangsformen hingerissen gewesen. *Hätte ich nur gleich durchschaut, dass hinter ihrer hübschen Fassade ein Mensch steckt, dem es in erster Linie um die eigenen Befindlichkeiten geht.* Er streckte den Rücken und ging auf den jungen Mann zu, der einige Meter entfernt in der Sitzecke des Empfangsraums auf ihn gewartet hatte. »Guten Tag, Sie sind Simon Ehrlich, nicht wahr? Breitenbach mein Name.«

KAPITEL 4

Georg
Berlin – Bremerhaven, »Elbe«, 5. Februar 1882

Die Vorbereitungen für die Ausreise von Georg, Rosa und
Wendelin zogen sich schier endlos in die Länge, und die drei
nutzten die Zeit, bei Theodors ehemaligem Privatlehrer Adalbert
Fritz ihre Englischkenntnisse zu vertiefen. Der Siebzigjährige
beriet ihren Vater auch nach seiner Pensionierung noch bei
ausländischen Kontakten und war unter anderem wegen seiner
Verschwiegenheit in der Familie allgemein beliebt. Fritz ließ sie
Aufsätze schreiben und Berichte und Briefe in Behördensprache
verfassen, was ihnen anfangs Kopfzerbrechen bereitete.

Während sie abends über den Büchern saßen und lernten, steigerte sich Georgs Aufregung von Tag zu Tag. Seinem
Vater war zu Ohren gekommen, dass man in den niederlän-
dischen und englischen Überseehäfen vermehrt Klagen über
die liederlichen Verhältnisse an Bord zu vermelden hatte. Weil
Bremerhaven einen guten Ruf genoss, entschied er, dass Rosa,
Georg und Wendelin dort mit dem Schnelldampfer *Elbe* über-
setzen sollten, der erst im April vergangenen Jahres vom Stapel
gelaufen war und mit seiner außerordentlichen Größe und seinem Komfort und einer Geschwindigkeit von sechzehn Knoten
zum Besten gehörte, was man derzeit zu bauen verstand. Rosas

Bitte, die Passage selbst zahlen zu dürfen, hatte der Familienvater energisch abgelehnt.

Zu guter Letzt hatten sie erfahren, dass die amerikanische Einwanderungsbehörde eine Bürgschaft von den Passagieren forderte, doch nachdem sich Tante Funny für sie verwendet hatte, waren auch diese Formalitäten erledigt. Als Zeichen der Dankbarkeit lagen nun einige Stücke feinster englischer Rosenseife in ihrem Gepäck.

Meißner schien nichts von Georgs geplanter Überfahrt bemerkt zu haben, er versuchte jedoch mehrfach, Rosa abzufangen. Die Wochen zogen ins Land, und Anfang des neuen Jahres buchte ihr Vater Schiffspassagen in der ersten Klasse. Die drei Auswanderer wurden blass um die Nase, als Hermann sie ihnen überreichte. Dreitausend Mark kostete die Überfahrt bis New York pro Person!

Wendelin schüttelte entsetzt den Kopf. »Herr Breitenbach, das kann ich unmöglich annehmen. Die Summe entspricht fünfzig Monatsgehältern. Wie soll ich Ihnen das je zurückzahlen?«

»Machen Sie sich darüber keine Gedanken«, wiegelte Georgs Vater ab. »Betrachten Sie es als Zeichen meiner Dankbarkeit, dass Sie sich meiner Rosa annehmen. Ich habe gehört, Passagiere der unteren Klassen sollen aufgrund schlechter Versorgung krank geworden sein. Das Risiko gehe ich keinesfalls ein. Ende der Diskussion.«

Georg hatte selten erlebt, dass es Wendelin derart die Sprache verschlug.

»Danke«, sagte dieser stockend. »Eines Tages zahle ich Ihnen alles auf Heller und Pfennig zurück, das verspreche ich Ihnen.«

Hermann nickte lächelnd. »Abgemacht.«

Die letzten Nächte vor der großen Reise verbrachte Georg schlaflos, schwankend zwischen Vorfreude und Furcht vor dem

Unbekannten. Seine Schwester schien zwar keine Angst zu kennen, fand jedoch ebenfalls keine Ruhe.

Am Tag vor ihrer Abfahrt verabschiedeten sie sich nach Dienstschluss von Theodor. Er sollte in der Firma bleiben, ihr Vater hingegen ließ es sich nicht nehmen, die drei nach Bremerhaven zu begleiten. Bewegt zogen sich die Geschwister in die Arme und wünschten einander Glück.

»Bleib nicht zu lang«, sagte Theodor zu Rosa. »Ich fürchte, du brichst Vater sonst das Herz.«

Georg warf seinem Bruder einen warnenden Blick zu. Als ob es nötig war, Rosa den Abschied weiter zu erschweren.

Es wurde bereits dunkel, da lenkte der neue Hausangestellte Simon die Kutsche über die Stadtgrenze Bremerhavens. Die hektische Betriebsamkeit im Hafen ließ an einen Ameisenhaufen denken. Hermann legte den Arm um seine Tochter. »Ich habe beim Vorbeifahren ein ansprechendes Speiselokal entdeckt. Kommt, meine Lieben, lasst uns wenden und dort einkehren.«

Beim Abendessen sprachen die fünf kaum, anders als sonst fehlte Georg der rechte Appetit. Die positiven Informationen über Bremerhaven erwiesen sich tatsächlich als richtig, der Hafenort wie auch die Herberge, in der sie übernachten würden, machten einen gepflegten Eindruck.

Dann brach der Tag des Abschieds an, ein nasskalter Sonntagvormittag, an dem man sich lieber vor den Kamin kauerte.

Hermann umarmte seinen Sohn und sah ihn eindringlich an. »In deinen Händen liegt unsere Zukunft. Vergiss das nicht.«

»Verlass dich auf mich.« Georgs Stimme klang belegt und fremd in seinen Ohren.

Dann küsste Hermann die beiden. »Telegrafiert mir, sobald ihr in New York angekommen seid.«

»Wir sehen uns bald wieder«, sagte Rosa, dann drehte sie sich auf dem Absatz um und eilte mit Wendelin und Georg auf den über einhundertdreißig Meter langen Dampfer zu.

Der Wind blies Georg scharf ins Gesicht, als er auf der *Elbe* an der Reling stand, den Arm um Rosas Taille gelegt, und auf den Kai hinunterstarrte. Sein Vater zog den fellbesetzten Kragen seines Mantels hoch, Simon hingegen schien das Wetter nichts auszumachen.

Georg fielen Regentropfen von seiner Hutkrempe in den Nacken, und Rosa schauderte trotz ihres wollenen Mantels. Eine Lautsprecheransage mahnte die letzten Passagiere zur Eile, Männer, Frauen und ihre Kinder drängten an die Reling und winkten ausgelassen. Manche weinten bitterlich, weil sie ihre Lieben zurücklassen mussten.

Wendelin hatte die Arme im Rücken verschränkt, wippte unentwegt auf und ab und starrte auf die beiden Gestalten am Kai.

Georg warf ihm einen verstohlenen Seitenblick zu. Solange er sich zurückerinnern konnte, hatte Wendelin nie ein Wort über seine eigene Familie verlauten lassen. *Vermutlich ist ihr Band nicht so eng wie unseres.*

»Auf Wiedersehen!«, schrie Rosa mit roten Wangen, winkte und schmiegte sich an Georgs Brust.

Er strich ihr übers Haar. Es hatte ihn überrascht, dass ihr Vater Rosa die Reise tatsächlich gestattet hatte. Ein Umstand, der ihn im selben Maße freute wie beunruhigte. All seine Versuche der letzten Wochen, sie zu überreden, sich in Rico bei ihm niederzulassen, hatte sie mit hellem Lachen quittiert.

»Abgesehen von ein paar Kiefern dürfte in über zweitausendsechshundert Meter Höhe kaum Landwirtschaft möglich sein. Es sei denn, ich werde Hirtin einer Schar Bergziegen.«

Womit sie natürlich recht hatte, und letztlich waren ihm nach endlosen Diskussionen die Argumente ausgegangen.

Aber genau in diesem Moment, da der Dampfer mit großem Getöse ablegte, erfüllte ihn ihre Anwesenheit mit Erleichterung.

Wortlos warfen die drei einen letzten Blick auf Simon und Hermann Breitenbach, deren Silhouetten allmählich im Dunst verschwammen. *So traurig habe ich ihn zuletzt an Mutters Begräbnis erlebt*, dachte Georg, betrachtete den Siegelring an seiner linken Hand und hörte wieder die sanfte Stimme seiner Mutter, die ihnen als Heranwachsende die Bedeutung des Familiensymbols erklärt hatte.

»Viele Jahre muss der Ahornbaum wachsen, neue Äste und Zweige bilden und seine Wurzeln tief in der Erde verankern, bevor er stark genug ist, den Stürmen des Lebens zu trotzen. Euer Vater ist wie der Stamm – er hat die Fabrik gegründet. Stellt euch vor, ihr seid die drei kräftigsten Äste, die den Baum krönen und sich weiter und weiter verzweigen. Es mögen Zeiten kommen, in denen es unser Ahorn schwer hat, bei Unwetter zu überleben. Es liegt an euch, ob er einmal ein stolzer Baum wird, der andere überragt. Habt ihr verstanden?«

»Ja, Mutter«, hatten sie eifrig und wie aus einem Mund versichert.

»Nur, wenn ihr in schweren Zeiten fest zusammenhaltet und weise Entscheidungen trefft, wird die Firma durch eure Kinder und Enkel fortbestehen«, endete sie. »Versprecht uns und euch, dass ihr diese Worte immer im Herzen tragt.«

Daraufhin hatte Vater ihnen die Siegelringe an die Finger gesteckt. Das Ausmaß ihres Versprechens war ihnen jedoch erst Jahre später bewusst geworden.

Als der Vater Theodor und ihn schließlich in die Firma einführte und sie zunehmend die Last der Verantwortung auf ihren Schultern spürten, hatte Georg den Ring so manches Mal verflucht und sich gewünscht, das Kind eines einfachen Arbeiters zu sein. Doch heute empfand er Stolz auf alles, was sein Vater aufgebaut hatte. Auch bei Rosa empfand er diesen unbedingten Willen, ihrem Leben einen höheren Sinn zu verleihen.

Georg atmete tief die Seeluft ein und wandte sich vom Wasser ab, die anderen beiden taten es ihm gleich. Eine heftige Bö peitschte übers Deck, und Rosa gelang es im letzten Moment, ihren Hut festzuhalten, aber sie waren im Nu durchnässt. Zum Glück hatte ihnen jemand das Gepäck bereits in die Kajüten gebracht.

Auf ihren Wunsch hatten sich Wendelin und Georg für eine gemeinsame Kajüte im Oberdeck entschieden, da ihnen grauste bei der Vorstellung, sie mit Fremden zu teilen. Rosa hatte keine Wahl gehabt, ihre Schlafstelle befand sich in der Frauenabteilung im hinteren Teil der *Elbe*. Ihr Vater hatte Georg zu Hause noch beiseitegenommen. Man habe ihm schaurige Geschichten von liebestollen Matrosen erzählt, die des Nachts in die Frauenabteilung schlichen und Unzucht trieben. Das sei gang und gäbe auf derartigen Schiffen. »Achte gut auf Rosa, dass niemand sie belästigt«, hatte er ihn gebeten. Was in Georg sofort beim Ablegen der *Elbe* die Frage aufwarf, wie er das anstellen sollte.

Der Dampfer schaukelte leicht, während die beiden Männer auf der Suche nach ihrer Kajüte das Zwischendeck passierten. Georg überlief ein Schauer bei dem Gestank von Schweiß und Fäkalien. Kein Wunder, denn man pferchte hier an die achthundert Menschen auf engstem Raum zusammen, die Notdurft hatten sie in Eimer zu verrichten. Der Anblick dicht gedrängter Menschen aller Altersklassen, das Geschrei der Kleinkinder und Männer, die offensichtlich keine gute Kinderstube genossen hatten, weckte Beklommenheit in Georg. Insgeheim fühlte er Dankbarkeit, dass ihr Vater keine Kosten und Mühen gescheut hatte, sie in der ersten Klasse unterzubringen.

Die Männer atmeten auf, als sie das Oberdeck erreichten.

»An den Seegang muss ich mich erst gewöhnen«, sagte Georg auf halbem Weg gepresst.

»Auf dem offenem Meer wird es sicher besser«, beruhigte ihn Wendelin.

Die Kajüte war mit zwei Einzelbetten, Polstersesseln, einem Tisch und einer Anrichte komfortabel eingerichtet. Sie verfügte sogar über ein Fenster, durch das helles Tageslicht einfiel. In einer Ecke befand sich ein Waschtisch mit den nötigsten Utensilien.

Nachdem sie sich ihrer nassen Kleider entledigt und sie gegen trockene getauscht hatten, probierte Georg das Bett aus. Unterdessen räumte Wendelin seine Sachen in die Truhe am Fußende seiner Schlafstatt. »Ich sehe mich ein wenig auf dem Oberdeck um«, sagte er, als er damit fertig war.

»Geh nur«, murmelte Georg, froh, seinen Gedanken ungestört nachhängen zu können. Er konnte nur hoffen, dass Rosa es ebenfalls gut getroffen hatte. Er liebte seine Schwester von ganzem Herzen, fehlte ihr aber Freiraum oder reduzierte man sie auf ihr glänzendes Aussehen, entwickelte sie sich zu einer kämpferischen Amazone. *Wie eine Wölfin im Schafspelz.* Der Vergleich ließ ihn lächeln. Er bewunderte ihre handwerklichen Fähigkeiten und die Energie, mit der sie sich gegen Ungerechtigkeiten zur Wehr setzte. Bisher hatte sich Rosa obendrein sehr geschickt um das Thema Ehe gedrückt, andere junge Frauen waren mit zweiundzwanzig längst verheiratet und hatten Kinder.

Er dachte an Theodor, der in Berlin die Stellung hielt. Für Georg war er der geborene Geschäftsmann und Verhandlungspartner, der seine Ziele höflich, aber nachdrücklich zu verfolgen wusste. Ein Mann, der keine großen Reden schwang, sondern handelte, und der wohl als Einziger der drei Geschwister in seinem Beruf aufging. Gab es zuweilen Schwierigkeiten im Betrieb, löste er sie mit sicherer Hand. Jäh fragte sich Georg, ob Theodor bereit gewesen wäre, mit der Familie nach Amerika überzusetzen. Er schob den Gedanken beiseite. Elena wäre damit niemals einverstanden gewesen, vielleicht hatte deshalb sein Vater ihn und nicht Theodor mit dem Bau in Colorado beauftragt.

Wie auch immer, er war heilfroh, die Buchhaltung hinter sich gelassen zu haben. Nicht, dass ihm der Umgang mit Zahlen je Probleme bereitet hätte, er hatte es dabei schließlich mit logischen Formeln und Gesetzen zu tun. In Wahrheit hatte ihn seine bisherige Tätigkeit bereits seit einer gefühlten Ewigkeit gelangweilt.

Georg würde Berlin keine Träne nachweinen, seine behaglichen Räume in der Stadtvilla bedeuteten ihm nichts. Für ein neues Leben in Amerika gab er alles mit Freuden her. Einzig sein altes Klavier aus Nussbaum würde er vermissen, das ihn seit seinem achten Lebensjahr begleitete und auf dem er seine erste Klavierstunde erhalten hatte.

Sobald Georg ein eigenes Zuhause gefunden hatte, würde er sich von seinen Ersparnissen ein gutes Instrument kaufen. So fern von Berlin konnte er sich dem Spiel endlich ungestört hingeben.

Er schloss die Augen. In seiner Vorstellung formte sich das lebhafte Bild der Bergbaustadt Rico, wie Tante Funny sie ihnen geschildert hatte. Herrschaftliche Häuser schmiegten sich wie Perlen an einer Schnur an einen Bergrücken. Zwischen Geschäften und einer weiß getünchten Kirche schlängelte sich ein Bach. Die Straßen waren mit Männern aus aller Herren Länder bevölkert, die in den Silberminen ihr Glück suchten, und vornehm gekleidete junge Frauen mit Sonnenschirmen schlenderten lachend an ihnen vorüber. In Rico sei jede Form von Zerstreuung willkommen, hatte Tante Funny versichert. Und er, Georg Breitenbach aus Berlin, würde den Bewohnern bald nicht nur qualitativ hochwertiges Schuhwerk bieten. Er träumte auch von Klavierabenden für all jene, denen es in den Salons zu laut und grob zuging und die sich nach den schönen Künsten sehnten.

Er dachte an den Moment des Abschieds zurück. Wie Espenlaub hatte sein Vater bei der letzten Umarmung gezittert, und das gewiss nicht nur wegen der Kälte. Gleich zwei Kinder auf eine Reise quer über den Atlantik zu schicken, musste ihn Überwindung gekostet haben. Aber ihre Trennung währte ja nicht ewig.

Er würde seinen Vater stolz machen und beweisen, dass er für ihr Vorhaben den Richtigen gewählt hatte. Doch bevor es so weit war, wünschte er sich, dass das Schaukeln des Dampfers endlich nachließ.

Das Bimmeln einer Glocke riss ihn aus seinen Überlegungen. Er setzte sich auf, als Wendelin die Kajüte betrat. »Die Glocke ruft zum Mittagessen.«

»Ich komme.« Georg schlüpfte in seine Anzugsjacke, kämmte das störrische Blondhaar und verließ mit Wendelin die Kajüte. Der dicke Teppich im Gang schluckte ihre Schritte. Andere Herren in Weste und Hut folgten mit ihnen dem würzigen Duft von geschmortem Fleisch.

Der Speisesaal befand sich am Ende des Ganges. Bewundernd betrachtete Georg die mit Intarsien verzierte Decke, die Wände waren mit Gobelins und vergoldeten Spiegeln geschmückt. Mehr als ein Dutzend Tische, die jeweils für sechs Personen eingedeckt waren, nahmen die komplette Längsseite ein. An der rechten Seite luden Chaiselongues mit kleinen Beistelltischen nach den Mahlzeiten zum Verweilen ein. Mindestens hundert Passagiere fanden sich ein, unter ihnen viele von osteuropäischer Herkunft.

Die beiden Männer wählten einen freien Tisch, und Georg reckte den Hals, doch statt seiner Schwester nahm ein älteres Ehepaar im vornehmen Zwirn neben ihnen Platz. Sie waren in Begleitung einer etwa gleichaltrigen fülligen Dame, die ihn wegen ihrer hängenden Wangen an eine Bulldogge erinnerte. Offenbar stand ihnen nicht der Sinn nach einer Konversation, was Georg ganz gelegen kam.

Da entdeckte er Rosa in ihrem veilchenblauen Kleid, das inmitten einer Gruppe dunkel gekleideter Herren wie ein fröhlicher Farbtupfer leuchtete, und er winkte ihr.

»Da bist du ja«, begrüßte er seine Schwester, die sich zu Wendelin gesellte. »Bist du mit deiner Kajüte zufrieden?«

Rosa strich ihren Rock glatt und senkte die Stimme. »Sie ist mit allem nötigen Komfort ausgestattet. Aber ich finde es etwas befremdlich, dass man Männer und Frauen in unterschiedlichen Trakten untergebracht hat. Die Frauen sind im hinteren Teil, ihre Männer im vorderen.«

»Richtig«, meinte Georg. »Es soll wohl Beschwerden wegen unzüchtigen Verhaltens an Bord gegeben haben, deshalb trennt man seit einem Bremer Erlass vor fünfzehn Jahren die Geschlechter. Familien natürlich ausgenommen. Vater hat es mir erzählt.«

»Die Familien haben sie im Mittelgang untergebracht«, sagte Rosa und seufzte. »Ich teile mir die Kajüte mit einer schwangeren Frau, die unentwegt weint. Ich fühle mich in ihrer Gegenwart unbehaglich und weiß nicht, wie ich mich verhalten soll.«

»Habt ihr euch schon miteinander bekannt gemacht?«, fragte Wendelin.

»Nein, dazu hat sie mir bisher keine Gelegenheit gegeben.«

Georg nickte. »Lass sie gewähren. Für ihre Traurigkeit wird es Gründe geben.«

Indes nahm der Kellner die Getränkebestellungen auf und eilte zum nächsten Tisch.

»Bleibt nur zu hoffen«, sagte die füllige Dame neben Georg, »dass sich die teuren Passagen wenigstens bei den Speisen auszahlen.«

»Warte doch erst mal ab, bevor du herummäkelst«, zischte ihr Begleiter.

Rosa und Georg tauschten einen vielsagenden Blick. Wie sie dem Gespräch ihrer Tischnachbarn entnahmen, waren Erbschaftsangelegenheiten der Grund für ihre Überfahrt.

»Mir ist gar nicht wohl, wenn ich an die vielen Unkultivierten denke, die in Amerika leben sollen«, sagte die andere. »Je eher wir die Heimreise antreten, umso besser. Ich werde nachts gewiss kein Auge zumachen.«

»Rede keinen Unfug«, warf ihr Mann verärgert ein. »Muss ich dich etwa daran erinnern, dass Milwaukee ein hübsches Städtchen und kein Indianerdorf ist? Dich wird schon kein Wilder entführen.«

Obwohl sie bisher kaum ein Wort mit ihren Tischnachbarn gewechselt hatten, waren sie Georg höchst unsympathisch. *Lieber allein bleiben, als mit einer Frau wie dieser gebeutelt zu sein.* Er beschloss, das unsympathische Trio, so gut es ging, zu ignorieren, und verwickelte Rosa und Wendelin in ein leichtes Gespräch. Bald darauf brachte der Kellner zunächst die Getränke, dann eine heiße Gemüsesuppe, auf die geschmorte Rippchen mit Rüben und Kartoffeln folgten. Während sich die Geschwister und Wendelin leise unterhielten, blieben die anderen am Tisch auffallend wortkarg.

Zum Dessert wurde Pudding mit Weinsauce und Äpfeln serviert.

»Habt ihr gesehen, wie viele Menschen sie im Zwischendeck untergebracht haben?«, fragte Rosa, nachdem sich ihre Tischnachbarn verabschiedet hatten. »Dort unten herrschen unhaltbare Zustände. Ein Rindvieh hat vermutlich mehr Bewegungsfreiheit als diese armen Menschen.«

Wendelins Stirn umwölkte sich. »Ohne Herrn Breitenbachs Großzügigkeit säße ich ebenfalls dort unten.«

»Das hätte Vater nie zugelassen«, erwiderte sie sanft. »Ich mache mir Sorgen um ihn. Vater versucht es zu verbergen, aber die Sache mit Meißner und seinem alten Geheimnis nagt an ihm. Ich glaube, er schläft kaum. Er braucht jemanden, der sich um ihn kümmert. Wer weiß, welche Geschütze Meißner noch auffährt, um ihn zu vernichten. Und Theodor ist so sehr mit seinen Eheproblemen beschäftigt, ich fürchte, er wird Vater keine große Hilfe sein.«

»Wahrscheinlich nicht«, räumte Georg ein. »Doch vertrau ihm, es wird alles gut, Schwesterlein. Wir helfen Vater am besten, indem wir unseren Teil dazu beitragen, dass der Name Breitenbach und unsere Fabrik fortbestehen.« Er setzte eine strenge Miene auf. »Mir liegt noch etwas auf der Seele. Bis zum Frauentrakt dürfen wir dich leider nicht begleiten. Pass bitte gut auf dich auf. Es mag hier Männer geben, die ein Abenteuer suchen, besonders mit einer so hübschen Person wie dir.«

Rosa kreuzte die Arme vor der Brust. »Sehe ich etwa so aus, als könne ich nicht selbst auf mich achten?«

Da Georg seine Schwester kannte, hatte er mit dieser Reaktion gerechnet. »Lass uns bitte nicht debattieren. Versprich uns einfach, dass du vorsichtig bist.«

»Ich verspreche es. Zufrieden?« Rosa erhob sich, und Georg, der ebenfalls aufgestanden war, zog sie erleichtert in die Arme.

KAPITEL 5

Theodor
Berlin, Mitte Februar 1882

Seit Georgs, Rosas und Wendelins Abreise war eine gute Woche vergangen. Gelbe Winterlinge trotzten dem Schnee und brachten ein wenig Farbe in die Gärten und Parks der kaiserlichen Hauptstadt. Theodor blickte hinaus. *Rosa würde sich bestimmt über den Anblick freuen.* Seit jenem verregneten Februartag war die Stimmung im Haus getrübt, einzig Felix mit seiner kindlichen Unbekümmertheit gelang es, die Atmosphäre ein wenig aufzulockern. *Die drei müssten New York in ungefähr einer Woche erreichen*, dachte Theodor mit einem Blick auf den Holzstich des weißen Ahorns auf seinem Schreibtisch, als er eines Vormittags eine Mappe mit Dokumenten schloss, die die Sekretärin tippen sollte.

Hoffentlich waren sie wohlauf.

Theodor war eben im Begriff, in der Fertigungshalle nach dem Rechten zu sehen, da schob sich eine massige Gestalt über die Türschwelle seiner Schreibstube.

»Ich wünsche meine zukünftige Braut zu sprechen.« Meißner trat nahe genug an ihn heran, um jedes Barthaar in seinem feisten Gesicht zählen zu können. »Sag mir, wo sie ist!« Er spie die Worte förmlich aus.

»Ich wüsste nicht, dass wir Bruderschaft miteinander getrunken hätten.« Theodor hielt den wütenden Blick seines Gegenübers ungerührt fest. »Ihre Braut? Die Verlobung muss mir entgangen sein. Wann war die noch gleich?«

Meißner kniff die Augen zusammen. »Wo ist Rosa?«

Der Kerl muss den Verstand verloren haben, dachte Theodor. »Wie schon mehrfach erwähnt: Meine Schwester ist kurzfristig verreist.«

Plötzlich packte ihn der Ältere grob an der Weste. »Ich lass mich nicht länger an der Nase herumführen. Ich will auf der Stelle Hermann sprechen!«

Theodor versuchte sich dem Griff zu entwinden, doch die Hände seines Widersachers waren wie Schraubstöcke. »Er hat auswärts zu tun und wird bald zurück sein. Und jetzt lassen Sie mich gefälligst los!« Aus den Augenwinkeln nahm er die Sekretärin wahr, die mit einem Tablett Erfrischungen hereingekommen war und nun mit schreckgeweiteten Augen stehen blieb.

Meißner stieß ihn von sich. »Also gut. Ich werde hier auf ihn warten. Keine Spielchen mehr, oder ihr könnt was erleben!«

Theodor gab der Sekretärin ein Zeichen. »Wenn Sie unseren Gast bitte in den Empfangsraum geleiten.«

Theodor warf dem Mann einen finsteren Blick nach und nahm seine Arbeit wieder auf. Eine Weile später, er unterzeichnete gerade einige Bestellungen, hörte er vertraute Schritte.

»Gut, dass du kommst.« Erleichtert verfolgte Theodor, wie sein Vater, der das Gebäude wohl durch die hintere Tür betreten hatte, sich des Wintermantels entledigte und nun in der Bewegung innehielt. »Ist etwas, mein Junge?«

Theodor gab in kurzen Zügen wieder, was sich ereignet hatte. »Meißner erwartet dich im Empfangsraum.«

Sein Vater fluchte leise. »Ich gehe gleich zu ihm.«

»Mach das. Was hat das Gespräch mit Salzmann ergeben?«

»An Meißners Angebot ist rechtlich nichts zu bemängeln«, erwiderte Hermann mit einem Ausdruck, als hätte er auf eine Zitrone gebissen. »Wir haben nichts gegen ihn in der Hand.«

Theodor fuhr sich übers Gesicht. Bereits vor Monaten, lange bevor Meißners erpresserische Machenschaften ans Licht gekommen waren, hatte er seinem Vater einen vielversprechenden Vorschlag unterbreitet. Doch dieser hatte von jeher jede Neuerung von sich gewiesen und tat es auch diesmal. Für Theodor war jetzt allerdings der Zeitpunkt gekommen, das Thema wieder aufzugreifen. »Wir müssen handeln. Wir sollten unsere Produktion um eine Sportschuhabteilung erweitern.«

»Fang nicht wieder damit an, Junge.«

»Die Fabrikhalle ist groß genug, wir benötigen dazu nur ein paar zusätzliche Schuhmacher und Werkbänke.« Theodor sah, wie sich sein Vater versteifte. »Statt zuzusehen, wie Meißner uns das Leben zur Hölle macht, stellen wir uns ihm entgegen. Eine Modernisierung ist ohnehin unumgänglich, das weißt du, zumal die Berliner Wirtschaftsblätter von enormen Umsatzsteigerungen bei Sportschuhen sprechen. Wir sollten auf diesen Zug aufspringen.«

»Schlag dir den Plan aus dem Kopf.« Sein Vater maß ihn mit strengem Blick. »Der Bau unserer Tochterfabrik stellt bereits ein gewisses Risiko dar und wird ein tiefes Loch in unsere Rücklagen reißen. Ich danke dir für deinen Einsatz, aber zu weiteren Veränderungen bin ich momentan nicht bereit.«

»Die kleine Investition würde sich rasch bezahlt machen«, hakte Theodor vorsichtig nach. »Bitte überdenk alles in Ruhe.«

Hermann, der sich bereits umgewandt hatte, drehte sich ihm erneut zu. »Wir haben keinerlei Erfahrungen in dem

Bereich. Ich mache keine halben Sachen, und schon gar nicht überstürzt.«

»Natürlich nicht«, sagte Theodor sanft. »Ich habe mich in den letzten Monaten eingehend informiert, außerdem könnten wir versuchen, den Geheimrat in die Planungen einzubeziehen.«

Der Geheime Medizinalrat Doktor Wilhelm Steinhausen war Facharzt für Orthopädie und beriet die Breitenbachs seit Jahren bezüglich des Laufkomforts ihrer Schuhe.

Sein Vater hatte die Arme hinter dem Rücken verschränkt und blickte aus dem Fenster. »Sollte es dir gelingen, den Mann als Berater für das Projekt zu gewinnen, sprechen wir uns wieder. Mehr habe ich dazu nicht zu sagen.«

Theodors Herz schlug schneller. »Ich treffe mich heute Abend ohnehin mit ihm. Gibst du mir Handlungsspielraum für ein Angebot?«

Sein Vater sah ihn lange an. »Sicher, ich vertraue dir.«

Theodor spürte die Ungeduld des alten Herrn; unter diesen Umständen erschien es ihm klüger, das Thema zu wechseln. »Wann zahlst du eigentlich jeweils das Schweigegeld?«

»Zum Monatsanfang.« Hermann wandte sich zum Gehen. »Ich lasse Kaspar besser nicht länger warten.«

»Auf keinen Fall.« Theodor wartete, bis sein Vater außer Sichtweite war, und suchte die Sekretärin auf. »Habe ich heute noch Termine, Fräulein Nehlsen?«

»Nur die Verabredung um sechs Uhr im Weißbierkeller St. Gotthardt mit dem Herrn Geheimrat.«

»In Ordnung. Falls mein Vater nach mir fragen sollte, sagen Sie ihm, ich habe etwas in der Stadt zu erledigen. Geben Sie jetzt bitte Simon Bescheid, dass ich ihn brauche. Ich bin gegen Mittag zurück.« Er reichte ihr die Mappe mit den Bestellungen.

»Ist gut, Herr Breitenbach.«

»Wohin soll die Fahrt gehen?«, fragte Simon kurz darauf.

Der junge Mann bewältigte seine neue Aufgabe mit Bravour, dennoch vermisste Theodor den vertrauten Umgang mit Wendelin.

»Fahren Sie zu der Adresse in Lichtenberg, an der Sie meine Nachricht abgegeben haben.«

Als Wendelins Bruder vor einem schmucklosen Haus hielt, in dessen unterer Etage sich das Ladengeschäft eines Krämers befand, wies Theodor ihn an, dort zu warten.

Anschließend bog er in eine Seitenstraße und lenkte seine Schritte zu einem Park mit einer Vielzahl kleinerer Seen. Auf einer Bank an einem zugefrorenen Tümpel setzte er sich nieder und beobachtete, wie sich die Äste einer Weide im Wind bewegten. Kurz darauf nahm ein stämmiger Mann mit einem ungepflegten Schnurrbart, nur wenig älter als er selbst, neben ihm Platz und entzündete in aller Seelenruhe eine Pfeife.

»Wir sind miteinander verabredet, nehme ich an. Horatio Wolff mein Name.«

»Theodor Breitenbach. Ich freue mich, dass Sie es einrichten konnten.« Der billige Pfeifentabak seines Banknachbarn kitzelte seine Nase.

»Sie werden vermutlich Gründe haben, wieso Sie mich nicht in meinem Erkundungsbüro aufgesucht haben«, eröffnete Wolff das Gespräch.

»Ganz recht.« Theodor hielt seinen Blick auf den Tümpel gerichtet, an dem ein paar Enten verweilten, das Gefieder aufgeplustert, um sich vor der klirrenden Kälte zu schützen. »Ich habe einen Auftrag für Sie.« Er griff in die Innentasche seines Mantels, entnahm ihr ein Kuvert und reichte es ihm. »Hier finden Sie Informationen zu der Person, die Sie für mich auskundschaften sollen. Ich will, dass Sie sein Privat- und Geschäftsleben bis ins Kleinste nach Unregelmäßigkeiten durchleuchten.«

Wolff streckte die Beine von sich. »Bedaure, Sie enttäuschen zu müssen. Ich führe ein Erkundungsbüro zur Wahrnehmung kaufmännischer Interessen. Mit den Privatleben ziviler Personen habe ich nichts zu schaffen.«

Theodors Stimme nahm an Eindringlichkeit zu. »Dann machen Sie eine Ausnahme. Seien Sie versichert, dass ich Sie für Ihre Dienste fürstlich entlohne.«

In Wolffs Augen glomm ein Funke. »Wie fürstlich?«

»Wir werden uns schon einig.«

»Wozu das alles, wenn ich fragen darf?«

»Die betreffende Person hat sich zum Ziel gesetzt, meine Familie und unser Unternehmen zu vernichten.«

Wolff pfiff durch die Zähne. »Verstehe. Sie suchen also ein paar schmutzige Geheimnisse.«

»Wenn Sie das so ausdrücken möchten.« Theodor wedelte mit einem Lederbeutel. »Im Falle Ihres Einverständnisses gehört die Anzahlung Ihnen.«

Es dauerte nicht lange, und Theodor saß wieder in der Kutsche. Seine Mundwinkel hoben sich zu einem grimmigen Lächeln. Er hatte Wolff nicht weiter überreden müssen, der wohl gefüllte Lederbeutel hatte seine Gier geweckt. Gedankenversunken drehte er den Hut in den Händen. *Vater darf unter keinen Umständen davon erfahren. Nicht, bis ich handfeste Beweise gegen das Schwein in den Händen halte.*

»Ich fahre noch zu Herrn Schach, Petroleum, Kaffee, Dochte und Zucker besorgen«, sagte Simon mit einem schüchternen Lächeln, als sie an der Fabrik angekommen waren. »Brauchen Sie noch etwas?«

Theodor winkte ab. »Nein, danke. Richten Sie Herrn Schach meine besten Grüße aus.«

Der Kolonialwaren-, Wein- und Butterhändler August Schach am Tempelhofer Ufer gehörte erst seit Kurzem zu den rund neunhundert Detailgeschäften, die im Berliner Adressbuch verzeichnet waren. Bei ihm gab es alles zu kaufen, was ein anständiger Haushalt benötigte, und die Breitenbachs zählten seit der Eröffnung zu seinen Stammkunden.

»Wird erledigt«, erwiderte Simon und trieb die Pferde an.

Zunächst überzeugte sich Theodor in der Fertigungshalle davon, dass trotz einer defekten Nähmaschine alles zu seiner Zufriedenheit lief.

»Dit flutscht«, sagte Kovacz. »Aber wo is dit Fräulein Breitenbach eijentlich? Kommt se bald wieder?«

»Die Entscheidung steht noch aus«, erklärte er ausweichend und lenkte das Gespräch in eine unverfängliche Richtung. »Ich habe zum neuen Jahr eine zusätzliche Näherin eingestellt. Die Frau hat jede Menge Erfahrung.«

»Dit is jut«, sagte Kovacz. »Danke, Herr Breitenbach.«

Er wünschte seinem Vorarbeiter gutes Gelingen und kehrte in seine Schreibstube zurück.

Zu seiner Überraschung fand er dort seinen Vater vor. Die harten Linien auf seinem Gesicht beunruhigten ihn.

Hermann wies auf einen Stuhl. »Setz dich.«

Er tat ihm den Gefallen und sah ihn abwartend an.

»Das Gespräch ist anders verlaufen als gedacht«, begann der Fabrikant.

»Inwiefern?«

»Du warst kaum aus der Tür, da tauchte Kaspars Advokat bei mir auf. Du kannst dir meine Überraschung vorstellen.«

Theodor holte tief Luft. »Allerdings.«

»Er sollte als Zeuge für Kaspars offizielles Angebot fungieren. Ich habe sofort Fräulein Nehlsen zu uns gebeten. Zumindest haben wir jetzt eine Zeugin.« Hermann legte ein Papier auf den Schreibtisch.

Theodor studierte die Details des Angebots sorgfältig. »Wir vereinbaren eine Fusion zwischen *Schuherzeugung Breitenbach* und *Schuh Meißner* zum 30. Juni 1882«, hieß es weiter. »Die Fabrikhallen werden weiterhin ihre Standorte behalten, jedoch zukünftig unter dem Namen *Schuh Breitenbach & Meißner* geführt. Überdies wird eine Eheschließung zwischen Kaspar Meißner, Inhaber von *Schuh Meißner*, und Rosa Breitenbach, Tochter von Hermann Breitenbach, Inhaber von *Schuherzeugung Breitenbach*, zum 15. Mai 1882 vorgeschlagen, um die Verschmelzung der Unternehmen auch in persönlicher Hinsicht zu untermauern. Sollte der Gegenpartei unser Vorschlag missfallen, erwarten wir ein angemessenes Gegenangebot bis spätestens 28. Februar 1882.«

Wutentbrannt warf Theodor das Dokument auf den Tisch. »Das ist eine Frechheit. Der Kerl ignoriert nicht nur unsere abschlägige Antwort, er traut sich obendrein, sein Angebot zu wiederholen!«

»Das Hochzeitsdatum hat er auch gleich mitgeliefert.« Zwischen den Augenbrauen seines Vaters bildete sich eine steile Falte. »Aber damit nicht genug. Als sich der Advokat verabschiedete, gab Kaspar mir zu verstehen, dass ein Mann von der Presse ihn am 1. März aufsucht, der einen Bericht über *den Emporkömmling Meißner* schreiben will. Ich soll meine Entscheidung mit Bedacht treffen, sonst würde ganz Berlin am Tag darauf von meiner kriminellen Vergangenheit erfahren.«

Theodor fuhr hoch. »Wir müssen ihn aufhalten.«

Sein Vater drückte ihn auf den Stuhl zurück. »Worauf du dich verlassen kannst. Vorerst werde ich wegen einer Fristverlängerung mit ihm verhandeln mit dem Argument, das Angebot rechtlich prüfen zu lassen.«

Theodor schnaubte. »Sein Advokat wird schon Rechnung dafür getragen haben, dass es formell nichts zu beanstanden gibt.«

Hermann machte eine wegwerfende Handbewegung. »Natürlich, aber wir brauchen Zeit, seine Erpressung zu beweisen.«

»Hast du einen Plan, Vater?«

»Ja, aber überlass das getrost mir. Bitte konzentrier dich auf die Geschäfte, du hast genug Verantwortung zu tragen.«

Du etwa nicht?, durchfuhr es Theodor. Er musste an sich halten, damit ihm diese Worte nicht entschlüpften, die ihm wie Brotkrumen im Hals steckten. »Wie du willst. Wenn du mich jetzt entschuldigst.« Er wies auf einen Stapel Akten auf dem Schreibtisch. »Auf mich wartet noch eine Menge Arbeit. Felix liegt mir seit Wochen in den Ohren, er möchte eine Fahrt mit der neuen Pferdebahn unternehmen. Heute löse ich mein Versprechen ein.« Theodor wartete seine Antwort nicht ab und griff nach einer Akte.

»Das ist eine gute Idee.« Hermann legte eine Hand auf seine Schulter. »Wenn ich dich gekränkt haben sollte, tut es mir leid. Mach dir keine Sorgen, ich kümmere mich um alles.«

Theodor hob den Kopf. »Schon gut.«

Nachdem sein Vater gegangen war, beschäftigte er sich mit der Abrechnung vom Januar, die Georg ihm auf den Tisch gelegt hatte, und erledigte die Post. Anschließend ging er zur Sekretärin. »Ich habe hier einige offene Rechnungen. Wenn Sie die Kunden bitte anmahnen. Ich bin jetzt außer Haus. Bis morgen, Fräulein Nehlsen.«

»Natürlich. Viel Spaß mit Ihrem Sohn«, antwortete sie. Sie tastete nach einem Stofftaschentuch, in das sie offenbar etwas eingewickelt hatte. »Ich habe gestern Plätzchen gebacken. Die mag der Kleine doch so gern.«

Er lächelte. »Danke, das ist reizend von Ihnen. Felix wird sich freuen.«

Zu Hause angekommen, flog ihm sein Sohn in die Arme. Elena beobachtete die beiden reglos. Sie trug bereits ihren feinen Ausgehmantel und einen ausladenden Federhut, den er noch nicht kannte. Sie sah bezaubernd aus, ihre Züge wirkten wie gemalt, und das geblümte Kleid umspielte perfekt ihre Rundungen. Vermutlich hatte sie mehr Verehrer als Finger an einer Hand. Wo Elena auch auftauchte, verschlangen die Männer sie mit ihren Blicken, nur ihn ließ ihre Schönheit seit geraumer Zeit unberührt.

»Du bist ja schon angezogen.« Zärtlich betrachtete Theodor Felix' Blessuren am Kinn, die er sich beim Fußballspielen zugezogen hatte. Der Junge erinnerte ihn oft an seine eigene Kindheit. »Wasch dir Hände und Gesicht, mein Sohn.«

Felix stürmte in den Waschraum.

»Guten Tag, Elena. Du hast heute Morgen noch geschlafen, ich wollte dich nicht wecken.«

»Guten Tag, Theodor.«

Sie hielt ihm die Wange hin, ihre Umarmung ließ ihn frösteln.

»Du hast eine Verabredung?«

Sie nickte. »Keine Sorge, ich werde rechtzeitig zu Hause sein.«

Zu seiner Erleichterung kehrte Felix zurück, bevor das Schweigen zwischen ihnen unangenehm wurde. Elena bürstete sein lockiges Haar. »Viel Spaß, ihr beiden.«

»Bis später!«, rief Felix und zog seinen Vater mit sich ins Freie.

Simon lüftete den Hut.

»Fahren Sie uns bitte zum Alexanderplatz.«

»Mit Vergnügen, Herr Breitenbach.«

In der Kutsche legte Theodor den Arm um seinen Sohn. Der Junge strahlte, während ihre Fahrt sie gemächlich über die Prenzlauer Allee führte.

»Musst du heute wirklich nicht mehr arbeiten?«, wollte der Kleine wissen.

»Heute Abend habe ich noch einen Termin. Aber der Nachmittag gehört nur uns.« Seine Freude versetzte Theodor einen Stich. In den letzten Monaten hatte er sich viel zu selten Zeit für Felix genommen, obwohl er deutlich spürte, wie viel es ihm bedeutete. Üblicherweise begleitete Felix Elena zu ihren Verabredungen, doch inzwischen bat er seine Mutter immer öfter, bei Simon im Haus bleiben zu dürfen. Nachdenklich strich Theodor über die blonden Haare seines Sohnes. Dann wies er aus dem Fenster. »Schau, dort ist die Pferdebahn.«

KAPITEL 6

Rosa
Auf dem Schiff, 20. Februar 1882

Die erste Woche der Überfahrt würde Rosa wohl auf ewig im Gedächtnis bleiben. Heftige Stürme hatten aus dem Schnelldampfer ein Spielzeug der Elemente gemacht, und wenn es ein Geräusch gab, das sie so schnell nicht vergessen würde, war es das Würgen von Hunderten seekranken Passagieren, die mit bleichen Gesichtern an der Reling lehnten und sich ins Meer übergaben. Die Holzbohlen des Dampfers waren übersät von Erbrochenem. Zu Rosas Erleichterung wurden die Böden morgens und abends abgespritzt und gescheuert, um der Ratten Herr zu werden, die sich des Nachts an allem gütlich taten. Der Schiffsarzt hatte seine liebe Not, die Erkrankten mit ausreichend Flüssigkeit zu versorgen, da das Wasser rationiert war.

Georg, Wendelin und sie blieben zum Glück von der Seekrankheit verschont. Als die Stürme in der zweiten Woche nachließen, atmeten sie auf.

Eines Abends nach dem Dessert erhob sich der Kapitän, strich die Uniform glatt und klopfte mit dem Löffel an sein Glas. Die Passagiere verstummten. Rosa schätzte Willigerode um die vierzig, aber seine hohen Geheimratsecken ließen ihn älter und gesetzter erscheinen.

»Die Stürme haben uns Zeit gekostet. Wir werden Castle Garden voraussichtlich erst zwei Tage später erreichen. Ich bitte die Verzögerung zu entschuldigen.«

Im Gegensatz zu einigen Mitreisenden nahm Rosa die Nachricht gelassen entgegen. Die unscheinbare junge Frau in ihrer Kajüte beschäftigte sie weit mehr.

Es stellte sich heraus, dass Juliane Bauers Familie sie wegen des »unehelichen Balgs« verstoßen hatte, das bereits in drei Monaten auf die Welt kommen sollte. Der Vater des Kindes hatte sich inzwischen mit einer anderen Frau verlobt und wusste nichts von der Schwangerschaft. Jetzt suchte die höchstens Achtzehnjährige Hilfe bei Verwandten in New York.

Rosa fühlte sich hilflos angesichts ihres Schicksals und tat ihr Bestes, sie mit harmlosen Gesprächen von ihrem Kummer abzulenken. Doch Juliane war nur selten dazu zu bewegen, die Kajüte zu verlassen, weil sie sich vor den neugierigen und abschätzigen Blicken der Mitreisenden fürchtete. Rosa verstand sie, aber je mehr Zeit verging, umso blasser und mutloser wurde die Schwangere. Hin und wieder erstand Rosa bei dem Koch eine Extraportion belegte Brote, damit die Schwangere wieder etwas Farbe in die Wangen bekam.

Eines Nachmittags überredete Georg Wendelin, ihn in den Salon zu begleiten. Er hatte Gefallen an Shuffle gefunden und suchte einen Spielpartner. Rosa hingegen zogen Neugier und die milden Temperaturen aufs holzbeplankte Oberdeck. Mit einer wärmenden Decke und einem Buch über Colorados Landschaften genoss sie die Sonnenstrahlen in einem Liegestuhl.

Auf dem Rückweg schlenderte sie über den Mittelgang. Ein kleines Mädchen mit lustigen Zöpfen stürmte unversehens auf sie zu und umklammerte ihre Beine.

»Oh, wer bist du denn?«, entschlüpfte es Rosa lächelnd.

Die etwa Zweijährige blickte mit großen Augen zu ihr auf und fing an zu weinen.

Eine hagere junge Frau trat eilig heran und griff nach der Kinderhand. »Verzeihung, Irina Sie belästigen.«

»Sie hat mich mit Ihnen verwechselt.« Rosa stellte sich vor. »Eine Umarmung wie diese kann mich überhaupt nicht belästigen.«

»Ich Ludmilla Boczek. Wir kommen aus Weichselland. Sie auch Verwandte in Amerika?«

»Ja, eine Tante.« Die Wangen der Mutter wirkten eingefallen. *Vermutlich leidet sie unter den Nachwirkungen der Seekrankheit.*

Sie wechselten noch ein paar höfliche Worte, danach suchte Rosa die Küche auf und kehrte anschließend zufrieden in ihre Kajüte zurück mit einer Schale Suppe in den Händen, die Juliane sogleich gierig löffelte.

»Mein Kind nimmt mir jede Kraft«, sagte sie entschuldigend. »Ich habe ständig Hunger. Haben Sie vielen Dank.«

»Keine Ursache«, erwiderte Rosa. »Wissen Ihre Verwandten, dass Sie kommen?«

»Nein, aber meine Cousine und ihr Mann haben mich bereits im letzten Jahr zu sich eingeladen.«

Ob sie darüber erfreut sein werden, eine unverheiratete Schwangere zu beherbergen, wage ich zu bezweifeln.

Juliane senkte den Kopf. »Ich schäme mich so. Wie konnte ich nur auf einen Mann hereinfallen, der es nie ernst mit mir gemeint hat, und das Ansehen meiner Familie beschmutzen? Was tue ich meinem Kind an, dass es jetzt ohne Vater heranwachsen muss?«

Rosa legte ihr eine Jacke um die Schultern, denn sie schien zu frieren. »Deshalb braucht das Kind Sie jetzt doppelt. Schenken Sie ihm Ihre ganze Liebe, dann wird alles gut.«

»Ach ja? So einfach ist es leider nicht«, stieß ihr Gegenüber aus und strich über ihren gewölbten Bauch. »Mein Kind muss mit einem Makel leben, weil ich zu blind und naiv war.«

Rosa schwieg, denn sie verabscheute leere und höfliche Phrasen. Hätten sie nur endlich festen Boden unter den Füßen, würde Juliane hoffentlich bald neuen Mut fassen.

Auch Wendelin, Georg und sie zählten die Tage bis zu ihrer Ankunft, denn sie wiederholten sich auf zermürbende Weise. Um halb acht am Morgen wurde die Glocke zum Frühstück gezogen, um zwölf zu Mittag und um sieben Uhr gab es Abendessen. Dazwischen vertrieben sich die Passagiere der ersten Klasse die Zeit an der Bar, beim Kartenspiel oder bei den täglich wechselnden Vorstellungen. Da im Salon lediglich Spirituosen zu horrend hohen Preisen serviert wurden, nahmen die drei rasch davon Abstand. Nicht, dass die Geschwister sich die Getränke nicht hätten leisten können, aber sie wollten Wendelin, der aus bescheidenen Verhältnissen stammte, nicht in Verlegenheit bringen. Daher zogen sie sich zuweilen ins Rauchzimmer zurück, weil es dort ruhiger zuging als in den restlichen Aufenthaltsräumen. In der Ecke stand ein Klavier aus Rosenholz, das ihr Bruder sofort begutachtete.

Er schlug ein paar Akkorde an. »Gut gestimmt. Es klingt ähnlich wie meins.«

Rosa konnte förmlich fühlen, wie es ihm in den Fingerspitzen kribbelte, das Instrument auszuprobieren. Doch er lehnte verlegen ab. »Es gehört bestimmt einem Pianisten an Bord.«

Wendelin war einsilbig in jenen Tagen, ließ es sich jedoch nicht nehmen, sie abends bis zur Tür mit der Aufschrift »Nur für Frauen« zu begleiten, während ihr Bruder stets dafür Sorge trug, dass sich kein Mann im heiratsfähigen Alter tagsüber auch nur in ihre Nähe wagte. Obgleich sie keinerlei Bedürfnis nach weiterer Männergesellschaft verspürte, begann der Umstand sie zu ärgern.

Rosas Gedanken kreisten stets um ihre Familie, die zu Hause gegen Meißner und für Vaters Reputation kämpfte, während sie die Annehmlichkeiten an Bord genoss und dem neuen

Leben in der Fremde entgegenfieberte. Einem Leben, in dem sie ihr Schicksal bestimmte. Nun konnte sie beweisen, dass ihr Wunsch nach Unabhängigkeit kein Lippenbekenntnis gewesen war. Wenn die geplante Schule erst fertig war, würde sie ihr den Namen *Breitenbach School* geben. Die Vorstellung gefiel ihr, und sie konnte ihre Ankunft in Cortez kaum erwarten.

Eines Abends fiel ihnen ein Plakat ins Auge.

Heute Abend: Kuriositätenkabinett aus aller Welt. Erleben und staunen Sie!

Georg grinste und knuffte erst seine Schwester und danach Wendelin leicht in die Seite. »Wer sagt denn, dass wir nicht ein bisschen Spaß haben dürfen? Das verspricht interessant zu werden. Kommt ihr mit?«

Seine Begeisterung wirkte ansteckend, und so fanden sie sich kurz vor acht im Salon ein, der mit samtroten Tüchern und orientalisch anmutenden Lampen einem Thema aus *Tausendundeiner Nacht* nachempfunden war, und belegten Sitzplätze in der dritten Reihe.

Ein Mann im roten Frack eröffnete die Vorstellung.

»Meine verehrten Damen und Herren, lassen Sie sich nun von uns in eine Welt voll sagenhafter und wagemutiger Geschöpfe entführen. Lernen Sie zunächst die indischen Geschwister Adya und Abha kennen. Wir wünschen viel Vergnügen!«

Zwei dunkelhäutige Mädchen, die sich glichen wie ein Ei dem anderen, tanzten nach einer orientalischen Melodie.

Plötzlich entfuhr Rosa ein entsetzter Laut. Es handelte sich um Zwillinge, die von der Schulter abwärts am Rücken zusammengewachsen waren.

»Seht euch nur die Missgeburten an. Wie schade um sie!«, feixte ein Mann aus der ersten Reihe.

»Sie tanzen nicht, sie können sich gar nicht anders bewegen!«, schrie eine Dame. Das Publikum lachte.

Rosa wollte sich erheben, aber Wendelin hielt sie zurück. »Bitte bleib. Das Kuriositätenkabinett ist ihre einzige Chance auf ein selbstbestimmtes Leben.«

Rosa setzte sich wieder und verfolgte die Vorstellung mit wachsendem Unbehagen. Das gekünstelte Lächeln der Mädchen, als sie sich verabschiedeten, schnitt ihr ins Herz.

Als Nächstes zogen ein Schlangenbeschwörer und seine Kobra die Zuschauer in ihren Bann. Bis auch die Leute in der letzten Reihe bemerkten, dass der barhäuptige Mann eine Augenklappe trug.

»Er ... riskiert sein Leben«, flüsterte Rosa. »Seht nur, er hat furchtbare Angst!«

Georg schnaubte. »Wie naiv du bist. Das gehört doch zur Show.«

»Seien Sie endlich still«, zischte ein Mann hinter ihnen. »Eine Unverschämtheit ist das!«

Rosa schwieg, um kein weiteres Aufsehen zu erregen, und atmete erst auf, als der Schlangenbeschwörer wohlbehalten die Bühne verließ.

Danach kündigte der Mann im Frack die Hauptattraktion des Abends an. Zwei riesenhafte Männer trugen eine Chaiselongue auf die Bühne, auf der ein ansehnliches Mädchen mit blonden Locken saß. In seinem bodenlangen Seidenkleid ähnelte es einer Puppe.

»Begrüßen Sie mit mir diese aufsehenerregende Laune der Natur. Hier ist unsere Julanka. Die ganze Welt habe ich bereist auf der Suche nach einer Sensation, die Ihnen den Atem stocken lässt.« Ein selbstgefälliges Lächeln umspielte seinen Mund. »An der Ostküste Amerikas wurde ich tatsächlich fündig.« Er machte eine einladende Geste. »Zauberhafte Julanka, lüfte deinen Rock, damit wir dich in deiner ganzen Grazie bewundern können!« Er zwinkerte dem Publikum zu. »Aber Obacht!

Putzen Sie Ihre Monokel, denn Sie werden nicht glauben, was Sie hier zu sehen bekommen!«

Die Leute warfen einander fragende Blicke zu.

Dumpfe Trommelschläge erklangen, und das Mädchen drehte sich im Kreis. Als die Spannung im Salon in einem Trommelwirbel ihren Höhepunkt fand, riss sich das Mädchen den Rock herunter.

Manche schrien, andere lachten lauthals.

Erschüttert betrachtete Rosa die schlanken Schenkel des Mädchens, an dessen Innenseiten zwei weitere verkümmerte Beine herabhingen.

»Zeig ihnen, wie die Beinchen tanzen können«, forderte der Mann im Frack sie auf. Das Publikum bog sich vor Lachen.

Auf Julankas Gesicht meinte Rosa Spuren von Tränen zu erkennen. Sie stürmte aus dem Raum. Auf dem Gang lehnte sie ihre erhitzten Wangen gegen eine Wand und zwang sich zu einem ruhigen Atem.

Georg legte seine Hand um ihre Taille. »Du hattest recht, wir hätten schon früher gehen sollen.«

Sie blickte geradewegs in die aufgewühlten Mienen ihrer Begleiter. »Habt ihr es gehört? Sie verhöhnen das arme Ding. Können wir bitte von hier verschwinden?«

»Natürlich. Darf ich euch auf einen Schlummertrunk einladen?«, fragte Wendelin.

»Du darfst.« Georg schlug ihm auf die Schulter.

Ein älterer Herr sah im Rauchzimmer von der Zeitung auf. Gedankenversunken hob ihr Bruder den Deckel des Klaviers und strich andächtig über seine Tasten.

»Das Instrument steht den Passagieren zur Verfügung, mein Herr.« Der Mann nickte aufmunternd. »Nur zu.«

An diesem Abend saßen sie lange beieinander und lauschten Georgs Spiel, zu dem sich nach und nach weitere Zuhörer gesellten.

Die Uhr zeigte weit nach elf, da wünschte Wendelin Rosa vor der Tür zum Frauentrakt eine gute Nacht.

»Du musst mich nicht jeden Abend begleiten.«

»Doch, Rosa.« Er umfasste ihre Schultern.

»Ich bin kein kleines Kind mehr und weiß, was ich tue.« Entschieden löste sie sich von ihm. »Bis morgen.«

Für einen winzigen Moment meinte Rosa, in seinen Augen Schmerz zu entdecken.

»Das ist mir bewusst«, presste Wendelin heraus und entfernte sich.

Dieser Mann, den sie so gut zu kennen glaubte, gab ihr immer neue Rätsel auf. Wer wusste schon, welche Laus ihm über die Leber gelaufen war. Nachdenklich ging sie in die Kajüte.

Juliane hielt den Kopf über ein Blatt Papier gebeugt und drehte sich auf die andere Seite.

Rosa ließ sie gewähren und schlüpfte bald darauf unter die Decke. Auf das Schiff senkte sich Stille, und sie glitt sanft in den Schlaf hinüber.

Mitten in der Nacht schlich sich ein durchdringendes Geräusch in ihren Traum. Die Schiffssirene, erkannte sie erschrocken und blinzelte.

Julianes Bett war leer, vom Gang her vernahm Rosa eilige Schritte. Eilig schlüpfte sie in ihre Kleider, warf sich einen Umhang um die Schultern und huschte hinaus. Frauen in Morgenmänteln tuschelten auf dem Gang miteinander, was die nächtliche Störung wohl verursacht hatte.

Der Abort wie auch die Aufenthaltsräume lagen dunkel und verlassen vor ihr. Inzwischen hatten sich auch einige Männer auf dem Gang eingefunden.

Hinter Rosa eilte eine Handvoll Passagiere die Treppe zum Oberdeck hoch. Ihr gelang es, bis zur obersten Stufe vorzudringen.

»Bitte lassen Sie mich vorbei«, hörte sie eine vertraute Stimme im Rücken.

Wendelins Haare waren vom Schlaf zerzaust und fielen ihm bis auf die buschigen Augenbrauen. »Georg schläft wie ein Stein. Er hat sich Watte in die Ohren gesteckt. Was war das für ein Lärm?«

»Wir werden es herausfinden.« Eine Windbö zerrte an Rosas Umhang. »Juliane ist spurlos verschwunden. Wenn ich sie nicht finde, muss ich es morgen dem Kapitän melden.«

Da schob sich die kräftige Gestalt eines Matrosen mit strenger Miene in Rosas Sichtfeld.

»Halt! Sie dürfen hier nicht weiter.«

»Die Sirene wird nicht umsonst ausgelöst«, ergriff ein Mann um die sechzig hinter ihr das Wort. »Was ist passiert?«

»Ja, wir wollen wissen, was geschehen ist«, gab eine Frau mit rot bemalten Lippen energisch zu verstehen. »Wir haben ein Recht darauf, informiert zu werden.«

Der Matrose bat um Ruhe. »Ich versichere Ihnen, es ist alles in bester Ordnung. Bitte gehen Sie in Ihre Kajüten und legen sich wieder schlafen. Falls es etwas zu vermelden gibt, wird unser Kapitän Sie davon unterrichten.«

Die Leute murrten, zu guter Letzt traten sie jedoch den Rückweg an. Nur Rosa und Wendelin rührten sich nicht vom Fleck.

Der Matrose maß sie ungeduldig. »Was gibt es noch?«

Rosa bedachte ihn mit einem entschuldigenden Lächeln. »Bitte, ich brauche Ihre Hilfe. Meine Bettnachbarin ist verschwunden und ich mache mir große Sorgen um sie. Sie heißt Juliane Bauer.«

»Verstehe. Wie sieht sie aus?«

Rosa beschrieb sie. »Sie ist ungefähr achtzehn und schwanger. Haben Sie sie vielleicht gesehen?«

Sie bemerkte sein Zögern.

»Nicht direkt. Wie heißen Sie?«, fragte er etwas zugänglicher.

Sie gab ihm Auskunft.

»Warten Sie hier, Fräulein Breitenbach.« Ohne ihre Antwort abzuwarten, ging er davon.

Rosa schlang den Umhang enger um ihren Körper, wobei es die Kälte in ihrem Inneren war, die sie frösteln ließ.

Ein zweiter, älterer Matrose, der einen Regenumhang über der Uniform trug, kam auf sie zu. »Guten Abend. Kommen Sie.«

Sie folgten ihm ins Rauchzimmer und beobachteten verwirrt, wie er eine Petroleumlampe entzündete. »Fräulein Breitenbach, nicht wahr?«

»Ganz recht. Mein guter Freund Wendelin Ehrlich.« Ihr Mund war auf einmal staubtrocken.

Der Mann räusperte sich. »Vollmann mein Name. Ich bin der diensthabende Matrose in dieser Nacht. Vor ungefähr einer Stunde machte ich meinen Kontrollgang auf Deck. Ich war backbord, als ich ein auffälliges Geräusch bemerkte. Auf der Steuerbordseite entdeckte ich eine Frau, die auf die Reling kletterte.«

»Um Himmels willen!«, stieß Wendelin aus.

Rosa erschrak.

»Ich rief ihr zu, sie soll stehen bleiben«, sagte der Matrose. »Doch sie sah mich an, und im selben Moment, als ich erkannte, dass sie schwanger war, sprang sie bereits in die Tiefe.«

Wendelin erbleichte.

Sie konnte nicht länger mit ihrer Schuld leben, dachte Rosa fassungslos.

»Ich warf ihr einen Rettungsring zu, aber vergebens.« Auf Vollmanns Gesicht spiegelte sich Betroffenheit wider. »Wir müssen ihre Familie verständigen. Wären Sie so freundlich, uns ihre persönlichen Sachen zu übergeben?«

Rosas Stimme klang heiser. »Selbstverständlich.«

»Morgen am späten Vormittag wird Kapitän Willigerode eine kleine Trauerfeier abhalten«, fuhr der etwa Fünfzigjährige fort. »Es tut mir sehr leid, was passiert ist. Wie tragisch, den Tod eines so jungen Menschen beklagen zu müssen.« Sein Blick wurde eindringlich. »Ich muss Sie bitten, meine Informationen vertraulich zu behandeln, bis unser Kapitän das Unglück offiziell bekannt gegeben hat.«

»Selbstverständlich.« Wendelin reichte Rosa seinen Arm.

Der Matrose erhob sich. »Ich muss zurück an die Arbeit. In solchen Momenten fällt auch mir das schwer.«

Rosa gab ihm die Hand. »Ich danke Ihnen.«

»Keine Ursache.«

»In der Kajüte, wo ich Juliane noch vor ein paar Stunden gesehen habe, kann ich jetzt nicht schlafen«, gestand sie auf dem Weg zurück.

»Du kannst, Rosa.« Wendelin strich ihr über den Kopf, wie er es in ihren Kindertagen getan hatte, wenn sie sich verletzt hatte oder traurig war.

»Wir sehen uns zum Frühstück.« Sie zwang sich zu einem sicheren Schritt und eilte davon.

Auf dem Mittelgang beruhigten die verschlafen wirkenden Eltern ihre Kinder, die sich wegen des Tumults ängstigten. Georg kam ihr in Hausschuhen entgegen und rieb sich die Augen.

»Was ist denn hier los?«

Rosa berichtete ihm, was geschehen war.

»Wie schrecklich.« Georg musterte sie. »Lass uns an die frische Luft gehen. Wir brauchen einen klaren Kopf. Was meinst du?«

Dankbar schmiegte sich Rosa in seinen Arm und folgte ihm. Der Himmel war sternenklar und friedlich, als wäre nichts geschehen. Still saßen sie in ihren Liegestühlen, betrachteten den zunehmenden Mond und ließen es geschehen, dass ihnen der ältere Matrose wortlos zwei Wolldecken über die Beine legte.

KAPITEL 7

Georg
Castle Garden, 22. Februar 1882

Rund achtzig Passagiere hatten sich an jenem späten Vormittag auf dem Oberdeck eingefunden, um der jungen Verstorbenen die letzte Ehre zu erweisen. An dem mit schweren Regenwolken verhangenen Himmel schrien Möwen und andere Seevögel, die darauf hofften, dass Essensabfälle über Bord geworfen wurden. Eine sanfte Brise wehte, die den Menschen an Deck ermöglichte, ohne Wanken zu stehen. Georg legte den Arm um seine Schwester, die tapfer um Fassung rang. Vielleicht wäre es gar nicht zu diesem schrecklichen Selbstmord gekommen, wenn man sich der einsamen Juliane mehr angenommen hätte.

Viele Passagiere blieben der Trauerfeier fern, unter ihnen auch die Tischnachbarn der Breitenbachs. Beim Frühstück hatten sie sich darüber ausgelassen, welche Sünde es sei, dem eigenen Leben ein Ende zu setzen, und von der Hölle gesprochen, in der die Verblichene nun schmoren müsse.

Diejenigen, die sich an Deck versammelt hatten, lauschten ergriffen der kurzen, aber einfühlsamen Ansprache des Kapitäns.

»Möge die Seele von Juliane Bauer in der Ewigkeit Frieden finden«, schloss Willigerode.

Am Ende der Zeremonie spielten ein Geiger und ein Mandolinenspieler mit slawischen Zügen »O Welt, ich muss dich lassen«, was Georg schmerzlich an die Bestattung ihrer Mutter erinnerte, denn dort war die alte Weise ebenfalls gespielt worden.

Wenig später zogen sich die Passagiere zurück. Bald würde nur die Erinnerung an einen tragischen Tod in ihrem Gedächtnis haften bleiben. An den Namen Juliane Bauer würde sich kaum jemand erinnern. Ausgelöscht. Tot. Der Gedanke löste eine Flut von Empfindungen in ihm aus. Doch Theodor, Rosa und er würden dafür Sorge tragen, dass die Werte und das Vermächtnis ihrer Eltern die Zeit überdauerten. Es blieb Georg nur zu hoffen, dass Julianes Familie ihr Andenken in Ehren halten würde.

Rosas Blick verlor sich in der Ferne. »In Amerika hätte sie bestimmt einen guten Mann gefunden.«

Georg schnaubte. »Ein Amerikaner, der etwas auf sich hält, heiratet doch kein gefallenes Mädchen samt ihrem unehelichen Kind.«

»Warum nicht?«, widersprach Rosa. »Man kann ihr höchstens vorwerfen, dass sie sich gutgläubig mit einem Schurken eingelassen hat.«

»Nicht ganz.« Wendelins Stimme verlor ihre Weichheit. »Ich finde es verwerflich, ein Ungeborenes mit in den Tod zu ziehen. Sie hätte es in die Obhut eines kinderlosen Paares geben können. Somit hat sie ihm die Chance auf ein gutes Leben verwehrt. Das größte Verbrechen besteht für mich allerdings darin, ein Kind Tag für Tag spüren zu lassen, dass man sich seiner schämt. Das zumindest hat sie verhindert.«

»Kennst du Kinder, denen es so ergangen ist?«, fragte sie vorsichtig.

Wendelins Blick verlor sich in der Ferne. »Mehr, als mir lieb ist. Ich war eines von ihnen. Mein jüdischer Vater war einer anderen versprochen. Meine Eltern haben sehr unter ihrer

Trennung gelitten«, entgegnete er. »Ein guter Bekannter nahm meine Mutter zur Frau und rettete ihre Ehre. Aber er machte nie einen Hehl daraus, dass ich ein Kind der Sünde war und er Simon mir vorzog.«

»Das tut mir sehr leid«, flüsterte Rosa.

»Muss es nicht. Das ist Vergangenheit.«

Das erklärt, warum Wendelin nie über seine Familie gesprochen hat, überlegte Georg und fühlte Dankbarkeit, dass ihm und seinen Lieben Ähnliches erspart geblieben war.

Gemeinsam beobachteten die drei, wie die Sonne allmählich höher stieg.

Der diensthabende Kellner brachte ihnen Becher mit heißem Tee. »Zum Aufwärmen, wenn Sie mögen.«

Dankend nahmen sie die Getränke entgegen, und der Mann zog sich diskret zurück.

Irgendwo dort draußen befindet sich der Hafen von Manhattan, durchfuhr es Georg.

Die Passagiere wurden in den Salon gebeten. Dort bat der Kapitän um Aufmerksamkeit. »Ich möchte Ihnen mitteilen, dass wir Manhattan zwischen zwei und drei Uhr am Nachmittag erreichen.«

Ein allgemeines Ah und Oh wurde laut.

»Die Reisenden der ersten Klasse werden zuerst das Schiff verlassen«, fuhr Willigerode fort. »Sie melden sich bitte am Schalter. Dort wird man Sie über die weitere Vorgehensweise informieren. Vielen Dank und eine gute Weiterreise.«

Die Passagiere klatschten.

In Georgs Magen begann es zu flattern. »Lasst uns packen.«

Eine Weile später besetzten Wendelin, Georg und Rosa die letzten freien Plätze im Rauchzimmer, das Gepäck zu ihren Füßen, und suchten den Horizont nach Land ab. Wie würde ihr neues Leben in der Ferne wohl aussehen; würden sie finden, wonach sie suchten?

Als die Passagiere endlich eine schwache Silhouette am Horizont ausmachen konnten, war ihre Nervosität beinahe mit Händen greifbar. Im Gang huschten die Leute umher und ihre Kinder ließen sich von der Hektik anstecken. Die Älteren saßen still in Ecken, manche wirkten beängstigend mitgenommen.

Die Umrisse von Manhattans Hafen nahmen an Schärfe zu, und schließlich wies Rosa geradeaus. »Seht nur, dort ist der Anlegeplatz!«

Das Festland lag in diesiges Sonnenlicht getaucht vor ihnen. Dann legte die *Elbe* an.

Liebevoll beobachtete Georg seine Schwester, die ihren Siegelring, den sie an einer Kette um den Hals trug, heftig drehte. Das tat sie stets, wenn sie nervös war. Jetzt deutete sie auf ein Gebäude, über dem ein Schriftzug die Emigranten darauf hinwies, dass es sich um die Einreisebehörde handelte.

»Dort müssen wir hin.«

Eine Stunde später betraten sie amerikanisches Festland. Eine Reihe von Uniformierten lotsten sie zu dem Portal eines imposanten Bauwerks mit dem nüchternen Namen »State Emigrant Landing Depot«. Rosa, Wendelin und Georg standen in der Schlange direkt hinter ihren unsympathischen Tischnachbarn, vor diesen wiederum wartete das junge Paar mit dem kleinen Kind.

»Das ist Ludmilla mit ihrer Tochter Irina, von der ich euch erzählt habe«, flüsterte Rosa.

»Sie wirken nicht wie Passagiere erster Klasse«, sagte Georg.

Wendelin stimmte ihm zu. »Nur schwer arbeitende oder hungernde Menschen sehen derart verhärmt aus.«

Der Familienvater trug schwer an den Koffern sowie einem Leinenbündel auf dem Rücken und hielt sich mühsam auf den Beinen. Seine Frau nahm Irina auf den Arm und sprach beruhigend auf sie ein.

Zwischen den Emigranten herrschte eine angespannte Stille. Von den Strapazen der Reise gezeichnet, saßen sie auf Koffern oder Kisten und lauschten den Ansagen der Ordnungshüter, die Pässe und Einreisepapiere bereitzuhalten.

Wie sich herausstellte, sortierte man bereits am Schalter die Einreisenden nach Geschlechtern. Wer einen kränklichen Eindruck machte, wurde auf der Stelle zu einem Quarantänezimmer gelotst.

Auf einmal begannen die Wartenden zu tuscheln.

Rosa stellte sich auf die Zehenspitzen. »Sie haben ein altes Ehepaar getrennt. Der Mann scheint krank zu sein, die Frau weint bitterlich und fleht, ihren Mann in den gesonderten Bereich begleiten zu dürfen. Doch der Beamte lässt nicht mit sich reden.«

Wendelin hielt ihren Hut fest, der in einer Windbö fortgetragen zu werden drohte. »Das mag grausam erscheinen, ist aber notwendig. Wie ich gelesen habe, gab es in den vergangenen Jahrzehnten immer wieder Emigranten, die für die Ausbreitung von Seuchen hier in Amerika verantwortlich waren.«

»Wendelin hat recht«, sagte Georg.

»Wie traurig«, meinte Rosa. »Ich mag mir gar nicht ausmalen, wie es den armen Menschen vom Zwischendeck ergeht. Ich glaube, der eine oder andere hat sich aufgrund der miserablen Unterbringung mit Krankheiten angesteckt. Denkt nur an das ganze Ungeziefer.«

Die Vorstellung jagte Georg einen Schauer über den Rücken.

Dann war das junge Ehepaar mit dem Kleinkind an der Reihe, und die drei hörten sie mit dem Schalterbeamten debattieren.

»Habe ich es mir nicht gleich gedacht?«, zischte die ältere Dame vor ihnen. »Das sind jüdische Polacken. Den Akzent kenne ich, an Bord gab es ja genug von ihnen. Jetzt will das

Pack auch noch Amerika bevölkern. Wisst ihr, wie viele von ihnen schon eingewandert sind? Ich sag euch, die machen sich wie Schmeißfliegen überall breit.«

»Sei gefälligst leise«, wies ihr Mann sie rüde zurecht. »Deinetwegen bekommen wir noch Ärger mit den Behörden.«

Rosas und Georgs bestürzte Blicke begegneten sich.

Ludmillas Mann erhob unterdessen die Stimme. »Wir nur weite Reise. Ich Bruder von Banker Ivo Boczek in New York. Wir müde, nicht krank. Ihr müsst uns glauben.«

Doch nur Augenblicke später brachte man Mutter und Kind in den separaten Bereich für die Frauen und ihren Gatten in denjenigen für Männer.

Aufmerksam beobachtete Georg, wie ihre Tischnachbarn an den Schalter gebeten wurden.

»Sie gehen ins Gebäude zwei. Dort werden Sie untersucht«, erklärte der Schaffner, und Georg war insgeheim froh über die Englischlektionen von Herrn Fritz.

»Wenn alles in Ordnung ist, weist man Sie weiter ein.« Der Schaffner stempelte die Papiere ab. »Der Nächste bitte.«

Mit feuchten Händen traten Wendelin, Rosa und er vor. Der Schaffner begutachtete die Dokumente eine quälend lange Zeit. »Schuherzeugung, soso.« Er beäugte sie kritisch. »Warum wollen Sie immigrieren, obwohl Sie in Deutschland eine gesicherte Existenz vorzuweisen haben, Mister Breitenbach?«

Georg streckte den Rücken. »Wir wollen in Rico eine Tochterfabrik eröffnen.«

Der Blick des Schaffners wanderte von einem zum anderen. »Verstehe.«

Wenig später fanden sich die drei auf der Krankenstation wieder, wo man sie trennte. Nach kurzer Untersuchung bat man die beiden Männer in ein Nebengebäude zum Einreisetest.

Draußen begegneten sie Rosa, die sich für ihre Untersuchung in eine Warteschlange einreihen musste.

»Viel Glück«, flüsterte Wendelin, und Georg hauchte ihr einen Kuss auf den Scheitel. »Alles wird gut, du wirst sehen.«

Sie nickte, aber die Anspannung warf Schatten auf ihr Gesicht.

Im Testraum winkte ein griesgrämig dreinblickender Mann Georg an den Tisch und studierte seine Papiere. »Können Sie lesen, Mister?«

»Selbstverständlich.«

Er händigte Georg einen Stapel Zettel aus.

»Sie haben fünf Minuten zum Ausfüllen.« Der Prüfer reichte ihm einen Füllfederhalter. »Bitte fangen Sie an.«

Irritiert sah Georg in seine gleichmütige Miene und überflog die Bögen. Hundert Fragen in fünf Minuten?

In welchem Land hatten Sie Ihren letzten Wohnsitz? Welche Nationalität haben Sie? Liegt Ihr endgültiges Reiseziel innerhalb der Vereinigten Staaten? Besitzen Sie mehr oder weniger als fünfzig Dollar? Sind Sie Anarchist? Leiden Sie an einer ansteckenden Krankheit? Sind Sie Bigamist?

Dies waren nur einige der Fragen, die auf Georg warteten. Schweißperlen sammelten sich auf seiner Stirn.

Danach gab der Prüfer Georg zu verstehen, im Warteraum nebenan Platz zu nehmen. Dort traf er auf Wendelin, der wie angewachsen dasaß und seine Schuhspitzen musterte, sowie auf den ehemaligen Tischnachbarn, der finster ins Leere starrte. Den polnischen Familienvater suchte er in dem Raum allerdings vergebens. Georg legte Wendelin eine Hand auf die Schulter. »Wie ist es gelaufen?«

»Nicht gut.« Eine Sorgenfalte hatte sich auf Wendelins Stirn gegraben. »Ich habe mir das Lesen und Schreiben selbst beigebracht, aber wohl nicht gut genug, denn die letzten beiden Fragen konnte ich nicht mehr beantworten.«

Indes wurde der junge Kerl im feinen Anzug neben Wendelin aufgerufen, und Georg setzte sich zu ihm. »Warum hast du das dem Prüfer nicht gleich gesagt? Es ist doch keine Schande, im Lesen ungeübt zu sein.«

Wendelin hob die Schultern. »Ich habe mich überschätzt.«

Sie hefteten ihren Blick auf die schmucklose Uhr, deren Zeiger sich kaum zu bewegen schienen. Im Raum war es stickig und es roch nach Angst. Unzählige Gedanken schossen durch Georgs Kopf. *Was sollen wir tun, wenn Wendelin die Einreise verweigert wird?*

In diesem Moment betrat der polnische Jude den Raum. *Also hat er die Gesundheitsprüfung bestanden.* Georg freute sich insgeheim für ihn und lächelte ihm zu. Wenig später rief der Prüfer ihren Tischnachbarn, der den Juden beim Verlassen des Warteraums geflissentlich ignorierte, und danach noch ein paar weitere Männer zu sich.

Georg hielt die Ungewissheit kaum noch aus.

Als der Prüfer ihn und Wendelin endlich in sein Büro rief, sprang er auf die Füße.

»Ihrer Einreise steht nichts mehr im Weg, Mister Breitenbach und Mister Ehrlich.« Er händigte ihnen ein paar Papiere aus. »Willkommen in den Vereinigten Staaten und viel Erfolg für Ihr Vorhaben.«

Georg war es, als fiele eine Zentnerlast von ihm ab. »Ich danke Ihnen.«

Sie verließen den Prüfungsraum.

»Komm, wir müssen nach Rosa sehen«, sagte Georg.

Draußen sank er in ihre stürmische Umarmung.

»Himmel, wo habt ihr nur gesteckt? Ich bin fast verrückt geworden vor Sorge.«

»Die war nicht ganz unbegründet.« Georg hielt sie schmunzelnd ein Stück von sich ab. »Aber das liegt zum Glück hinter uns. Wir haben es geschafft, ihr Lieben.« Sein Blick wanderte von Rosa zu Wendelin, der wie früher, als sie noch halbe Kinder waren, den Arm um sie gelegt hatte. Zeitweilig, wenn er in Gedanken war, vergaß er, dass er eine erwachsene Frau vor sich hatte. Rosa schien es jedenfalls nicht zu stören. »Am besten überbringen wir Vater und Tante Funny gleich die gute Nachricht über unsere erfolgreiche Ankunft. Was meint ihr?«

Rosa schüttelte den Kopf. »Das Telegrafenamt hat leider bereits geschlossen.« Sie nahm ihren Koffer und hakte sich bei ihm unter.

»Schade. Dann verschieben wir es eben auf morgen.« Georg sah sich um. »Wohin sollen wir uns jetzt wenden?«

»Die Prüferin meinte, man könne die Pensionen hinter dem Hafen nicht verfehlen«, sagte sie. »Die meisten werden ausgebucht sein. Zudem hat sie uns ausdrücklich vor Schwindlern gewarnt, die mit Wucherpreisen die Unwissenheit der Immigranten ausnutzen.«

»Wir stellen keine Ansprüche, ein Dach über dem Kopf und ein sauberes Bett genügen.« Wendelin schulterte sein Gepäck. »Und übers Ohr hauen lassen wir uns schon gar nicht.«

Auf einmal erschien Georg der Abend wunderbar lau und verheißungsvoll und der einsetzende Nieselregen wie Weihwasser. »So ist es. Lasst uns keine Zeit verlieren. Wir werden bestimmt eine Unterkunft finden.«

KAPITEL 8

Hermann
Berlin, 1. März 1882

Ein heftiger Sturm ließ in der Nacht die Stadtvilla erzittern. Wie ein zorniger Geselle zerrte er an den Halterungen der Fensterläden, öffnete und schloss sie geräuschvoll und sorgte dafür, dass Hermann und seine Familie hellwach in den Betten lagen und besorgt lauschten. Er hörte Magda, die ein Zimmer im Erdgeschoss bewohnte, durchs Haus laufen und die Fensterläden wieder und wieder schließen. Erst gegen Morgen verebbte der Sturm und schenkte Hermann noch zwei Stunden Schlaf, bevor seine Standuhr sechs Mal schlug und er sich wie betäubt aus dem Bett schälte. Wie jeden Morgen wanderten seine ersten Gedanken zu Rosa und Georg. Sie müssten inzwischen in New York angekommen sein, doch bisher hatte er nichts von ihnen gehört. Wobei es fraglich war, ob sie am Anlegeplatz Gelegenheit hatten zu telegrafieren. Den Schilderungen der Zeitungen nach zu urteilen, schien es in diesem Jahr eine regelrechte Welle von Emigranten zu geben, die in Amerika eine neue Zukunft suchten. Voller Unruhe hatte er täglich die Berliner Presse studiert, doch zu seiner Erleichterung gab es keinerlei Schiffsunglücke zu vermelden. Vermutlich entstanden täglich lange Schlangen am

Telegrafenamt. Hermann unterdrückte ein Seufzen. Seit ihrer Abreise hatte er keine Nacht ruhig schlafen können.

Der Tag begann mit schlechten Nachrichten, denn der Sturm hatte auch ein paar Dachziegel gelöst. In der Nachbarschaft hatte er noch größere Schäden angerichtet und im Viertel sogar eine Reihe alter Bäume entwurzelt, die nun die Straßen versperrten.

Während er mit Theodor, Elena und Felix schweigend das Frühstück einnahm und sein Gesicht von Simons viel zu starkem Kaffee verzog, stieg in ihm die Ahnung hoch, dass sich auch der Rest des Tages unangenehm entwickeln würde.

Heute war Zahltag, und Kaspar verlangte nach wie vor sein Schweigegeld, was Hermanns Zorn neue Nahrung verlieh.

Elena und Felix rissen ihn aus seinen Überlegungen, als sie sich verabschiedeten und er ihnen nachdenklich einen schönen Tag wünschte.

»Ich treffe den Boten nachher bei der Lagerhalle, deshalb mache ich mich heute früher auf den Weg.«

»Ich begleite dich«, erwiderte Theodor entschlossen.

Hermann betrachtete ihn aufmerksam. »Der Mann darf dich nicht bemerken. Du musst mir versprechen, keinesfalls einzugreifen.«

Die Härte auf den Zügen seines Sohns erweckten Hermanns Schuldgefühle zu neuem Leben. Hätte er damals 1848 nur mit der Besonnenheit reagiert, die er im Laufe der Jahre erlernt hatte. Doch sooft er sein hitziges Verhalten auch bereute, er konnte die Zeit nicht zurückdrehen.

»So kommen wir Meißner niemals auf die Schliche«, konterte Theodor mit mühsam unterdrücktem Zorn.

»Im Gegenteil. Aber ich muss mich darauf verlassen können, dass du dich nicht von deinen Gefühlen lenken lässt.« Hermann bemerkte, wie es hinter der hohen Stirn seines Sohnes arbeitete. »Ich brauche dich als Zeugen.«

Theodor wollte etwas einwenden, aber er unterbrach ihn mit einer rigorosen Handbewegung.

»Ich weiß, dass deine Aussage vor Gericht keinen Bestand hätte. Du sollst lediglich unser Gespräch belauschen.«

»Willst du mich nicht in deinen Plan einweihen, Vater?«

Was sollte Hermann darauf entgegnen? Dass er bisher gar keinen hatte und sich auf sein Gefühl verlassen würde? »Ich lasse mir einen Vorwand einfallen, um die Zahlung hinauszuzögern und ihn erneut zum Treffpunkt zu bestellen. Bis dahin müssen wir einen unabhängigen Zeugen auftreiben. Hast du einen Vorschlag, wen wir fragen können?«

Theodor fuhr hoch, das Gesicht bleich. »Ja, vielleicht. Versprechen kann ich aber nichts. Wie wäre es mit Professor Salzmann?«

Die pausbäckige Magda kam herein. »Kann ich den Herrschaften noch etwas bringen oder darf ich abräumen?«

»Danke, Magda. Wir sind fertig.« Als sie wieder allein waren, setzte Hermann erneut an. »Ich glaube kaum, dass Salzmann sich für so etwas hergibt. Aber möglicherweise kennt er jemanden, den er damit beauftragen kann.«

Theodors Miene hellte sich auf. »Das wäre famos. Ich höre mich auch mal um.« Er blickte auf die Uhr. »Wann kommt der Bote?«

»Gegen Viertel vor acht.«

Theodor schlüpfte in sein Sakko und kontrollierte den korrekten Sitz seiner Fliege. »Gut, verlass dich auf mich.« Ehe Hermann sichs versah, war sein Sohn aus dem Haus geeilt und ließ ihn verwundert zurück.

Wenig später war es auch für ihn an der Zeit aufzubrechen. Unterwegs musste er immer wieder Dachschindeln und Holzteilen ausweichen, die der Sturm auf die Straße geschleudert hatte.

Vor der Lagerhalle vergrub er die Hände in den Manteltaschen und versteckte seine Anspannung hinter der Maskerade eines Geschäftsmannes, den nichts so schnell aus der Ruhe brachte. Die Sonne wärmte sein Gesicht, und in seiner Hosentasche fühlte er den weichen Stoff seiner Geldbörse zwischen den Fingern.

Die Lagerarbeiter von *Schuherzeugung Breitenbach* hatten ihre Schicht wie üblich um sieben begonnen, und aus der weit geöffneten Halle drangen ihre Stimmen sowie die Gerüche von Leder und Klebstoff. Ein Mann mit krausem Grauhaar, der einen schweren Leinensack auf dem Rücken trug, warf ihm einen Gruß zu. »Das ist die lang erwartete Lieferung vom Gerber Hessler. Wurde aber auch Zeit, nicht wahr?«

»Allerdings. Wie geht es der Familie, Westhoff?«, fragte Hermann seinen langjährigen Mitarbeiter.

»Alles wohlauf. Danke, Herr Breitenbach. Mein Jüngster geht jetzt zur Schule«, erklärte er mit kaum verhohlenem Stolz.

»Fabelhaft. Sagen Sie Ihrem Walter, wenn er fleißig lernt, ist ihm später jederzeit ein Platz in unserer Fabrik sicher. Tüchtige Mitarbeiter sind mir immer willkommen.«

Westhoff strahlte. »Richte ich ihm gern aus. Vielen Dank.«

Hermann verfolgte, wie sein Mitarbeiter die Last in die Lagerhalle schleppte, blickte sich unauffällig um und entdeckte gerade noch, wie Theodor hinter dem Hallentor verschwand, dem er den Rücken zuwandte. »Kannst du mich verstehen?«

»Laut und deutlich«, kam es von seinem Sohn.

Das Treffen verspricht spannend zu werden, dachte Hermann grimmig.

Es dauerte nicht lange, und ein Bursche von höchstens sechzehn Jahren kam geradewegs auf ihn zu.

»Guten Tag. Herr Breitenbach?«

Er ließ sich sein Erstaunen nicht anmerken und beobachtete den Fremden aus zusammengekniffenen Augen. »Der bin ich. Was kann ich für dich tun?«

Die Wangen des blonden Burschen, auf dessen Oberlippe ein dünnes Bärtchen wuchs, röteten sich. »Ein Freund von Ihnen schickt mich. Sie sollen mir etwas aushändigen.«

»Nicht, dass ich wüsste«, erwiderte Hermann steif.

Der junge Mann trat von einem Fuß auf den anderen. »Ich bin der neue Bote und wurde angewiesen, Geld abzuholen.«

»Das kann jeder behaupten. Ich kenne dich nicht. Glaub mir, nichts liegt mir ferner, als einen wildfremden Jungen als Boten zu benutzen.« Er kreuzte die Arme vor der Brust. »Gib mir deinen Namen und deine Adresse, oder hast du ein Schreiben dabei, das deinen Auftrag bestätigt?«

»Nein«, stotterte der Bursche. »Ihr Freund sagte, Sie wüssten Bescheid.« Er sah sich hastig um. »Ich bekomme garantiert Ärger, wenn ich unverrichteter Dinge zurückkehre.«

»Das ist mir gleich. Ohne eine schriftliche Bestätigung bekommst du von mir gar nichts.« Der Umstand, dass Kaspar diesmal einen anderen Jungen geschickt hatte, spielte ihm geradezu in die Hände, was ihn mit Genugtuung erfüllte. »Richte das deinem Auftraggeber aus.« Hermann trat näher an ihn heran. »Was zahlt er dir eigentlich für deine … Dienste?«

Der Bursche machte Anstalten zu gehen, doch Hermann hielt ihn fest. »Antworte!«

Er schüttelte den Kopf. »Das sag ich nicht!«

»Verstehe.« Hermann packte ihn am Schlafittchen, sein Tonfall wurde eisig. »Komm heute Nachmittag um vier mit einem Schreiben wieder. Das ist mein letztes Wort, und jetzt troll dich!«

Das ließ sich der Bursche nicht zweimal sagen.

Der Sand knirschte unter Theodors Schuhen, als er sich zu seinem Vater gesellte.

»Hast du alles mitbekommen?«

Theodor nickte. »Jawohl. Gut gemacht. Glaubst du, deine Strategie hat Erfolg?«

»Auf jeden Fall ist Kaspar jetzt am Zug und muss sich etwas einfallen lassen«, antwortete Hermann. »Hast du etwas erreicht?«

»Ich hoffe«, sagte Theodor. »Simon überbringt einigen möglichen Kandidaten meine Nachricht, die unter Umständen als Zeugen für heute Nachmittag infrage kämen. Bleibt abzuwarten, ob sich einer dazu bereit erklärt. Wie ist es bei dir?«

Hermann hob die Schultern. »Mir sind die Hände gebunden, zumal Professor Salzmanns Kanzlei bis fünf Uhr geöffnet ist.«

Sein Sohn strich sich die Haare aus der Stirn. »Dann ist er unabkömmlich. Schade.«

»Du sollst dich nicht sorgen«, mahnte sein Vater und schlug ihm auf die Schulter. »Komm, die Arbeit ruft.«

Bei ihrem Eintritt wünschte ihnen Fräulein Nehlsen fröhlich einen guten Morgen und reichte Hermann ein Schreiben. »Das ist gerade für Sie angekommen, Herr Breitenbach. Ich denke, das wird Sie freuen.«

Hermann überflog die Nachricht und gab seinem Sohn einen Wink, ihm ins Besprechungszimmer zu folgen. Dort ließ er sich schwer auf einen Polsterstuhl sinken. »Dem Herrgott sei Dank.« Er reichte ihm das Schreiben. »Rosa, Georg und Wendelin sind wohlbehalten in Castle Garden an der Südspitze Manhattans angekommen. Sie wollen nun nach Cincinnati und sich dort eine Arbeit suchen, um die Weiterreise zu verdienen.«

Theodor stieß heftig die Luft aus. »Endlich! Die Ungewissheit war kaum noch auszuhalten.« Auf seinen Zügen zeichnete sich Verwirrung ab. »Arbeiten? Du finanzierst doch ihre Reise, oder nicht?«

»Nur die Überfahrten, Junge. Sie wollten kein weiteres Geld von mir annehmen«, erläuterte Hermann. »Ich konnte sie nicht umstimmen.«

»Rosas Dickköpfigkeit kennen wir zur Genüge.« Theodor schmunzelte. »Wenn sie ablehnt, stimmt Georg ihr zu, und der gute Wendelin hatte ohnehin hart mit sich zu kämpfen, dein Geld anzunehmen.«

»Vielleicht ist es besser so«, meinte Hermann. »Als junger Mensch muss man lernen, für seine Ziele zu kämpfen. Im Übrigen scheint mir Cincinnati ein guter Ort für sie zu sein. Funny berichtete in einem ihrer letzten Briefe, dass es dort eine große deutsche Gemeinde geben soll.«

»Ja, ich erinnere mich.« Theodors Blick drang warm in seinen. »Wir können also aufatmen. Die gute Nachricht muss ich den anderen schnell erzählen. Besonders Felix hat mich mehrfach gefragt. Du weißt, wie sehr er an Georg und Rosa hängt.«

»Ja, er ist ein sehr feinfühliger Junge. Wie läuft es mit Elena?«

Theodor schwieg einen Moment. »Wir tun unsere Pflicht.«

Seine Worte verursachten einen bitteren Geschmack in Hermanns Mund. »Das tut mir leid. Aber ich erwarte, dass ihr euch an die Bedeutung einer Ehe entsinnt. Sie wurde vor Gott geschlossen, in guten wie in schlechten Tagen.«

»Daran musst du mich nicht erinnern.« Theodor erhob sich. »Ich habe gleich einen Termin mit einem Gerber aus Brandenburg, der uns ein Angebot unterbreiten will. Bitte entschuldige mich.«

Theodor verließ das Besprechungszimmer in aufrechter Haltung.

Innerlich aufgewühlt betrachtete Hermann den Siegelring mit dem Ahornsymbol an seiner linken Hand. *Elenas Lieblosigkeit ist wie ein Stachel, der sich tiefer und tiefer in seine Seele gräbt. Wenn ich ihm nur helfen könnte.*

Theodor tat gut daran, jeden Gedanken an eine Trennung weit von sich zu stoßen. Er hatte Elena vor sechs Jahren zu seiner Frau gewählt, und als Mann von Ehre hatte er sein Ehegelöbnis zu erfüllen. Doch trotz aller moralischen Aspekte bestürzte Hermann die ausweglose Lage weit mehr, als sein Sohn ahnen konnte. Er wollte Theodor ebenso glücklich sehen, wie er es einst mit Helene gewesen war.

Bilder seiner Frau, wie sie ausgelassen mit den Kindern spielte, tauchten vor ihm auf. Ihre ausdrucksvollen blauen Augen, ihre sanfte Bestimmtheit, mit der sie die Herzen aller Arbeiter erobert hatte.

Gut, dass sie Theodors freudlose Ehe nicht mehr erleben muss. Er holte tief Luft und ging zu seiner Sekretärin.

»Evchen, wenn Sie bitte einen Brief an Meißner verfassen.«

Nach den Vorgaben seines Advokaten diktierte er ihr ein Ablehnungsschreiben für das Übernahmeangebot. »Enden Sie bitte mit verbindlichen Grüßen.«

Sie versicherte ihm, das Schreiben sofort aufzusetzen.

Hermann betrachtete sie nachdenklich. »Im Übrigen hätte ich eine kleine Bitte. Würde es Ihnen etwas ausmachen, heute ein wenig länger zu bleiben? Ich brauche einen Zeugen für ein Treffen um vier Uhr.«

Fräulein Nehlsen versuchte gar nicht erst, ihre Bestürzung zu verbergen. »Wie neulich mit dem Advokaten von Herrn Meißner?«

»Richtig. Ich behellige Sie wirklich ungern«, räumte Hermann ein, »aber ich brauche jemanden, dem ich vertraue. Kann ich auf Sie zählen?«

»Jederzeit.«

Sie gab sich betont gelassen, aber ihre fahrigen Bewegungen, als sie Papier in die Schreibmaschine spannte, blieben ihm nicht verborgen. Sie blickte auf. »Sie stecken hoffentlich nicht in ernsthaften Schwierigkeiten?«

»Leider doch. Aber es wäre nicht die erste Hürde, die wir genommen hätten, nicht wahr?«

Sie nickte. »Das ist wahr. Ich werde da sein.«

»Danke. Wenn ich Sie nicht hätte.«

Die nächsten Stunden hielten Hermann in Atem, denn die neue Näherin hatte heute ihren ersten Arbeitstag. Außerdem hatten sich später ein Dachdecker und sein Schreiner angekündigt, die die Schäden an seinem Haus begutachten wollten.

Pünktlich um vier fand er sich mit Fräulein Nehlsen vor der Lagerhalle ein, die einen ausgesprochen nervösen Eindruck machte.

Zum Glück mussten sie nicht lange warten, bis zwei hochgewachsene Gestalten auf sie zusteuerten.

Hermann pfiff durch die Zähne. *Ziemlich durchtrieben, der Junge*, durchfuhr es ihn, als er den neuen Boten nebst dem ehemaligen erkannte.

Die jungen Männer blickten entsetzt von ihm zu seiner Begleitung. »Habt ihr ein Schreiben dabei?«, fragte Hermann ohne Umschweife.

Der Bote der letzten Monate reckte das Kinn. »Ich kann den Auftrag bestätigen, Herr Breitenbach. Somit steht der Übergabe wohl nichts mehr im Wege.«

»Das sehe ich anders.«

Einen Schreckmoment lang schwiegen die beiden. »Ich verstehe nicht«, sagte der neue Bote tonlos.

Hermann baute sich vor ihm auf. »Hast du Ausweispapiere bei dir, eine handschriftliche Vollmacht, irgendetwas?«

Der junge Mann befeuchtete seine Lippen. »Nein. Ich denke, das wird auch nicht nötig sein.«

»Hört mir gut zu, ihr beiden.« Hermann hob eine Braue. »Es geht mich nichts an, warum ihr euch für kriminelle Machenschaften hergebt. Aber ich bin der Inhaber dieser Fabrik und nicht bereit, mich auf halbseidene Geschäfte einzulassen.

Wer etwas von mir will, sucht mich selbst auf. Im Übrigen verlange ich zukünftig für jeden Vorgang eine Quittung, wie bei allen anderen Geschäften auch. Mehr habe ich nicht zu sagen.« Er nickte seiner Sekretärin zu. »Kommen Sie. Guten Tag, die Herren.« Aus den Augenwinkeln bemerkte er, dass die jungen Männer wie angewurzelt stehen geblieben waren und ihm hinterherstarrten.

Kaum hatten sie die Lagerhalle hinter sich gelassen und waren außerhalb des Sichtfelds der Boten, fand auch Fräulein Nehlsen ihre Sprache wieder. »Herr Meißner wird sich das nicht bieten lassen.«

»Gewiss nicht.« Hermann warf seinem Vorarbeiter, der auf die Fertigungshalle zuschritt, einen Gruß zu. »Soll er nur kommen.«

KAPITEL 9

Rosa
Castle Garden – Cincinnati, 2. März 1882

Die Nacht hatten sie in einem Schlafsaal mit fünfzehn weiteren Immigranten irischer, polnischer und deutscher Herkunft zugebracht, weil alle Pensionen überbelegt waren. Eine alte Frau jammerte beinahe ununterbrochen und ließ sich kaum von ihrer Tochter beruhigen, andere wälzten sich auf ihren Matratzen hin und her. So verwunderte es nicht, dass Rosa hellwach in den Kissen lag und vergeblich versuchte, die Vielzahl an Geräuschen auszublenden. Unwillkürlich umklammerte sie den Siegelring an ihrer Halskette. Wanderten ihre Gedanken zu ihrer Familie in Berlin, beschlich sie stets eine unbestimmte Unruhe. Verriet sie durch ihr Streben nach Eigenständigkeit den Schwur auf den weißen Ahorn?

Bei der Vorstellung krümmte sich alles in ihr zusammen. Im Gegenteil, schien ihr eine Stimme ins Ohr zu flüstern, wenn du es richtig anstellst, kannst du etwas von dem zurückgeben, das dir wie selbstverständlich in die Wiege gelegt wurde. Die Sonne war noch nicht aufgegangen, da trieb Rosa die beiden Männer zur Eile an, geraume Zeit später saßen sie in der Eisenbahn, die sie zum Bahnhof von New York bringen sollte.

Am Grand Central Depot erlebten sie gleich eine Überraschung, denn der Ticketschalter für die *Atlantic & Great Western* nach Cincinnati war durch eine Traube Wartender kaum auszumachen.

»Der Morgen fängt ja gut an«, kommentierte Georg düster und Wendelin murmelte eine Zustimmung.

Rosas Ahnung bestätigte sich, als der Schalterbeamte kurz darauf ausrief, dass die Fahrkarten ausverkauft seien.

»Verdammt!«, entfuhr es ihrem Bruder, während sie reglos beobachtete, wie die Reisenden einstiegen und sich die Menge der Wartenden auf etwa ein Dutzend reduzierte.

Forsch schritt Rosa auf den Schalterbeamten zu, der dienstbeflissen im Auftragsbuch blätterte.

»Sie haben Glück, junge Frau. Ich kann Ihnen für die übernächste Woche drei Karten anbieten. Sie sehen selbst, wie viele Menschen es in den Westen zieht.«

»Für die übernächste Woche?«, echote Rosa. In Gedanken rechnete sie nach. *Das ist unmöglich.* Das Geld, das sie für die Zeit bis zur Ankunft in Cincinnati eingeplant hatte, reichte höchstens für zwei oder drei Tage.

»Wir möchten aber so schnell wie möglich weiterreisen. Trotzdem vielen Dank.«

Der Mann nickte. »Am besten schließen Sie sich einem der Trecks an.«

Wendelins und Georgs Mienen sprachen Bände, als sie ihnen das Gespräch wiedergab.

»Mir steht nicht der Sinn danach, mit Dutzenden anderen unterwegs zu sein«, gestand Georg. »Denkt nur an die letzte Nacht im Schlafsaal.«

»Eine Reise durch die Wildnis ist in einer größeren Gruppe um einiges sicherer«, gab Wendelin zu bedenken.

Die drei erfuhren, dass der nächste Treck erst in der kommenden Woche abfahren würde, man riet ihnen, sich an die

Kutscher zu wenden, die an der Schubkarrenfabrik vor dem Bahnhof auf Fahrgäste warteten.

Auf der 42nd Street herrschte hektische Betriebsamkeit. Menschen jeden Alters eilten mit ihren Koffern auf das lang gestreckte vornehme Gebäude zu. Eine Frau mit einem weißen Federhut trug einen Hund im Arm und blickte sich suchend um. Vor dem Eingangsportal hielten Bettler den Passanten ihre schmutzigen Mützen entgegen. Kutschen jeder Größe und Ausstattung fuhren an Rosa, Wendelin und Georg vorbei, und ein junger Kerl sammelte im Getümmel eilfertig die Pferdeäpfel von der Straße. Von wartenden Kutschern konnte allerdings keine Rede sein.

»Dann müssen wir eben hier ausharren«, erklärte Rosa betont munter.

Die drei nahmen draußen auf einer Bank Platz, und Rosa gähnte hinter vorgehaltener Hand. Verglichen mit New York, erschien ihr Berlin wie ein beschauliches Dorf. Eine weitere Stunde verging, und ihre Zuversicht schwand, je höher die Sonne über den Dächern der Stadt stieg.

Ein etwas heruntergekommenes Gefährt, das man am ehesten als offene Kutsche bezeichnen konnte und von zwei Mauleseln gezogen wurde, näherte sich der 42nd Street. Rosa weitete die Augen, denn beim genaueren Betrachten stellte sich der dunkelhäutige Kutscher als hochgewachsene und muskulöse Frau heraus. Man hätte meinen können, der Herrgott habe sich bei ihrem Geschlecht vertan. Der Gedanke amüsierte Rosa.

Sie wurde aus ihren Beobachtungen gerissen, als ein Zweispänner von rechts auf den Bahnhof zuschoss und der offenen Kutsche gefährlich nahe kam. Der lauthals singende Rotschopf auf dem Bock verstummte erschrocken und brachte sein Gefährt zum Stehen. Ein Maultier der hünenhaften Frau scheute.

Mit einem Satz war Wendelin bei den erregten Tieren, griff nach den Zügeln und sprach beruhigend auf sie ein.

»Aye, Ryan, du widerliche Missgeburt!«, gellte die tiefe Stimme der Kutscherin über die Straße, die behände vom Bock sprang und sich aufrichtete. Sie war größer als jeder Mann, den Rosa kannte, und trug ein hochgeschlossenes dunkles Kleid sowie eine Kappe auf dem kahl rasierten Kopf. »Hat dir der Schnaps das Hirn weggebrannt? Ich schwöre dir, wenn du meinem Moses oder der guten Bella auch nur ein Haar gekrümmt hast, puste ich dir deinen dreckigen irischen Arsch weg!« In ihrer Rechten hielt sie plötzlich einen Revolver und zielte damit auf den Schritt des Rothaarigen.

Rosa und ihre Begleiter warfen sich einen bestürzten Blick zu.

»Nichts für ungut, Kutschen-Mary«, stotterte Ryan leichenblass und schickte sich an, sein Gefährt wieder zu besteigen. »Hätt' besser aufpassen müssen.«

Die Schwarze begutachtete indes die Fesseln ihrer Maultiere. Ihre Züge entspannten sich. »Glück gehabt, Ryan. Ihnen ist nichts passiert. Jetzt geh mir aus den Augen!«

Dass die Kutscherin die Aufmerksamkeit aller auf sich gezogen hatte, schien sie nicht im Mindesten zu stören. Sie betrachtete Wendelins kräftige Gestalt wohlwollend. »Danke für die Hilfe. Mary Fields mein Name. Mit wem habe ich das Vergnügen?«

»Wendelin Ehrlich.« Er gab seinen Begleitern einen Wink, näher zu treten. »Das sind Rosa und Georg Breitenbach.«

»Deutsche, oder?« Kutschen-Mary setzte ihre Musterung bei den Geschwistern fort. »Wohlgenährt. Mama und Papa haben euch bestimmt verhätschelt.«

»Wie kommen Sie darauf?« Die Frau war Rosa zutiefst unheimlich.

Diese deutete auf ihre Hand. »Saubere und polierte Fingernägel. Daran erkennt man euch immer.« Beim Lachen entblößte Mary Fields ihr schadhaftes Gebiss. »Kann ich mich bei euch erkenntlich zeigen? Eine Flasche guten Whisky vielleicht?«

»Nein, danke. Sehr freundlich.« Georg wechselte rasch das Thema. »Aber wir können Ihren Rat gebrauchen. Sie kennen sich gewiss gut in der Gegend aus.«

Die Schwarze nickte. »Kann man so sagen. Wo wollt ihr denn hin?«

»Nach Cincinnati.« Rosa hielt ihrem Blick stand. »Von dort aus weiter nach Colorado.«

»Verstehe.« Kutschen-Mary stemmte die Hände in die kräftigen Hüften. »Ich kann euch hinbringen. Letztes Mal habe ich drei Wochen für die Strecke gebraucht.« Sie nannte einen Preis, der Rosa den Schweiß auf die Stirn trieb. »Überlegt es euch. Ich bin jeden Dollar wert, mit mir legt sich so schnell niemand an.«

Das glaubte Rosa aufs Wort. Sie schielte auf die Oberarme der Schwarzen, deren Muskeln sich deutlich an ihren Ärmeln abzeichneten. *Wir sollten uns besser einem Treck anschließen.* »Einen Moment bitte. Ich möchte mich mit meinen Begleitern beraten.«

Die Kutscherin verschränkte die Arme vor der Brust. »Beeilt euch, ich habe nicht ewig Zeit.«

Rosa zog die beiden Männer beiseite. »Mit dieser Frau möchte ich nicht unterwegs sein, meine Gesundheit ist mir nämlich heilig. Diese Frau zögert nicht zu schießen, wenn ihr etwas nicht passt.«

Wendelin hob die Schultern. »Gerade deshalb wären wir in ihrer Obhut bestens aufgehoben.«

»Schlimmer als mit einer Horde Fremder kann es auch nicht sein«, meinte Georg. »Komm schon, Schwesterherz, wo bleibt deine Abenteuerlust?«

Es entbrannte ein kurzer Wortwechsel. Widerwillig gab Rosa dem Drängen der Männer nach, und die Kutscherin besiegelte das Geschäft mit einem kräftigen Händedruck, der sie nahezu in die Knie zwang.

Mary betrachtete die drei abschätzend. »Wir treffen uns hier um zwölf. In der Zwischenzeit kümmere ich mich um den Proviant und alles, was wir für die Fahrt brauchen. Sonst beschafft ihr mir noch einen Haufen unnützes Zeug.« Ohne ein weiteres Wort bestieg sie ihr Gefährt und ließ sie verblüfft zurück.

Rosa fand als Erste ihre Fassung wieder. »Wir werden in den nächsten Wochen voraussichtlich eine Menge getrocknetes Fleisch und Brei essen. Wie wäre es mit einer guten Mahlzeit?«

Gestärkt fanden sich die Reisenden schließlich am Treffpunkt ein und staunten. Die Schwarze lehnte gegen ihre Kutsche und rauchte genüsslich eine dicke Zigarre.

»Ist was?«, nuschelte Kutschen-Mary. »Ich bin immer pünktlich. Kommt her.« Sie zog drei Langmesser mit gebogenen Klingen aus einem Lederbeutel und legte jedem ein Exemplar in die Hände. »Tragt es dicht am Körper.« Daraufhin warf sie ihnen je einen Revolver zu.

Rosa hielt die Waffen, als würde sie sich an ihnen verbrennen. »Ich … will das nicht. Ich kann damit gar nicht umgehen.«

Mary verengte die Augen. »Wenn ihr überleben wollt, dann tragt und benutzt sie.«

Schweigend ließen sie sich von der Kutscherin die Bedienung der Revolver erklären. Trotz der belebten Straße und der vielen Passanten störte sich niemand am Anblick der riesigen Frau, die gekonnt mit Waffen hantierte.

»Wenn ich bitten darf?«, sagte Mary abschließend. »Wir werden das Schießen unterwegs noch üben.«

Vier Personen fanden in der offenen Kutsche Platz. Ihr Gepäck befand sich inzwischen sicher verstaut und vertäut auf dem Dach. In dem Gefährt rutschte Rosa unbehaglich auf ihrer Bank herum. Alles an Mary erschien ihr laut, grob und unberechenbar.

Dann setzten sich die Lasttiere in Bewegung.

»Falls jemandem kalt wird, im Korb zu euren Füßen findet ihr ein paar Decken«, kam es von vorn. »Und haltet das Maul, wenn es nichts Wichtiges gibt. Ich kann sinnloses Gefasel nicht ausstehen.«

Georg grinste. »Charmantes Persönchen.«

Rosa verkniff sich einen Kommentar und starrte stattdessen auf die Straße.

Bald darauf überquerten sie mit einer Fähre den Hudson River und steuerten auf offenes Land mit weiten Feldern zu. Immer wieder passierten sie kleine Dörfer und begegneten dem einen und anderen Ochsengespann.

Inzwischen hatte Mary ihre erste Flasche Whisky geleert, bemerkenswerterweise ohne irgendwelche Anzeichen von Trunkenheit.

In einem winzigen Nest bei Jacksonville, das aus nicht mehr als ein paar Holzhäusern und einer Kirche bestand, legten sie eine Rast ein. Diese war dringend notwendig, denn durch die spärlich gepolsterte Bank spürten sie jede Unebenheit der Straße. Nachdem sie Moses und Bella getränkt hatten, setzten sie ihren Weg fort.

Es dämmerte, als Mary mitten im Niemandsland am Rande eines Waldes vor einer Kate hielt.

Sie klopfte energisch. »John, altes Haus, mach verdammt noch mal auf.«

Ein Mann mit einem schneeweißen Bart, der ihm bis auf die Brust reichte, öffnete.

»Mary, liebenswürdig wie immer. Wieder mal unterwegs?«

»Kennst du mich anders?« Sie lachte schallend. »Was dagegen, wenn wir unser Lager auf deinem Land aufschlagen?«

»Was gibst du mir dafür?«

Rosa bemerkte, wie ein kleines Fass den Besitzer wechselte und John wieder in seiner Kate verschwand.

Danach zeigte Kutschen-Mary ihnen, wie man aus Ästen und festem Stoff einen halbwegs wetterfesten Unterstand baute. Als sie fertig waren, aßen sie Streifen von getrocknetem Fleisch und Brot und spülten alles mit Johns Brunnenwasser hinunter. Mary nahm einen letzten herzhaften Schluck Whisky, rülpste, entledigte sich ohne Scheu ihres langen Kleides und hängte es über einen für sie gut erreichbaren Ast einer Eiche.

Irritiert beobachtete Rosa, wie sich Mary in einen schweren Umhang wickelte und unter dem Baum ausstreckte.

Die Reisenden legten sich ebenfalls zur Ruhe. Rosa schielte zu Mary hinüber, die sogar im Schlaf ihr Gewehr fest an sich gedrückt hielt, und in ihr stieg die Ahnung auf, dass der erste Tag ihrer Reise womöglich nur ein Vorgeschmack dessen war, was sie mit der Kutscherin noch erleben würden.

KAPITEL 10

Theodor
Berlin, 9. März 1882

Missmutig steckte Theodor die Einladung des Geheimen Medizinalrats Steinhausen in die Manteltasche. Nachdem der Orthopäde offenbar bei ihrem letzten Zusammentreffen Gefallen an seiner Gesellschaft gefunden hatte, waren sie an diesem Abend in einem Vergnügungslokal verabredet.

Steinhausen schien seine Freiheit als Witwer in vollen Zügen zu genießen, Theodor hätte jedoch einiges darum gegeben, den Abend mit Felix zu verbringen. Auf der anderen Seite wollte er den Orthopäden als Berater für die Produktion von Sportschuhen gewinnen. Sport wurde für die Bevölkerung immer attraktiver, und es wäre eine Schande, die Chance, Meißner Konkurrenz zu machen, ungenutzt verstreichen zu lassen. Überhaupt war es wichtig, den Anschluss nicht zu verpassen, und dafür war die Zusammenarbeit mit einer Koryphäe wie Steinhausen unerlässlich. Da galt es, zuweilen Opfer zu erbringen, selbst wenn er das Tanzbein schwingen müsste, wofür ihm jegliches Talent fehlte.

Er ging in die Hocke und fuhr durch das vom Bad noch feuchte Haar seines Sohnes. »Bis morgen früh, Felix.«

Der Sechsjährige zog einen Schmollmund. »Kommst du danach noch in mein Zimmer?«

»Aber natürlich.« Theodor küsste ihn auf die Stirn. »Gute Nacht.«

Elenas Blick ruhte unverwandt auf ihm.

»Es wird bestimmt spät, warte nicht auf mich.« Im selben Moment wunderte er sich über seine Worte, denn er konnte sich nicht entsinnen, wann seine Frau zuletzt auf ihn gewartet hatte. Die Zeit, in der sie einander beim Wiedersehen voller Sehnsucht umarmt hatten, lag eine gefühlte Ewigkeit zurück.

»Viel Vergnügen.« Elena hielt ihm zum Abschied die Wange hin.

Draußen erwartete ihn ein sternenklarer Himmel, und die Straßen waren ungewöhnlich belebt.

»Bringen Sie mich bitte in die Hasenhaide«, wies er Simon an.

Das Etablissement »Neue Welt«, in das der Geheime Medizinalrat ihn gebeten hatte, lag in Kreuzberg. Der Gastronom Rudolf Sternecker hatte vor wenigen Jahren aus dem Garten und Ausschank der Bergbrauerei das Vergnügungslokal errichtet, das sich inzwischen großer Beliebtheit erfreute. Am Stadtrand gelegen, versprach es Unterhaltung jedweder Art. Eine besondere Attraktion stellte die elektrische Eisenbahn dar, die Werner von Siemens vor drei Jahren auf einer Gewerbeausstellung vorgeführt hatte.

Am Ziel angekommen, ließ Theodor ein paar Münzen in Simons Hände fallen. »Gönnen Sie sich einen angenehmen Abend. Aber betrinken Sie sich nicht.«

Ein Lächeln erhellte das meist ernste Gesicht des jungen Mannes. »Natürlich nicht. Danke sehr.«

Theodor kontrollierte den Sitz seiner Krawatte und betrat einen Pavillon im indischen Stil. Stimmengewirr begleitete ihn auf seinem Weg, vorbei an einer ausladenden Teichanlage mit einem Springbrunnen, vor dem ein Pfau mit hochmütig erhobenem Haupt ein Rad schlug. Orientalische Gondeln luden zu einer Fahrt ein. *Der neue Inhaber muss ein Vermögen in den Umbau investiert haben,* dachte er. Besucher aller Schichten fanden sich hier ein. Ein paar junge Kerle mit zu kurz geratenen Hosen und schlecht gebürsteten Jacken staunten ob der prachtvollen Ausstattung. Eine Gruppe Unteroffiziere in Ausgehanzügen, die Schirmmützen keck auf dem Kopf, bestaunten zwei Seiltänzer, die das Gelände in schwindelerregender Höhe überquerten. Männer in feinstem Zwirn reichten ihren Frauen galant den Arm und schlenderten an Theodor vorüber.

Obgleich ihm die Gestaltung des Etablissements imponierte, fühlte er sich seltsam fehl am Platze. Vor dem Hippodrom, hinter dem sich eine Gaststätte befand, hielt der Orthopäde bereits nach ihm Ausschau. Der Mittfünfziger war bekannt für seine Eitelkeit. Auch heute saß sein welliges Haar akkurat, selbst die Augenbrauen schien er in Form zu bürsten. Trotz seines Alters hatte er kein Gramm zu viel auf den Rippen und zog manchen Blick auf sich.

»Breitenbach, mein Lieber«, begrüßte Steinhausen ihn mit festem Handschlag. »Waren Sie hier schon einmal zu Gast?«

Als Theodor verneinte, schüttelte der Geheimrat in gespieltem Entsetzen den Kopf. »Sie haben hier noch nicht das gute Bernauer Bier genossen? Was für eine Schande.«

Steinhausen führte ihn in das ganz in Mahagoni gehaltene Lokal. Petroleumlampen an den Wänden und auf den Tischen verbreiteten eine heimelige Atmosphäre. Von irgendwo her erklang dezente Klaviermusik. In der Mitte befand sich eine Bühne, auf der zwei Akrobaten in hautengen weißen Anzügen Kunststücke vorführten.

Ein Wirt, die blaue Schürze um den Wohlstandsbauch gebunden, trat an ihren Tisch. »Herzlich willkommen, verehrter Herr Geheimrat. Was darf ich Ihnen bringen?«

Während sie auf ihre Bestellung warteten, beschrieb der Geheimrat das Vergnügungslokal mit blumigen Worten. »Ich bin gespannt, was die ›Neue Welt‹ heute zu bieten hat.«

Das Bier schmeckte tatsächlich ausgezeichnet, und Steinhausen wusste allerlei amüsante Anekdoten aus seinem Praxisalltag zu erzählen. Theodor nippte lediglich an dem Getränk, für sein Vorhaben brauchte er einen klaren Kopf.

Durch eine geschickte Gesprächsführung gelang es ihm zu guter Letzt, das Thema auf den zunehmenden Bedarf von Sportschuhen zu lenken.

»Sport.« Steinhausen verzog das Gesicht, leerte sein Glas und orderte sogleich ein weiteres. »Wenn Sie mich fragen, ist die körperliche Ertüchtigung eine vorübergehende Modeerscheinung. Als ob hart arbeitende Männer wie wir für so einen Unfug Zeit hätten. Besonders, wenn uns ein zauberhaftes Weib wie Ihres zu Hause erwartet. Sie sind wirklich zu beneiden.«

»Danke.« Theodor wich Steinhausens vielsagendem Blick aus. »Übrigens hätte ich einen lukrativen Auftrag für Sie.« Er setzte ihn über den Plan für *Schuherzeugung Breitenbach* in Kenntnis und versäumte nicht zu erwähnen, dass die Familie sich niemand anderen als Berater vorstellen könne. »Es liegt in Ihren Händen, ob der Fortschritt bei uns Einzug hält.«

Steinhausen wischte sich den Bierschaum vom Mund. »Sehr schmeichelhaft, aber ich habe vor, mich in Zukunft beruflich ein wenig einzuschränken. Das Leben ist viel zu kurz, ich will es genießen, solange es mir möglich ist.«

Theodor lächelte. »Das eine schließt das andere nicht aus. Sollte unsere erste Sportkollektion erfolgreich sein, wovon ich ausgehe, können Sie Ihre Praxis getrost einem Nachfolger übergeben.« Er nannte dem Geheimrat das Honorar. »Ihre

Umsatzbeteiligung würde Ihnen einen luxuriösen Lebensstil gestatten. Vielleicht denken Sie mal ...«

Plötzlicher Applaus ließ Theodor verstummen. Der Besitzer des Etablissements kündigte die Tänzerin Vanda an, ein Helfer entzündete Fackeln. Dann betrat eine junge Dame die Bühne, und Theodor schnappte nach Luft. Wie von einem fernen Stern wirkte sie in ihrem perlenbesetzten weißen Kleid im römischen Stil und dem honigblonden Haar, das ihr offen bis über die Hüften fiel. Wie angewachsen saß er da und konnte den Blick nicht von der Fremden wenden, deren lange Beine bei ihren grazilen Ballettfiguren mehr Haut entblößten, als sie verbargen. Mit den immer gleichen, schablonenhaften Frauen, die sich züchtig bedeckten und den Schatten ihres Gatten nicht verließen, hatte sie nichts gemein. Alles an Vanda wirkte blühend und von einer Natürlichkeit, die ihn in den Bann zog. Theodor hatte nie zuvor eine Frau getroffen, die ihre offenen Haare präsentierte, als wäre es das Selbstverständlichste der Welt.

Konnte ein derart bezauberndes Wesen real sein oder narrte ihn das Licht? Er nahm einen hastigen Schluck und versuchte verzweifelt, sich auf das Gespräch mit dem Geheimrat zu konzentrieren. In seinem Inneren prickelte es wie von Tausenden Stecknadeln. *Du benimmst dich wie ein Pennäler*, rief er sich zur Ordnung.

Steinhausen bestellte indes sein drittes Glas Bier.

Theodor wehrte ab. »Für mich bitte nicht mehr.«

»Wie Sie wollen.«

Vanda drehte ein paar Pirouetten und beendete ihre Darbietung mit einem gekonnten Spagat. Die Besucher pfiffen und warfen ihr anzügliche Bemerkungen zu, die sie lediglich mit einer tiefen Verbeugung erwiderte.

»Ein prächtiges Weib, nicht wahr? So etwas sieht man nicht alle Tage. Gefällt sie Ihnen?«

»Sie ist eine famose Tänzerin«, wich Theodor aus und erntete dafür Steinhausens dröhnendes Lachen.

»Sie wollen mir doch nicht weismachen, dass es nur Vandas Tanz ist, der Sie fasziniert. Wobei es nicht zu übersehen ist, dass Sie das Mädel mit den Blicken verschlingen.« Der Alkohol hatte augenscheinlich seine Zunge gelöst. »Ich bitte Sie, mein Lieber.«

Theodor beschlich das dringende Bedürfnis, das Etablissement auf der Stelle zu verlassen. »Ich bin verheiratet, Herr Geheimrat.«

»Ja, und? Das ist kein Grund, blind gegenüber Schönheit zu werden.« Steinhausen zwinkerte. »Sie sind zu verkrampft, Breitenbach. Es gibt eine Zeit für die Arbeit und eine fürs Vergnügen.« Er schlug mit der flachen Hand auf den Tisch. »Wissen Sie was? Ich habe später eine Verabredung mit einem Freund und lade Sie herzlich ein, mich zu begleiten. Bei Tian lässt es sich hervorragend entspannen.«

Theodor wollte bereits ablehnen, besann sich aber eines Besseren. In diesem Stadium der Verhandlung tat er gut daran, besonnen zu reagieren. »Darf ich fragen, um was für ein Etablissement es sich handelt?«

»Oh, nicht, was Sie denken, mein Lieber. Mein chinesischer Freund hat einen fabelhaften Absinth daheim und weiß genau, wie er geplagten und erschöpften Leuten unvergessliche Stunden bereiten kann. Bitte machen Sie mir die Freude.«

»Warum nicht«, erwiderte Theodor lahm, ohne Vanda aus den Augen zu lassen, die in diesem Moment die Bühne verließ. »Aber nur, wenn Sie mir zusichern, über mein Angebot nachzudenken. Und bitte äußerste Diskretion hinsichtlich der Pläne von *Schuherzeugung Breitenbach*.«

Der Geheimrat nickte. »Gewiss. Einverstanden.«

Die Tänzerin schlang sich ein Tuch um die Schultern und steuerte auf den Ausgang zu. Dabei musste sie zwangsläufig Theodors Tisch passieren. Sein Puls erreichte neue Höhen, als er verstohlen beobachtete, wie sich Vanda kaum zwei Meter entfernt am Nebentisch mit einem Pärchen unterhielt und ihnen offenkundig eine Notiz schrieb.

Als sie sich ihrem Tisch näherte, hielt der Geheimrat sie charmant lächelnd auf. »Ganz fabelhaft, Fräulein Vanda. Ihre Vorstellung hat uns außerordentlich gut gefallen. Dürfen wir Sie zum Zeichen unserer Bewunderung auf ein Glas Champagner einladen?«

Ihr aufmerksamer Blick blieb an Steinhausen haften. *Würde sich nur der Erdboden auftun und mich verschlingen,* durchfuhr es Theodor. Wie konnte Steinhausen es wagen, sie derart ungeniert anzusprechen?

»Danke, nein«, antwortete sie ruhig in einem Akzent, den er nie zuvor gehört hatte. »Mein Herr, wenn Sie … anderweitig Zerstreuung suchen, sind Sie bei mir falsch. Ich mag zwar zur leichten Muse gehören, ein leichtes Mädchen bin ich jedoch nicht.« Sie nahm zwei Kärtchen aus einer kleinen Handtasche, schrieb etwas darauf und reichte sie ihnen. »Für den Fall, dass Sie mich hingegen für eine Veranstaltung engagieren möchten.«

Steinhausen verschlug es die Sprache. Er war es wohl nicht gewohnt, eine Abfuhr zu kassieren.

Theodor steckte das Kärtchen in seine Sakkotasche. Als folgte sein Körper einem fremden Befehl, lag seine Hand plötzlich auf ihrer. Ihre Blicke trafen sich, und er meinte, die Erde würde kurz aufhören, sich zu drehen. In seinen Ohren war auf einmal ein Rauschen, das nur von seinem heftig klopfenden Herzen übertönt wurde. Widerwillig ließ er Vandas Hand los, doch ihre blauen Augen schienen ihn gleich einem Sog unweigerlich in die Tiefen zu ziehen.

»Bitte verzeihen Sie«, ergriff er mit belegter Stimme das Wort. »Mein Geschäftspartner wollte gewiss nicht anzüglich sein, seine Begeisterung hat wohl zu hohe Wogen geschlagen. Ich bitte herzlich um Entschuldigung, falls wir Sie gekränkt haben sollten.« Er sah sein Gegenüber fest an. »Nicht wahr, verehrter Herr Geheimrat?«

»Ähm, selbstverständlich«, beeilte sich sein Gegenüber zu versichern. »Es … war nur der harmlose Wunsch zweier Anhänger Ihrer Kunst, Ihnen eine Freude zu bereiten.« Sein Lächeln offenbarte makellose Zähne.

»Ich glaube Ihnen kein Wort. Einen angenehmen Abend noch, meine Herren.«

Wie vom Donner gerührt, verfolgte Theodor, wie sich Vanda leichtfüßig entfernte.

»Ein wenig kratzbürstig, die Kleine«, meinte Steinhausen. »Nun ja, ich danke Ihnen, dass Sie mich aus der misslichen Lage befreit haben.«

Theodor nickte. »Ich verstehe Fräulein Vanda, vermutlich hört sie ähnliche Komplimente öfter.«

»Das wird es sein.« Der Geheimrat erhob sich. »Wollen wir gehen, mein Lieber? Ich kann es kaum erwarten, Ihnen meinen Freund vorzustellen.«

Während dieser die Rechnung beglich, tastete Theodor in seiner Sakkotasche nach einem Taschentuch und zog stattdessen das in Goldschrift bedruckte Kärtchen heraus.

Vanda Nagy, Tanz und Pantomime für Veranstaltungen aller Art. Morgen, 18 Uhr, am Springbrunnen, stand darunter in kleinen Druckbuchstaben geschrieben.

Entgeistert starrte er auf die Zeilen, blickte sich um, doch Steinhausen drehte ihm gerade den Rücken zu und redete mit dem Wirt. Theodors Mund wurde trocken, aufgewühlt bis ins Innerste erhob er sich, um zur Garderobe zu gehen. Als der Geheimrat zu ihm stieß, hatte er sich zum Glück wieder in der Gewalt. »Wo wohnt Ihr Freund eigentlich?«

Steinhausen schlüpfte in seinen Mantel und schlug den Kragen hoch. »Nicht weit entfernt, in Weißensee.«

Ich hätte ihm nicht zusagen sollen, dachte Theodor. Aber nun blieb ihm nichts übrig, als gute Miene zum bösen Spiel zu machen. Könnte er wenigstens Vandas Antlitz vor seinen Augen verbannen! Was war bloß in ihn gefahren? Er winkte Simon, der in respektvoller Entfernung wartete, und wandte sich Steinhausen zu. »Wir können meine Kutsche nehmen.«

»Erstklassig, mein Lieber. Tian wird erfreut sein, Sie kennenzulernen.«

Theodor war heilfroh, dass der Geheimrat ihn während der Fahrt in Ruhe ließ, er wäre kaum in der Lage gewesen, seine Erregung zu verbergen. Morgen würde er Vanda wiedersehen, das hatte er bereits beschlossen. Er könnte einen Termin vortäuschen, ihm fiel schon irgendetwas ein. Allein bei der Vorstellung wurden seine Hände feucht. Was hatte sie bloß veranlasst, ihm die Karte zuzustecken?

Wenig später hielten sie vor einem Haus, erbaut aus roten Ziegeln und mit Blick auf den Weißen See. Ein Anwesen dieser Lage und Größe dürfte ein Vermögen kosten, und sei es äußerlich noch so unscheinbar. Wer hier wohnte, hatte es in seinem Leben zweifellos zu etwas gebracht.

Ihr Kommen war nicht unbemerkt geblieben, die Flügeltür öffnete sich weit, und ein schlanker, kahlköpfiger Mann im blauen Seidengewand trat ihnen mit ausgestreckten Armen entgegen.

»Willkommen, alter Freund«, begrüßte der Chinese Steinhausen erfreut.

Dieser stellte sie einander vor.

»Willkommen in meiner bescheidenen Hütte.« Ihr Gastgeber sprach nahezu akzentfrei und musterte Theodor, als wollte er sein Inneres durchleuchten. »Nennen Sie mich bitte Tian.«

»Woher sprechen Sie so gut Deutsch, Tian?«, fragte Theodor.

Der intensive Blick des Chinesen irritierte ihn. »Ich bin in Berlin aufgewachsen. Eine langweilige Geschichte. Kommen Sie.« Damit geleitete er die Neuankömmlinge ins Haus.

Ein angenehm würziger Geruch empfing sie, und Theodor fragte sich unwillkürlich, woran ihn der Duft erinnerte, konnte sich jedoch nicht entsinnen. Leise exotische Musik wies ihnen den Weg zu einem etwas versteckt gelegenen Seitentrakt.

»Sie haben Glück«, riss ihn Tian aus seinen Beobachtungen. »Es ist ruhig heute Abend, ich kann mich Ihnen also vollends widmen.«

Der ganz in Rosenholz gehaltene hohe Raum war allem Anschein nach für größere Veranstaltungen gedacht, da er neben einer Handvoll Chaiselongues in rotem Plüsch auch über Bänke verfügte, die treppenartig über mehrere Etagen gebaut waren und auf denen Matratzen und große bunte Kissen lagen.

Heller Dampf wogte an der Decke. Asiatisch anmutende Gobelins zierten die Wände. Ein zweiter Chinese, dessen Haupt ein seidener Hut zierte, begrüßte die Männer ehrerbietig und begleitete sie zu zwei Chaiselongues.

»Darf es ein Absinth sein, meine Herren?«, fragte er im typisch chinesischen Singsang.

Die beiden Männer sagten zu.

Der Chinese legte einen Absinthlöffel auf das Glas, gab zwei Stücke Würfelzucker darauf, die er mit der grünlichen Flüssigkeit tränkte, entflammte den Zucker mit einem Zündholz und goss schließlich mit Eiswasser ab.

Theodor war kein Freund von Hochprozentigem, dieser jedoch hinterließ ein angenehmes Brennen in seiner Kehle.

Ihnen gegenüber räkelte sich eine attraktive Frau in den Dreißigern auf einer Liege, sie zog ihr helles Gewand bis zu den Oberschenkeln hoch, sog an einer langstieligen Pfeife und warf den Neuankömmlingen einen verschleierten Blick zu. Der

Mann an ihrer Seite streckte sich genüsslich aus. Ein seliges Lächeln erschien auf seinem wettergegerbten Gesicht.

Theodor fühlte sich unbehaglich, aber der Geheimrat klopfte ihm auf die Schulter.

»Nicht so schüchtern, mein Guter. Machen Sie es sich ebenfalls gemütlich und rauchen Sie eine Pfeife mit mir.«

Der Dampf im Raum löste eine leichte Benommenheit in Theodor aus.

»Eigentlich rauche ich höchstens zu speziellen Feiertagen.« Er legte den Kopf schief. »Was ist das?«

»Opium, vom Allerfeinsten. Es macht den Kopf wunderbar frei. Sie sollten es mal probieren. Für mich gibt es kaum eine bessere Entspannung, abgesehen von einem Schäferstündchen vielleicht. Machen Sie heute eine Ausnahme, mir zuliebe.«

Tian eilte indes mit einem Tablett herbei, auf dem neben verschiedenen Utensilien auch eine langstielige Pfeife lag. Ein in einem kleinen Gefäß steckendes Räucherstäbchen verströmte einen anregenden Duft.

Als der Chinese ihm die Pfeife reichte, griff Theodor nach kurzem Zögern zu. Wenn das Opium ihm eine gnädige Stunde schenkte, in der Vanda nicht in seinem Kopf herumspukte und verstörende Gefühle in ihm weckte, wollte er den Rausch lächelnd begrüßen.

KAPITEL 11

Theodor

Theodor entsann sich kaum, wie er in der Nacht nach Hause gekommen war. Gleich einem geschlagenen Baum war er offensichtlich auf das Sofa gefallen, gerade noch fähig, sich seiner Kleidung zu entledigen und eine Decke über sich zu ziehen.

Die ersten Morgenstrahlen auf seinem Gesicht und ein unerträgliches Pochen hinter den Schläfen wirkten ernüchternd. Zaghaft hob er den Kopf, nahm wie aus weiter Ferne die aus dem Badezimmer tönenden Stimmen von Elena und Felix wahr. So schnell es sein Befinden zuließ, fuhr er hoch, raffte seine Kleider zusammen, die er wahllos verstreut auf dem Boden vorfand, und wankte zum Waschtisch in seiner kleinen Schreibstube neben dem Schlafzimmer. Martha hatte ihm zwei Porzellanschüsseln mit frischem Wasser gefüllt.

Tians Opium hatte ihm tatsächlich tiefste Entspannung und unendlich süße Träume geschenkt. Träume von der bezaubernden Vanda, die mit ihren grazilen Bewegungen ein feines Netz um ihn gesponnen hatte wie eine Spinne um ihre Beute. Wie sollte er die Stunden bis zu ihrem Wiedersehen überstehen, wie die Geschäfte lenken?

Als Theodor das Speisezimmer betrat, seinen Sohn mechanisch auf die Stirn küsste und sich neben ihn setzte, fühlte er Elenas forschenden Blick auf sich gerichtet.

»Kaffee, Herr Breitenbach?«, fragte Martha.

Er gab ihr ein Zeichen einzuschenken, nahm einen gierigen Schluck, und der Kaffee ergoss sich über sein weißes Hemd.

»Stimmt etwas nicht?« Sein Vater beobachtete ihn konsterniert.

»Die Nacht war zu kurz. Außerdem hat mich der Geheimrat zu einigen Gläsern Absinth überredet«, murmelte Theodor, ohne ihn anzusehen.

»Papa, hast du deshalb auf dem Sofa geschlafen?«

Es wurde still im Raum, und Theodor räusperte sich. »Ich wollte deine Mutter nicht wecken.«

Elenas Brauen schossen in die Höhe, doch sie schwieg. Er hielt es ihr zugute, dass sie seinem Vater peinliche Details ersparte.

»Lasst euch bitte nicht stören«, gelang es ihm zu antworten, und er wandte sich seiner Frau zu. »Ich ziehe mich rasch um. Beginnt Felix' Klavierstunde heute wieder um halb acht?«

Sie nickte. »Ganz recht. Bringst du ihn bitte zum Musikmeister?«

»Kein Problem.«

Der Kleine nahm seit einigen Wochen bei Henry Claude Klavierunterricht. Felix wollte eines Tages so gut spielen können wie sein Onkel Georg, hatte er im Brustton der Überzeugung erklärt.

Wenig später verließ Theodor mit seinem Sohn das Haus und atmete befreit aus, als sie in der Kutsche saßen. Lange hätte er es nicht mehr geschafft, die durchdringenden Blicke seines Vaters zu ertragen.

An diesem Morgen war Theodor sogar noch vor ihm im Betrieb. Er massierte seine Schläfen und starrte auf den Aktenstapel, den Fräulein Nehlsen ihm vorlegte.

»Kopfschmerzen?« Sie zog etwas aus ihrer Rocktasche. »Das ist ein Extrakt aus Weidenrinde. Nehmen Sie am besten gleich ein paar Tropfen.«

Glücklicherweise tat die Medizin rasch ihre Wirkung.

Doch Theodor lugte allzu oft auf seine Taschenuhr. Es war nach zehn, als am Empfang ein lauter Tumult zu hören war.

Nur Sekunden später stürmte eine wuchtige Gestalt auf das Besprechungszimmer seines Vaters zu. Theodor hatte kaum begriffen, was vor sich ging, da vernahm er eine wohlbekannte herrische Stimme, konnte das Gesagte jedoch nicht verstehen.

Erschrocken wich Fräulein Nehlsen zurück, ein Stapel Papiere fiel zu Boden, dann war die Person zur Tür hinaus.

Theodor traf seinen Vater im Flur, der dem Besucher amüsiert nachsah.

»Kaspar stand plötzlich in meinem Zimmer. ›Um zwei im Café Anschütz‹, sagte er nur und schon war er wieder draußen.«

»Er hat sich darauf eingelassen? Vater, das ist hervorragend. Gratulation!«

Dieser rieb sich die Hände. »Jetzt brauchen wir nur noch einen Zeugen.«

Ein Gedanke schoss Theodor blitzartig durch den Kopf. »Ich kümmere mich darum.« Ein Hochgefühl stieg in ihm auf. Eilig schrieb er etwas auf einen Notizzettel und steuerte auf Simon zu, der auf dem Hof die Mähnen der Kutschpferde bürstete.

»Überbringen Sie diese Nachricht bitte an die folgende Adresse.« Theodor konnte nur hoffen, dass sein Plan aufging, und als er eine gute Stunde später die erlösende Antwort erhielt, teilte er seinem Vater die gute Nachricht mit.

»Ein stämmiger Mann mit Schnurrbart wird euch unauffällig belauschen.«

»Wer ist der Mann?«

»Das tut nichts zur Sache, Vater. Bitte sorg dafür, dass du Meißner in ein Gespräch verwickelst. Erwähn auch das Schweigegeld. Sonst lässt er sich das Geld auszahlen und verschwindet, bevor wir etwas Verwertbares gegen ihn in der Hand haben.«

Hermanns Blick wurde weich. »Du machst dir doch nicht etwa Sorgen um mich, mein Junge?«

»Doch«, gab er unumwunden zu. »Ich hätte dich gern begleitet, aber damit würden wir diesen Erpresser nur vergraulen.«

Sein Vater stimmte zu. Hinter seiner Stirn arbeitete es.

Theodor gab sich redlich Mühe, optimistisch zu wirken. »Wir kriegen ihn.«

Doch Hermann trat näher und betonte jedes einzelne Wort. »Wer ist der Mann, den du beauftragt hast?«

Theodor kannte seinen Vater, mit Ausflüchten oder einem Themawechsel würde es ihm nicht gelingen auszuweichen. »Horatio Wolff ist Inhaber eines Erkundungsbüros und hat sich bereit erklärt, Meißner zu beschatten.« Er hob beschwichtigend eine Hand. »Mir ist bewusst, dass du keine Erkundigungen über ihn einziehen wolltest. Und ja, ich habe eigenmächtig gehandelt, als ich ihn für unsere Zwecke engagiert habe. Aber ich werde mit allen Mitteln zu verhindern wissen, dass er unsere Existenz aufs Spiel setzt.«

Sein Vater verengte die Augen, schwieg jedoch.

»Wir schaffen es nicht allein«, setzte Theodor nach. »Haben wir erst neue Informationen gewonnen, kannst du immer noch entscheiden, ob wir sie gegen ihn verwenden. Wir wissen doch beide, weder Fräulein Nehlsen noch ich oder jemand anderes, der zur Fabrik gehört, dürfte sich im Café Anschütz blicken lassen.«

Hermann nickte. »Das lässt sich nicht leugnen. Hältst du diesen Wolff für vertrauenswürdig?«

»Seine Referenzen sind zumindest erstklassig.«

»Ich verlass mich auf dein Wort.« Die Stimme seines Vaters klang atemlos. »Richte Simon aus, dass ich heute nicht zum Essen komme.«

»Mach ich. Gib mir gleich Bescheid, wenn du zurück bist«, bat Theodor. »Viel Glück.« Damit ließ er seinen Vater allein.

Auch ihm fehlte der Appetit, als er sich mit dem Rest der Familie im Speiseraum einfand. Zwischen Elena und ihm herrschte eisiges Schweigen, das sogar Felix bemerkte, dessen Blick unablässig zwischen ihnen hin und her wanderte.

Während er lustlos eine Kartoffel auf die Gabel spießte, schob sich Vandas Bild vor seine Augen, das sich in sein Gedächtnis gebrannt hatte. Wenn er an sie dachte, glaubte er, die weiche Haut ihrer Hand immer noch zu fühlen.

Auf Theodors Aufforderung hin berichtete Felix strahlend von der morgendlichen Klavierstunde. Seine Fröhlichkeit versetzte ihm einen Stich, er sah seinen Sohn viel zu selten glücklich.

»Die Handwerker kommen gegen drei«, meinte Elena.

Theodor schob seinen Teller beiseite. »Sollten Fragen auftauchen, können sie sich an Vater oder mich wenden.«

»Nicht nötig«, entgegnete sie. »Bist du heute Abend zu Hause?«

Die Härchen an Theodors Armen stellten sich auf. »Ich fürchte, nein.« Er wunderte sich, wie leicht ihm die Antwort über die Lippen ging. »Ich habe später noch eine Verabredung.« Immerhin entsprach das der Wahrheit.

Elena kommentierte seine Antwort nicht. Doch als Felix pfeifend aus dem Raum hüpfte und er wieder an die Arbeit gehen wollte, hielt sie ihn fest. »Ich erwarte von dir ein gewisses

Maß an Diskretion. Bring uns nicht erneut in eine Lage, die Felix verunsichert.«

»Natürlich nicht.« Unangenehm berührt schlängelte er sich an ihr vorbei.

Morgen, achtzehn Uhr am Springbrunnen.

Zurück in seiner Schreibstube, richtete Theodor seine Aufmerksamkeit auf die Buchhaltung, die er seit Tagen vor sich herschob. Aber was auch immer er versuchte, seine Gedanken schweiften ab. Es wurde zwei, sein Vater hatte bereits eine knappe Stunde zuvor das Haus verlassen, und auch Theodor hielt es kaum an seinem Platz. Obgleich klug und besonnen, drohte sein Vater immer dann die Beherrschung zu verlieren, wenn es Familienangelegenheiten betraf. Spielchen lagen ihm nicht, dazu war er zu gradlinig. Theodor schielte zur Uhr. Halb drei. Nach dem Treffen mit Meißner wollte Wolff ihn aufsuchen und Bericht erstatten.

Als Wolff und sein Vater endlich seine Schreibstube betraten, bat Theodor die beiden, Platz zu nehmen. »Wie ist es gelaufen?«

»Ich habe mir mehr erhofft«, erklärte sein Vater. »Zunächst habe ich das Gespräch auf unser ablehnendes Schreiben gelenkt und ihm deutlich gemacht, dass er sich weitere Drohungen sparen kann.«

»Daraufhin bat Herr Breitenbach«, ergänzte Wolff, »ihm den Erhalt der Summe zu quittieren, was dieser aufgebracht ablehnte.«

Hermanns Mundwinkel zuckten verräterisch. »Kaspars Wut kannst du dir vorstellen. Ich habe ihm versichert, dass seine Erpressungen und Schmiergeldforderungen ab sofort rechtliche Konsequenzen nach sich ziehen würden.«

»Ihr Vater machte ihm das Angebot, die Vorfälle zu vergessen, wenn er im Gegenzug seine kriminellen Machenschaften einstellt.« Wolff nickte, offenbar befriedigt. »Meißner protestierte nicht, was Herrn Breitenbachs Vorwürfe eindeutig bestätigt.«

Theodor beugte sich über den Schreibtisch. »Bedeutet das, wir können gegen den Kerl vorgehen?«

»Leider nicht«, meinte Wolff. »Er hat nichts unternommen, wofür wir ihn strafrechtlich belangen könnten.«

»Ich schätze, das habe ich vermasselt.« Hermann zwirbelte nachdenklich seinen Oberlippenbart. »Ich hätte ihn aus der Reserve locken müssen, statt ihn mit vollendeten Tatsachen zu konfrontieren.« Sein Blick wurde ernst. »Vielleicht säße er sonst bereits auf der Polizeiwache.«

Wolff schüttelte den Kopf. »Sie haben Ihre Sache sehr gut gemacht. Der Mann ist viel zu durchtrieben, so schnell fällt er auf keine Provokation herein.«

»Also hast du ihn, ohne das Schmiergeld zu zahlen, abgefertigt, Vater?«

»So ist es. Wie ein Tier im Käfig hat er sich benommen.«

Theodors Blick wanderte zu Wolff. »Haben Sie inzwischen etwas über Meißner herausgefunden?«

»Na sicher, aber bisher sind es nur langweilige Details. Er scheint ein redliches und gutbürgerliches Leben zu führen. Einmal die Woche trifft er sich mit einigen Herren zum Tennis, abends sitzt er gern in einer Gaststube in der Nachbarschaft. Seine Bekannten sind allesamt unauffällige Zeitgenossen. Allerdings wird er häufig mit seiner hübschen Haushälterin gesehen, sie machen einen sehr vertrauten Eindruck. Aber das ist schließlich kein Verbrechen. Wenn ich etwas Neues herausfinde, lasse ich es Sie wissen.«

»Ich danke Ihnen, Herr Wolff.« Hermann erhob sich als Erster und verließ die Schreibstube, Theodor begleitete Wolff hinaus.

Die folgenden Stunden vergingen nur zäh. Theodor unterzeichnete Bestellungen und Aufträge, kontrollierte die Einnahmen- und Ausgabenrechnung des vergangenen Monats. Als Fräulein Nehlsen ihm mitteilte, dass sein letzter Gesprächstermin abgesagt worden sei, fiel ein Teil der Anspannung, die ihn den ganzen Tag im Griff gehabt hatte, von ihm ab.

Kurz darauf wünschte er der Sekretärin einen schönen Feierabend und bat Simon, sich um halb sechs bereitzuhalten.

Felix lief ihm bereits im Flur in die Arme. »Mutter hat Besuch von einer neuen Freundin.« Er ahmte eine hochnäsige Geste nach. »Die konnte nicht mal Guten Tag zu mir sagen.«

Theodor fuhr dem Kleinen zärtlich durch die Locken. Ihm war es mehr als recht, Elena nicht zu begegnen. »Was hältst du von einer Runde Fußball?«

»O ja!«

Selbst der scharfe Wind konnte die ausgelassene Stimmung von Vater und Sohn nicht trüben.

»Ich muss nachher noch mal weg«, meinte Theodor danach zu Felix. »Aber zur Gutenachtgeschichte bin ich wieder zurück.«

Schmollend schlang der Kleine die Arme um den Hals seines Vaters. »Warum musst du immer so lange arbeiten? Andere Väter sind nachmittags schon bei ihren Kindern. Egon von gegenüber zum Beispiel ... Sein Vater ist ein Beamter. Kannst du nicht auch Beamter werden?«

Seine Worte berührten einen wunden Punkt tief in Theodors Innerem. »Das hätte ich wohl können. Aber weißt du, mich macht es stolz, wenn ich in den Auslagen aller guten Geschäfte unsere Modelle sehe. Weil sie bequemer und schöner sind als andere, werden sie von den Leuten geschätzt. Und ich fühle mich geehrt, die Fabrik deines Großvaters eines Tages weiterzuführen.«

»Ist es nicht langweilig, immer nur Schuhe zu machen?«

Sein Vater lachte. »Nein, es macht viel Spaß. Später, wenn du groß bist, wirst du unsere Fabrik übernehmen.«

Felix kreuzte die Arme vor der Brust. »Aber dann bin ich genauso spät zu Hause. Dazu habe ich keine Lust.«

Das treuherzige Gesicht seines Sohnes reizte Theodors Lachmuskeln. »Nicht, wenn du fleißig bist. Dann kannst du später nämlich noch ein paar Leute mehr einstellen, die dann deine Arbeit erledigen«, erklärte er so ernst wie möglich.

Als die Uhr fünf Mal schlug, strich er Felix über die Wange und zog sich zurück, um sich frisch zu machen. Beim Rasieren zitterten seine Finger. Finster betrachtete Theodor sein Gesicht im Spiegel. Seiner ersten Verabredung mit Elena hatte er damals mit Spannung entgegengesehen. Er hatte sich gefragt, welches Geheimnis sie umgab, dass Männer sich zu ihr hingezogen fühlten wie Motten vom Licht. Mehr noch, er wollte wissen, warum sie ausgerechnet ihn erwählt hatte.

Doch seine plötzlichen Empfindungen für eine nahezu fremde Frau, die ihn hin und her warfen wie ein Sturm die Blätter im Herbst, waren ihm gänzlich fremd.

Es goss, als hätte der Himmel sämtliche Schleusen geöffnet.

Simon zog seinen Hut tiefer ins Gesicht und lächelte scheu. »Wohin darf ich Sie bringen?«

»In die Hasenhaide.«

Theodors Nervosität wuchs mit jedem Huftritt, der ihn seinem Ziel näher brachte. Vor der »Neuen Welt« angekommen, sagte er: »Warten Sie hier. Es dauert höchstens eine Stunde.«

Einer tiefen Pfütze ausweichend, eilte er auf den Eingang zu. *Was suche ich nur hier?* Er wischte die Nässe von seinem Mantel. Glücklicherweise war das Etablissement bereits gut besucht, was seine Hoffnung nährte, inmitten des Besucherstroms unerkannt zu bleiben. Jede andere heimlich zugesteckte Nachricht hätte er ohne Zögern in den Papierkorb geworfen. Doch bei Vanda schien alles anders zu sein.

Sein Puls beschleunigte sich, als er sie nahe dem Springbrunnen ausmachte. Inmitten einer Gruppe Frauen mit züchtig hochgesteckten Haaren und dunklen Kleidern wirkte Vanda wie eine frische Brise nach einem Gewitter. Das zartgrüne Kleid betonte ihre schlanke Figur, und der mit Spitzen versehene Ausschnitt gab makellose Haut frei. Den Federhut hatte sie sich etwas tiefer ins Gesicht gezogen.

Ein freudiges Lächeln schlich sich in seine Mundwinkel, während er eine Verbeugung andeutete. »Guten Abend.«

Ihre blauen Augen schienen seine festzuhalten. »Guten Abend, Herr?«

»Theodor Breitenbach mein Name. Ich freue mich.«

Sie reichte ihm die Hand. »Vanda Nagy. Ganz meinerseits.« Es klang reizend, wie sie das R rollte.

Er machte eine einladende Geste. »Ich bin noch nie mit einer Gondel gefahren. Haben Sie Lust auf eine kleine Rundfahrt?« Er staunte, wie er trotz seines rasenden Pulses zu einer ruhigen Sprechweise fähig sein konnte. Offenbar hatte sein Vater ihm mehr vererbt, als ihm bewusst war.

Sie ließ sich von ihm zu einer freien Gondel geleiten. Niemand schenkte den beiden Beachtung, ein Gondoliere lotste sie geschickt durch die verschlungenen Wasserwege.

»Ich gebe zu, ich fühle mich von Ihrer Einladung geschmeichelt«, eröffnete Theodor das Gespräch. »Dennoch frage ich mich, aus welchem Grund Sie mich sehen möchten.«

Sie senkte die Lider. »Hoffentlich ziehen Sie keine falschen Schlüsse und halten mich für aufdringlich. Meine schroffen Worte gestern waren unangebracht.«

Sie saß so nahe bei ihm, dass er die Wärme ihres Körpers spürte.

»Ich habe es an Höflichkeit mangeln lassen«, fuhr sie fort. »Es tut mir leid, Herr Breitenbach.«

»Das ist nicht nötig«, entschlüpfte es ihm. »Das kann jedoch nicht der Grund unseres Zusammentreffens sein. Ansonsten wäre Herr Geheimrat Steinhausen ebenfalls hier.«

Vandas Wangen nahmen eine zarte Rötung an. »Sie haben mich ertappt. Um ehrlich zu sein, ich war neugierig auf den Mann, der dem Geheimrat die Stirn bietet und sich für sein schlechtes Benehmen entschuldigt.«

»Sie kennen ihn näher?« Ihr Duft benebelte seine Sinne.

»Nicht persönlich.« Sie nahm den Hut ab und schüttelte ihr langes Haar. »Aber er ist Stammgast in der ›Neuen Welt‹ und bekannt dafür, jungen Frauen Avancen zu machen.«

»Danke für Ihre Offenheit«, erwiderte er heiser, ohne sich von ihrem Anblick lösen zu können.

Vanda lächelte, doch es lag ein Hauch Traurigkeit auf ihren Zügen. »Es kommt nicht oft vor, dass sich ein Fremder um meinen Ruf sorgt. Vielen Dank.«

Währenddessen hatte die Gondel im Schatten einer Palme angelegt, sie stiegen aus und nahmen auf einer Bank Platz.

»Treten Sie jeden Abend auf?«, warf Theodor schnell ein. Selbst wenn es nur einige kostbare Momente mehr waren, die er in ihrer Gesellschaft verbringen durfte, wollte er sie nutzen.

»Ja, zweimal täglich. Mein Engagement läuft noch bis Ende Juli.«

Er suchte ihren Blick. »Darf ich Sie heute auf ein Glas einladen?«

Vanda starrte auf den Ehering an seiner rechten Hand. »Ich habe nicht viel Zeit, vielen Dank für die Gondelfahrt.«

Sie machte Anstalten zu gehen, da wirbelte er sie herum und umfasste ihre Taille. »Ich möchte nicht, dass du … schon gehst.« Waren ihm diese Worte tatsächlich über die Lippen geraten, oder hatte er sie lediglich gedacht?

Sie sahen einander reglos an, und einige Wimpernschläge lang verlor für Theodor alles andere an Bedeutung.

»Lass mich gehen«, flüsterte Vanda. »Du bist verheiratet, und ein Mann von Ehre macht einer Frau wie mir keine schönen Augen.«

Er zeichnete die Linien ihrer Finger nach. »Meine Ehe gilt nur auf dem Papier. Aber du hast recht, ich bin nie zuvor auf Einladungen hübscher Frauen eingegangen.«

»Wie auch immer, es ist bald Zeit für meinen Auftritt.« Vanda entzog sich ihm. »Ich muss gehen.«

Theodor hielt sie auf. »Ich möchte dich wiedersehen.«

Sie schüttelte den Kopf. »Deine Frau erwartet dich. Mach sie glücklich, sei deinen Kindern ein liebevoller Vater. Ich gehöre nicht in dein Leben.«

»Warte!« Seine Kehle wurde eng. »Ich weiß genau, was in dir vorgeht. Aber sieh uns nur an. Wir kennen uns kaum, dennoch spüren wir, dass uns etwas Einzigartiges verbindet. Ist es nicht so?«

Vanda zögerte.

»Nur den wenigsten ist es vergönnt, sich auf den ersten Blick zueinander so hingezogen zu fühlen. Wäre es nicht feige, uns voneinander abzuwenden?«

»Feige?« Sie lachte bitter auf. »Lassen wir es damit bewenden. Ich tauge nicht dazu, offenen Auges ins Unglück zu stürzen.« Sie ging davon und schlängelte sich am Besucherstrom vorbei. Wenige Herzschläge später war sie nirgends mehr zu erkennen.

Bis ins Mark getroffen starrte Theodor in fremde Gesichter und fühlte plötzlich eine lähmende Leere. Vanda konnte doch nicht aus seinem Leben verschwinden. Nicht jetzt, wo sie sich gerade gefunden hatten.

KAPITEL 12

Georg
Westwärts nach Cincinnati, 10.–15. März 1882

In der guten Woche, die sie mit Mary Fields unterwegs waren, hatten sie einiges gelernt, abgesehen von den unliebsamen Übungen, wie man mit einem Revolver umgeht. Wollte man die Kutscherin milde stimmen, gingen sie liebevoll mit ihren Maultieren um und ließen sie niemals warten. Auch Wendelins Talent, aus wenigen Zutaten ein schmackhaftes Essen zu zaubern, wusste sie zu schätzen. Allerdings ließ die Fünfzigjährige keine Gelegenheit verstreichen, abfällige Bemerkungen über Rosa fallen zu lassen, wenn diese beispielsweise unterwegs bat, sie möge anhalten, weil sie sich erleichtern musste, oder wenn sie jede Gelegenheit nutzte, sich die Hände zu waschen.

Die beiden Männer begannen Rosa für die Hartnäckigkeit zu bewundern, mit der sie zu Marys Kommentaren schwieg.

Eines Abends, sie lagerten irgendwo in der Nähe von Allentown im Osten Pennsylvanias, kehrten die Reisenden in einem Saloon ein, wo die Kutscherin sogleich von den anwesenden Männern mit Hochachtung begrüßt und eingeladen wurde, was Georg angesichts ihres rauen Wesens verwunderte. Gleichzeitig gab es den dreien die seltene Gelegenheit zu einem ungestörten Gespräch.

»Nicht mehr lange, und ich vergesse meine gute Erziehung«, zischte Rosa mit Blick auf Marys breiten Rücken am Tresen.

Wendelin, der Rosa gegenübersaß, reichte ihr einen der Bierkrüge, die eine Kellnerin auf den Tisch gestellt hatte.

»Ich habe Mary vorhin mitgeteilt, dass wir auch ohne sie ans Ziel gelangen, wenn sie meint, mich weiterhin verspotten zu müssen.«

Georg fiel es schwer, ernst zu bleiben. »Was hat sie geantwortet?«

»Gar nichts. Sich den Bauch gehalten vor Lachen, das hat sie«, erwiderte Rosa finster.

Wendelin verschluckte sich und hustete. »Ich kenne keine Frau wie sie«, sagte er, nachdem er sich beruhigt hatte. »Habt ihr es bemerkt? Ihr Umhang hat Taschen, in denen sie mehrere Messer und ein langes Gewehr versteckt hält. Sie schläft sogar mit ihren Waffen. Kein Wunder, dass sie unverheiratet ist. Lass dich am besten von ihrer Stichelei nicht aus der Ruhe bringen, dann hört sie von selbst auf.«

Die Tage zogen sich gleichförmig dahin. Vor Sonnenaufgang brachen sie auf, einen Großteil der Fahrt schwiegen sie, um Mary nicht gegen sie aufzubringen. Vormittags legten sie eine kurze Rast ein, nachmittags eine zweite, in der sich die Kutscherin um Moses und Bella kümmerte. Obwohl sie sich raubeinig wie ein Mann gab, legte Mary großen Wert auf saubere und anständige Kleidung, was die drei insgeheim amüsierte, da es so gar nicht dem Bild entsprach, das sie von ihr gewonnen hatten. Entdeckte sie einen Riss im Saum, wurde er an Ort und Stelle geflickt.

Sie waren knapp zwei Wochen unterwegs, da erreichten sie das malerisch gelegene und von Flussläufen durchzogene Harrisburg. Kutschen-Mary schien dort ebenfalls bekannt zu sein, denn die Gespräche der Einwohner verstummten, sobald sie sich ihnen näherte.

Heftige nächtliche Regengüsse setzten ihrer Weiterreise am folgenden Tag ein jähes Ende, ein Teil ihrer Vorräte war verdorben. Bis auf die Haut durchnässt, suchten sie Zuflucht in einer Kate namens *House Pocono*.

Der Herbergswirt erbleichte, als er ihrer gewahr wurde. »Ich weiß nicht, Kutschen-Mary. Als du zuletzt hier warst, musste ich eine Handvoll Stühle ersetzen und Ben eine Kugel aus dem Arm kratzen.«

»Bedank dich bei ihm. Ich lass mich nicht bestehlen, schon gar nicht von dem verlausten Halunken.« Mary senkte ihre Stimme. »Sei ein netter Kerl, gib uns zwei Kammern und versorg meine Maultiere.«

Der Wirt rieb sich den feisten Nacken. »Einen Dollar Vorschuss, sonst kannst du es vergessen.«

Zähneknirschend legte Mary eine Münze in seine Handfläche.

»Wie lange bleibt ihr?«

»Bis die Wege wieder befahrbar sind.«

Er warf der Schwarzen zwei Schlüssel zu.

Georg betrachtete seine Schwester mitfühlend. Er wollte wahrlich nicht in ihrer Haut stecken, denn Rosa konnte den Geruch von Zigarrenqualm nicht leiden, und er bezweifelte, dass Mary auf jemanden Rücksicht nahm.

Als die Kutscherin seiner Schwester bedeutete, ihr auf die gemeinsame Kammer zu folgen, entdeckte Georg eine steile Falte zwischen Rosas Brauen und strich ihr übers Haar.

Sie schwieg, aber ihr wütender Blick war ihm Antwort genug.

Georg und Wendelins Kammer in der Mansarde hatte schon bessere Tage gesehen, was nicht weiter störte, würde der Regen nicht durch die Fensterritzen dringen und eine immer größere Lache am Boden bilden. Zum Glück ließ der Niederschlag im Laufe der Nacht nach.

Am folgenden Morgen fühlte sich Georg wie gerädert, und an den dunklen Augenringen der anderen erkannte er, dass es ihnen ähnlich ergangen war.

»Wie seid ihr miteinander ausgekommen?«, fragte Wendelin Rosa.

Sie hob die Schultern. »Wir haben kaum miteinander geredet.«

»Gut so«, meinte er.

Die letzten Regenwolken verzogen sich und der Himmel zeigte immer öfter sein Blau. Auf Marys Anweisung füllten sie ihre Vorräte auf und breiteten die Kleider und Decken zum Trocknen aus.

Sonnenstrahlen weckten Georg am zweiten Morgen. Auf Zehenspitzen und so leise wie möglich, um Wendelin nicht zu wecken, zog er sich an und traf im Flur auf seine Schwester.

»Mary ist schon vor mir aufgestanden«, flüsterte sie. »Die Nacht war ziemlich aufschlussreich, wir haben wenig geschlafen.«

»Wieso? Da bin ich aber gespannt.« Er führte sie hinaus.

Der Anblick der Bäume hinter dem Haus, auf dessen zartgrünen Blättern noch restliche Regentropfen glitzerten, wirkte wie Balsam für ihre Seelen. Sie saugten die frische Luft tief in ihre Lungen und verfolgten, wie die Stadt allmählich zum Leben erwachte. An die unwetterartigen Regenfälle erinnerten lediglich einige kleine Pfützen.

Georg knuffte sie in die Seite. »Erzähl schon.«

Rosa hielt ihr Gesicht in die Sonne. »Kannst du dir vorstellen, wie es ist, neben dieser Frau zu liegen, die sich im Bett herumwälzt und im Schlaf spricht?«

»Du Ärmste.« Georg küsste sie auf den Scheitel.

»Sie hat mich gefragt, was sie denn im Schlaf gesprochen hat.«

»Das wüsste ich auch gern.«

»Sie wiederholte immer so etwas wie: Keine Angst, ich bin hier, und Ähnliches«, erwiderte Rosa.

Mit wachsender Verwirrung lauschte Georg. Die dunkelhäutige Frau aus Tennessee hatte nach ihrer Befreiung aus der Sklaverei in San Antonio, Florida, jahrelang den Haushalt eines Richters geführt. Nach dem Tod seiner Ehefrau Anfang des Jahres brachte Mary die Kinder der Familie höchstpersönlich zu deren Tante nach Ohio, die dort als Mutter Oberin in einem Ursulinenkloster lebt.

»Von Florida nach Ohio?«, entfuhr es ihm entgeistert. »Die Landkarte liegt in Wendelins Jacke. Ich gebe zu, ich würde nur allzu gern nachsehen. Wie weit mag die Strecke sein?«

»Mary sprach von mehr als tausend Meilen.«

Georg lachte leise. »Willst du mich auf den Arm nehmen? Sie scheint mir alles andere als ein Menschenfreund zu sein. Und dann will sie vier Wochen oder länger mit einer Schar Kinder nach Ohio gereist sein, um sie in Sicherheit zu bringen?«

»O ja«, bekräftigte Rosa. »Du wirst es nicht glauben, aber Mary sprach sehr liebevoll von ihnen. Sie hat sich viel mit den Kindern beschäftigt. Der Jüngste ist erst zwei.«

Georg traute seinen Ohren nicht. Wie passte eine treusorgende Kinderfrau, die für ihre Schützlinge alle Strapazen auf sich nahm, zu der Kutschen-Mary, die sie kannten?

Die Geschwister beobachteten eine friedlich grasende Rinderherde und eine Schar Spatzen, die sich in den Pfützen ihr Gefieder putzten.

»Ich habe vorschnell über Mary geurteilt«, gestand Rosa nachdenklich und kickte mit dem Stiefel einen Stein fort.

Georg machte eine wegwerfende Handbewegung. »Aber das erklärt vielleicht, warum sie überall eingeladen wird. Man will sie lieber zum Freund als zum Feind.«

»Natürlich.« Rosa kicherte. »Wer hat schon gern einen Revolver an der Stirn. Womöglich kennen die Leute aber auch ihre fürsorgliche Seite.«

Georg nickte. »Sie ist auch sehr tierlieb und behandelt Moses und Bella fast wie eigene Kinder.«

»Stimmt. Ich habe sogar gesehen, wie sie ihre Fesseln mit einer Heilsalbe bestrich.«

Die beiden schmunzelten. Eine Schar Männer kam ihnen mit einem Ochsengespann entgegen und lüftete die Hüte zur Begrüßung. Sonnenstrahlen fingen sich auf Rosas Siegelring. Plötzlich sah Georg seinen Vater so klar vor sich, als stünde er vor ihm. Wenn er Meißner tatsächlich abgesagt hatte, brach eine schwere Zeit für ihn an. Eine, in der sie ihm nicht zur Seite stehen konnten.

Georg streckte den Rücken. »Wir fragen Mary, ob sie beim nächsten Telegrafenamt hält, Vater und Tante Funny werden auf ein Lebenszeichen von uns warten.«

»Ich wünschte, sie könnten uns ebenfalls schreiben.« Rosa seufzte.

»Das wünsche ich mir auch.« Georg zwinkerte. »Obwohl Vater uns ebenso wenig von seinen Sorgen erzählen wird wie wir ihm. Komm, gehen wir ins Haus. Wendelin wird bestimmt inzwischen aufgestanden sein. Außerdem habe ich einen Bärenhunger.«

Später entdeckten sie Kutschen-Mary im Unterstand bei den Maultieren. Sie warf Rosa einen langen Blick zu, den sie nicht zu deuten wusste. »Danke fürs Zuhören übrigens.« Unter den verblüfften Blicken der drei zog sie ihre Brauen zusammen. »Was haltet ihr hier Maulaffen feil? Packt, wir fahren weiter.«

Kurz darauf lenkte sie das Gefährt aus der Stadt.

Gegen Mittag passierten sie den winzigen Ort Carlisle. Die Sonne hatte ihren höchsten Stand erreicht, als die hügelige Landschaft grüner wurde und schließlich vollends von einem

dichten Waldgebiet abgelöst wurde, deren Ende nicht auszumachen war. Die hohen Baumkronen schluckten das Licht,
doch Mary pfiff ungerührt ein paar derbe Bauernlieder.

Am späten Nachmittag hielt sie vor einer verlassenen Hütte
inmitten einer Lichtung.

Während Rosa das Lager errichtete, klaubten Georg und
Wendelin am Waldrand Zweige und Äste fürs Feuer zusammen,
und Mary band die Lasttiere locker an Bäume.

»Kommst du zurecht oder brauchst du Hilfe?«, hörte Georg
sie fragen.

»Danke, es geht schon«, erwiderte Rosa.

Noch vor wenigen Tagen hatten die Frauen kaum ein Wort
miteinander gewechselt, und nun empfand er die Atmosphäre
zwischen ihnen als geradezu friedlich.

»Hättest du das erwartet?«, raunte Wendelin und machte
sich an einem größeren Ast zu schaffen. Ihre Verwunderung
wuchs, als Mary der aufmerksam lauschenden Rosa augenscheinlich das Striegeln erklärte.

Wendelin und er schulterten das Feuermaterial und kehrten zur Lichtung zurück.

Da hielt Mary plötzlich in der Bewegung inne und bedeutete ihnen, still zu sein. Beinahe unmerklich griff sie in ihre
Rocktasche und spähte in die Dämmerung.

Die Männer sahen einander alarmiert an.

»Was in Gottes Namen …?« Wendelin hatte den Satz noch
gar nicht zu Ende gesprochen, da knackte der Waldboden hinter ihnen.

Georg fuhr herum, doch es war bereits zu spät. Jemand
presste eine Hand auf seinen Mund, die Zweige entglitten ihm.

Wendelin neben ihm stöhnte, als eine verhüllte Gestalt
ihm etwas in den Mund stopfte, ihn gleichzeitig gegen einen
Baum presste und wortlos begann, ihn mit einem Seil daran
festzubinden.

Kalter Schweiß brach aus Georgs Poren und verschlug ihm die Stimme. Jede Einzelheit der Szene prägte sich ihm überdeutlich ein. Wendelin mit schreckgeweiteten Augen, der verzweifelt an der Fessel zerrte. Sein Peiniger sowie zwei weitere Gestalten mit dunklen Kapuzen, die sich den Frauen näherten. Das unruhige Schnauben der Maultiere.

Der Kerl hinter Georg drückte ein Messer an seine Kehle. »Ganz ruhig, Kleiner. Dann passiert dir nichts.«

Georg schielte auf die kräftigen Arme, die ihn wie ein Schraubstock umklammerten. Der nach Zwiebel stinkende warme Atem des Angreifers streifte seinen Nacken. Als der Kerl Anstalten machte, auch ihn zu fesseln, trat er ihm so kräftig, wie er vermochte, mit seinem Stiefelhacken auf den Fuß. Dabei bewegte sich die Messerklinge an seinem Hals, doch er spürte weder Schmerz noch das Blut, das auf seine Brust rann. Der Mann brüllte und lockerte dabei den Griff, gerade lang genug, dass Georg herumwirbeln und ihm die Faust ins Gesicht schlagen konnte. Der Mann taumelte, kam wieder auf die Beine und stürzte sich mit irrem Blick auf ihn.

»Ich bring dich um!«

Plötzlich, als hätte ihn der Schlag getroffen, verdrehte er die Augen und fiel mit dem Gesicht nach vorn. In seiner Schulter steckte ein Pfeil. Georg blickte sich um und bemerkte Mary, die nur durch das Weiße in ihren Augen auszumachen war. Im nächsten Moment verschmolz sie wieder mit der Umgebung.

Rasch befreite Georg Wendelin, zusammen banden sie dem Ohnmächtigen die Hände auf den Rücken und wollten mit gezücktem Revolver den Frauen zu Hilfe eilen.

Da versperrte ihnen Wendelins Angreifer mit ebenfalls gezogener Waffe den Weg.

Georg fluchte und feuerte wie von ferner Hand gelenkt auf dessen Beine. Die Kugel schlug in einen Baum ein. Höchstens fünf Meter trennten sie noch voneinander. Seine Hände zitterten, doch bevor ihm der andere zuvorkommen konnte, schoss er erneut. Der Mann sackte zusammen, hielt sich mit verzerrtem Gesicht den Knöchel und schrie unablässig etwas auf Spanisch, das er nicht verstand.

Alles, was Georg wahrnahm, war der Mann, der Rosa mit Tritten zur Kutsche drängte, während er gleichzeitig an seiner Hose nestelte.

Im Lauf presste Georg sein Halstuch gegen die blutende Wunde. Er hielt den Atem an, als Wendelin den Kerl mit verzerrter Miene packte, dessen Arme nach hinten bog und seine zierliche Schwester dem Fremden das Knie ins Gemächt rammte. Während er sich krümmte, tauchte Mary wie aus dem Nichts hinter der Kutsche auf, warf sich auf ihn und riss ihm die Kleider vom Leib. Mit Georgs und Wendelins Hilfe zerrte sie ihn zu einem Baum.

»Kutschen-Mary, bitte! Ich verspreche … wir lassen uns hier nie wieder blicken.« Schweiß lief dem Mann übers Gesicht, seine Lippen waren blutleer.

»Bindet die Sau fest!«, wies Mary Georg und Wendelin an und eilte zu dem verletzten Angreifer. »Du kennst mich wohl nicht, wie? Dann wird es Zeit.« Seine Verwünschungen ignorierend, nahm sie ihm zwei Gewehre und einen Revolver ab. Das Langmesser aus seiner Jackentasche schleuderte Mary eine Beinlänge entfernt vor ihm ins Gras, lachte und ging zu ihren Begleitern zurück.

»Lass mal sehen.« Sie begutachtete Georgs Verletzung. »Nicht weiter schlimm.« Mit gesenkter Stimme wies sie zum Wald. »Ein Vierter versucht in diesem Moment mit unseren Wertsachen zu fliehen.« Sie nickte Georg zu. »Du und deine Schwester habt ein Auge auf die beiden Kerle, Wendelin und ich werden uns um Nummer vier kümmern.«

Bevor Georg protestieren konnte, schloss sich das dichte Blattwerk hinter ihnen. Er eilte zu Rosa und zog sie in die Arme. »Du bist blass. Er hat dich getreten.«

Sie schüttelte den Kopf. »Halb so wild. Aber ich hatte schreckliche Angst.«

»Ich auch.«

Sie brauchten nicht lange zu warten, da kehrten Mary und Wendelin mit dem vierten Mann zurück, den sie geknebelt und dessen linkes Bein sie nach hinten gebunden hatten, sodass er gezwungen war, auf einem Bein zu hüpfen. Mary trug ein Bündel auf dem Rücken und legte es zu ihren Füßen ab. »Das dürften unsere Wertsachen sein.« Mit entschlossener Miene trat sie auf Rosa zu. »Sollen sie sich selbst zu helfen wissen. Wir suchen uns jetzt ein ruhiges Plätzchen für die Nacht.«

Georg und Wendelin grinsten.

»Aber Mary«, warf Rosa ein, »wir können die Männer doch hier nicht so zurücklassen.«

Die Kutscherin schnaubte. »Hast du etwa Mitleid mit denen? Die können froh sein, dass ich ihr Leben verschont habe.«

»Was ist mit demjenigen, dem Sie einen Pfeil in die Schulter gejagt haben?«, wollte Georg wissen.

»Ach, der wird bald wieder wach. Ein äußerst wirksames Betäubungsmittel, das mir vor einiger Zeit ein Cherokee Shawnee verraten hat.«

»Cherokee Shawnee?«, fragte Rosa gedehnt. »Ist das ein Indianerstamm?«

Mary nickte. »Einer, der sich nach der Vertreibung aus verschiedenen Stämmen gebildet hat. Die weißen Männer haben ihnen und uns Schwarzen übel mitgespielt. Dabei hatte ich immer Achtung vor ihrem enormen Wissen. Sie ehren alles Leben, im Gegensatz zu den Weißen.« Sie sah in die betretenen Gesichter ihrer Mitreisenden. »Stimmt was nicht? Räumt das

Lager«, wandte sie sich an die beiden Männer. »Rosa und ich spannen die Tiere an.«

An diesem Abend lag Georg lange wach und spähte in die Nacht.

Dass sogar die Indianer Kontakt zu Mary pflegten, fand er bemerkenswert. Natürlich könnte man ihren Austausch als notwendiges Übel oder reine Geschäftsbeziehung betrachten, bedachte man, dass sie die Einwohner mit Waren jeder Art versorgte. Jedoch mit ihr das wohlgehütete Geheimnis über die Betäubungsmittel ihres Stammes zu teilen, ging für Georg weit darüber hinaus. Mary hatte erzählt, dass sie ihr den Namen »weiße Krähe« gegeben hatten, weil sie sich wie eine Weiße mit schwarzer Haut benahm. Nun, bis zu ihrem Ziel Cincinnati würde noch mindestens eine Woche vergehen, und wer wusste schon, was sie unterwegs noch alles erwartete.

Kapitel 13

Rosa
Cincinnati, 14. Juni 1882

Obgleich die folgenden zehn Tage bis zu ihrer Ankunft in Cincinnati recht friedlich verliefen, erinnerte sich Rosa selbst Wochen nach ihrer Ankunft nur mit gemischten Gefühlen an die abenteuerliche Fahrt. Von ihren Ängsten und schlaflosen Nächten hatten weder sie noch Georg oder Wendelin nach Berlin berichtet – und von Kutschen-Mary und den Räubern erst recht nicht. Der Abschied von der ungewöhnlichsten Person, die sie je kennengelernt hatten, war allen dreien schwergefallen, es war unwahrscheinlich, dass sie diese ruppige Frau jemals wiedersahen. Fest stand allerdings, ohne Mary hätten sie ihr Ziel nicht unversehrt erreicht.

Doch auch in Cincinnati kamen Rosa die Tage endlos und die Nächte viel zu kurz vor, zumal es bereits seit Mai ungewöhnlich warm war und die Sonne vom Himmel brannte. Dennoch bereuten Georg und sie keinen Augenblick, das Angebot von Heinrich Wielert vor acht Wochen angenommen zu haben, in seinem Saloon mit angeschlossenem Biergarten die Gäste zu bedienen. Neben einem anständigen Lohn bot er ihnen eine billige Unterkunft über dem Lokal, klein zwar, aber sauber und ohne Ungeziefer. Wendelin bewohnte im Haus nebenan eine

Kammer, arbeitete in einer örtlichen Brauerei und kam meist abends auf ein Glas Bier vorbei.

Wielert hatte die Lokalität vor knapp zehn Jahren eröffnet, inzwischen gehörte sie zu den beliebtesten ganz Cincinnatis. Die deutschen Emigranten, die fast die Hälfte der Einwohner ausmachten, nannten ihr Arbeiterviertel liebevoll »Over the Rhine«. Rosa staunte jeden Tag aufs Neue, wenn sie das lokal gebraute Bier und typisch deutsche Speisen an die Tische brachte, denn an jeder Ecke hörte sie bayerische, sächsische und norddeutsche Dialekte, und jeder Einwanderer brachte die Sitten und Gebräuche seines Volkes mit. Wenngleich sich im Biergarten auch Emigranten aus in ihrer Heimat höhergestellten Kreisen einfanden, waren es mehrheitlich Bauern, die sich auf der Durchreise befanden in der Hoffnung auf ein besseres Leben, als es ihnen bisher vergönnt gewesen war. Zuweilen musste sich Rosa gegen anzügliche Bemerkungen der männlichen Gäste zur Wehr setzen. Am liebsten waren ihr die jüdischen Einwanderer. Stets zurückhaltend, behandelten sie die neue Kellnerin mit Respekt.

Doch so aufregend die ersten Wochen verlaufen waren, abends brannten ihre Füße und sie fiel erschöpft ins Bett.

»Ende nächster Woche haben wir genug Geld für die Bahnfahrten beisammen«, tröstete Georg sie. Für ihn war die Warterei leichter zu ertragen, seit Wielert herausgefunden hatte, dass sein neuer Kellner das Klavierspiel beherrschte, woraufhin er ihn vom Fleck weg für die Wochenenden engagiert hatte.

Mochte das Klavier auch alt sein, Georg wusste ihm himmlische Töne zu entlocken. Rosa konnte regelrecht fühlen, wie ihr Bruder durch die Musik und den Applaus aufblühte. Ließen ihr die Gäste einen gnädigen Augenblick zum Verschnaufen, kreisten ihre Gedanken um Theodor und ihren Vater. Georg und sie hatten ihnen jede Woche geschrieben. Hoffentlich hatten die

Zeilen sie inzwischen erreicht. Anders als üblich trennte sie sich nicht einmal nachts von ihrer Kette mit dem Siegelring.

An ihrem letzten Arbeitstag – der Saloon hatte sich merklich geleert und die Einnahmen waren gezählt – saßen sie zu dritt beieinander und unterhielten sich mit dem Wirt, der Georg und Rosa all die Zeit über fair behandelt hatte.

»Die Gäste werden Ihre Klavierabende vermissen. Ich hatte lange keinen so guten Pianisten. Wohin soll denn Ihre Reise nun gehen?«, wollte Wielert anschließend wissen.

»Wir wollen nach Rico, Colorado«, antwortete Rosa.

Sie waren übereingekommen, zunächst Tante Funny einen Besuch abzustatten, und hatten in einem Telegramm ihre Ankunft für die nächste Woche angekündigt. In Rico wollten sich Wendelin und Rosa von Georg trennen und nach Cortez weiterziehen. Genauer gesagt, hatte Rosa so lange gebettelt, bis sich die beiden Männer dazu hatten überreden lassen. Sie brannte darauf, der Frau, die sie über alle Maßen bewunderte, endlich gegenüberzustehen. Es drängte sie herauszufinden, ob die Tante tatsächlich dem Bild entsprach, das sie in ihrer Vorstellung von ihr gemalt hatte.

Ein wenig schuldbewusst, weil ihre Gedanken mal wieder abgeschweift waren, kehrte sie in die Wirklichkeit zurück.

»Dann wünsche ich Ihnen eine angenehme Fahrt und viel Glück, falls wir uns morgen früh nicht mehr sehen sollten«, sagte Wielert.

»Vielen Dank.« Rosa reichte ihm die Hand, Wielert schlug ein und verabschiedete sich ebenfalls von den Männern. Gleich nach ihrer Ankunft in Cincinnati hatten sich die drei nach ihrer Reiseroute erkundigt. Fest stand, dass sie zunächst die *Atlantic & Great Western Railroad* bis Saint Louis nehmen mussten. Dort befand sich die zentrale Bahnstation, von der die Nachbarstaaten angefahren wurden.

Rosa unterdrückte einen Seufzer. Zu Hause hatte sie Tante Funny noch eine Depesche geschickt, in der sie um eine Empfehlung der besten Reiseroute gebeten hatte. Doch diese erläuterte, dass sie sich damals einem Treck angeschlossen hatte, da der Westen zu der Zeit noch nicht erschlossen gewesen sei. Die Eisenbahnlinien, die inzwischen gebaut worden waren, würden neue und komfortablere Routen ermöglichen, nach denen sie sich am besten vor Ort erkundigten.

Wenig später traten die drei auf die nächtlich stille Straße. Da sie viel zu aufgeregt waren, machten sie sich auf die Suche nach einem Plätzchen, an dem sie sich ungestört unterhalten konnten.

Im »Golden Rhine« ein paar Straßen weiter säuberte eine Bedienung die Tische. »Wir schließen gleich.«

Wendelin setzte sein liebenswertestes Lächeln auf. »Wir bleiben nur auf ein Bier.«

Der Wirt gab ihnen einen Wink, Platz zu nehmen, und brachte ihnen gleich darauf die Getränke. »Wohl bekomm's, die Herrschaften.« Er wandte sich seiner Bedienung zu. »Du kannst gehen.«

Die junge Frau ließ sich nicht lange bitten und verließ die Wirtschaft.

Zwischen den Reisenden wurde es still, jeder hing seinen Gedanken nach.

»Lasst uns noch einmal unsere Route durchgehen, soweit wie wir sie bisher in Erfahrung bringen konnten.« Wendelin breitete die knitterige Landkarte auf dem Tisch aus. »Schaut, hier ist Cincinnati.« Mit einem Bleistift kreiste er ihren Standort ein.

Rosa deutete auf einen Punkt weiter westlich. »Hier ist Saint Louis. Für den Abschnitt brauchen wir sicher einen halben Tag oder länger.«

»Von Saint Louis halten wir uns weiter Richtung Burlington in Colorado«, warf Georg ein. »Die Eisenbahn soll die Strecke regelmäßig bedienen, die Pläne mit den Abfahrtzeiten sind derzeit aber vergriffen. Wir müssen also mit einer Wartezeit rechnen und auf eine Übernachtung vorbereitet sein. In Burlington erkundigen wir uns dann nach den nächsten Verbindungen.«

»Mir wäre es lieber, wir könnten die Reiseroute besser planen«, murmelte Rosa.

Wendelin lachte. »Die Route führt teilweise durchs Gebirge. Ich glaube kaum, dass die Abfahrt- und Ankunftszeiten besonders verlässlich sind.«

Georg und seine Schwester stimmten nachdenklich zu.

Bald darauf machten sie sich auf den Heimweg. In Rosa prickelte es vor Aufregung, weil sie ihrem Traum jeden Tag einen Schritt näher kam.

Am nächsten Morgen fanden sich die drei gegen halb sieben am Bahnhof ein. Bereits zu jener frühen Stunde herrschte geschäftiges Treiben. Das Gleis war wie leer gefegt. Sie steuerten auf das Häuschen mit der Aufschrift »Tickets to Western Cities« zu.

»Bei der *Atlantic & Great Western Railroad* sind Sie in guten Händen.« Der Schalterbeamte begutachtete eine Liste. »Ich hätte allerdings nur noch Plätze im Schlafwagen anzubieten, die anderen sind leider ausgebucht.«

»Wir nehmen, was zu bekommen ist«, erwiderte Rosa schnell.

»Drei Fahrkarten für morgen früh um sechs Uhr?«

»Sehr gern. Wie lange werden wir denn unterwegs sein?«

»Die Fahrtzeit beträgt etwa dreizehn Stunden. Aber Sie werden staunen. In unseren wunderschön ausgestatteten Pullman-Waggons haben es unsere Fahrgäste nicht nötig, den Zug zwischen Chicago, Cincinnati und Saint Louis zu verlassen. Es gibt neben den Schlafabteilen auch einen Speisewagen. Sie reisen also komfortabel.«

Das klang ganz anders als die beschwerliche Reise im Treck, von der Tante Funny berichtet hatte. Zufrieden verbrachten sie die Nacht in einer Pension direkt am Bahnhof und fanden sich kurz nach Sonnenaufgang am nächsten Morgen am Gleis ein. Bis zur Abreise blieb ihnen noch eine halbe Stunde.

Rosa wippte mit den Füßen. Sie standen inmitten eines schier unendlichen Stroms aus Reisenden, unter ihnen Väter und Mütter, die ihre schlafenden Kinder auf den Armen trugen, und alte Leute, den Rücken von ihrem Gepäck gebeugt. Heranwachsende flüsterten aufgeregt miteinander. Die Luft war noch angenehm kühl, doch in ihr hing bereits eine Ahnung von Hitze.

Vielen der jüngeren Reisenden waren die Neugier und Abenteuerlust anzumerken, sie wirkten wie vor einem Ausflug in die Sommerfrische, für den sie gern Umstände und Mühen in Kauf nahmen. Den Älteren dagegen war die Anspannung deutlich anzusehen. Trotz der etwa hundert Wartenden am Gleis herrschte eine ungewöhnliche Stille.

Dann fuhr die Dampflokomotive samt Waggons ein.

Galant half Wendelin Rosa beim Einsteigen.

Was die Ausstattung des Zuges anbelangte, hatte der Schalterbeamte nicht übertrieben. Der Schlafraum bestand aus zwei gegenüberliegenden Stockbetten. Ein Mann in den Vierzigern hatte sich auf dem oberen Bett der linken Seite ausgestreckt. Seine breite Nase und die winzigen schräg stehenden Augen ließen seine chinesischen Wurzeln vermuten. Gleich nachdem er sich als Dick Hamlin vorgestellt hatte, schlug der wohlgenährte Mann die mitgebrachte *Gazette* auf, vergrub sich geradezu in der Zeitung und bewies damit eindrücklich, dass er keinen Wert auf eine Konversation legte.

Rosa wählte das rechte untere Bett am Fenster und begann, einen Brief an die Familie zu schreiben. Wendelin und Georg steckten die Köpfe zusammen und begutachteten ihre Route anhand der Flugzettel, die auf den Betten lagen. Da betrat ein junger Mann im feinen Anzug das Abteil und setzte sie darüber in Kenntnis, wann die Mahlzeiten serviert wurden, wünschte einen angenehmen Aufenthalt und zog sich wieder zurück.

Es dauerte nicht lange, bis Dick die Zeitung auf die Nase fiel und lautes Schnarchen den Schlafraum erfüllte. Rosa gab den beiden Männern ein Zeichen und sie schlichen auf leisen Sohlen hinaus.

Bewundernd sahen sie sich im Speiseraum um. Bodentiefe Fenster schenkten den Fahrgästen eine ungehinderte Sicht auf die vom ersten Morgenlicht beschienene weite Landschaft, die von vereinzelten Bäumen und sanften Hügeln beherrscht wurde. Schwere orientalische Teppiche verschluckten ihre Schritte, eine ausladende Petroleumlampe schaukelte im Rhythmus der Dampflok an der reich verzierten Decke.

Sie setzten sich an einen Fenstertisch.

Ein junger Kellner trat auf sie zu. Das blütenweiße Hemd stand im krassen Gegensatz zu seiner dunklen Haut.

»Was darf ich den Herrschaften bringen?« Obgleich er ein erstklassiges Englisch sprach, war sein afrikanischer Dialekt unverkennbar.

Nachdem sie Getränke bestellt hatten, verfolgte Rosa, wie der Kellner zum nächsten Tisch eilte, und suchte Wendelins Blick. »Meinst du, er hat noch als Sklave für Weiße arbeiten müssen?«

Er nickte. »Mit Sicherheit, auch Kinder wurden von der Sklaverei nicht verschont.«

»Entsetzlich.« Rosa mühte sich redlich, aber ihr Blick schweifte allzu oft zu dem Kellner, nebenher ließ sie das Kommen und Gehen im Speisewagen auf sich wirken. Die

Bediensteten waren ausnahmslos Schwarze, die Gäste Weiße. Diesen Anblick so unmittelbar vor Augen zu haben, war bedrückend. *Trotz ihrer Befreiung aus der Sklaverei müssen sie den Weißen immer noch dienen.*

»Ich ahne, was dir durch den Kopf geht«, raunte Georg. »Aber bitte starr den Mann nicht so an.«

Schuldbewusst wandte sie sich ab. *Die weißen Männer haben den Indianerstämmen und uns Schwarzen übel mitgespielt,* waren Marys Worte gewesen. Und zum ersten Mal, seit Rosa denken konnte, schämte sie sich für ihre privilegierte Herkunft und das luxuriöse Leben, das sie in Berlin geführt hatte.

Wenig später servierte der Kellner das Essen.

»Seht nur«, flüsterte sie über den Tisch hinweg, »wie gönnerhaft die mit Gold behangene Dame dort drüben den Kellner behandelt.«

»Reg dich nicht auf«, sagte Wendelin. Seine und Rosas Hand berührten einander beim Gestikulieren zufällig. Jäh ertappte sie sich bei dem Wunsch, sich an ihm festzuhalten, und schalt sich gleich darauf eine alberne Närrin.

»Der junge Mann wird heilfroh sein, arbeiten zu dürfen«, sagte Wendelin.

»O ja.« Rosas Blut geriet in Wallung. »Dafür muss er den weißen Herren natürlich ein Leben lang dankbar sein.«

Georg legte den Zeigefinger auf den Mund. »Zügle deine Zunge, Schwesterchen. Wir sind neu in diesem Land, und es wäre mir unangenehm, Aufsehen zu erregen.«

»Verzeih.« Sie biss sich auf die Lippe und schwieg widerstrebend. Und genau in diesem Moment fasste sie einen Entschluss. *Ich werde eine Schule gründen, in der jeder willkommen ist, gleich welcher Herkunft oder Hautfarbe.*

In den folgenden Stunden sprach Rosa wenig und behielt ihre Grübeleien für sich. Im Schlafraum war es heiß und stickig, doch irgendwann übermannte sie die Müdigkeit. Schließlich erwachte sie von einer zarten Bewegung. Als sie die Lider hob, zog Wendelin die Decke über sie.

»Habe ich dich geweckt? Sei leise, Georg schläft ebenfalls.«

Durch das Licht, welches durch das Fenster in den Schlafraum fiel, wirkte Wendelins Gesicht über ihrem wie gemeißelt. Es war ihr vertraut, jede Linie könnte sie aus dem Gedächtnis nachzeichnen. Seine gerade Nase, die scharfen Wangenknochen und die dunklen Augen, die jetzt mit einem Ausdruck auf ihr ruhten, der sie aus einem unerfindlichen Grund verunsicherte.

Rosa erhob sich. »Wie spät ist es?«

»Es ist fast sechs Uhr am Abend. Gegen neun sollten wir Saint Louis erreichen.«

»Danke.« Rosa blätterte in ihrer Reiselektüre und lugte zu Wendelin hinüber, der versunken die Landschaft betrachtete. Auf diese Weise hatte er sie noch nie angesehen, womöglich hatte sie sich das aber auch nur eingebildet. Um auf andere Gedanken zu kommen, malte sie sich ihr neues Leben aus. Sie wünschte sich ein Stück Land mit einem Bach. Einige Bäume würden dem Haus – es brauchte nicht groß zu sein – genügend Schatten spenden. Besonders neugierig war sie auf die deutschen Farmer in der Nachbarschaft.

Die letzten Stunden bis Saint Louis vertrieben sich die drei die Zeit mit Brettspielen. Trotz allen Komforts waren sie erschöpft und froh, als die Eisenbahn ihr Ziel endlich erreichte.

KAPITEL 14

Theodor
Berlin, 27. Juni 1882

Er gab einige Tropfen Schmerzmittel in ein Glas Limonade und versuchte, das Klappern von Fräulein Nehlsens Schreibmaschine zu ignorieren, das sich wie Hammerschläge hinter seinen Schläfen anfühlte. Seit Vandas Abschied war etwas in ihm gestorben, so verrückt es auch klang. Es kam ihm vor, als wäre seinem Leben das Licht genommen worden. Nur Felix gelang es, ihm etwas Freude zu bereiten. Theodor verstand es ja selbst kaum. Wie hatte er all die Jahre gelebt ohne diesen einen Moment, in dem sich Vandas und sein Herz gefunden hatten?

Seit dem Abend bei Tian hatten Elena und er die Abende in stiller Übereinkunft getrennt verbracht; lag er nachts neben ihr und belauschte ihren Schlaf, erschien es ihm falsch.

Sie gehörten nicht zusammen, das hatten sie nie.

Aber Theodor wollte Felix nicht weiter verwirren, der Kleine konnte schließlich nichts für die Entfremdung seiner Eltern.

So hatte es ihn einige Tage später erneut in Tians Haus getrieben. Nichts schien ihm mit dem süßen Rausch vergleichbar, den das Opium ihm bescherte.

Er nahm ihm seinen bohrenden Schmerz, die Trauer und die Sehnsucht, Vanda noch einmal zu umarmen und den Duft ihrer Haare einzuatmen. In diesen Stunden fühlte er sich frei und umarmt von seinen Fantasien.

Bedauerlicherweise begann der nächste Morgen stets wie ein Fall aus schwindelerregender Höhe. Unerträgliche Übelkeit plagte ihn dann, und mehr als einmal hatte er sich erbrochen. Von den Kopfschmerzen ganz zu schweigen. Aber das nahm Theodor hin, solange Vanda im Rausch für ihn tanzte.

Als das Schmerzmittel zu wirken begann, öffnete er die Akte mit der Buchführung und rang um Konzentration. Bis heute war ihm unerklärlich, wie mühelos Georg die Buchhaltung immer erledigt hatte.

»Guten Morgen, mein Sohn.« Sein Vater betrat die Schreibstube. Er machte einen ausgesprochen fröhlichen und ausgeruhten Eindruck. »Endlich ein Lichtblick. Geheimrat Steinhausen wird uns ab August als Berater für unsere Sportschuhkollektion zur Verfügung stehen.«

Theodor rang sich ein Lächeln ab. »Großartig, Vater.«

Dieser stützte sich an seinem Schreibtisch ab. »Deine Freude hält sich in Grenzen, nicht wahr?«

»Nein, ich gratuliere, wirklich.« Theodor hörte selbst, wie lahm seine Antwort klang. Doch zu mehr Euphorie fühlte er sich nicht imstande.

»Was treibst du abends eigentlich immer?«

Theodor versteifte sich. »Ich weiß nicht, was du meinst.«

»Elena hat mir beim Frühstück erzählt, dass du neuerdings öfter erst mitten in der Nacht nach Hause kommst.«

»Sie ebenfalls.«

»Muss ich mir Sorgen um dich machen?«, fragte sein Vater nach kurzem Schweigen.

»Nein, alles fabelhaft«, erklärte Theodor mit unüberhörbarem Sarkasmus. »Ist die junge Bewerberin eingetroffen?«

Sie suchten nach einer zweiten Sekretärin, die Fräulein Nehlsen unterstützen sollte.

Vater und Sohn gingen zum Empfangsbereich und fühlten sich unversehens von vier Männern umringt.

»Herr Breitenbach, einen Augenblick!«, rief einer Theodors Vater zu und zog Notizheft und Bleistift aus der Jacke.

Hermann blickte von einem zum anderen. »Was kann ich für Sie tun?«

»Sie sind ein beliebter Fabrikant unserer Stadt. Wie können Sie es mit Ihrem Gewissen vereinbaren, Ihre Kunden jahrzehntelang belogen zu haben?«

Hermann erstarrte zur Salzsäule, weshalb Theodor das Wort ergriff. »Meine Herren, dürfen wir zunächst erfahren, mit wem wir es zu tun haben?«

Bei den Männern handelte es sich um Reporter des *Berliner Tageblatts*, der *Handels-Zeitung*, der *Illustrirten Zeitung* und der *Neuen Preußischen Zeitung*.

»Herr Breitenbach, als Fabrikant haben Sie eine Vorbildfunktion. Wie passt das mit Ihrer Vergangenheit als Verbrecher zusammen?«, setzte der Reporter der *Neuen Preußischen Zeitung* unbeirrt fort.

Aus Hermanns Gesicht wich jede Farbe. »Mit Verlaub, wie kommen Sie dazu, ohne Ankündigung hier aufzutauchen? Vereinbaren Sie einen Termin bei meiner Sekretärin, dann stehe ich Ihnen zur Verfügung. Wenn Sie uns jetzt bitte entschuldigen. Wir haben zu tun.«

Doch die Männer versperrten ihnen den Weg. Die Sekretärin stand in der Tür zu ihrer Schreibstube und verfolgte das Geschehen mit sichtlichem Entsetzen.

»Wir lassen uns nicht fortschicken!«, rief einer. »Die Berliner Bürger verdienen die Wahrheit!«

»Es gibt Augenzeugen, dass Sie in der Zeit vor Ihrer Fabrikeröffnung einen jungen Mann ermordet haben sollen.

Wie stehen Sie zu den Anschuldigungen?«, rief der Reporter der *Handels-Zeitung*.

»Ich weise sie aufs Schärfste zurück. Sie entbehren jeder Grundlage! Mehr habe ich dazu nicht zu sagen.« Hermann verlieh seiner Stimme Schärfe. »Bitte gehen Sie jetzt! Sie haben die Wahl. Entweder Sie verlassen unser Haus auf der Stelle oder die Polizei wird Sie hinausbegleiten.«

»Überlegen Sie es sich gut«, meinte der Mann vom *Berliner Tageblatt*. »Ich kann Ihnen nur raten, Ihre Sicht der Dinge zu schildern. Anderenfalls finden Sie morgen ausführliche Berichte in den Berliner Zeitungen. Wollen Sie das?«

Theodor wusste nicht, was ihn mehr schockierte, deren harsche Worte oder die Respektlosigkeit, mit der sie seinem Vater begegneten. Er trat so dicht an einen der Reporter heran, dass kein Fuß mehr dazwischenpassen würde. »Fräulein Nehlsen, haben Sie die Polizei verständigt?«

»Jawohl, sie wird in Kürze eintreffen.«

Der Reporter vom *Tageblatt* zögerte, doch sein Kollege von der *Illustrirten Zeitung* baute sich vor Theodor auf. »Außerdem wünschen wir nicht mit Ihnen, sondern mit Ihrem Vater zu sprechen.«

In Theodor brodelte es. »Ihre Unverfrorenheit wird Konsequenzen haben. Wenn Sie mir bitte folgen?«

Die Reporter wechselten einen Blick. »Na schön. Sie haben es nicht anders gewollt«, warf ihnen der Mann von der *Illustrirten Zeitung* hinterher, dann verließen sie das Gebäude.

Die beiden Männer blieben wie versteinert zurück. »Ich werde Professor Salzmann eine Nachricht zukommen lassen, ich brauche dringend seinen juristischen Rat.«

Theodor legte seinem Vater eine Hand auf den Arm. »Das sehe ich ebenso. Ich hoffe, er ist kurzfristig abkömmlich. Derweil kümmere ich mich um die Bewerberin. Wir sehen uns in deinem Besprechungszimmer.«

Hermann schien ihn kaum wahrzunehmen und ging wie ein Schlafwandler davon.

Doch Theodor wurde von der Sekretärin aufgehalten, und es vergingen nahezu zwei Stunden, bis er die Gelegenheit fand, seinen Vater im Besprechungszimmer aufzusuchen. Dort fand er ihn im Gespräch mit dem Advokaten vor.

»Gut, dass du kommst. Setz dich, Junge«, sagte Hermann.

Sein Sohn begrüßte Professor Salzmann und folgte der Aufforderung.

»Ich fasse kurz zusammen«, eröffnete dieser, an Theodor gewandt. »Taktisch wäre es klüger gewesen, sich von den Reportern nicht aus der Reserve locken zu lassen. Verstehen Sie mich nicht falsch – Ihre Reaktion war durchaus nachvollziehbar. Sie hätten sich allerdings nicht äußern müssen. Im Zweifelsfalle stünde ohnehin Aussage gegen Aussage.« Salzmann trommelte mit den Fingerspitzen auf der Schreibtischplatte.

»Das ist richtig«, erwiderte Hermann. »Dennoch war es mir ein dringendes Anliegen, Stellung zu beziehen.«

»Ich verstehe«, antwortete der Advokat. »Gehen Sie aber davon aus, dass morgen ein regelrechter Sturm über Sie hereinbricht. Keine Zeitung lässt sich eine Sensation entgehen, erst recht nicht, wenn eine lokale Berühmtheit darin verwickelt ist.«

Hermann lief gedankenverloren im Raum auf und ab. »Wie in Herrgottsnamen soll ich den Zeitungshaien gegenübertreten?«, fragte er, ohne seine Wanderung zu unterbrechen.

»Das ist der springende Punkt«, sagte Theodor. »Wir brauchen eine kluge Strategie und Antworten, die den Reportern keinen neuen Zündstoff liefern. Das Interesse an der alten Geschichte lässt sicher rasch nach. Wir müssen nur durchhalten und gelassen bleiben, Vater.«

»Sie verkennen die Lage«, widersprach der Advokat. »Rechnen Sie damit, dass Meißner den Zeitungsfritzen ausführlich Rede und Antwort gestanden hat.« Sein Blick wurde eindringlich. »Somit hat er Sie in die Rolle gedrängt, in der Sie sich zu rechtfertigen haben. Um das zu vermeiden, bleibt nur, vorerst keinerlei weitere Kommentare abzugeben.«

»Das gefällt mir nicht«, antwortete Hermann gepresst. »Wie stehe ich denn da, wenn ich mich nicht äußere?«

»Das sehe ich ebenso«, warf Theodor ein. »Wem schenken die Bürger Ihrer Meinung nach mehr Vertrauen, Meißner, der bereitwillig Auskunft gibt, was sich 1848 zugetragen haben soll, oder meinem Vater, der zu den Anschuldigungen schweigt?«

Der Advokat nickte. »Ja, das ist richtig. Doch würden Sie einräumen, Schweigegeld zu zahlen, käme das einem Schuldgeständnis gleich. Wenn wir uns erfolgreich gegen Meißner zur Wehr setzen wollen, müssen wir jeden Verdacht gegen Sie ausräumen. Dafür brauchen wir Zeit und vor allem Beweise, die seinen Leumund infrage stellen.« Er sah sie an. »Haben Sie inzwischen etwas in der Art herausgefunden?«

»Leider nicht«, räumte Theodor ein.

Im Raum waren nur die Atemzüge der drei Männer zu hören.

Hermann hielt inne. »Was schlagen Sie vor, Herr Professor?«

»Ich bereite einen offiziellen Kommentar vor, der die Gemüter vorerst beruhigen sollte. Wir müssen die Verleumdungen im Keim ersticken, bevor sie weitere Schäden anrichten.«

»Das kann nicht alles sein«, brach es aus Theodor heraus. »Die Straftat wäre ohnehin verjährt. Ich verstehe nicht, warum wir seinen Verleumdungen nicht gleich einen Riegel vorschieben! Wir sollten den Reportern wenigstens von den fragwürdigen Übernahmeangeboten berichten.«

Salzmann betrachtete ihn nachdenklich. »Zu diesem Zeitpunkt halte ich es für ungünstig, Meißners Machenschaften offenzulegen, das legt man höchstens als sinnlosen Racheakt aus und rüttelt an der Reputation Ihres Vaters. Sind wir uns in dem Punkt einig?«

Theodors Mund war auf einmal staubtrocken. »Das alles habe ich nicht bedacht, Sie haben natürlich recht.«

»Herr Breitenbach?« Salzmann suchte Hermanns Aufmerksamkeit.

»Ich bin Ihrer Meinung«, erklärte dieser.

»Gut, also bleiben wir zunächst bei unserer passiven Strategie. Gibt es weitere dunkle Punkte in Ihrer Vergangenheit, über die ich Bescheid wissen muss?«

»Nein, natürlich nicht«, sagte Hermann konsterniert.

Theodor kräuselte die Stirn. »Wir haben nie etwas Unredliches getan und folglich nichts zu verbergen.« Vandas Bild schlich sich unvermittelt vor seine Augen.

»Freut mich zu hören.« Salzmann erhob sich. »Ich gebe Ihnen den gut gemeinten Rat, die nächsten Tage Zeitungen und Zeitschriften zu meiden. Falls man Sie weiter mit lästigen Fragen bedrängen sollte, geben Sie mir bitte Nachricht, dann unterbinde ich es rechtlich.« Er schüttelte Hermann die Hand. »Sollte nichts Eiliges auftreten, erwarte ich Sie Ende der Woche in meiner Kanzlei.«

Daraufhin begleitete Hermann den Advokaten hinaus, und Theodor blickte seinem Vater betreten nach.

Als dieser zurückkehrte, stützte er die Ellenbogen auf den Tisch, er wirkte erstaunlich gefasst. »Die Wut hilft uns nicht weiter. Wir wussten doch beide, dass Kaspar die Absage nicht kampflos hinnimmt.«

»Ja, davon mussten wir ausgehen«, murmelte Theodor und mied seinen Blick. »In einem guten Monat wollen wir durch unsere erste Sportkollektion mit ihm in direkte Konkurrenz treten. Er hat einen klugen Zeitpunkt für die Hetzkampagne gewählt.«

»So ist es.« Hermann schenkte ihnen Erfrischungen ein.
»Wann triffst du dich mit dem Detektiv?«

»Morgen nach Dienstschluss.«

»Gut. Mach ihm Beine.« Hermann musterte seinen Sohn.
»Wie ist das Bewerbungsgespräch gelaufen?«

»Frau Hertzberg scheint eine freundliche und kompetente
Kraft zu sein. Ihre Zeugnisse sind zudem hervorragend.«

Hermann lächelte. »Sollen wir sie einstellen?«

»Ich fürchte, daraus wird nichts.« Theodor überlegte fieberhaft, wie er seinem Vater die Antwort so schonend wie möglich
beibringen konnte. »Frau Hertzberg hat den Vorfall mit den
Reportern verfolgt und mir höflich, aber bestimmt mitgeteilt,
dass sie es sich nicht erlauben kann, für eine Fabrik mit zweifel-
haftem Ruf tätig zu sein.«

Über Hermanns Zügen lagen auf einmal Schatten, die seine
Erschöpfung offenbarten.

Theodor blickte ihm fest ins Gesicht. »Ich erinnere mich an
Mutters Worte. *Viele Jahre muss der Ahornbaum wachsen, neue
Äste und Zweige bilden und seine Wurzeln tief in der Erde verankern, bevor er stark genug ist, den Stürmen des Lebens zu trotzen.
Euer Vater ist wie der Stamm – er hat die Fabrik gegründet. Stellt
euch vor, ihr seid die drei kräftigsten Äste, die den Baum krönen
und sich weiter und weiter verzweigen. Es mögen Zeiten kommen,
in denen es unser Ahorn schwer hat, bei Unwetter zu überleben.
Es liegt an euch, ob er einmal ein stolzer Baum wird, der andere
überragt.«* Er legte seine Hand auf die seines Vaters. »Ich sehe
noch immer ihr Gesicht vor mir, wie sie mit uns gesprochen
hat.« Theodor begegnete dem Blick seines Vaters. »Sorg dich
nicht. Wir werden auch diese Krise überstehen.«

Noch während er sprach, wurde ihm schmerzlich bewusst:
Ihr Kampf hatte erst den Anfang genommen, und sein Ausgang
war ungewiss.

KAPITEL 15

Rosa
Westwärts Richtung Colorado, 28. Juni 1882

In Saint Louis, dem »Tor zum Westen«, war den drei Reisenden das Glück hold. Am Bahnhof teilte man ihnen mit, dass vor einigen Jahren eine direkte Eisenbahnverbindung nach Pueblo in Colorado fertiggestellt worden war. Vor ihnen lagen eine Strecke von mehr als achthundert Meilen und dementsprechend zweieinhalb Tage Fahrt. In Burlington würden sie die Eisenbahn wechseln.

Pünktlich um zwei Uhr am Nachmittag verließen Georg, Rosa und Wendelin Saint Louis. Die Fahrt mit der *Atchison, Topeka & Santa Fe Railroad* zwischen Saint Louis und Joplin führte sie über sattgrüne rollende Hügel und weite Maisfelder, die ab und an von einzelnen Bäumen unterbrochen wurden. Rosa konnte sich an der malerischen Landschaft nicht sattsehen. Geraume Zeit später erreichten sie das Plateau von Springfield im Südwesten von Missouri. Auf dieser Strecke hielt die Eisenbahn oft, füllte Wasser aus großen Tanks, spuckte Leute aus und saugte andere ein. Stundenlang fuhren sie vorbei an kleinen Ortschaften, ausgedehnten Feldern, Weiden und Wäldern. Und es ging langsam, aber stetig bergauf. Später zog Nebel auf und verlieh der Landschaft etwas Mystisches. Rosa hielt den Atem an, als sie einen großen Raubvogel entdeckte, der in der Luft verharrte und sich plötzlich auf einen Punkt am Boden stürzte. Ein Anblick, den sie bisher nur selten zu Gesicht bekommen hatte.

Bald darauf ließen sie Missouri hinter sich und erreichten Carthage an der Grenze zu Kansas und schlagartig wandelte sich die Landschaft. Eine schier endlose Prärie breitete sich vor den drei Reisenden aus, die gebannt aus dem Fenster sahen. Obwohl bereits später Nachmittag, brannte die Sonne auf Rosas Gesicht. Hätten sie nur früher nach Amerika aufbrechen können. Sie suchte auf der flachen, kargen Ebene nach einem Baum, ein paar Büschen oder einem anderen grünen Fleck, doch so weit das Auge reichte, gab es nichts außer Büffelgras, der ein oder anderen landwirtschaftlich genutzten Fläche, Sand, Staub und dem immerwährenden Wind, der ungehindert übers Land blies. In der Ferne entdeckte sie eine Siedlung aus Steinhäusern und einer Windmühle, deren Mittelpunkt eine weiß getünchte Kirche darstellte. Rosa schüttelte den Kopf. »Ich habe gelesen, es soll hier eine große Zuwanderung von Amischen geben. Ich frage mich, wer sich freiwillig in diesem lebensfeindlichen Landstrich niederlässt.«

»Im Deutschen Reich und auch anderswo werden die Amischen benachteiligt«, meinte Wendelin. »Hier erhoffen sie sich ein friedliches Leben.«

Rosa stutzte, als draußen eine größere Menge von zu Kugeln geformtem Buschgras aufgewirbelt wurde. Auf dieses Land, das stand für sie fest, würde sie keinen Fuß setzen. Allein der Anblick der farblosen Kargheit ließ sie schaudern. Stundenlang fuhren sie durch die heiße Einöde, selten hatte sie die Dunkelheit so erleichtert begrüßt.

Endlich erreichten sie Burlington in Colorado, wo sie in die *Santa Fe Railroad* umstiegen, die sie bis in die sechshundert Meilen entfernte Stadt Pueblo bringen sollte. Die

Dampflokomotive schnaubte und setzte sich mit großem Getöse und Rauchschwaden in Bewegung.

Das Abteil war für acht Reisende vorgesehen, aber Rosa erschien es bereits zu sechst zu eng. Ein älteres Ehepaar um die sechzig saß ihnen gegenüber, es hatte ein etwa zweijähriges Kind bei sich und machte einen erschöpften Eindruck. Bald ging das leise Greinen des übermüdeten Mädchens in durchdringendes Geschrei über. Die Frau mühte sich redlich, es zu beruhigen, und entschuldigte sich mehrmals. *Wären die Bänke wenigstens gut gepolstert*, dachte Rosa. Doch sie hockten auf ihnen wie die Hühner auf der Leiter. Wendelin legte ihr wortlos eine Wolldecke um die Schultern, die zweite hatte sie um ihre Beine geschlungen. In einem unbeobachteten Moment steckte sie sich etwas Watte in die Ohren, um die Geräusche auszublenden, und tatsächlich übermannte sie wenig später der Schlaf.

Sie erwachte im Morgengrauen, streckte vorsichtig die steifen Glieder, um Georg und Wendelin nicht zu wecken. Ihre Mitreisenden schliefen halb zusammengesunken, und Rosa fragte sich unwillkürlich, welches Schicksal sie wohl in den Wilden Westen trieb. Dann blickte sie neugierig aus dem Fenster.

Doch wenn sie gehofft hatte, die Tristesse hinter sich gelassen zu haben, so war das ein Irrtum. Dieselbe weite und unwirtliche Landschaft bestimmte das Bild, vereinzelte Kiefern bogen sich im Wind. In der Ferne entdeckte sie einige verlassen wirkende Hütten. Ein Kojote mit einem Beutetier im Maul lief über die Ebene.

Rosa begegnete dem Blick der älteren Frau.

»Sie sind auch Deutsche, nicht wahr?«, raunte sie mit starkem fränkischem Dialekt.

»Ja, wir kommen aus der Hauptstadt.«

»Ah, wir sind Bauern aus einem kleinen Nest in der Nähe von Bamberg«, sagte die Frau. »Unser Sohn und unsere

Schwiegertochter haben sich in Pueblo eine neue Existenz aufgebaut.« Sie wies auf das schlafende Kind auf ihrem Arm. »Sie führen dort ein Souvenirgeschäft. Wir sind auf dem Weg zu ihnen. Es ist so wohltuend, Leute aus der Heimat anzutreffen, man fühlt sich gleich weniger allein.«

Da konnte Rosa ihr nur zustimmen.

Die Frau beugte sich näher heran. »Schauen Sie sich bloß die Gegend an, kein Schutz, keine Möglichkeit für einen Unterschlupf. Von der stechenden Sonne ganz zu schweigen. Ich frage mich, ob die Ödnis irgendwo endet. Mir ist wirklich mulmig zumute.« Sie warf ihr einen vielsagenden Blick zu. »Haben Sie unterwegs Zeitung gelesen?« Als Rosa verneinte, fuhr sie fort. »In Burlington erzählte uns jemand auf dem Bahnhof, dass die Kiowa letzte Woche auf dieser Strecke eine Eisenbahn wie unsere überfallen haben. Schnell wie der Wind sollen sie auf ihren Pferden das Hab und Gut der Fahrgäste an sich genommen haben.«

Indianer. Rosas Puls beschleunigte sich. Die Kiowa kannten in dem Gebiet vermutlich jeden Stein und jedes Sandkorn, während sie der Willkür der beheimateten Indianerstämme hilflos ausgeliefert waren.

Wendelin und Georg waren indes erwacht und lauschten der Unterhaltung.

»Vielleicht war das auch nur ein Ammenmärchen, das die Reporter erfunden haben, um die Auflage zu steigern«, meldete sich Georg zu Wort.

»Ich gebe dem jungen Mann recht«, brummte der Ehemann der Frau und rieb sich die Augen. »Jag den Herrschaften keine Angst ein, Gretl. Ruf das Unglück nicht herbei, als wäre das Land nicht furchteinflößend genug.«

Das Kind rührte sich, und Rosa war heilfroh, das Gespräch nicht fortsetzen zu müssen. Anfangs ertappte sie sich dabei, in der Weite nach Gestalten Ausschau zu halten, verbot es sich aber bald wieder, schloss die Augen und malte sich aus, wie ihre neue Heimat aussehen würde.

Wohlbehalten und ohne besondere Vorkommnisse erreichten sie schließlich gegen neun Uhr Pueblo, und Wendelin, Georg und Rosa waren erfreut, dass ihre Anschlusseisenbahn der *Denver & Rio Grande Western Railroad* erst in zwei Stunden eintreffen würde. Das verschaffte ihnen die willkommene Gelegenheit, sich die Beine zu vertreten, was sich als großes Vergnügen herausstellte und sie die Strapazen des vergangenen Tages für eine Weile vergessen ließ. Es versprach, ein heißer Tag zu werden. In einem hübschen Ladengeschäft erstanden sie Sonnenhüte. Bei einem Rundgang entdeckten sie Gotteshäuser unterschiedlichster Religionen und sogar einen Lesesaal. Tafeln an dessen Wänden berichteten von brutalen kriegerischen Auseinandersetzungen zwischen den Cheyenne und den Arapahoe-Indianern vor knapp zwanzig Jahren.

Nachdem sie sich in einem Gasthof gegenüber dem vierstöckigen Grand Hotel gestärkt hatten, das man eigens für die anspruchsvollen Gäste errichtet hatte, wurde es Zeit, zum Bahnhof zurückzukehren.

Sie würden Durango voraussichtlich gegen acht Uhr abends erreichen, teilte ihnen der Schaffner mit. Man würde unterwegs lediglich Wasser nachtanken. Der nächste Bahnhof zum Ein- und Aussteigen befinde sich erst in Alamosa.

Glücklicherweise fanden sie ein Abteil, das sie lediglich mit einer Frau in Rosas Alter teilten und dessen Bänke gut gepolstert waren. Der Blick aus dem Fenster versprach allerdings dieselbe Tristesse wie in den vergangenen Tagen.

Es verging kaum eine Stunde, da sprang die junge Frau auf. Ihre Unruhe wuchs mit jeder Meile, die sich die Eisenbahn durch die unendliche, karge Weite bahnte. Sie murmelte etwas Unverständliches, verdrehte die Augen und schloss ruckartig die Vorhänge.

Wendelin und Rosa wechselten einen besorgten Blick.

»Himmel, hilf, bevor ich in dieser Einöde den Verstand verliere«, gab die junge Frau undeutlich und in einem norddeutschen Dialekt zu verstehen.

»Darf ich Ihnen vielleicht etwas zu lesen anbieten?«, fragte Rosa. »Ich habe ein paar interessante Lektüren bei mir.«

Die Blondine starrte sie an. »Das wäre famos. Würden Sie wirklich …? Haben Sie zufälligerweise etwas Spannendes dabei, das mich ablenkt?«

»Ja, habe ich«, erwiderte Rosa freundlich und reichte ihr das Buch. In Wahrheit war ihr alles recht, solange sich die Frau beruhigte und sie ein wenig Schlaf fand. »Behalten Sie es.«

Die Miene der jungen Frau hellte sich auf. »*Die Elixiere des Teufels* von E. T. A. Hoffmann, wunderbar. Sie sind meine Rettung, haben Sie Dank.«

Rosa atmete auf, als ihr Gegenüber die Vorhänge aufzog und sich in die Lektüre vertiefte. Das monotone Geräusch der Eisenbahn machte sie bald schläfrig und sie nickte ein. Als sie erwachte, hatte sie ihren Kopf an Wendelins Schulter gebettet. Kurz trafen sich ihre Blicke. Rosa spürte, wie ihr das Blut in den Kopf schoss, sie setzte sich auf und wandte sich ab. Himmel, sie musste damit aufhören, sich wie ein Kind an den Vertrauten von früher zu schmiegen. Sie war schließlich erwachsen. Nicht auszudenken, wenn er daraus falsche Schlüsse zog.

Mittags wurden Suppe und ein Kanten Brot für jeden verteilt. Bald darauf glaubte Rosa ihren Augen nicht zu trauen, als sie in der Ferne in dem zunehmend hügeligeren Landstrich ein grünes Band zu erkennen glaubte. Hier und da lugten Kirchturmspitzen zwischen Grüppchen von Nadelbäumen hervor. Kleinere Ortschaften schmiegten sich an bewaldete Erhebungen, Licht-und-Schatten-Spiele ließen das Land mal düster und geheimnisvoll, dann wieder lieblich und einladend wirken.

Die sich verändernde Landschaft lockerte auch die Atmosphäre im Abteil auf. Die junge Frau summte leise beim Lesen, und Georg und Wendelin unterhielten sich angeregt.

Wenig später tauchten sie in ein dichtes Waldgebiet ein, das nur wenig Sonnenlicht hindurchließ. Der Anblick bescherte Rosa eine Gänsehaut. Das Erlebnis mit Kutschen-Mary und der Räuberbande stand ihr noch lebhaft vor Augen. Die Route wurde unwegsamer, es ging spürbar bergauf.

Im Schutz der Wälder könnten sich Räuber unbemerkt nähern und den Lokführer zum Halten zwingen. Mit geschlossenen Lidern, ihre Tasche fest an sich gedrückt, wartete Rosa, bis sich ihr Herzschlag wieder beruhigte. *Wir sind nicht derart weit gereist, um so kurz vor dem Ziel abermals überfallen zu werden,* redete sie sich gut zu.

Auch unter ihren Mitreisenden breitete sich Beklemmung aus. Der Streckenabschnitt wollte nicht enden, und obwohl auch das ihnen keine Sicherheit bot, waren alle erleichtert, als die Fahrt erneut über offenes, von der Sonne beschienenes Gelände ging.

Es dauerte nicht lange, und die Dampflokomotive fuhr in den Bahnhof von Alamosa ein. Sowie sie an dem Schaffnerhäuschen, einem Saloon und einem Bauernmarkt vorbeisah, entdeckte Rosa, dass sich der Ort inmitten eines von Büffelgras bewachsenen flachen Tals befand. Lediglich ein ausgetretener Pfad führte auf das Gebirgsmassiv der Rocky Mountains im Hintergrund zu. Wie gebannt starrte sie auf das idyllische, aber wie ausgestorben wirkende Fleckchen Erde. Ein paar Hütten im Nirgendwo, wie hingeworfen, eine Handvoll grasende Rinder, meckernde Ziegen und Einsamkeit beherrschten das Bild.

Pfeifend setzte sich die Eisenbahn wieder in Bewegung, und sie erreichten Durango im Dämmerlicht. Der Schaffner gab ihnen zu verstehen, dass die Stadt über eine ganze Anzahl von Pensionen sowie allerlei Vergnügungsmöglichkeiten verfügte, und wünschte einen angenehmen Aufenthalt.

Auf der Suche nach einer Unterkunft für die Nacht schlossen sie sich dem Strom der Fahrgäste an und sahen sich verblüfft um.

»Der Mann hat untertrieben.« Georg wies auf die breite und vornehm wirkende Straße, zu deren beiden Seiten sich Saloons, feine Hotels und Unterhaltungslokale aufreihten. Was Rosa jedoch am meisten verwunderte, waren die vielen Damen, die sich nicht scheuten, ihre Reize zur Schau zu stellen und den Männern eindeutige Angebote zu machen. Besonders Wendelin erregte eine Menge Aufmerksamkeit, seine verzweifelte Miene, während er versuchte, ihnen auszuweichen, war köstlich und reizte Rosas Lachmuskeln.

Georg und sie kicherten. In einem Geschäft erstanden sie Proviant für den letzten Abschnitt ihrer Reise, und trotz der zahlreichen Besucher gestaltete sich ihre Suche einfacher als gedacht. In einer Pension abseits der Hauptstraßen mieteten sie zwei Kammern, und Rosa entledigte sich eilig ihrer staubigen und verschwitzten Kleider und wusch sich ausgiebig.

Im angeschlossenen Restaurant nahmen sie ein einfaches Abendessen zu sich.

Georg beobachtete eine bildhübsche junge Frau, die mit schwingenden Hüften vor dem Lokal auf und ab lief. »Kommt ihr noch mit auf einen Drink?«

»Im Gegensatz zu dir bin ich müde«, erwiderte Rosa. »Geht nur und amüsiert euch. Aber vergesst nicht, die *Rio-Grande-Southern*-Schmalspur fährt um sieben Uhr ab.« Sie fuhr Georg durchs lockige Haar, strich Wendelin über die Schulter und ging in ihre Kammer.

Wendelin machte am folgenden Morgen beim Frühstück einen munteren Eindruck – ganz im Gegensatz zu Georg, der sich von einer jungen Dame zu deutlich mehr als einem Drink hatte überreden lassen.

Vor der Abfahrt mit der *Rio-Grande-Southern*-Schmalspur wurden die Fahrgäste darüber aufgeklärt, dass ein Teil der Strecke durch die Berge führe.

»Ich garantiere Ihnen ein einmaliges Erlebnis durch eine der schönsten Ecken ganz Amerikas«, erläuterte der Lokführer. »Ich hoffe, Sie sind bereit für ein Abenteuer der besonderen Art? Wer unter Problemen mit Höhenangst leidet, meldet sich bitte bei mir. Ansonsten wünsche ich Ihnen viel Vergnügen.«

Die drei wechselten einen Blick.

»Seht mich nicht so besorgt an«, wiegelte Rosa ab. »Ich bin doch keine Mimose.«

Im Abteil bot sie an, ihren Fensterplatz zu tauschen, aber Georg und Wendelin winkten ab. Dann ließ der Lokführer durch ein mehrfaches Pfeifen der Lokomotive vermelden, dass sie abfahrtbereit sei. Sattes Grün und sanft geformtes Gebirge begrüßten die Reisenden. Farmer hatten von Pinien eingerahmte großzügige Häuser in die Hügellandschaft gebaut, davor tat sich eine Rinderherde nahe einem Bach am taufeuchten Gras gütlich. Es ging allmählich bergauf, und Rosa und ihre Begleiter starrten gebannt aus dem Fenster. Die Dampflokomotive wand sich mit einem durchdringenden Prusten um eine enge Kurve, deren Ende nicht auszumachen war.

Unter ihnen befand sich nur der gähnende Abgrund. Eine Frau schrie gellend auf, ein Kind jammerte.

Georgs sonnengebräunte Haut wirkte fahl, er umklammerte die Lehne der Bank, bis seine Fingerknochen weiß hervortraten.

Rosa, die ihm gegenübersaß und sich am liebsten die Nase an der Scheibe plattgedrückt hätte, stupste ihn sanft an. »Geht es dir nicht gut?«

»Ich kann nur nicht hinaussehen«, murmelte er kaum verständlich.

Wendelin reichte ihm eine Reiselektüre. »Lenk dich ab. Es ist sicher nur ein kleiner Abschnitt, danach wird es flacher.«

Rosa schluckte ihren Kommentar herunter. Sie wusste es besser, denn sie hatte von dem Lokführer in Durango aufgeschnappt, dass die Route durch die Gebirgslandschaft ungefähr fünfundvierzig Meilen lang war. Doch das musste Georg zu diesem Zeitpunkt nicht wissen.

Der Lokführer hatte nicht zu viel versprochen. Die Aussicht auf die Rocky Mountains war atemberaubend. Tiefe Schluchten und sanfte Täler, die sich an die majestätischen Berge schmiegten, wechselten einander ab.

Wendelin und Rosa unterhielten sich leise, während sie die Landschaft bewunderten und zuweilen auch die Luft anhielten. Die Männer, die diese Eisenbahnstrecke gebaut hatten, mussten sehr kühne Meister ihres Fachs gewesen sein. In manchen Kurven trennte sie höchstens ein Meter vom Abgrund.

Georg wandte nicht einmal den Kopf und sprach kaum. Rosa vermutete, dass er in seiner Furcht auch kaum dazu imstande wäre. Stattdessen gab Rosa ihr Bestes, ihn durch die Beschreibung der Landschaft ein wenig abzulenken.

Wäre sie nur ein Maler, der die Eindrücke mit Farbe und Pinsel auf einer Leinwand festhalten und für die Ewigkeit bewahren könnte.

Die Zeit verging für sie viel zu schnell. Indes erreichte die Sonne ihren Zenit und spiegelte sich in Gebirgsbächen, deren Wasser so klar war, dass Rosa selbst aus der Entfernung bis auf den Grund blicken konnte.

Bald darauf durchfuhren sie einen Nadelwald. Die Eisenbahn ratterte und stöhnte, als sie sich ihren Weg zu einem Wassertank bahnte. Der Kohlewagen wurde aufgefüllt, danach setzten sie ihren Weg fort. Immer noch gefesselt von der Aussicht, fühlte Rosa Bedauern, als die Landschaft sichtlich abflachte.

Ihr Bruder hatte den Kopf in den Nacken gelegt, das Buch lag verwaist auf seinem Schoß.

»Du kannst die Augen wieder öffnen, Brüderchen.« Rosa reichte ihm ein Taschentuch. »Die Gebirgspassage liegt hinter uns.«

»Dem Himmel sei Dank«, stieß er aus und wischte sich den Schweiß von der Stirn. »Wie weit ist es noch bis Big Bend?«

Als die Eisenbahn gegen vier Uhr gemächlich in den Bahnhof einfuhr, fühlten die drei Erleichterung. Rosa sehnte sich nach einer ausgiebigen Wäsche und einem weichen Bett.

Erfreut entdeckten sie einige ordentlich geführte Pensionen in Bahnhofsnähe und mieteten sich in einer mit dem klingenden Namen »Zum Sächsischen Hof« ein.

Die Wirtin empfahl ihnen im typischen Dialekt ihrer Heimat, sich einem Bauern oder Händler anzuschließen, die regelmäßig mit ihren Planwagen nach Rico fuhren.

»Der Weg ist mühsam«, mahnte die Wirtin, »es geht stetig bergauf. Rechnen Sie mit acht bis zehn Stunden Fahrtzeit bei günstigem Wind.«

Rosa dankte ihr und wollte sich bereits abwenden, da hielt die Wirtin sie auf.

»Mir fällt ein, ein Stammgast hat vor ein paar Tagen erzählt, dass er sich morgen Richtung Rico aufmacht, weil er eine Arbeit in der Silbermine gefunden hat.« Sie sah auf die Wanduhr. »Er ist ein angenehmer junger Mann. Meist kommt er gegen sechs. Wenn Sie warten wollen, stelle ich Sie einander vor.«

»Vielen Dank, das ist sehr nett.« Rosa wandte sich an die beiden Männer. »Mit etwas Glück sitzen wir morgen Abend in Tante Funnys Haus.«

»Wenn das keine famose Nachricht ist«, entwich es Wendelin. »Zur Feier des Tages lade ich euch nachher zu einem guten Abendessen ein. Ich bin dünne Suppen, Trockenfleisch und angeschimmeltes Brot leid.«

KAPITEL 16

Georg
Rico, 2. Juli 1882

Keine Wolke linderte die Hitze, als die drei am späten Nachmittag Rico erreichten und dem jungen Mann dankten, der sie in seinem Planwagen mitgenommen hatte. Wegen der holprigen Pisten und der zusammengekauerten Haltung spürten sie jedes Glied am Körper. Unterwegs hatten sie die stoische Ruhe bewundert, mit der er seinen Ochsen aufwärts geführt hatte.

Die Kleider klebten ihnen am Leib, und der Schweiß verband sich mit Staub zu einem dünnen Film. Georg und Wendelin fühlten sich unwohl in ihrer Haut, für Rosa musste es jedoch nahezu unerträglich sein, da sie stets besonders viel Wert auf ihr Äußeres legte.

Georg legte den Arm um die Taille seiner Schwester. In den vergangenen Wochen hatte sie sich trotz aller Strapazen niemals beklagt. Doch sie hatte merklich an Gewicht verloren, und unter ihren Augen lagen Schatten. Auch Wendelin wirkte erschöpft. *Die beiden sollten einige Tage rasten, bevor sie nach Cortez weiterziehen*, dachte er besorgt.

Die Passanten betrachteten sie nur flüchtig, der Anblick von Einwanderern war ihnen offenbar vertraut.

Bereits von Weitem war der Wohlstand der Bewohner zu erkennen. Eingerahmt von majestätischen Bergen, prangten hier mehrstöckige Häuser mit mehreren Nebengebäuden, die vermutlich als Stallungen dienten. Am Ende der Main Street befand sich der Bahnhof, Wegweiser erklärten dem Suchenden die letzten Schritte zum Silberbergwerk.

Eine vornehme Dame mit einem Sonnenschirm machte einen Bogen um die drei, vermutlich befürchtete sie, die Neuankömmlinge könnten ihr Kleid beschmutzen. Dahinter schlenderten einige Bergarbeiter, unter ihnen ein Mexikaner sowie ein Hüne mit breitem Gesicht und kräftiger Statur. Schichtwechsel in der Silbermine. War es tatsächlich möglich, dass dort sogar Indianer schufteten?

Gemischtwarenläden, Saloons, Herbergen und Sattler wechselten einander ab, und etwas versteckt im Hintergrund entdeckte Georg eine weiß getünchte Kirche mit einem Türmchen. Der metallische Geruch, der wie eine Glocke über Rico hing, reizte seine Nase.

»Ist es noch weit?«, fragte Rosa.

Wendelin wies auf einen alten Mann mit Schürze und Hut, der den Gehweg vor seinem Lädchen fegte. »Wir werden es gleich erfahren.«

»Funny Breitenbach?« Das Gesicht des Mannes verdunkelte sich jäh. »Halten Sie sich links, den Sandweg hoch. Es ist das graue Haus gegenüber der Kirche, direkt am Silver Creek.«

»So heißt der Bach, von dem Tante Funny berichtet hat«, flüsterte Rosa ihrem Bruder zu.

Der Weg war tatsächlich nicht zu verfehlen. Es ging vorbei an einigen Häusern, die weit schlichter gebaut waren als jene direkt an der Straße. Eine Handvoll Kinder spielte mit einem Welpen, hielt inne und beäugte jeden ihrer Schritte.

Der heiße Wind trug die geschäftigen Geräusche der Mine zu ihnen herüber.

Schließlich verharrten sie vor einem zweigeschossigen Gebäude, und Georg betrachtete es gebannt. Mit seinem eleganten Eingang, den Fenstern, durch die man in einen großzügig gestalteten Raum blicken konnte, dessen Mittelpunkt ein schwarzer Flügel darstellte, erinnerte es ihn an ihre Familienvilla in Berlin. Georg meinte Stimmen aus dem Inneren wahrzunehmen. Er konnte seinen Blick kaum von dem Haus wenden, das mit seinen tanzenden Putten über den Fenstern ungeheuer weiblich und einladend wirkte. Sein Puls beschleunigte sich. Derart vornehm hatte er sich Tante Funnys Zuhause gar nicht vorgestellt.

Die Neugier und das muntere Rauschen von Wasser zogen Georg zu dem Bach, der sich zwischen hohen Tannen neben dem Gebäude mit unbekanntem Ziel entlangschlängelte. Doch er glich den Bächen seiner Heimat nicht im Mindesten, denn das Wasser des Silver Creek floss wild und laut, nur von Steinen und niedrigen Büschen gebändigt, deren Wurzelwerk sich beharrlich im schlammigen Boden festklammerte. Aus Tante Funnys Briefen wusste er, dass der Bach seinen Namen erhalten hatte, weil sein Wasser für die Mine benötigt wurde. Für einen Moment ließ Georg die Luft und den lauen Wind auf sich wirken, Wassertröpfchen benetzten seine bloßen Unterarme. Ganz eindeutig hatte der Bach seinen Namen auch daher, dass die Wasseroberfläche im Sonnenlicht so silbrig glänzte. Der Anblick war berauschend.

Während er jedes Detail seiner Umgebung in sich aufsog, war seine Schwester kaum zu bremsen. »Ihr könnt das alles später begutachten. Lasst uns hineingehen.« Entschieden zog sie Wendelin und ihn zur Tür und klopfte.

Eine feingliedrige junge Frau mit schwarzem Haar öffnete. »Kann ich etwas für Sie tun?«

Rosa stellte sie vor. »Wir sind Verwandte aus Berlin und wollen Tante Funny einen Besuch abstatten.« Sie lugte ins Innere. »Ist sie zu sprechen?«

»Treten Sie doch bitte näher.« Der Akzent der Mexikanerin klang reizend. »Ich bin Olivia und bewohne seit geraumer Zeit eine Kammer in Madame Funnys Haus.« Sie führte die Gäste in das Klavierzimmer, von dem vier Türen abgingen.

Tante Funny pflegt wahrhaftig einen luxuriösen Lebensstil, dachte Georg. Elegante Polstermöbel und mit Blumen geschmückte runde Tische im vorderen Teil luden zum Verweilen ein. Erst beim genaueren Betrachten fiel Georg am Ende des Raumes eine Bar aus Rosenholz auf, die sich diskret hinter einem Schrank versteckte. Silberne Kristallleuchter an den Wänden, in denen sich das einfallende Sonnenlicht spiegelte, komplettierten die stilvolle Einrichtung.

»Kann ich Ihnen eine Erfrischung bringen lassen?« Aus einem ihm unerfindlichen Grund machte die junge Frau mit den großen schwarzen Augen einen verzweifelten, ratlosen Eindruck.

»Gern, danke«, sagte Georg. »Ist unsere Tante außer Haus?«

»Nein, einen Moment bitte.« Sie hatte es auf einmal eilig, den Empfangsraum zu verlassen.

Wendelin, Georg und Rosa wechselten einen fragenden Blick. Kurz darauf stellte eine Frau mit enormem Dekolleté und ausladenden Hüften ein Tablett mit Fruchtsaft und Plätzchen auf den Tisch und ging sogleich wieder hinaus.

Wendelin sah der korpulenten Frau kopfschüttelnd nach und schenkte ein.

Wie magisch wurde Georgs Blick von dem Flügel angezogen. Andächtig strich er über den auf Hochglanz polierten Lack und holte tief Luft. Ein Steinway, in diesem Jahr gebaut. Offenbar lud Tante Funny gern Gäste ein und unterhielt sie mit Musik. Dass sie ebenfalls Klavier spielen konnte, war ihm jedoch neu.

Er wurde aus seinen Überlegungen gerissen, als sich Rosa ruckartig erhob. »Hier stimmt etwas nicht. Warum kommt Tante Funny nicht?«

»Setz dich«, murmelte Wendelin. »Vielleicht muss sie sich erst umkleiden.«

Einige Minuten verstrichen, dann betrat eine dunkelhäutige Frau in einem Korsagenkleid und seidenen Schuhen den Raum.

Georgs Verwirrung wuchs.

»Mein Name ist Jessi«, unterbrach sie ernst die gespannte Stille und setzte sich zu ihnen.

Georg hatte noch nie eine Frau wie sie getroffen und konnte sich vom Anblick ihrer vollen roten Lippen kaum lösen.

»Es tut mir leid«, begann sie sanft, »dass die Nachricht Sie jetzt unvorbereitet trifft. Unsere geliebte Madame Funny ist vor drei Tagen ganz plötzlich verstorben. Ihrer Familie in Berlin haben wir sofort ein Telegramm gesendet. Da Sie auf dem Weg hierher waren, konnten wir Sie leider nicht benachrichtigen.«

Rosa entfuhr ein entsetzter Laut, und Georg legte betroffen den Arm um ihre Schulter.

»In letzter Zeit klagte sie bei Tage über Kopfschmerzen und Schwindel und zog sich entgegen ihrer Gewohnheit früh zurück.« In Jessis Augen schimmerten Tränen. »Als sie am Morgen nicht erschien, haben wir uns gesorgt. Wir fanden sie leblos im Garten.«

»Wo ist sie jetzt?«, fragte Georg.

»Wir halten Totenwache. Madame Funny wird später abgeholt. Wenn Sie wünschen, können Sie von ihr Abschied nehmen.« Jessi senkte den Kopf. »Sie haben einen weiten Weg auf sich genommen, um Ihre Tante wiederzusehen. Es tut mir von Herzen leid, Ihnen die traurige Nachricht überbringen zu müssen. Sie hat sich so sehr auf Ihren Besuch gefreut. Wir trauern ebenso wie Sie, das versichere ich Ihnen. Frauen wie sie gibt es nur selten. Sie hinterlässt eine große Lücke.«

Die drei erhoben sich und ließen sich von der Frau in den ersten Stock geleiten, wo sich die Privaträume der Verstorbenen befanden.

Dann standen sie im von zahllosen Kerzen erhellten Schlafraum von Funny Breitenbach. Georg trat vor. Still und friedlich lag sie in den Kissen. Funnys Ähnlichkeit mit Theodor und ihrem Vater war frappierend, sie teilten die gleichen klassischen Züge und das dunkle Haar. Eine Kette mit einem silbernen Anhänger, auf dem der weiße Ahorn zu erkennen war, lag neben ihren gefalteten Händen.

»Sie hat die Kette nie abgelegt«, sagte Jessi mit belegter Stimme.

Ihm schnürte es die Kehle zu. Auch sie war also in den Familienschwur eingebunden gewesen, und obgleich sie vor vielen Jahren ausgewandert war, hatte sie die Kette bis zuletzt getragen.

»Sie muss ihr viel bedeutet haben. Wir dachten, Sie möchten sie vielleicht als Erinnerung verwahren«, flüsterte Jessi neben ihm.

»Das werden wir, danke.« *Was hätte sie uns über die vergangenen dreizehn Jahre in Amerika alles erzählen können,* durchfuhr es Georg. Und warum trug sie das Familiensymbol, obwohl sie ihre Heimat verlassen hatte und nie zurückgekehrt war?

Jessi wies auf das rote Gewand der Verstorbenen. »Madame Funny hat uns eingeschärft, wir sollen es nicht wagen, sie in einem weißen Totenkleid zu begraben. Sie sei zu Lebzeiten nicht unschuldig und gottesfürchtig gewesen und wolle es auch in der Ewigkeit nicht sein.«

Rosa weinte lautlos und zog sich einen Hocker heran. »Ich entsinne mich nicht, wie oft sie uns eingeladen hat. Es ist grausam, sie so früh aus dem Leben zu reißen.« Vorsichtig strich sie über den Handrücken der Verstorbenen. »Tante Funny war noch keine fünfzig. Vater wird schrecklich traurig sein. Die beiden standen sich sehr nahe.«

Betretene Stille erfüllte den Raum.

»Ich lasse Sie jetzt allein, damit Sie Abschied nehmen können«, raunte Jessi, als hätte sie Angst, die Totenruhe zu stören. »Das Begräbnis haben wir für morgen arrangiert.«

Einer nach dem anderen verabschiedete sich von Funny Breitenbach. Danach wurde die Tote von zwei in Schwarz gekleideten Männern mit Hut aus dem Haus gebracht.

Inzwischen hatte die Dämmerung eingesetzt, und die geschäftigen Laute auf den Straßen der Bergbaustadt verebbten allmählich. Georg betrachtete mit Sorge die erwachten Fledermäuse am Dachfirst, die vor den Fenstern auf Insektenjagd gingen. Es wurde Zeit aufzubrechen, sie mussten sich noch eine Unterkunft suchen.

Schweigend kehrten sie in den Empfangsraum zurück, wo sie von vier Frauen erwartet wurden. Einzig die Kronleuchter an den Wänden warfen etwas Licht in das sonst so finstere Haus.

Jessi übernahm es, ihnen die restlichen Frauen vorzustellen. Die Person mit dem wogenden Busen hieß Liddy. Danach erhob sich eine kleine, zierliche Frau mit hellblauen Augen, die eigentümlich leer wirkten. »Mein Beileid. Madame Funny hat uns ein Zuhause gegeben, das werden wir ihr nie vergessen.« Sie versuchte zu lächeln. »Man nennt mich Blind Katy«, sagte sie, als fehlte ihr die Luft zum Atmen. »Aber kein Mitleid bitte, ich wurde blind geboren und kenne es nicht anders.«

Jessi klatschte in die Hände. »Gut, meine Lieben. Ihr könnt euch zurückziehen. Unser Haus bleibt bis morgen Abend geschlossen.«

Die drei Frauen fielen in einen Knicks und gingen hinaus.

»Olivia hat Ihnen das Gästezimmer hergerichtet«, setzte die schöne Schwarze erneut an. »Außerdem habe ich Jack Simmons verständigt. Er war Madame Funnys ältester Freund hier in Rico. Wenn möglich, wünscht er Sie nach der Beisetzung zu sprechen.« Ihr Blick ruhte auf Georg, der einmal mehr froh war,

Englischunterricht genommen zu haben, da sie schnell sprach und deshalb nur schwer zu verstehen war.

Er befeuchtete seine Lippen. »Selbstverständlich.«

»Es tut mir leid, aber wir können Ihnen kein Abendessen anbieten. Wenn Sie der Main Street folgen, finden Sie eine Reihe guter Wirtschaften und Saloons.«

»Danke für Ihre Gastfreundschaft«, meldete sich Wendelin zu Wort, der sich die ganze Zeit über still verhalten hatte.

»Keine Ursache«, erwiderte Jessi. »Liddy hat Ihr Gepäck bereits aufs Zimmer gebracht. Sie finden es im ersten Stock, die erste Tür links. Madame Funny hat es immer besonderen Gästen zur Verfügung gestellt. Leider haben wir nur eins. Ich hoffe, Sie kommen zurecht?«

»Natürlich«, beeilte sich Georg zu versichern.

»Ich wünsche Ihnen eine angenehme Nachtruhe.« Jessi ließ sie allein.

Nach einer kräftigen Mahlzeit kehrten sie in Tante Funnys Haus zurück. Das Gästezimmer verfügte über allen erdenklichen Komfort, doch bei den drei Reisenden wollte selbst beim Anblick einer mit warmem Wasser gefüllten Badewanne keine Freude aufkommen.

Nach dem Bad wurde Rosa zusehends bleich und nickte bald darauf ein.

Die Natur des Menschen ist etwas Unerklärliches, überlegte Georg. *Ist die Erschöpfung groß genug, schläft sogar die sensibelste Seele notfalls im Stehen.*

KAPITEL 17

Georg
Rico, 3. Juli 1882

Die Bestattung schien die Sensation der Stadt zu sein. Wendelin, Rosa und Georg waren von der Menge der Trauernden überwältigt, die sich trotz drückender Mittagshitze um die ausgehobene Grabstätte und den weißen Sarg scharten. Unter den Gästen befanden sich vornehm gekleidete Leute ebenso wie Bergleute in ihrer Arbeitskleidung. In diskreter Entfernung verfolgten der Sheriff Hank Stone, von dem Tante Funny bereits erzählt hatte, seinen Hut in den Händen, sowie ein stattlicher Mann im dunklen Einreiher das Geschehen. Neben Englisch vernahm Georg auch Spanisch und Deutsch.

Ein Priester, dessen Betroffenheit echt wirkte, nannte Funny Breitenbach großherzig und kämpferisch und würdigte sie als charmante und gewitzte Geschäftsfrau.

Unauffällig ließ Georg den Blick schweifen. Tante Funnys Frauen waren die bestgekleideten unter den Versammelten, weshalb er sich insgeheim fragte, wie großzügig seine Tante sie entlohnt hatte, dass sie sich eine Garderobe wie diese leisten konnten.

Sogar die Bergleute standen zusammen und weinten. Georg wünschte sich, ebenso trauern zu können, doch er hatte seine

Tante kaum gekannt und nie jene innige Verbindung wie Rosa empfunden. Ebendarum wunderte er sich, warum Simmons ausgerechnet ihn zu sprechen wünschte.

Auch Rosas Augen waren vom Weinen gerötet, als das letzte Gebet gesprochen war und sich die Trauernden verabschiedeten.

Wendelin tupfte sich Schweißperlen von Stirn und Nacken und suchte Georgs Aufmerksamkeit. »Rosa und ich möchten so schnell wie möglich aufbrechen. Olivia sagte mir heute Morgen, Händler und Bauern aus Cortez und Umgebung würden regelmäßig Rico anfahren, um ihre Waren zu verkaufen. Uns wäre sehr daran gelegen, Cortez morgen vor Einbruch der Dunkelheit zu erreichen. Wir müssen uns dort eine vorläufige Bleibe suchen, bis Rosa ein Stück Land gewählt hat.«

»Bitte sei nicht böse«, fügte sie hinzu.

»Natürlich nicht.« Georg hätte nicht gedacht, dass ihm der bevorstehende Abschied von den beiden besonders schwer fallen würde. Aber er war nie länger als ein paar Tage von seiner Schwester getrennt gewesen, und die Bergstraßen mit Planwagen oder Fuhrwerken zu bewältigen, würde voraussichtlich einen ganzen Tag dauern. Daher lag es im Ungewissen, wann sie sich unter diesen Umständen wiedersehen würden. Er schluckte den Kloß hinunter, der auf einmal in seiner Kehle steckte. »Bleibt wenigstens bis morgen. Seid ihr nicht gespannt, was uns Simmons mitzuteilen hat?«

Rosa schüttelte den Kopf. »Er wünscht, dich zu sprechen. Ich würde es unhöflich finden, wenn wir dem Gespräch trotzdem beiwohnen.«

»Ich sehe schon, ich kann euch nicht umstimmen.« Er hakte sich bei ihr ein, und die drei verließen den Friedhof.

Von den Frauen war im Haus nichts zu sehen, aber sie hatten auf dem Flügel ein gerahmtes Foto seiner Tante und weiße

Kerzen aufgestellt. Ihre Kette mit dem Ahornsymbol lag daneben. Der Anblick berührte Georg.

Er brauchte nicht lange zu warten, da kamen Rosa und Wendelin mit ihren Habseligkeiten die Treppe herunter. Georg nahm die Hand seiner Schwester und die beiden sahen einander an.

»Eine gute Weiterreise.« Sein Mund fühlte sich plötzlich staubtrocken an. »Passt gut auf euch auf und schreibt bald. Habt ihr erst ein schönes Zuhause gefunden, komme ich euch besuchen.«

Rosa fiel ihm um den Hals und rieb ihre Wange an seiner. »Wie rührselig du bist.« Sie hielt ihn etwas von sich ab und kicherte. »So kenne ich dich gar nicht. Wir sehen uns doch bald wieder. Sei nicht traurig, Brüderchen. Ich werde das schönste Stück Land in Cortez aussuchen, das zu haben ist. Wünsch uns Glück.«

»Mit Wendelin an deiner Seite muss ich mich nicht sorgen.« Widerstrebend machte sich Georg von ihr frei und umarmte ihn. »Du wirst es nicht leicht haben, aber wem, wenn nicht dir, könnte es gelingen, meine Schwester etwas zu bändigen.«

Wendelin lächelte. »Wir schicken dir ein Telegramm, sobald wir eine Postadresse haben. Bis du ein eigenes Zuhause gefunden hast, befindest du dich in reizender Gesellschaft, und einen Flügel, an dem du dich deiner Kunst widmen kannst, gibt es obendrein.«

Dann war der Augenblick der Trennung gekommen, und Rosa und Wendelin verließen das Haus. Gemischte Gefühle beschlichen Georg, während er ihnen nachsah, bis sie seinem Sichtfeld entschwanden.

Er wollte sich gerade abwenden, da steuerte der Mann im dunklen Einreiher, der auf dem Friedhof neben dem Sheriff gestanden hatte, auf das Anwesen zu, lüftete seinen Hut und verbeugte sich leicht. »Herr Breitenbach?«, fragte er mit sonorer Stimme.

In seiner Muttersprache angesprochen zu werden, jagte eine Welle der Erleichterung durch Georgs Körper. »Der bin ich.«

»Mein Name ist Johannes Simeon, in meiner neuen Heimat heiße ich Jack Simmons. Ich bin ein alter Freund von Funny, Gott hab sie selig. Darf ich einen Moment hereinkommen?«

Der Mann machte einen ausgesprochen sympathischen und vertrauenerweckenden Eindruck und schien ein Freund formvollendeter Umgangsformen zu sein.

Georg ließ ihn eintreten, und sie nahmen auf einem der Polstersofas Platz.

»Mein herzliches Beileid«, eröffnete Simmons. »Ich kann es noch immer nicht fassen, dass Funny uns verlassen hat.«

Georg murmelte einen Dank.

»Wann sind Sie eingetroffen? Funny hat mir viel von Ihnen erzählt.«

»Gestern erst, wir sind schockiert über ihren plötzlichen Tod.«

Auf Simmons Miene spiegelte sich Trauer wider. »Damit sind Sie nicht allein. Wir lernten uns damals auf dem Schiff kennen und waren einander bis zum Schluss herzlich verbunden.«

»Wissen Sie, woran sie verstarb?« Diese Frage lag ihm seit dem vergangenen Tag auf der Seele, nur hatte er nicht sofort neugierig erscheinen wollen.

»Sie war unheilbar erkrankt.«

Georg, der ihnen einen Whisky kredenzte, hielt in der Bewegung inne. »Mit Verlaub, Sie müssen sich irren! Meine Tante war eine kerngesunde und lebenslustige Person.«

»Das ist richtig, sie wusste das Leben durchaus zu genießen«, fuhr Simmons fort. »Was sich mit der Diagnose einer Geschwulst im Gehirn aber schlagartig änderte. Sie hatte nur noch kurze Zeit zu leben, in der sie am Ende wahrscheinlich ihre

Beweglichkeit oder Sehkraft eingebüßt hätte. Ich wusste von dem Untersuchungsergebnis, musste ihr jedoch Stillschweigen schwören.«

Georgs Knie wurden unvermittelt weich wie Butter.

»Bei unserem letzten Treffen versicherte sie mir, dass sie sich mit ihrer Krankheit abgefunden habe und bereit sei zu sterben. Ihr schneller Tod war letztlich eine Gnade.«

Georg fühlte sich unfähig zu antworten.

»Funny ahnte, dass ihr nicht mehr genug Zeit blieb, Sie und Ihre Begleiter zu begrüßen. Deshalb bat sie mich, Ihnen diesen Brief auszuhändigen.« Er reichte Georg einen versiegelten Umschlag. »Als Advokat und Notar habe ich viele Jahre Funnys Interessen vertreten und möchte Sie im Vertrauen wissen lassen, dass sie Sie als Erben ihres Hauses eingesetzt hat. Es ist mir wichtig, Sie jetzt bereits darüber zu unterrichten, damit Sie sich mit Ihrem Erbe vertraut machen können. Die offizielle Testamentseröffnung findet voraussichtlich erst in einigen Wochen statt.«

»Ich verstehe nicht«, stammelte Georg. »Wieso ich und nicht meine Schwester? Sie standen sich viel näher.«

Simmons nippte an seinem Hochprozentigen. »Funnys Schreiben wird gewiss viele Fragen beantworten. Die Entscheidung, ob Sie das Haus weiterführen oder verkaufen möchten, obliegt natürlich Ihrem Ermessen. Ich würde Sie aber bitten, sich bald festzulegen. Immerhin hängt die Zukunft ihrer Damen davon ab.«

Vom Seitenfenster aus hatte Georg einen ungehinderten Blick auf den Silver Creek, an dem Olivia, Jessi und die anderen ihre Füße kühlten. »Eine der Frauen erwähnte, dass meine Tante ihnen ein neues Zuhause gegeben hätte. Wissen Sie Näheres?«

Sein Gegenüber nickte nachdenklich. »Jessi ist, soweit ich weiß, die Tochter ehemaliger Sklaven und im Elend aufgewachsen. Mit vierzehn riss sie von zu Hause aus und lebte von Almosen. Blind Katy wurde wegen ihrer Behinderung als Kleinkind ausgesetzt. Eine Herumtreiberin zog sie auf, nach ihrem Tod bettelte Katy auf den Straßen von Rico. Auch den anderen beiden erging es nicht besser. Funny nahm sie bei sich auf, und aufgrund ihrer gemeinsamen Geschichte sind sie im Laufe der Jahre zu einer verschworenen Gemeinschaft zusammengewachsen.«

Georg lauschte den Frauenstimmen, die vom Silver Creek durchs geöffnete Fenster drangen. »Schrecklich, was manche Eltern ihren Kindern antun.« Er sah Simmons offen ins Gesicht. »Bitte geben Sie mir ein paar Tage Bedenkzeit, ich habe außerdem vor, eine Tochterfabrik in Rico aufzubauen.«

»O ja, ich hörte davon. Funny erwähnte eine Bestellliste und die Unterlagen für ein Grundstück, das sie eigens für das Bauvorhaben gekauft hat. Da will ein zweites Unternehmen natürlich wohldurchdacht sein. Ich muss leider aufbrechen, ein Klient erwartet mich. Falls Sie meine Hilfe benötigen, finden Sie meine Kanzlei übrigens in Big Bend neben der Schule.« Simmons erhob sich. »Ich kann Ihnen jedoch heute bereits versichern, dass sich Funnys Haus großen Zulaufs erfreut. Vielleicht hilft Ihnen die Information bei der Entscheidungsfindung. Die Geschäftsbücher lasse ich Ihnen zukommen, wenn Sie einverstanden sind.«

»Gern.« *Funnys Haus erfreut sich großen Zulaufs?* In Georgs Kopf summte es wie in einem Bienenstock. Er hatte eine Menge Fragen auf den Lippen, aber wie es aussah, musste er sie auf einen späteren Zeitpunkt verschieben. »Danke für Ihren Besuch, Herr Simeon. Ich darf Sie doch so ansprechen?«

»Herzlich gern«, erwiderte dieser erfreut.

Nachdem Funnys Freund gegangen war, zog sich Georg ins Gästezimmer zurück und öffnete den Umschlag.

Mein lieber Georg,

wenn Dich diese Zeilen erreichen, ist meine Befürchtung, Euch nicht mehr in meinem Haus begrüßen zu können, bittere Wahrheit geworden. Wer auch immer über uns wacht, ich hoffe, er hatte ein Einsehen mit mir und erlöste mich ohne Schmerzen. Ich bin nämlich, was körperliche Befindlichkeiten angeht, eher wehleidig und hätte Euch mit meinem Gejammer gewiss verrückt gemacht. Das bleibt Euch nun erspart. Ich habe gerade Euer Lichtbild betrachtet, das Hermann mir vor einigen Monaten sandte. Ihr seid aufrechte und liebenswerte Erwachsene geworden, und ich hätte Euch gern umarmt. Aber genug der Sentimentalitäten, kommen wir zum Wesentlichen.

Du wirst inzwischen erfahren haben, dass ich Dir mein Haus vermache. Warum? So wohltuend entschlossen und provokant Rosa auch ist, für mein Etablissement scheint sie mir zu unbedarft und wohlerzogen zu sein. Ein ganzer Kerl wie Du jedoch sollte rasch begreifen, dass es in einer Bergbaustadt wie Rico für Euch Männer kaum eine süßere Abwechslung gibt als schöne Mädchen, die ihnen jeden Wunsch von den Augen ablesen – und kein lukrativeres Unternehmen.

Die Papierseiten entglitten lautlos Georgs Hand, er blickte erschüttert zu Boden. Tante Funnys Female Boarding House war keine Pension, sondern ein Bordell!

Georg fuhr hoch. Wie lange er auf Tante Funnys klare Handschrift gestarrt hatte, wusste er nicht. Bilder vom vergangenen Tag schossen ihm durch den Sinn. Die kostspielige Garderobe der vier Frauen, Jessis Korsagenkleid, das mehr Haut offenbarte, als es sich für eine anständige Frau schickte. Jetzt wurde ihm auch die Bedeutung der vier Räume deutlich, die von dem Klavierzimmer abgingen.

Georg schnappte nach Luft. Wie töricht von ihm, nicht von allein darauf gekommen zu sein, was sich tatsächlich hinter den Mauern dieses zauberhaften Hauses abspielte. Er musste das Etablissement so schnell wie möglich loswerden. Das, was ihn nun Abend für Abend erwartete, konnte er nicht gutheißen. Grundgütiger, Vater und Theodor durften niemals von Tante Funnys Machenschaften erfahren! Wie hatte sie sich nur für ein derart schmutziges Geschäft hergeben können.

Bis ins Mark getroffen nahm Georg die Kette vom Flügel und wiegte sie in der Hand. Das wollte so gar nicht zu dem weißen Ahorn und dem Familienschwur passen. Ihm wurde heiß vor Zorn. Hatte Tante Funny tatsächlich geglaubt, dass er – ein anständiger Mann mit Moral – ihren Betrieb weiterführte?

Sein Blick fiel auf die leicht bekleideten Frauen am Bach. Er musste so schnell wie möglich mit ihnen reden. Zumindest Jessi und Olivia dürfte es mit ihrem blendenden Aussehen ein Leichtes sein, in einem anderen … Bordell unterzukommen.

Von Unruhe getrieben, wanderte er durchs Zimmer und entdeckte Details, die ihm zuvor entgangen waren. Da war das Gemälde einer Nymphe, die dem Wasser entstieg und einem ebenso unbekleideten Mann die Hand reichte. Die Schilder an den vier Türen, die jeweils mit den Anfangsbuchstaben der Frauen versehen waren. Ein bitteres Lachen stieg in ihm auf. Zögernd hob er die Briefseiten auf und las weiter.

Um ganz ehrlich zu sein, habe ich mich im Familienunternehmen stets überflüssig gefühlt. Bei feinen Näharbeiten bewies ich regelmäßig zwei linke Hände; Buchführung fiel mir leicht, war mir jedoch viel zu langweilig. Verhandlungen durfte ich als Frau nicht führen, obgleich ich mich im Umgang mit Geschäftspartnern viel geschickter angestellt hätte als mein lieber Bruder. Aber unser Vater war unerbittlich. Frauen gehörten an den Herd und hatten den Befehlen der Männer Folge zu leisten. Wie ich darüber dachte, war unerheblich. Das freudlose Leben unserer Mutter und aller anderen Frauen im Bekanntenkreis war mir Beispiel genug. Schon im Backfischalter wusste ich, dass ich mein Leben anders gestalten und mich niemandem unterordnen wollte. Als mein damaliger Liebhaber viel zu jung verstarb (o ja, ich habe heimlich die Freuden der Liebe mit allen Sinnen genossen), vererbte er mir das Haus am Silver Creek, und ich beschloss, dort eine Pension zu eröffnen. Johannes riet mir davon ab, doch meine Hoffnung auf gute Geschäfte begründete ich mit dem Bau der Denver & Rio Grande Railway, *die unserer Stadt neue Besucher bringen würde. Der Erfolg gab mir recht, ich konnte von den Einkünften leben, wenn auch bescheiden. Als aber vor einigen Jahren ein Silberbergwerk in Rico gebaut wurde, ließ ich mein Heim umbauen und eröffnete mein Female Boarding House. Junge, Du machst Dir keine Vorstellung, wie schnell meine Idee zu klingender Münze wurde. Ich nahm nur die liebsten und saubersten Mädchen, in meinem Haus wurde damals rund um die Uhr gearbeitet. Innerhalb eines Jahres gehörte ich zu den reichsten Frauen der Umgebung, und mir wurde schnell bewusst, dass ich eine Menge Einfluss gewinnen konnte, wenn ich es klug anstellte. Also nahm ich mich unserer besten Kunden, darunter Stadtkämmerer, Großgrundbesitzer und Ärzte, höchstpersönlich an. Nach geraumer Zeit zählte sogar der Sheriff zu meinen Kunden, was enorme Vorteile mit sich brachte, wie Du Dir gewiss vorzustellen vermagst. Mit meinem exzellenten Ruf und den weit reichenden Kontakten verschaffte ich mir und meinen Frauen Respekt.*

Bist Du jetzt entsetzt, mein Junge? Wie auch immer, ich bereue keinen Augenblick. Nun lege ich die Zukunft meiner lieben Mädchen in Deine Hände. Bei mir konnten sie sich – genau wie ich – aus den Klauen von Männern befreien, für die sie nichts als ein notwendiges Übel dargestellt hätten. Bitte sorge für Blind Katy, Olivia, Jessi Chocolate und Fat Liddy, damit sie nicht wieder auf der Straße landen. Das ist schon fast alles, worum ich Dich mit meinen Zeilen herzlich bitten möchte.

Bis auf die Tatsache, dass Ihr weder Eurem Vater noch Theodor verraten dürft, welcher Art meine Geschäfte wirklich sind. Ich liebe die beiden, aber Ihr wisst ebenso wie ich, wie verwurzelt sie in ihrem Denken sind. Würden sie die Wahrheit über die gar nicht so feine Funny kennen, wäre ich für sie eine arme Sünderin, mit der man nichts mehr zu tun haben will. Seid so gut und lasst sie im Glauben, ich sei eine einfache Pensionswirtin gewesen. Nur Gott hat über mich zu richten.

Kommen wir zum letzten Punkt. Dem Schreiben liegen alle notwendigen Unterlagen für den Bau der Tochterfabrik in Abschrift bei, samt den Bauplänen, für die ich unseren Architekten James Bishop beauftragt habe. Er genießt einen guten Ruf in Rico. Ich habe ein Grundstück gekauft, es soll mein Beitrag für unser Familienunternehmen sein. Sieh es Dir an, es liegt nur eine Meile von meinem Haus entfernt neben einem Holzhändler und Kesselbauer, sehr angenehme Menschen. Das Grundstück gehörte unserem Stadtkämmerer, dem ich über Monate in den Ohren lag, weil er es ursprünglich selbst nutzen wollte. Er erwartet Dich zur Vertragsunterzeichnung. Ich habe alles nach bestem Wissen und Gewissen vorbereitet, mein lieber Johannes ist mit allem vertraut. Du kannst Dich jederzeit an ihn wenden.

Eins noch: Wahrscheinlich erwartet Ihr, bei meinen Hinterlassenschaften Tagebücher meines bewegten Lebens vorzufinden. Ich muss Euch enttäuschen. Es gäbe genug zu erzählen, um mit meinen Memoiren ein komplettes Bücherregal zu füllen. Bereits als junges Mädchen habe ich Erlebnisse und Erinnerungen gesammelt wie andere Schmuck oder Schuhe. Jede noch so kleine und delikate Begebenheit, jeder schmerzliche Moment, die Freuden von Liebe und Freundschaft, alles habe ich säuberlich sortiert in meinem Gedächtnis verschlossen. Doch die

Erinnerungen gehören mir allein, und ich ziehe es vor, sie vor den Augen und Ohren anderer zu bewahren. Tragt es mir bitte nicht nach.

Wie gern hätte ich noch ein wenig Zeit mit Euch verbracht und Euch ermuntert, Eure eigenen Wege zu gehen und Euch von niemandem beirren zu lassen. Aber es sollte nicht sein. Ich wünsche Euch von Herzen viel Glück und Erfolg in meinem geliebten Colorado. Werdet glücklich und behaltet mich in guter Erinnerung, Eure Tante Funny

KAPITEL 18

Theodor
Berlin, 3. Juli 1882

Die Nachricht von Tante Funnys Tod hatte Hermann Breitenbach schwer erschüttert, zumal er geplant hatte, seine Schwester, Georg und Rosa in Colorado zu besuchen, sobald die Eisenbahnstrecken besser ausgebaut waren.

»Wir werden älter«, hatte er eines Abends gesagt. »Ich will die Reise nicht endlos hinausschieben, sonst ist es eines Tages vielleicht zu spät.«

Nun war eingetroffen, was Theodors Vater befürchtet hatte. Zu der Trauer um Funny gesellte sich Sorge. Das Telegramm, das Georg gleich nach der Beisetzung aufgegeben hatte, ließ sie etwas aufatmen. Es tat gut zu wissen, dass Funny ihnen das Grundstück für den Bau vererbt hatte und sein Bruder ihr Haus so schnell wie möglich verkaufen wollte. Vater und Sohn erschien es auch nahezu unmöglich, nebenher noch eine Pension zu führen.

Theodors Blick fiel auf den Siegelring an seiner linken Hand. Nicht einmal die Entfernung hatte an Funnys Band zur Familie etwas geändert. Trotz aller Dankbarkeit für das Grundstück fragte er sich jedoch, welche Koryphäe sie als Finanzberater wohl engagiert hatte, dass sie so vermögend gewesen war. Seine Gedanken flogen zu Rosa. Der plötzliche Tod ihres großen Vorbilds musste einem herben Schlag gleichgekommen sein. Könnte er sie jetzt nur trösten. Doch wie es aussah, war dies ein Schicksalsjahr für die ganze Familie.

Als wollte das Leben seinem Vater eine Grimasse schneiden, prangte dessen Antlitz auch an diesem Morgen auf der ersten Seite der Tageszeitung. »Breitenbach ein Verbrecher?«, stand in dicken Lettern zu lesen. Und darunter: »Der Firmeninhaber schweigt. Verdient er das Vertrauen der Berliner noch?« Angewidert warf Theodor das Blatt in den Papierkorb und vertiefte sich in die Auftragsbücher. Seit jenem unglückseligen Tag, an dem er die Reporter aus der Fabrik geworfen hatte, waren die Verkäufe um einige Prozent zurückgegangen. Seine Hoffnung, die Zeitungen würden das Interesse an dieser unseligen Geschichte bald verlieren, hatte sich als Irrtum erwiesen. Meißner und seine Freunde von der Presse streuten jede Woche aufs Neue Gerüchte, die dem Skandal frische Nahrung gaben.

Selbst Geheimrat Steinhausen hatte zurückhaltend reagiert, als Theodor ihm vor einigen Tagen versicherte, sich auf die Zusammenarbeit zu freuen. Frustriert rieb er sich die brennenden Augen.

Seit seinem letzten Zusammentreffen mit Vanda schien seine Welt langsam, aber unaufhaltsam im Chaos zu versinken. Beinahe täglich hatte er vor ihrem Haus im Weinbergsweg gestanden oder im Etablissement in der Hasenhaide verzweifelt nach einem Moment gesucht, an dem er sie abfangen konnte. Aber Vanda war ihm jedes Mal geschickt aus dem Weg gegangen. Ihre verstohlenen Blicke waren ihm nicht verborgen geblieben, auch sie empfand etwas für ihn, dessen war er sich sicher. Theodor musste sie unbedingt sprechen, ihr Engagement endete in wenigen Tagen. Nachts zermarterte er sich das Hirn, wie er sie daran hindern konnte, für immer aus seinem Leben zu verschwinden.

Obendrein vergrößerte sich die Kluft zwischen Elena und ihm, gestern hatten sie, kurz bevor er abends das Haus verlassen wollte, zum ersten Mal heftig miteinander gestritten. Felix hatte offenbar alles mit angehört und furchtbar geweint. Wofür Elena natürlich ihm die Verantwortung zuschob.

Zu guter Letzt gestaltete sich die Suche nach einer zweiten Sekretärin schwierig. Fräulein Nehlsen gab sich zwar redlich Mühe, die Reporter von ihnen fernzuhalten und dabei noch ihr Arbeitspensum zu bewältigen, aber sie wurde dem Ansturm kaum noch gerecht.

In diesem Moment steckte sie den Kopf durch die Tür. »Herr Wolff wünscht Sie zu sprechen.«

Theodor erhob sich. »Wunderbar. Geben Sie bitte meinem Vater Bescheid.«

Sie nickte und ließ den Privatdetektiv eintreten. »Guten Morgen, Herr Breitenbach.«

»Guten Tag, Herr Wolff. Nehmen Sie Platz.« Theodor setzte ein verbindliches Lächeln auf. »Gibt es Neuigkeiten?«

Wolff schlug die Beine übereinander und entzündete eine Zigarre. »Die gibt es.«

Der Rauch bereitete Theodor Übelkeit und erinnerte ihn daran, dass er dringend ein paar Tage Erholung von Tians Opium benötigte. Gleich darauf betrat sein Vater die Schreibstube und wechselte einen vielsagenden Blick mit ihm.

Wolff grinste verschlagen. »Danke, dass Sie es kurzfristig einrichten konnten. Ich habe ein paar brisante Enthüllungen für Sie.« Er sog genüsslich an seiner Zigarre.

Theodor öffnete das Fenster.

»Machen Sie es nicht so spannend«, entfuhr es Hermann hastig und er setzte sich neben seinen Sohn.

Wolff wirkte äußerst selbstzufrieden, als er zu sprechen begann. »Mir scheint, Meißner hat seit einiger Zeit eine Affäre.

Er ist wirklich geschickt darin, Geheimnisse zu verbergen, aber einem Horatio Wolff macht man so leicht nichts vor.«

»Und weiter?« Auch mit Theodors Geduld stand es an diesem Morgen nicht zum Besten. »Als unverheirateter Mann kann er Affären haben, wie er will.«

»Ach ja?« Wolffs Grinsen wurde breiter. »Er unterhält ein intimes Verhältnis mit einem sechzehnjährigen jungen Mann aus Rumänien, der … nun ja, bis vor einiger Zeit in gewissen Kreisen seine Dienste angeboten hat. Mittlerweile bewohnt der Jüngling auf Meißners Kosten eine eigene Wohnung in guter Lage.«

Theodors Vater wirkte wie erstarrt. »Sind Sie sicher? Ich meine, haben Sie Beweise?«

Das ist tatsächlich ungeheuerlich, schoss es seinem Sohn durch den Kopf. *Wenn er die Wahrheit sagt, haben wir vielleicht endlich etwas gegen den Kerl in der Hand.*

»Na hören Sie mal.« Wolff legte die Zigarre in den Aschenbecher. »Ich habe den feinen Meißner wochenlang beobachtet. Zunächst vermutete ich, dass es sich bei dem jungen Mann um einen nahen Verwandten oder dergleichen handelt. Mich machte es aber schnell misstrauisch, weil er sich nie mit ihm in der Öffentlichkeit zeigte. Letzten Sonntagmorgen bin ich meinem Instinkt gefolgt und habe vor dem betreffenden Haus in Köpenick Posten bezogen. Und siehe da …«, Wolf inhalierte tief den Rauch, »ich hatte kaum einen Kaffee in der Konditorei gegenüber bestellt, da erschien Meißner im Hausflur und streichelte seinem Geliebten zum Abschied übers Gesäß. Er dachte, wenn er sich hinter der Tür verbirgt, bemerke man ihn nicht. Zu seinem Pech hat die Eingangstür aber ein Fenster.« Wolff legte einen Umschlag auf den Tisch. »Meine gesammelten Informationen lasse ich Ihnen hier. Sie dürften genügen, Ihren Konkurrenten mundtot zu machen.«

Theodors Puls raste. »Ich danke Ihnen. Bitte halten Sie sich weiter zu unserer Verfügung. Der Kampf ist noch nicht beendet.«

Wolff verbeugte sich. »Zu meinem größten Vergnügen. Sie wissen, wo Sie mich finden. Was gedenken Sie zu unternehmen?«

Hermanns Stirnfalten schienen wie von unsichtbarer Hand geglättet. »Ich werde eine öffentliche Erklärung abgeben.«

»Du willst was?« Theodor fuhr sich durchs Gesicht. »Tu das nicht, Vater.«

Wolff räusperte sich. »Besprechen Sie das besser unter vier Augen. Ich lasse Ihnen eine Rechnung zukommen. Einen schönen Tag, meine Herren.«

Als Vater und Sohn allein waren, schloss Hermann ihn in die Arme. »Wir machen dem Spuk jetzt endgültig ein Ende, mein Junge!«

Theodor blickte zu ihm auf. »Dein Entschluss in allen Ehren, aber muss es gleich eine direkte Konfrontation sein?«

»Ja.« Hermann gab ihn frei und hielt sich abrupt am Schreibtisch fest. »Es ist nichts«, erwiderte er undeutlich, als er Theodors entsetzten Blick bemerkte. »Nur ein leichter Schwindel.«

Sein Sohn drückte ihn auf einen Sessel. »Kein Wunder bei den aufregenden Nachrichten. Bitte warte wenigstens bis morgen und besprich die Strategie vorher mit Professor Salzmann.«

»Worauf du dich verlassen kannst«, erwiderte Hermann grimmig. »Ich suche ihn auf der Stelle auf.«

Theodor beugte sich zu ihm hinunter. »Wenige Sätze genügen, Meißners Ruf zu vernichten. Vater, lass ihn heute noch wissen, was Wolff herausgefunden hat. Das verschafft ihm Zeit, seine Anschuldigungen öffentlich zu widerrufen. Damit schlägst du zwei Fliegen mit einer Klappe.«

»Nein! Ich werde mich nicht auf sein Niveau herablassen und gedenke, meine beschädigte Reputation mit einer offiziellen Erklärung über die tatsächlichen Ereignisse 1848 zu kitten, nicht mit Erpressungen.«

In Momenten wie diesen wollte Theodor seinen Vater am liebsten schütteln und ihn daran erinnern, wie hinterhältig Meißner versuchte, ihn und *Schuherzeugung Breitenbach* zu vernichten. Doch es war hoffnungslos. Hermann Breitenbach gehörte zu der aussterbenden Rasse von Menschen mit Anstand und Würde. *Hoffentlich wird ihm die Eigenart nicht zum Verhängnis*, durchfuhr es ihn.

»Wir müssen noch heute handeln«, meinte sein Vater, der allmählich wieder etwas Farbe in die Wangen bekam. »Wir sind im Begriff, einen unserer Großkunden zu verlieren, weil dessen Umsatz drastisch gesunken ist.«

Theodor wollte etwas einwenden, aber sein Vater wischte seine Bedenken mit einer Handbewegung fort. »Ich werde die Situation klären. Wahrscheinlich schlagen die Wogen in der Presse erst mal hoch. Was allerdings auch für Kaspar gilt. Man wird ihn ebenfalls in die Mangel nehmen und eine Menge Fragen stellen – und das verschafft mir zugegebenermaßen eine Menge Schadenfreude. Ich bin gespannt, wie er sich aus der Lage herauswinden will.« Er stand auf. »Ich mache mich auf den Weg.«

»Ich begleite dich«, erwiderte Theodor hastig. »Die Auftragsbücher können bis zum Nachmittag warten, und vor unserer Konferenz wegen der Winterkollektion haben wir keine weiteren Termine.« Von der Kanzlei bis zu Vandas Wohnung waren es nur wenige Gehminuten. *So nah und doch so fern*, dachte Theodor.

»Schön, dann lass uns aufbrechen.«

Simon fuhr die beiden in die Kanzlei.

»Da haben Sie aber Glück«, sagte Professor Salzmann zur Begrüßung. »In einer Stunde habe ich eine wichtige Verabredung. Was führt Sie zu mir?«

Er ließ sich die Neuigkeiten schildern und begutachtete unterdessen Wolffs gesammelte Informationen. »Interessant, meine Herren. Meißner hat also ein Faible für junge Männer – na, wenn das keine Überraschung ist!« Er wandte sich Hermann zu. »Ihre Idee ist ebenso mutig wie vorzüglich. Ich schlage vor, wir erarbeiten die Erklärung gemeinsam. Jedes Wort will wohlüberlegt sein, sonst reißen die Reporter Sie wie eine Horde Hyänen in Stücke.«

»Einverstanden.« Hermanns Gesicht wirkte wie gemeißelt.

Eine Weile später hatten sie den Wortlaut in Rohfassung fertiggestellt.

»Kommen wir also zur rechtlichen Lage.« Die Miene des Advokaten war ernst. »Wir sind gezwungen, Meißner wegen Rufmordes, Erpressung und Verleumdung zu verklagen. Genau genommen hätten wir das bereits vor Wochen in Angriff nehmen müssen. Das wissen Sie ebenso wie ich, meine Herren.«

Vater und Sohn wechselten einen Blick. »Gut«, warf Hermann ein, »dennoch werde ich Meißner nicht öffentlich beschuldigen.«

»Das ist auch nicht vonnöten. Ich möchte den Vorschlag Ihres Sohnes aufgreifen. Geben Sie ihm am Ende der Erklärung eine Woche Zeit, seine Anschuldigungen zu widerrufen, ansonsten machen Sie seine Machenschaften öffentlich bekannt.«

Hermanns Lippen waren nur noch ein dünner Strich. »Muss das sein, Herr Professor?«

»Wenn Sie Ihre Glaubwürdigkeit behalten wollen, auf jeden Fall. Vergessen Sie nicht, dass er Sie eines Mordes beschuldigt.« Salzmanns Blick wurde eindringlich. »Darf ich die Passage in unseren Entwurf einfließen lassen?«

»Na schön.«

Theodor atmete auf.

Salzmann tippte auf eine aufgeschlagene Buchseite. »Ich könnte den Rumänen Dorin nach Paragraf einhundertfünfundsiebzig rechtlich belangen. Ich zitiere: ›Die widernatürliche Unzucht, welche zwischen Personen männlichen Geschlechts oder von Menschen mit Tieren begangen wird, ist mit Gefängnis zu bestrafen; auch kann auf Verlust der bürgerlichen Ehrenrechte erkannt werden.‹ Soll ich mich darum kümmern?«

Hermann wiegelte ab. »Herrje, nein.«

»Wie Sie wünschen.« Der Advokat reichte Hermann die Hand. »Spätestens übermorgen haben Sie die offizielle Erklärung auf dem Schreibtisch. Sie müssen mir aber versprechen, bis Ablauf von Meißners Frist nichts zu unternehmen.«

»Natürlich.«

Vater und Sohn machten sich sogleich auf den Rückweg. Während Simon die Kutsche durch die belebten Straßen lenkte, beobachtete Theodor gedankenverloren das Treiben, nahm wie aus der Ferne das Hufgetrappel anderer Droschken und Kutschen wahr. Ein Schutzmann regelte den Verkehr und pfiff.

»Ho!«, schrie Simon, und die beiden Männer hinten wurden durch das jähe Halten aus den Sitzen gedrückt.

Wie sich herausstellte, war ein Dreikäsehoch beim Überqueren der regennassen Straße gestürzt, und Simon hatte die Pferde im letzten Moment zum Anhalten bewegt.

Theodor eilte dem Jungen zur Hilfe, der etwa so alt wie sein Sohn war. »Hast du dir wehgetan?«

Der Rotschopf in seiner Knickerbockerhose hatte sich das Knie aufgeschlagen, schüttelte aber tapfer den Kopf. Theodor reichte ihm sein Taschentuch, dann humpelte der Junge davon. Während er ihm nachsah, blieb sein Blick an einer zarten Gestalt in einem dunkelroten Kleid und mit einem Regenschirm in der Hand haften, die mit einem Korb unter dem Arm im Begriff war, den Wochenmarkt zu verlassen.

Er hielt den Atem an. Vanda. Der Himmel schien es gut mit ihm zu meinen. »Simon, Vater. Fahrt ohne mich weiter. Ich habe etwas vergessen und komme gleich nach«, stieß er atemlos aus.

»Wie du willst«, sagte Hermann. »Aber beeil dich.«

Theodor drehte sich auf dem Absatz um und folgte Vanda mit weit ausholenden Schritten. Nicht auszudenken, wenn man ihn beobachtete, wie er der Frau seiner Träume gleich einem liebestollen Narr hinterherlief. *Vanda, was hast du nur mit mir gemacht?* Er holte sie ein, als sie just in den Weinbergweg einbiegen wollte.

Sie blieb abrupt stehen. Ihre Augen weiteten sich. »Du bist es! Wo kommst du denn her?«

»Ich hatte in der Nähe einen Termin und habe dich zufällig entdeckt.« *Ist es wirklich Zufall oder lenkt das Schicksal unsere Schritte?* Er hielt ihren Blick sanft fest, während die Worte aus ihm heraussprudelten. »Wie lange willst du mir noch ausweichen, mein Herz?«

Sie schwieg. In ihren ausdrucksvollen blauen Augen meinte er einen feuchten Schimmer zu erkennen.

»Gib uns wenigstens die Gelegenheit, voneinander Abschied zu nehmen«, bat er leise.

Sie antwortete nicht, schien mit sich zu ringen.

»Wohin gehst du, wenn dein Engagement in Berlin beendet ist?«

Sie senkte die Lider. »Ich ... ich weiß es noch nicht.«

»Schenk mir diesen Abend«, sagte Theodor heiser.

»Um zehn nach der Vorstellung am Hinterausgang«, flüsterte sie schließlich und ging davon, ohne sich noch einmal umzusehen.

Er hätte jauchzen mögen vor Glück. Stattdessen pfiff er eine fröhliche Melodie – selbst der unablässig fallende Regen konnte seine Laune nicht trüben – und winkte einem Mann in einer Pferdedroschke.

»Zu *Schuherzeugung Breitenbach* bitte.«

Der Mann tippte gegen seinen Hut. »Steigen Sie auf, mein Herr.«

In seinem Inneren tobte ein Sturm. Gleichzeitig war ihm die Luft nie weicher und der Regen nie wohltuender erschienen.

Mit einem Lächeln auf den Lippen betrat er eine halbe Stunde später Vaters Besprechungszimmer, wo er bereits erwartet wurde. Das kurze Treffen mit Vanda hatte ihn berauscht und die Arbeit würde ihm leicht von der Hand gehen.

Sein Vater hob lediglich eine Braue, stellte jedoch keine Fragen.

Daheim freute sich Felix, mit seinem Vater zu spielen. Wegen eines Zusammentreffens mit Elena brauchte Theodor sich nicht zu sorgen, sie hatte einige Freundinnen eingeladen.

Er ließ es sich nicht nehmen, seinem Sohn eine Gutenachtgeschichte vorzulesen. Nachdem der Kleine fest eingeschlafen war, wies Theodor Simon an, bis zu seiner Rückkehr nach ihm zu sehen.

Dann stand er mit wild klopfendem Herzen vor dem Hinterausgang der »Neuen Welt« und trat von einem Fuß auf den anderen. Zum Glück hatte der Regen nachgelassen, und die Artisten, die das Etablissement verließen, schenkten ihm keinerlei Beachtung.

Jemand verließ das Haus. Trotz des dunklen Umhangs und der hochgezogenen Kapuze erkannte er Vanda sofort. Sie lächelte.

»Wie war die Vorstellung?«

»Sie wollten eine Zugabe. Ich bin zufrieden.« Vanda wies zur nächsten Querstraße. »Eine Freundin führt dort eine Suppenküche. Sie kocht fast so gut wie meine Mutter.«

Stumm folgte er ihr in eine gewundene Straße bis zu einem unscheinbaren Haus, in deren Fenster ein Schild mit der Aufschrift »Bei Lisbeth« angebracht war.

Er fand sich im hinteren Teil der schlicht gehaltenen und nur schwach besuchten Suppenküche wieder, der mit einem Vorhang abgetrennt war.

Eine etwa vierzigjährige Frau mit gutmütigen Zügen und einer auffälligen Zahnlücke zog Vanda in die Arme. »Wie schön, dich zu sehen.« Ihr Blick wanderte zwischen den beiden hin und her.

»Ich freue mich auch.« Vanda erwiderte die Umarmung. »Darf ich dir Theodor vorstellen? Wir haben uns in der ›Neuen Welt‹ kennengelernt.«

Lisbeth und er wechselten ein paar höfliche Worte.

»Möchtet ihr etwas essen?«, fragte die Wirtin. »Ich habe heute Hamburger Tomatensuppe oder Erbseneintopf mit Speckwürfeln anzubieten.« Sie nahm die Bestellung entgegen und entfernte sich wieder.

»Du hast einen charmanten Akzent«, sagte Theodor. »Verrätst du mir, woher du kommst?«

»Ich wurde in der Nähe von Budapest geboren.«

Gebannt lauschte Theodor, während Vanda lebhaft gestikulierend von ihrer Familie erzählte, die Inhaber eines Wanderzirkus waren, mit dem sie quer durchs Land reisten. Ihr Vater hatte die Geschäfte vor einigen Jahren dem älteren Bruder übertragen.

»Ich habe das ruhelose Leben oft verflucht, wir waren nie länger als eine Woche am selben Ort. Letztes Jahr bin ich nach Berlin gezogen und freue mich, dass ich mich längere Zeit in derselben Stadt aufhalten darf.« In ihrer Stimme schwang Sehnsucht mit. Weit mehr noch als ihre Schönheit berührten ihn die Wärme und Lebenslust, die aus ihr strahlten, und die Klarheit, mit der sie ihr Leben und ihre Träume beurteilte. Wieso war diese kluge Zauberfee nicht verheiratet?

Als das Essen abgeräumt war, ergriff Vanda das Wort. »Was ist mit dir? Bist du glücklich mit deinem Leben?«

»Nein«, gab Theodor unumwunden zu und erzählte ihr von Elena, Felix und seiner Arbeit im Familienunternehmen. »Ich weiß, ich habe mich die letzten Wochen wie ein Idiot benommen«, schloss er, »aber ich kann dich einfach nicht aufgeben. Du bedeutest mir mehr, als ich sagen kann.«

»Du kennst mich kaum«, wandte sie ein. »Ich bin weder besonders gebildet noch kannst du dich mit einer leichten Muse in der Öffentlichkeit zeigen. Außerdem ziehe ich bald weiter. Bitte mach es uns nicht schwerer, als es ohnehin schon ist.«

Er tastete nach ihrer Hand. »Du hast mir gesagt, du weißt noch nicht, wohin du gehst. Du bist keine Frau, die sich bewusst in eine unsichere Zukunft stürzt. Eine Tänzerin und Pantomimin wie du kann sich ihre Engagements gewiss aussuchen.«

Sie senkte die Lider. »Es gibt Angebote, aber ich habe mich noch nicht entschieden.«

»Wieso nicht?«

Vanda starrte auf ihre verschlungenen Finger.

»Wieso nicht, mein Herz?«, hakte er nach.

»Du gehst mir nicht aus dem Sinn«, wisperte sie irgendwann. »Nie zuvor hat sich jemand derart ernsthaft um mich bemüht. Ich ... kann dich nicht verlassen.«

»Dann bleib hier.« Theodor küsste zärtlich ihre Finger. »Berlin hat viele Theater und Vergnügungslokale. Ich bin davon überzeugt, dass sich etwas finden lässt. Überlass das getrost mir.«

Vandas Haltung wurde stocksteif. »Ich habe nicht meine Heimat verlassen, nur damit ich die Geliebte eines verheirateten Mannes werde, der mich auf die eine oder andere Weise versorgt.« Ihre Wangen verloren jede Farbe. »Ich brauche keinen Mann in meinem Leben und kann für mich selbst sorgen.«

Theodor spürte, dass er zu weit gegangen war. »Das weiß ich, dafür bewundere ich dich. Ich möchte dich nur glücklich machen, verstehst du? Wenn das bedeutet, dir bei der Suche nach einem Engagement behilflich zu sein, will ich das tun.«

»Nein«, erklärte sie entschieden. »Wenn du mich wirklich gern hast, misch dich bitte nicht ein.«

»Einverstanden.« Und wieder geschah es, Theodor versank in ihrem blauen Blick, hinter dem er jene Stärke erkannte, die einen nur das Leben selbst lehrte.

Ihr Lächeln weckte den Wunsch, sie zu küssen und nie wieder loszulassen. Wie leicht es wäre, in ihren Armen schier verrückt vor Glück zu werden und ihr zu beweisen, wie viel sie ihm bedeutete.

»Ich muss gehen«, sagte sie leise.

»Ich begleite dich, keine Widerrede.« Theodor legte Lisbeth ein paar Münzen auf den Tisch, umfasste Vandas Taille und trat mit ihr ins Freie. Die Wolken hatten sich verzogen und der volle Mond warf sein diffuses Licht auf das feuchte Pflaster.

Vor ihrer Haustür blieb er stehen, umfasste ihr Gesicht und küsste sie zart. Wie weich ihre Lippen waren. »Darf ich dich wiedersehen?«, murmelte er an ihrem Ohr und sog den feinen Duft ihrer Haare ein.

Vanda nickte und lehnte sich gegen seine Brust.

Widerwillig gab er sie frei. »Pass gut auf dich auf.«

KAPITEL 19

Georg
Rico, 12. Juli 1882

Mit gekräuselter Stirn saß Georg am späten Vormittag in Tante Funnys Schreibstube gleich am Eingang über den Geschäftsbüchern, die Simeons Bote ihm überbracht hatte. Keine Frage, an der Buchführung gab es nichts zu bemängeln. Auch die Planung für den Bau schritt gut voran. Am Tag nach der Beisetzung hatte er den Kaufvertrag für das Grundstück unterzeichnet, die letzten Details waren inzwischen mit dem Architekten besprochen, der Großteil der Materialien geliefert, und der erste Spatenstich sollte noch diesen Monat erfolgen. Am morgigen Tag wollten sich einige Handwerker und eine Handvoll Arbeiterinnen bei ihm vorstellen.

Sein zukünftiger Vorarbeiter Hugh Fishbone hatte ihm empfohlen, schwarze Näherinnen einzustellen. Als ehemalige Sklaven seien sie harte Arbeit gewohnt. »Sie kennen es nicht anders. Chinesen sind auch emsig, von Mexikanern lassen Sie aber besser die Finger. Auf das Pack kann man sich nie verlassen, sie klauen wie die Raben.«

Die Aussage ließ Georg unangenehm berührt zurück. Er zog es vor, sich ein eigenes Urteil zu bilden und unter allen Bewerbern die besten Kräfte auszuwählen – unabhängig von

Herkunft und Geschlecht. Aus diesem Grund mussten die Bewerber für ihn zur Probe arbeiten, zudem hatte er beschlossen, es wie sein Vater zu handhaben und Männer und Frauen desselben Berufes auch gleich zu entlohnen. Das hatte natürlich eine wahre Flut von Arbeitswilligen zur Folge. Fürs Erste sollten die Näher und Schuhmacher fünfhundert Paar Arbeitsschuhe fertigen. Der Entwurf war nach der Empfehlung von Theodor und Geheimrat Steinhausen erstellt worden. Zusätzlich sollten Damen- und Herrenschuhe für den Winter in seiner Fabrik hergestellt werden.

Alles in allem war Georg hochzufrieden, er gestand sich aber ein, dass die Planung nur deshalb zügig vorankam, weil er jedes Mal erlöst war, sowie er das Haus verlassen konnte. Die Abende, wenn es im Female Boarding House besonders hoch herging, verbrachte er in Saloons.

Doch nun hatte er alles vorbereitet und es wurde Zeit, sich der Realität zu stellen.

Georg ließ die Schreibfeder sinken, als die Glocke an der Haustür bimmelte und gleich darauf eine Männerstimme zu hören war. Wie hatte es seine Tante mit ihrem Gewissen vereinbart, Liebesdienste anzubieten – abgesehen von dem enormen finanziellen Gewinn, den sie Monat für Monat erzielt hatte? Jede Dame verdiente in einer Woche das, was Vater ihm als Buchhalter im Monat bezahlt hatte. Kein Wunder also, dass sie sich ein fürstliches Leben leisten konnten. Während er die Einnahmen- und Ausgabenlisten des vergangenen Jahres begutachtete, erklang Fat Liddys säuselnde Stimme. »Mein Lieber, wie reizend, Sie zu sehen. Wie darf ich Sie heute glücklich machen?«

Sie lachten, Georg lugte durch die halb geöffnete Tür. Der Mann trug die Uniform eines Lokführers und schlug auf Fat Liddys prallen Hintern, dann zog sie ihn kichernd in ihr Zimmer.

Die einsetzende Stille währte nicht lang, und ihr Luststöhnen trieb ihm das Blut in die Wangen. Empfand sie tatsächlich etwas oder spielte sie ihm nur etwas vor? Wenn er wenigstens aus einem reichen Erfahrungsschatz schöpfen könnte. Aber bis auf ein paar verbotene Küsse mit einer anderen Klavierschülerin hatte er sich stets von Frauen ferngehalten, um niemand in Verruf zu bringen. Doch nun, da Liddys Freier sie mit rüden Worten zu einem schnelleren Ritt aufforderte, hätte er für mehr Gleichmut am liebsten seine Seele verkauft. Sein einziger Trost bestand in der Gewissheit, dass ihn ein Kontinent von der Familie trennte und diese keine Ahnung hatte, was hinter den Mauern seines Hauses vor sich ging. Die Geräusche aus dem Raum gegenüber erreichten ihren Höhepunkt, und auf Georgs Stirn perlte Schweiß. Doch ihm blieb keine Verschnaufpause, denn keine halbe Stunde später, es war offenbar Schichtwechsel, betrat eine Handvoll Minenarbeiter das Haus. Olivia näherte sich mit schwingenden Hüften, der Jüngste der Gruppe drehte verlegen den Hut in seiner Hand.

»Guten Abend, die Herren«, sagte sie mit ihrer warmen Stimme.

Einer der Arbeiter gab dem etwa Sechzehnjährigen einen gutmütigen Schubs. »Kannst du dich des Kleinen hier annehmen? Er hat keine Ahnung, was er mit dem Teil zwischen seinen Beinen anfangen soll.«

Sie lachte leise. »Ach, so ist das. Den Umstand zu ändern, wird mir ein Vergnügen sein. Holt ihn in einer Stunde wieder ab.«

Als Olivia mit dem Jungen auf ihr Zimmer zusteuerte, tat Georg geschäftig. Wie ein Lauscher an der Wand fühlte er sich, aber er musste schließlich herausfinden, wie die vier Damen arbeiteten. Kurze Zeit später vernahm er helles Lachen und das Klappern ihrer Stiefelabsätze auf dem Holzfußboden. Den Geräuschen nach zu urteilen, spielten sie Fangen.

Eine Stunde später war Georg am Ende seiner Nerven. Herr Simeon hatte mit seiner Einschätzung von der Beliebtheit des Bordells nicht übertrieben. Augenscheinlich war er auch nicht der Einzige, der sich gestört fühlte. Zwei Herren in Anzügen und Hüten schien das ebenso zu missfallen. Was Georg nachdenklich zurückließ, die Männer wussten schließlich, in welches Etablissement sie sich begaben. Als es in der Mittagszeit ruhiger wurde, reichte Jessi ihm ein Glas.

»Was ist das?«

»Guter irischer Whisky«, erwiderte sie sanft. »Können wir uns unterhalten?«

Georg folgte ihr an die Bar und nahm auf einem Hocker Platz. »Das trifft sich gut. Mir ist aufgefallen, dass es in diesem Haus keinen Koch gibt. Ich empfinde es als Verschwendung, die Mahlzeiten außerhalb einzunehmen. Gab es Probleme mit dem Koch?«

»Wenn Sie so wollen, ja«, erwiderte Jessi. »Madame Funny hat immer für uns gekocht. Unsere Fähigkeiten beschränken sich zu meinem Bedauern leider aufs Aufwärmen von Speisen.«

»Ich werde mich um eine Köchin bemühen«, versprach Georg.

»Das ist eine fabelhafte Idee, Mister Breitenbach.«

Er sah sie nachdenklich an. »Wir müssen außerdem über die Zukunft des Hauses sprechen.«

Jessi lächelte traurig. »Das werden wir. Ich schlage vor, dass wir das Gespräch in Anwesenheit der anderen führen. Schließlich geht es uns alle an.« Sie betrachtete ihn unter halb gesenkten Lidern. »Ich habe nämlich eine Bitte.«

Ihre Direktheit machte ihn nervös. »Worum geht es?«

»Einige Freier haben sich über den Geräuschpegel beklagt.«

»Verzeihen Sie, Jessi, wenn ich mich deutlich ausdrücke. Aber daran habe ich nun wirklich keinen Anteil.«

Sie wehrte schmunzelnd ab. »Natürlich nicht. Dennoch brauchen wir dringend jemanden, der unseren Freiern das Warten versüßt. Bislang unterhielt eine Freundin unsere Gäste mit dem Klavierspiel, sie hat uns leider vor Kurzem verlassen, weil sie eine Anstellung in einem Restaurant bekommen hat.«

Georg legte den Kopf schief. Ein Träger ihres Kleides rutschte ihr auf die Schultern, und er wandte den Kopf. »Wollen Sie etwa, dass ich …?«

»Ganz recht.« Jessi beugte sich über den Tresen, weshalb sein Blick unwillkürlich von ihren festen Brüsten angezogen wurde, die sich durch ihr enges Kleid abzeichneten. »Sie sollen ein außergewöhnlich guter Pianist sein.«

Georg schwieg.

»Geben Sie sich einen Ruck«, bat sie schmeichelnd. »Als Erbe dieses Hauses ist Ihnen sicher an der Zufriedenheit unserer Freier gelegen.«

Er betrachtete sie finster. »Dann werde ich mich eben um einen Violinisten oder jemand Vergleichbaren bemühen.«

»Es tut mir leid, aber es muss schon Klaviermusik sein«, antwortete sie bedauernd.

»Warum?« Georg trank einen Schluck Whisky, hustete und wünschte sich, keine derartige Unterhaltung führen zu müssen.

Jessi zwinkerte. »Weil nur Klaviermusik die Geräusche übertönt.«

Georg murmelte etwas Unverständliches.

»Spielen Sie, was Sie wollen«, fuhr sie fort. »Von seichten Melodien bis zur Polka, je nach Bedarf.«

Er stürzte sein Getränk hinunter und hielt ihr sein Glas zum Nachschenken hin. Er wollte sich nicht im Einzelnen vorstellen, was sie mit ihrer Beschreibung meinte, und rang um eine vernünftige Antwort. »Sie erwarten viel. Als Mann von Anstand tue ich mich damit schwer.«

»Ich weiß.« Jessi seufzte. »Ich … wir bitten Sie deshalb, weil wir uns nicht anders zu helfen wissen.« Ihr Blick wurde beschwörend. »Sie sind neu in der Stadt und können noch nicht wissen, was hier vor sich geht. Oder haben Sie von den unterirdischen Gängen gehört, die direkt zu den Kammern von Prostituierten führen? Man baut sie in diesem Moment unter den Schreibstuben von Behörden, damit die Männer ihre Liebesdienste diskret nach Feierabend in Anspruch nehmen können. Neulich habe ich sogar ein paar junge Dirnen gesehen, die Zelte am Bahnhof aufstellten und für wenig Geld sogleich zur Sache kamen.«

»Himmel«, entfuhr es Georg. »Ich hatte tatsächlich keine Ahnung.«

»Bestimmt verstehen Sie meine dringende Bitte nun besser«, meinte Jessi mit ihrer sanften Stimme. »Die Konkurrenz ist riesig. Wenn sich herumspricht, dass unsere Freier sich nicht mehr in geschützter Atmosphäre befinden, gehen sie woanders hin und wir verlieren unseren exzellenten Ruf. Eine ganze Reihe unserer Stammkundschaft hat wichtige Posten inne. Das beginnt beim höheren Angestellten und endet beim Sheriff. Ihnen wäre es unangenehm, würde man hören, was sich hinter unseren Türen abspielt. Wir dürfen sie keinesfalls verlieren.«

Jessis Argument war in der Tat nicht von der Hand zu weisen.

»Gehe ich recht in der Annahme, dass Sie das Etablissement verkaufen?«

»Zu meinem Bedauern, ja. Ich tauge nicht als Bordellbesitzer.«

Als sie das Gesicht in den Händen vergrub, nahm er diese fort, damit sie ihn ansehen musste. »Seien Sie unbesorgt, ich verkaufe erst, wenn alle eine neue Bleibe gefunden haben.«

»Wirklich? Wir wären Ihnen sehr dankbar.« In Jessis Miene kehrte das Strahlen zurück. »Bitte helfen Sie uns, bis wir eine andere Lösung gefunden haben.«

Georg wollte protestieren, doch der flehende Ausdruck in Jessis Augen machte es ihm schwer. »Na schön. Ich werde es probieren, aber nur, wenn Sie mir versprechen, dass Sie sich um einen adäquaten Ersatz für mich bemühen.«

»Versprochen. Ich danke Ihnen. Können wir um drei mit Ihnen rechnen?«

»Na schön«, presste er zwischen den Zähnen heraus.

»Danke, Mister Breitenbach.«

Georg schielte zur Wanduhr. Ihm blieben zwei Stunden, sich auf die Szenerie vorzubereiten. Dann leerte er sein Glas und ging unsicheren Schrittes aufs Zimmer. Worauf hatte er sich nur eingelassen? Er brauchte eine Lösung, die Situation war prekär. Außerdem hatte er sich um den Bau der Tochterfabrik zu kümmern. Rosa und Wendelin richteten sich vermutlich in Rico längst häuslich ein. Was die beiden wohl zu dem Bordell sagen würden? Den Kopf voller ungeklärter Fragen, legte er sich aufs Bett, verschränkte die Arme hinter dem Kopf und wartete auf einen rettenden Einfall.

Doch vergebens. Als wäre seine Lage nicht kurios genug, füllte sich der Empfangsraum um drei; unter ihnen entdeckte Georg auch den Gemischtwarenhändler Jimmy, der das Haus mit Getränken belieferte.

Mit klammen Fingern schlug er die ersten Akkorde einer Sonate an, während zwei Männer ungeniert von Blind Katys zärtlichen Händen schwärmten und Jimmy in der Tageszeitung blätterte. Fat Liddy trat aus ihrem Zimmer und begrüßte den Gemischtwarenhändler liebevoll. Georg senkte die Lider und konzentrierte sich auf sein Spiel.

Die folgenden Stunden entwickelten sich zu den längsten seines Lebens. Die Sonne stand tief, da hatte er herausgefunden, dass romantische Klänge die Männer ermüdeten, Melodien aus der irischen Folklore sie hingegen beschwingten. Warteten in der Mehrzahl Arbeiter auf ihre Schäferstündchen, spielte Georg traditionelle Stücke. Waren es Männer aus der Oberschicht, hielt er sich an klassische Musik. Schloss sich eins der Zimmer, eigneten sich die Kompositionen von Richard Wagner. Sobald die Leidenschaft deutlich aus den Zimmern zu vernehmen war, wechselte er zu Tschaikowski.

Gegen zehn, im Empfangsraum herrschte Stille, tippte ihm jemand gegen die Schulter.

»Herr Breitenbach?« Vor ihm stand Hank, der Sheriff. »Wir haben etwas zu bereden.«

Georg bat ihn in Tante Funnys Schreibstube. Die Miene seines Besuches verhieß nichts Gutes.

»Sie sind sich hoffentlich darüber im Klaren, dass die Prostitution bei uns verboten ist?«, kam der Sheriff ohne Umschweife auf den Grund seines Besuches zu sprechen.

»Nein, das wusste ich nicht«, erwiderte Georg wahrheitsgemäß und fühlte sich schlagartig unbehaglich. Wie begegnete er dem streng dreinblickenden Mann, der laut Tante Funny zu ihren Stammfreiern gezählt hatte? Eine Welle von Übelkeit überrollte ihn jäh. *Zeig ihm bloß keine Schwäche*, sprach er sich selbst zu. Das war allerdings leichter gesagt als getan, da er sich in seiner Vorstellung bereits auf der Anklagebank befand. Ein Satz aus dem Brief seiner Tante kam ihm in den Sinn: *Nach geraumer Zeit zählte sogar der Sheriff zu meinen Kunden, was enorme Vorteile mit sich brachte, wie Du Dir gewiss vorzustellen vermagst.* »Meine Tante sprach übrigens stets in den höchsten Tönen von Ihnen, Sheriff.« *Er darf ruhig wissen, dass ich informiert bin*, dachte Georg und setzte eine gleichmütige Miene auf.

»So, hat sie das?« Hinter der breiten Stirn des Ordnungshüters arbeitete es. »Dann dürfte Ihnen auch bekannt sein, dass wir wegen unseres engen Verhältnisses eine besondere Vereinbarung getroffen hatten.«

Der Mann war ein harter Brocken, ihn konnte Georg nicht so leicht aus der Fassung bringen. »Was besagte die Vereinbarung?«

Der Sheriff kniff die Augen zusammen. »Funny zahlte mir an jedem Ersten des Monats zwanzig Dollar Strafgeld, und ich sorgte dafür, dass sie nicht belangt wurde. Ihrer guten Reputation und unserer Freundschaft wegen.« Hank hielt seinen Blick eisern fest und spielte mit einem Paar Handschellen. »Nur damit Sie sich keinerlei Illusionen hingeben. Funny ist tot, Sie kenne ich nicht. Somit muss ich mein Angebot ändern.«

»Wie?«

»Ich erhöhe auf fünfzig Dollar, ansonsten lasse ich Ihr Etablissement auf der Stelle schließen, und Sie können die Sonne zukünftig durch vergitterte Fenster betrachten.«

Fünfzig Dollar. Wovon sollte Georg das bezahlen, zumal er in den nächsten Wochen voraussichtlich noch keinen Zugriff auf Tante Funnys Konten haben würde. In Gedanken zählte er die Reste seiner Ersparnisse. Sie reichten noch für knapp zwei Wochen, und wie viel Gewinn er diesen Monat mit dem Female Boarding House erzielen würde, blieb vorerst ungewiss. Georg räusperte sich. »Die Summe habe ich derzeit nicht zur Verfügung. Geben Sie mir bitte einen Zahlungsaufschub bis zum 15.«

Der Sheriff schlug sich lachend auf die Schenkel. »Junger Mann, ich handele nicht mit Ihnen. Es sei denn ...«

»Es sei denn was?« Georg ärgerte sich über das leichte Zittern seiner Stimme.

»Ich darf in den nächsten vierzehn Tagen frei über Olivia verfügen. Damit wäre uns beiden gedient.« Der Sheriff lehnte sich in seinem Stuhl zurück und schlug lässig die Beine übereinander.

Sein Hochmut brachte Georgs Blut zum Brodeln.

»Schlagen Sie ein, oder das Strafgeld wird zum 1. fällig.«

»Ich kann und will die Entscheidung nicht allein treffen«, entgegnete Georg kühl. »Warten Sie einen Moment im Empfangsraum.«

»Sie haben fünf Minuten.« Damit verließ Hank den Raum, und Georg warf ihm einen geflüsterten Fluch nach.

Olivia zog am Schminktisch in ihrem Zimmer ihre Lippen nach.

»Kann ich Sie kurz sprechen?«

Mit einem verführerischen Augenaufschlag wies sie auf den Hocker neben sich. »Sicher. Wünschen Sie ein unvergessliches Liebeserlebnis?«

»Nein, nichts dergleichen.« Georgs Ohren glühten, während er Hanks Angebot wiederholte. »Er hat uns in der Hand. Wenn er will, kann er unsere Existenz mit einem Schlag vernichten.«

»Hank spielt seine Macht gern aus, aber ist er mit mir allein, zeigt er sich von seiner weichen Seite.« Olivia gluckste beim Lachen. »Der große, starke Sheriff ist nämlich Wachs in meinen Händen.«

»Er sucht Sie öfter auf?«

»Richtig, Madame Funny hat ihn gern hingehalten. Sie sagte mal, sie wolle interessant für ihn bleiben. Seither war er auch mein regelmäßiger Kunde.«

»Es macht Ihnen also nichts aus?«

Olivia winkte ab. »Hank ist ein harmloser Geselle. Er liebt seine Frau abgöttisch, aber nach dem sechsten Kind will sie das Bett nicht mehr mit ihm teilen.«

Um sich Hank als liebevollen Ehemann vorzustellen, fehlte Georg die Fantasie.

»Was glauben Sie, mit wie vielen unangenehmen Kerlen wir es zu tun haben«, ergänzte sie. »Am schlimmsten sind diejenigen, die brav und unscheinbar aussehen, gerade sie fordern zuweilen Dinge …«

»Bitte ersparen Sie mir die Einzelheiten«, krächzte er.

Sie tätschelte seine Hand. »Wir brauchen die Vereinbarung. Aber er wird nach meiner Pfeife tanzen, das verspreche ich Ihnen.« In ihrer Stimme schwang Spott mit. »Sagen Sie Hank, ich bin einverstanden.«

Georg fühlte, wie eine Zentnerlast von seinen Schultern genommen wurde. »Gut, aber sollte er Sie schlecht behandeln, geben Sie mir Bescheid.«

Sie hauchte einen Kuss auf seine Wange. »Wenn alle Männer so fürsorglich wären, säße ich heute nicht hier.«

Ihn drängte es, nachzufragen, was sie mit der Andeutung meinte. Doch er schätzte den Sheriff als nicht sonderlich geduldig ein, deshalb informierte er ihn sofort, und dieser verließ mit einem kurzen Nicken das Haus.

Es dauerte nicht lange, und Georg hörte vor der Tür Hanks herrische Stimme sowie die eines Fremden; offenbar waren zwei Männer in Streit geraten. Als der Lärm anhielt, sah Georg nach dem Rechten.

Der Sheriff hielt jemanden am Schlafittchen und drückte ihn gegen die Wand. »Mach, dass du hier wegkommst, du Stück Scheiße! Habe ich dir nicht zum wiederholten Mal gesagt, du sollst dich von Geschäften und Etablissements fernhalten?«

Mondschein fiel auf eine zierliche Gestalt mit weit aufgerissenen Augen. Tränen zogen helle Spuren auf dem staubigen Jungengesicht.

»Ich … ich lege mich hinters Haus«, stieß er aus. »Niemand wird mich bemerken. Bitte lassen Sie mich los.«

Doch der Sheriff gedachte nicht, seinen Griff zu lockern.

Georg trat näher und unterdrückte nur mühsam seinen Zorn. »Was ist vorgefallen?«

»Der dreckige Bengel strapaziert meine Nerven«, presste der Sheriff durch die Zähne. »Aber damit ist jetzt Schluss!«

Georg ignorierte seine Worte und wandte sich an den etwa vierzehnjährigen Jungen mit dem strähnigen Haar. »Hast du keine Angst, zwischen Gestrüpp und nahe dem Bach zu schlafen?«

Er hielt den Kopf gesenkt, aber Georg bemerkte sein Zittern. »Dort ... ist es kühl. Ich möchte nur schlafen. Morgen früh bin ich auch bestimmt wieder weg.«

Georg suchte den Blick des Sheriffs. »Mich stört er nicht.«

Hanks Brauen zogen sich zu einer Linie zusammen. »Übernehmen Sie die Verantwortung?«

»Gewiss«, erklärte Georg ohne Zögern und fragte sich im selben Moment, woher er die Gewissheit nahm, sich für einen Fremden zu verwenden. »Lassen Sie ihn los.«

Ein langer Blick des Sheriffs traf ihn, dann stieß er den Jungen von sich. »Wie Sie wollen.«

Vier Männer näherten sich mit kaum verhohlener Neugier, Hank schlenderte davon, und sie betraten das Haus.

Der Halbwüchsige wandte sich Georg zu. »Danke. Das war sehr nett.«

»Wie ist dein Name?«

Der Junge wollte sich an ihm vorbeischlängeln. »Das muss Sie nicht kümmern. Ich bin nur ein Stück Scheiße, Sie haben es eben gehört.«

»Warte.« Die Bitterkeit in seinen Worten bestürzte ihn. »Hinterm Haus ist ein kleiner Garten. Dort gibt es einen Zuber. Das Wasser ist zwar nicht ganz frisch ...«

»Warum tun Sie das?«, flüsterte der Bursche.

»Braucht das einen Grund?« Georg betrachtete seinen löchrigen Umhang. »Warte hier.«

Dem Waschraum entnahm er eine schlichte Hose und ein altes Hemd, ein Handtuch, eine wollene Decke und reichte es ihm. »Ich wünsche dir eine ruhige Nacht. Geh nicht zu nahe an den Bach, die Steine dort sind rutschig.« Ohne seine Antwort abzuwarten, kehrte Georg ins Haus zurück.

Seine Hoffnung, sich bald zurückziehen zu können, stellte sich als Trugschluss heraus, und er nahm notgedrungen wieder am Flügel Platz. In jener Nacht sank er erst kurz vor dem Morgengrauen erschöpft ins Bett.

Kapitel 20

Theodor
Berlin, 14. Juli 1882

Lisbeths Suppenküche wurde für Theodor und Vanda zum heimlichen Treffpunkt, und mit jeder Begegnung, jedem Blick wuchs seine Liebe zu ihr. Wie ein Wunder kam es ihm vor, dass die bezauberndste Frau, der er je begegnet war, seine Gefühle erwiderte. In solchen Momenten wünschte Theodor, sich seinen Geschwistern anvertrauen und sein Glück mit ihnen teilen zu können. Aber gerade weil Vanda ihm so viel bedeutete, wollte er aus seinen Fehlern lernen und nichts überstürzen.

Als er an diesem grauen Morgen die Fabrik betrat, bat sein Vater ihn in sein Besprechungszimmer.

»Meißners Frist läuft heute ab, wie du weißt«, eröffnete er dort das Gespräch. »Die Reporter kommen um neun.«

»Deinen Worten entnehme ich, dass er sich immer noch nicht mit dir in Verbindung gesetzt hat«, meinte Theodor.

»So ist es.« Hermann unterzeichnete unterdessen einige Papiere, die Fräulein Nehlsen ihm vorlegte. »Danke, Evchen. Lassen Sie uns bitte einen Moment allein.«

»Natürlich.« Hinter ihr schloss sich die Tür.

»Unglaublich.« Theodor rang um Fassung. »Das Schwein ist noch dreister, als ich dachte.«

»Kaspar verlässt sich auf meine Loyalität. Aber da hat er die Rechnung ohne den Wirt gemacht.« Hermanns Blick war ernst. »Ich möchte, dass du dabei bist, wenn ich meine Erklärung abgebe.«

»Das würde ich mir nie nehmen lassen.«

Sein Vater lächelte dünn. Er wirkte hochkonzentriert und entschlossener denn je.

Daraufhin gingen Vater und Sohn die Pressemeldung abermals durch, inzwischen fanden sich auch die ersten Reporter im Empfangsbereich ein. Theodors Nervosität stieg, sein Vater hingegen wirkte gefasst, einzig eine leichte Blässe verriet den Menschen, die ihm nahestanden, was in seinem Inneren vor sich ging.

Salzmann betrat den Raum. »Sind Sie bereit, meine Herren?«

»Ich kann es kaum erwarten«, begrüßte ihn Hermann mit Handschlag.

Gut zwanzig Zeitungsleute standen mittlerweile in Grüppchen und mutmaßten wahrscheinlich, was Theodors Vater mitzuteilen hatte. Fräulein Nehlsen versorgte die sensationshungrige Meute mit Erfrischungen, während Salzmann, sein Vater und er das Geschehen durch das Fenster des Besprechungszimmers verfolgten.

»Ich werde mich im Hintergrund halten«, erklärte der Advokat ernst. »Lassen Sie sich von denen nicht unterbrechen oder aus der Ruhe bringen.«

Bereit, sich den Fragen der Reporter zu stellen, bemerkten sie einen etwa Zehnjährigen, der mit erhitzten Wangen und einer Schülermütze auf dem Kopf die Empfangshalle stürmte und sich hektisch umsah. Wenig später führte die Sekretärin ihn herein.

»Ver…verzeihung. Ich soll Ihnen von Herrn Meißner eine Nachricht überbringen.«

»Ich höre, mein Junge«, sagte Theodors Vater.

Der Junge reckte das Kinn. »Die Nachricht lautet: Sag die Erklärung ab. Wir treffen uns in einer Stunde im Café Anschütz. Ende.«

Hermann wechselte mit seinem Sohn einen Blick. »Bestell deinem Auftraggeber, dafür ist es zu spät. Und jetzt geh.«

Als die Männer wieder unter sich waren, kämmte Hermann sein Haar und kontrollierte den Anzug auf seinen korrekten Sitz. »Ich bin bereit.«

Wenig später trat er vor die wartenden Reporter und verlas die Erklärung. Salzmann und Theodor standen in respektvoller Entfernung hinter ihm.

Hermann sah in die Runde, um sich der Aufmerksamkeit aller zu versichern, und erläuterte, was sich 1848 wirklich zugetragen hatte. »Herrn Meißner ist sehr wohl bewusst«, endete er, »dass der Tod unseres Kameraden ein Unfall war, der längst verjährt ist. Doch als er von unserer ersten Sportschuhkollektion erfuhr, die bald in Produktion gehen soll, ersann er einen Plan, mich – seinen Konkurrenten – loszuwerden.« Mit sachlichen Worten schilderte er Meißners Übernahmeangebote, die auch dessen Hochzeit mit Rosa beinhalteten. »Nachdem er bei mir auf taube Ohren gestoßen war, drohte Meißner, den angeblichen Mord öffentlich zu machen. Seit Ende letzten Jahres verlangt er zudem Schweigegeld. Wobei er bei der Geldübergabe nie selbst in Erscheinung trat und stattdessen Boten schickte.«

Ein Raunen ging durch die Menge. »Meißner hat Sie erpresst?«, rief einer. »Wenn das stimmt, wieso erzählen Sie uns das erst jetzt?«

Theodor hielt unwillkürlich die Luft an.

»Als Verfechter der Werte unseres verehrten Kaisers Wilhelm I. fühle ich mich den Mitbürgern verpflichtet, meine Aussagen auch zu beweisen, was einige Zeit in Anspruch genommen hat. Derweil wurde bei Gericht eine Unterlassungsklage wegen Erpressung und Verleumdung gegen Herrn Meißner beantragt.«

Die Reporter tuschelten erregt. Ein Mann von der *Neuen Preußischen Zeitung* hob die Hand, und Hermann erteilte ihm das Wort.

»Verzeihen Sie meinen Einwand, Sie scheinen nicht auf dem Laufenden zu sein.« Er wedelte mit einem Papier. »Wenn ich Ihnen dieses Schreiben überreichen darf?«

»Was soll das sein?«, fragte Hermann mit fester Stimme.

»Mir liegt das Protokoll eines Gespräches vor, welches ich vor einer guten Stunde mit einem gewissen Bertold Vögele geführt habe. Dabei versicherte dieser, gesehen zu haben, wie Sie, Herr Breitenbach, den Stein bewusst auf den Kopf Ihres Kollegen zielten.« Der Reporter beäugte seine Taschenuhr. »Inzwischen dürfte sich unsere Redaktion mit seiner Aussage beschäftigen.«

Ein Raunen ging durch die Anwesenden. Hermann nahm eine steife Haltung ein, und Theodor fragte sich besorgt, welche Gedanken ihm wohl durch den Kopf gingen.

Die Blicke aller richteten sich auf den Reporter der *Neuen Preußischen Zeitung*, der Hermann das Schreiben ungerührt überreichte. »Was haben Sie dazu zu sagen?«

Theodors Blick blieb bewundernd am Rücken seines Vaters hängen. Wenn er in derart entscheidenden Situationen nur halb so viel Souveränität an den Tag legen würde, wäre er hochzufrieden.

Hermann brachte die Presseleute mit einer Handbewegung zum Schweigen. »Dazu werde ich mich nicht äußern, bevor die Aussage des Mannes geprüft wurde. Bitte haben Sie dafür

Verständnis. Noch ein paar persönliche Worte an Herrn Meißner, die ich Sie in Ihren Artikeln zu zitieren bitte: Sollten die Diffamierungen gegen das Unternehmen und meine Familie nicht augenblicklich aufhören, erwäge ich weitere Schritte, die Sie empfindlich treffen dürften. – Mehr habe ich nicht zu sagen. Danke für Ihr Erscheinen, meine Herren.«

Mit einem höflichen Lächeln kehrten Hermann, Salzmann und Theodor ins Besprechungszimmer zurück.

»Gut gemacht, Herr Breitenbach«, meinte der Advokat kopfschüttelnd. »Ist Ihnen der Name Vögele bekannt?«

Hermann nahm am Schreibtisch Platz. Seine Lippen waren blutleer. »Ich erinnere mich an ihn als einen pickligen Jüngling, der beim Ruf nach einer Revolution immer am lautesten geschrien hat. Als Kleinster und Jüngster der Gruppe musste er sich ja irgendwie Gehör verschaffen.«

»War er in der Nähe, als das Unglück geschah?«, fragte Theodor.

»Ja, er sollte hinter mir zurückbleiben«, erwiderte sein Vater. »Im Gefecht habe ich ihn dann allerdings aus den Augen verloren.«

»Verstehe ich Sie richtig, verehrter Herr Breitenbach?«, warf Salzmann ein. »Sie wollten Ihren Kollegen in Sicherheit bringen, und zum Dank bezichtigt er Sie jetzt einer Straftat?«

Gedankenverloren zwirbelte Hermann seinen Bart. »Das trifft es auf den Punkt.«

»Das ist doch ein abgekartetes Spiel, von Meißner inszeniert«, erboste sich Theodor.

»Wir sollten keine voreiligen Schlüsse ziehen«, gab der Advokat zu bedenken. »Bitte regen Sie sich nicht auf, ich werde mich der Angelegenheit annehmen.«

»Ich danke Ihnen.« Hermann lugte auf seine Taschenuhr. »In einer halben Stunde haben wir eine Verabredung mit unserem neuen Berater. Vorher würde ich gern ein paar Minuten allein sein, wenn es Ihnen nichts ausmacht, Herr Professor.«

»Aber gern. Wir halten uns auf dem Laufenden.«

»Sicher, bis bald.«

Damit war Salzmann entlassen, und auch Theodor ließ seinen Vater allein.

Am Nachmittag schlenderten die beiden wie immer gemeinsam nach Hause. Seit Rosas und Georgs Abreise waren sie dabei meist wortkarg und hingen ihren eigenen Gedanken nach.

Theodor betrachtete das Profil seines Vaters. Wenn er sich an dessen Prinzipien ein Beispiel nehmen wollte, musste er Elena gegenüber offen sein. Dabei fand er es unerheblich, ob der Zeitpunkt gut gewählt war oder was die Zukunft für Vanda und ihn bereithielt. Für ihn zählte lediglich, sich mit jeder Faser seines Herzen zu seiner großen Liebe zu bekennen. Elena und er waren erwachsene Menschen und fanden sicher einen anständigen Weg, sich voneinander zu trennen, ohne dass Felix Schaden nahm.

Doch Vanda hatte ihn inständig gebeten, damit zu warten. »Ich bin auf der Suche nach einer Anstellung als Schneiderin. Das Handwerk habe ich von meiner Mutter gelernt. Für uns war es ungeheuer wichtig, die Kostüme selbst zu nähen. Wenn du mich deinem Vater vorstellst, soll er mich nicht als leichte Muse kennenlernen.«

Theodor hatte ihr daraufhin versichert, dass sie eine wunderbare Tänzerin sei, die sich für ihre Kunst keineswegs zu schämen brauchte.

Aber Vanda hatte nicht mit sich reden lassen. »In Wahrheit suche ich schon seit Längerem nach einer Möglichkeit, endlich sesshaft zu werden.«

Ihre Entscheidung hatte ihn ebenso verblüfft wie berührt. Vanda war tatsächlich bereit, für ihn die Karriere aufzugeben.

In seinen Ohren klang es wie Musik. Nicht, dass er es je von ihr verlangt hätte, doch die Geste bewies weit mehr als tausend Worte, was er ihr bedeutete.

Oberst Behring, der schon im preußischen siebten Kürassierregiment in der Schlacht bei Mars-la-Tour gegen die Franzosen gekämpft hatte, kam ihnen entgegen. Er lüftete seinen Zylinder, und seine Frau, die sich bei ihm eingehakt hatte, beäugte sie neugierig durch ihren Zwicker. Üblicherweise hielten sie einen kurzen Plausch, wenn sie einander begegneten. Seit die Geschichte seines Vaters aber in der Presse große Beachtung fand, fiel die Begrüßung reservierter aus.

Wie leicht Menschen zu beeinflussen sind, überlegte Theodor. Ein wenig Druckerschwärze genügte, Zweifel und Misstrauen bei denjenigen zu säen, die seine Familie ihr Leben lang kannten. Weswegen er sich fragte, wie viel davon notwendig wäre, den guten Leumund seines Vaters wiederherzustellen.

Hermanns Miene wirkte wie versteinert.

»Denk dir nichts dabei«, raunte Theodor und kickte mit seinem Gehstock einen größeren Stein vom Eingangstor der Stadtvilla. »Leute, die sich mittels Gerüchten ein Urteil bilden, sind unserer Aufmerksamkeit nicht wert.«

Da ließ ihn ein Geräusch aufhorchen. Sein Vater hielt sich an einem Mauervorsprung fest, das Gesicht weiß wie eine Wand, und japste bedenklich nach Luft.

Theodor umklammerte seine Schultern. »Was ist denn, um Himmels willen?«

Sein Vater presste eine Hand auf die Brustgegend, schwankte und wäre gestürzt, hätte er ihn nicht im letzten Moment aufgefangen.

»Mein Gott.« Theodor lockerte dessen Krawatte sowie ein paar Hemdknöpfe. »Simon, zu Hilfe!«

Gleich darauf stürzte ihr Hausangestellter auf sie zu.

217

»Helfen Sie mir, ihn ins Haus zu bringen, und dann rufen Sie Doktor Schubert. Schnell!«

Halb zusammengesunken und mit angstvoll geweiteten Augen lag Theodors Vater in seinen Armen und röchelte. Seine Lippen hatten bereits einen bläulichen Ton angenommen. Gemeinsam trugen ihn die Männer ins Haus, legten ihn auf sein Sofa, und Theodor schob ein zweites Kissen unter seinen Kopf, um ihm das Atmen zu erleichtern.

»Doktor Schubert wird jeden Moment eintreffen«, brachte Simon atemlos hervor, als er das Privatreich des Familienoberhauptes betrat. »Er war zum Glück noch in der Praxis.«

»Danke.« Theodor forschte im Gesicht seines Vaters, dessen Lippen allmählich ihre bläuliche Färbung verloren. Dennoch ängstigte ihn seine wächserne Blässe.

Hermann nickte schwach und wollte sich aufsetzen. »Es geht schon wieder.«

Aber sein Sohn hielt ihn zurück. »Kommt nicht infrage, bleib schön liegen.« Er hielt ihm ein Glas Wasser an die Lippen und atmete auf, als der Mediziner mit dem dünnen Haarkranz den Raum betrat. Doktor Schubert stand kurz vor der Pensionierung und begleitete die Familie seit Jahrzehnten.

»Herr Breitenbach, was machen Sie bloß für Sachen?« Schubert entnahm seiner Tasche ein Hörrohr. Als er das Instrument beiseitelegte, schüttelte er betrübt den Kopf. »Ihr Herz gefällt mir gar nicht. Sie hatten die letzte Zeit eine Menge Aufregung, obendrein vergessen Sie anscheinend, dass Sie nicht mehr der Jüngste sind.«

»Danke, dass Sie mich daran erinnern«, kam es gepresst von Hermann.

Der Arzt überhörte die ironische Bemerkung und reichte ihm ein Fläschchen. »Das ist ein Extrakt aus Weißdorn. Fünf Tropfen jeweils morgens und abends. Das stärkt Ihr Herz.

Außerdem verordne ich Ihnen ein paar Tage Bettruhe.« Als sein Patient protestieren wollte, hob er den Zeigefinger. »Sollten Sie meine Empfehlung ignorieren, lasse ich Sie in die Charité einweisen. Mit einem kranken Herzen ist nicht zu spaßen. Seien Sie vernünftig.«

»Wie Sie meinen«, erwiderte Hermann lahm.

»Sehr gut. Ich sehe morgen früh wieder nach Ihnen. Gute Besserung.«

Theodor machte eine einladende Geste. »Danke, ich begleite Sie hinaus.«

Als sich die Tür hinter ihnen geschlossen hatte, suchte der Doktor das Gespräch. »Ich möchte nichts beschönigen. Das Herz Ihres Vaters arbeitet zu schwach. Sollten sich die Anfälle von Atemnot häufen, könnte es für ihn lebensgefährlich werden«, erläuterte der Arzt ernst. »Er muss kürzer treten. Außerdem möchte ich ihn ab sofort jede Woche in meiner Praxis sehen.«

»Ich rede mit ihm.« Theodor kroch eine Gänsehaut über die Arme.

»Achten Sie darauf, dass er sich an meine Anweisungen hält«, mahnte der Arzt. »Um das Unternehmen muss sich Ihr Vater nicht sorgen, Sie können ihn sicher fabelhaft vertreten.«

»Natürlich.«

Kaum hatte er Schubert verabschiedet, stürmte Felix ins Haus und blickte ihm verwirrt nach. »War der Doktor etwa bei uns?«

»Ja, mein Sohn.« Theodor strich ihm über das vom Spielen verschwitzte Haar. »Dein Großvater ist krank und braucht ein wenig Ruhe.«

»Hat er sich wehgetan?«, entfuhr es Felix atemlos.

»Nein. Mach dir keine Sorgen, er wird schon wieder«, antwortete er und schickte ein Stoßgebet gen Himmel, dass sich seine Worte nicht zu einem leeren Trost entwickelten.

Die Kinderaugen waren groß und fragend auf ihn gerichtet. »Darf ich Großvater besuchen?«

»Später. Er ruht sich jetzt aus.«

Elena kam auf sie zu. »Felix, hilf Simon bitte beim Backen.«

»Darf ich vom Teig naschen?«

»Das musst du ihn selbst fragen«, antwortete Elena. »Und nun geh.« Der Kleine trottete wortlos davon, und Theodor berichtete in kurzen Zügen von der letzten Schreckensstunde.

»Das tut mir aufrichtig leid.« Ihr Entsetzen wirkte echt. »Kann ich etwas tun?«

Theodor betrachtete sie kühl. »Beschäftige dich mit dem Kleinen, und ich kümmere mich um die Fabrik und Vaters Behandlungen.«

Sie wich seinem Blick aus. »Wie du willst. Bist du abends zu Hause? Du erinnerst dich, ich bin um acht mit ein paar Freunden im Walhalla-Volkstheater verabredet.«

»Geh nur.« Wieso nur ermüdete Elena ihn neuerdings? Nicht einmal heute war sie bereit, ihre Pläne zu ändern.

»Wir sehen uns zum Essen.« Sie eilte hinaus. Gleich darauf hörte er sie mit Felix sprechen.

Kopfschüttelnd kehrte Theodor zu seinem Vater zurück, der die Lider hob, als er ans Sofa trat.

»Du machst ein Gesicht wie sieben Tage Regenwetter«, brummte Hermann und setzte sich auf. »Nichts als eine kleine Schwäche, mein Junge.«

»Du weißt es besser und brauchst mir nichts vorzumachen«, erwiderte Theodor so geduldig wie möglich.

Die Miene seines Vaters verfinsterte sich. »Und was schlägst du vor?«

»Überlass mir vorerst die Geschäftsleitung. Du kannst dich auf mich verlassen.«

»Ich weiß, ich weiß«, erwiderte Hermann unwirsch. »Aber ich will die Zügel noch nicht abgeben, schon gar nicht jetzt, da so viel für uns auf dem Spiel steht.«

»Meißner hat dich krank gemacht, Vater, und es wird Zeit, dass du das erkennst.« Daraufhin gab Theodor das kurze Gespräch mit dem Arzt wieder. »Für mich klang das nach allem anderen als einer Lappalie.« Er schüttelte seinen Vater leicht, sein Blick wurde eindringlich. »Eben weil du dringend gebraucht wirst, musst du dich die nächste Zeit schonen. Hast du dich erholt und bist beschwerdefrei, beratschlagen wir, wie es weitergehen soll. Was meinst du?«

Hermann verengte die Augen. »Wir besprechen uns jeden Morgen, und du wirst keine Entscheidung ohne meine Einwilligung treffen.«

»Behandle mich nicht wie ein kleines Kind«, entfuhr es Theodor heftiger als beabsichtigt. *Dieser Sturkopf!* »Habe ich dir meine Fähigkeiten nicht ein ums andere Mal bewiesen?« Er beugte sich näher zu ihm, einen Kommentar über mangelndes Vertrauen auf der Zunge, und schluckte ihn hinunter. Die Diskussion musste er sich für einen späteren Zeitpunkt aufsparen. »Schlaf ein wenig, Vater. Wir sehen uns zum Essen.«

Ohne dessen Antwort abzuwarten, zog sich Theodor zurück. Von draußen vernahm er Jungenstimmen, ein Ball verfehlte knapp das Fenster, und er ermahnte seinen Sohn, vorsichtiger zu sein.

An seinem Waschtisch spritzte er sich kaltes Wasser in Gesicht und Nacken. Als er sich abtrocknete, zuckte ein Gedanke durch seinen Geist. Theodor fluchte leise. Er musste unter allen Umständen vermeiden, dass man ihn mit Vanda sah. Das könnte Vaters Todesurteil bedeuten. Gleichzeitig fühlte er bei der Vorstellung eine dumpfe Leere. Er musste ihr eine Nachricht zukommen lassen. Eilig schrieb er ein paar Zeilen und beauftragte Simon, das Kuvert abzugeben. Vanda fehlte ihm jetzt schon.

Nach dem Abendessen verabschiedete sich Elena, und Simon, Theodor und Felix machten es sich mit einem Brettspiel gemütlich. Der Kleine hatte die erste Runde jubelnd gewonnen, als die Türglocke bimmelte.

Kurz darauf kehrte Simon zurück. »Herr Meißner wünscht Sie zu sprechen.«

»Meißner, hier?« Theodor stupste die Nase seines Sohnes. »Spielt eine Runde ohne mich, ja?«

»Papa, nein!« Felix zog einen Flunsch.

»Ich komm so schnell ich kann zurück, mein Schatz.«

»Herr Breitenbach, brauchen Sie mich bei dem Gespräch als Zeugen?«, fragte Simon, als sich die Tür des Salons hinter ihnen geschlossen hatte.

»Das ist sehr aufmerksam von Ihnen, aber ich denke, das wird nicht nötig sein. Felix braucht Ihre Aufmerksamkeit mehr.«

Simon deutete eine Verbeugung an. »Wie Sie wünschen. Er wartet im Empfangsraum.«

Der Gast sah ihm mit undurchdringlicher Miene entgegen. »Guten Abend.«

Theodor musterte ihn eisig. »Guten Abend. Was fällt Ihnen ein, uns privat zu belästigen?«

Sein Gegenüber kreuzte die Arme vor der Brust. »Ich wünsche Hermann zu sprechen.«

»Sie werden mit mir vorliebnehmen müssen. Mein Vater ist krank. Worum geht's?«

»Hermann hat meine Nachricht leider nicht beachtet.« Meißner ließ sich in einen Sessel sinken, der sogleich bedrohlich unter ihm ächzte. »Dabei komme ich durchaus mit friedlichen Absichten.«

»Ach, tatsächlich? Gerade führen Sie einen angeblichen Zeugen an, der Ihre Verleumdungen untermauert! Den Bären vom Frieden können Sie anderen aufbinden.«

»Ich weiß nicht, wovon Sie sprechen.« Meißners Unschuldsmiene schürte noch seinen Zorn. »Außerdem waren Ihr Vater und ich einmal richtig gute Freunde, müssen Sie wissen.«

»Das ist mir neu.« Theodor blickte auf die Standuhr. »Fassen Sie sich kurz, ich habe wenig Zeit.«

»Hermanns Erklärung war ein großer Fehler. Aber ich bin bereit, auf ihn zuzugehen. Ich habe nämlich einen Vorschlag zu unterbreiten, der uns allen dienlich ist.«

Theodor musste an sich halten, ihm nicht an den Kopf zu werfen, was er von ihm hielt. »Wenden Sie sich an Professor Salzmann und lassen Sie uns in Frieden.«

»Ich bin sicher, wir können die Angelegenheit auch unter vier Augen regeln.« Auf Meißners Zügen zeichnete sich ein dünnes Lächeln ab.

»Ich höre.«

Meißner trat nahe an ihn heran und senkte die Stimme zu einem Flüstern. »Ziehen Sie die Anklagen gegen mich zurück, und ich vergesse, dass Sie bei einem gewissen Herrn Tian regelmäßig dem Opium frönen, statt die Abende mit Ihrer Ehefrau zu verbringen.«

Kalter Schweiß brach Theodor aus den Poren. »Wie kommen Sie auf den Unsinn?«

»Unsinn?« Meißner tippte ihm gegen die Brust. »Ich habe Beweise, mein Lieber, und ich würde nicht zögern, sie Hermann vorzulegen. Sie haben die Wahl!«

Das Blut rauschte in Theodors Ohren, und die schneidende Stimme ihres Konkurrenten war alles, was er noch wahrnahm. »Nur zu«, raunte er. »Tun Sie sich keinen Zwang an. Doch für den Fall, dass Sie die Unverfrorenheit besitzen, einen falschen

Zeugen anzuführen, und Ihre schmutzigen Machenschaften fortsetzen, das schwöre ich Ihnen, bei allem, was mir heilig ist, wird das Deutsche Reich von Ihrem intimen Verhältnis zu dem Rumänen Dorin erfahren, denn auch wir können Beweise vorlegen. Überlegen Sie sich gut, mit wem sie sich anlegen.« Theodor kniff die Augen zusammen. »Verlassen Sie auf der Stelle unser Haus!«

KAPITEL 21

Rosa
Cortez, 18. April 1883

Der Mann, der für die Vergabe der Grundstücke im Montezuma County verantwortlich war, die laut dem Homestead Act von 1862 einhundertsechzig Acres entsprachen, also etwa fünfundsechzig Hektar, hatte Wendelin und Rosa einige geeignete Parzellen gezeigt, die aber nicht ihre Vorstellung erfüllten.

»Ich suche ein Stück Land mit einem Haus«, hatte Rosa ihren Wunsch beschrieben. »Es kann auch eine Hütte sein. Außerdem brauche ich Wasser in der Nähe und einen guten Baumbestand.«

Seiner Miene nach zu urteilen, hielt der Mann sie für übergeschnappt. »Ich hätte eine ehemalige Plantage anzubieten. Auf ihr steht eine Kate, doch nach fünf Jahren Leerstand müsste sie dringend instand gesetzt werden.«

Rosa erinnerte sich, als wäre es gestern gewesen, als sie den Sandweg erreichten, von dem aus sie das Land überblicken konnte. Sie hatte sofort gewusst, dass sie genau dort leben wollte und nirgends sonst. Cottonwood Trees säumten das von Präriegras überwucherte Grundstück. Wie stumme Soldaten standen mannshohe Obstbäume in Reih und Glied, dahinter eine windschiefe Kate. Hinter der Behausung befand sich eine

Weide, auf der Rinderzucht betrieben wurde. Folgte man dem gewundenen Weg, gelangte man zu einer Schlucht mit einem Bach, über dem eine Holzbrücke gespannt war.

»Wunderbar«, wisperte sie, ohne sich vom Anblick eines Berges in der Ferne lösen zu können, der Ute Mountain genannt wurde und wie eine umgedrehte Tasse aussah. Davor erstreckte sich eine sanfte Hügellandschaft, die zusehends grüner wurde, je weiter man sich dem Berg näherte. »Ich möchte die Plantage wieder zum Leben erwecken. Halten Sie das für möglich?«

»Mit ein wenig Sachkenntnis gewiss«, antwortete der Mann.

Wendelin und Rosa sahen einander an, er nickte.

Auf einmal erschien ihr die Zukunft golden. »Ich nehme das Land.«

Voller Eifer begann Rosa, die Kate und das Land zu ihrem eigenen zu machen. Die gezimmerten Möbel in dem Holzhaus mussten abgeschliffen und die Tür ersetzt werden. Wendelin entfernte das Präriegras, das sich einen Weg ins Innere gebahnt hatte. Sie befreite die Kate von Ungeziefer und Spinnweben, nähte Vorhänge, schrubbte den Boden und lagerte Vorräte für den ersten Winter ein. Vor allem aber suchte sie händeringend nach fähigen Arbeitskräften, die die Feldarbeit für sie verrichteten. Doch die Männer der deutschen Siedlung hatten mit ihrem Land genug zu tun, und andere scheuten das schwer bezähmbare Land.

Entschlossen erklärte sie Wendelin, sich selbst um Frischwasser zu kümmern. Doch sie hätte nie damit gerechnet, dass sich der Bewässerungskanal von dem Fluss namens McElmo zwei ganze Meilen entfernt befand. Noch viel weniger hatte sie erwartet, wie mühsam sich das tägliche Wasserholen gestaltete, wenn man kein Lasttier besaß. Nur wenig später baute Wendelin einen Unterstand für das Maultier, das Rosa bei einem der Nachbarn erstand.

Es blieb Rosa nichts weiter übrig, als sich zähneknirschend damit abzufinden, dass sie jegliche Arbeit aus eigener Kraft bewältigen musste, wenngleich ihre Muskeln brannten und rebellierten.

Mit ihrer Nachbarin Florence March, der das Land hinter Rosas Grundstück gehörte, hatte sie sich schnell angefreundet. Die Besitzerin einer Rinderherde stammte aus Chicago, wo sie als Lehrerin gearbeitet hatte. Ihre Eltern hatten sie mit einem zehn Jahre älteren Bäcker verheiraten wollen. Des engen Korsetts überdrüssig, das der katholische Glaube Frauen auferlegte, siedelte Florence kurzerhand nach Cortez um, kaufte ein paar Rinder und baute sich ihr neues Leben in Freiheit auf. Das war kaum drei Jahre her, aber die stämmige Person jagte, fischte und fluchte wie ein Mann und erinnerte Wendelin und Rosa mit ihrer resoluten Art entfernt an Kutschen-Mary. Bei einem ihrer Gespräche erfuhr sie von der neuen Freundin, dass der Ute Mountain die Heimat eines gleichnamigen Indianerstammes war, deren Reservat direkt an ihr Land grenzte. Florence berichtete von zahlreichen Überfällen, gestohlenen Pferden, Plündereien und der Furcht der Siedler vor den Ureinwohnern. Auch Rosas Freundin blieb nicht verschont, im letzten Jahr hatten sie ihr eines Nachts zwei Tiere entwendet. Es ging alles so schnell; bevor sie begriff, was geschah, stürmten drei Indianer mit den Jungtieren davon. Die »Wilden« hassten die Weißen, hieß es, weil sie ihnen alles genommen hatten, was ihnen heilig war, und empfanden jetzt Genugtuung dabei, die Einwanderer in Angst und Schrecken zu versetzen.

Rosa war erschüttert. Das erklärte natürlich, warum ihr Land über Jahre verwaist gewesen war.

Seit dem Rinderdiebstahl herrsche Ruhe, es bestehe kein Anlass zur Sorge, versicherte Florence. Bestimmt hätten die Indianer eingesehen, dass sie mit ihrem sinnlosen Treiben nichts als den Hass der Gegenseite auf sich zogen.

Aber Rosa sorgte sich auch gar nicht. Im Gegenteil, Wendelin und sie fühlten sich sicher, denn sie besaßen nichts, wofür ein Überfall lohnte.

Doch sie wurden beobachtet, daran bestand kein Zweifel. Wenige Tage nach ihrer Ankunft in Cortez hatte Rosa es zum ersten Mal gespürt. Wobei sie niemanden zu Gesicht bekam, es war eher das unbestimmte Gefühl von Augen, die jeden ihrer Schritte verfolgten. Zuweilen fühlte sie eine andere Anwesenheit in der Nähe, dann kribbelte es nervös in ihrem Rücken. Wendelin und sie entschieden, dem keine Bedeutung beizumessen, umso eher verlören die Beobachter ihr Interesse.

Offenbar lagen sie mit ihrer Vermutung richtig.

Ein knappes Dreivierteljahr war seither vergangen. Es war April, und der Wind kühlte Rosas erhitzte Wangen. Die frisch beschnittenen Pfirsich- und Apfelbäume ihrer Plantage mussten vom Unkraut befreit werden, doch der knochentrockene Boden gab kaum nach. Sie ließ den Spaten sinken, nahm ihren Hut ab und wischte sich Schweiß von der Stirn. Lockere Wolken trieben träge über den Himmel. Wenn es nach ihr ginge, könnte der Frühling gern kühler sein.

Wendelin arbeitete sich unterdessen verbissen in der zweiten Reihe voran. Einmal mehr staunte sie über den Elan, mit dem er die beschwerliche Feldarbeit verrichtete. Selbst nach stundenlanger Plackerei wirkte er noch frisch, während ihr Rücken bereits nach einer halben Stunde schweißnass war. Wie so oft wünschte sie sich, die Kraft eines Mannes zu besitzen.

Dennoch war ihr das Grundstück jeden Schmerz, jede Schwiele an den Händen wert. Auch nach all den Monaten hatte der zauberhafte Landstrich ihrer neuen Heimat nichts von seinem Liebreiz verloren. Das frische Grün der Bäume schmeichelte ihren Augen, und blickte sie zwischen das üppige Geäst, stockte ihr beim Anblick des keine zehn Meilen entfernten sanft geformten Tafelbergs stets der Atem. Vormittags war er in ein braun und grün gestreiftes Kleid gehüllt, und des Abends vor Sonnenuntergang leuchtete er in lebhaften Orangetönen und versetzte sie Tag für Tag erneut in Erstaunen.

Zwischen den Baumreihen hatten Wendelin und sie vor einigen Tagen Gemüse gesät. »Die Pflanzen sind dort im Hochsommer vor der Hitze geschützt und profitieren von den Wasserspeichern der Bäume«, hatte ihr der Apfelbauer Wolf Habermann aus der Nachbarschaft empfohlen. »Lassen Sie auch genügend Gräser stehen, sie schützen den Boden vor Austrocknung.« Der westfälische Pionier lebte bereits seit Jahren mit seiner Familie in der Siedlung, in der sich hauptsächlich Deutsche niedergelassen hatten. Wolf stand ihr mit Rat und Tat zur Seite, besonders seit er erfahren hatte, dass Rosa in Cortez eine Schule bauen ließ.

Die Blütenstände der Cottonwoodbäume brachen auf. Der Wind spielte mit den watteartigen weißen Knäueln und wirbelte sie durch die Luft, bevor sie lautlos zu Boden sanken und allmählich einen dichten Teppich bildeten. Verträumt beobachtete Rosa das Schauspiel.

Männerstimmen holten sie in die Wirklichkeit zurück. Eine Handvoll Handwerker lud Holzlatten für das Dach der neuen Schule von einem Ochsenkarren. Wie sehr sie der Eröffnung entgegenfieberte! Seit dem ersten Spatenstich war jeder Tag von innerer Erregung begleitet gewesen, und mit jedem gemauerten Stein wuchs auch ihre Vorfreude auf den Moment, wenn sie ihre Schüler endlich im Klassenraum begrüßen konnte. Nachts lag sie oft hellwach in den Kissen, so viel war bis zur Eröffnung zu bedenken, obendrein fehlte ihr noch eine engagierte Lehrkraft, die bereit war, mit Rosa Pionierarbeit zu leisten. Schulgeld wollte sie den Familien, von denen viele um ihr Überleben kämpften, nicht abverlangen. Spenden für Unterrichtsmaterialien waren jedoch willkommen. In einigen Tagen sollten die bestellten Schulbücher, Schiefertafeln und Griffel eintreffen. Wie verrückt das Leben doch spielte. Ausgerechnet sie, die früher stets gegen

Regeln rebelliert hatte, würde die Kinder nun bald Gehorsam und Respekt lehren.

Schmunzelnd trieb Rosa den Spaten abermals in die Erde, und eine Stunde später hatte sie jede Kraft in den Händen eingebüßt. »Ich brauche eine Pause!«, rief sie Wendelin zu, der sich inzwischen zur dritten Baumreihe vorgearbeitet hatte.

»Gute Idee«, erwiderte er.

Sie setzten sich auf die Terrasse der Kate, der einzige Luxus weit und breit, und ließen sich belegte Brote und frisch gebrühten Tee schmecken. Ein junger Wapitihirsch graste in aller Seelenruhe vor einem der Cottonwoodbäume keine zehn Meter von ihnen entfernt. Rosa liebte es, die grazilen und dennoch kräftigen Tiere zu beobachten, die während der Morgen- und Abenddämmerung wie aus dem Nichts auftauchten und sie aus braunen Augen neugierig beobachteten. Ihr Anblick verzauberte Rosa und erfüllte sie mit tiefem Frieden.

Kurz nach ihrer Ankunft hatte sich Wendelin eine kleine, aber wetterfeste Hütte neben der Kate gebaut. Was Rosa mit Dankbarkeit erfüllte, denn sie hätte mit ihm einen Schlafraum teilen müssen. Gewohnt und gegessen wurde im Winter im großen Raum, weil er eine Koch- und Heizstelle besaß.

Die Ohrenspitzen des Wapitihirsches vibrierten, während er frische Blätter von dem Ast einer pfirsichblättrigen Weide knabberte.

Wendelin schmunzelte. »Das wachsame Kerlchen behält uns unentwegt im Auge.«

Rosa wollte ihm antworten, da meinte sie ein Rascheln wahrzunehmen, kaum hörbar. Da war es wieder, jene unerklärliche Gewissheit, beobachtet zu werden. Sie spähte umher, doch es war niemand zu erkennen.

Der Hirsch hatte das Geräusch ebenfalls vernommen, denn er hob den Kopf und sprang mit wenigen Sätzen ins Unterholz, das sich links neben ihrem Grundstück anschloss.

Wendelin suchte ihren Blick. »Unser Leben scheint unterhaltsam zu sein, wenn sich die Indianer stets in unserer Nähe aufhalten.«

Rosa zog eine Grimasse. »Mir wäre es lieb, sie würden sich eine andere Beschäftigung suchen.«

Wendelin nickte. »An der rückwärtigen Hausseite habe ich übrigens ein paar undichte Stellen entdeckt. Sie fallen kaum ins Auge, sind aber groß genug für unliebsame Gäste.« Ungerührt spülte er den Rest seiner Mahlzeit mit einem Schluck Tee hinunter.

Rosa legte den Kopf schief. »Welche meinst du?«

»Skorpione, Klapperschlangen.«

Sie sprang auf und erntete dafür sein Schmunzeln. »Das ist nicht dein Ernst!«

»Oh, doch. Oskar hat mir hoch und heilig geschworen, dass sich die possierlichen Tierchen in unserer Gegend pudelwohl fühlen. Wir können von Glück sagen, dass wir ihnen noch nicht begegnet sind. Klapperschlangen verstecken sich besonders gern unter Steinen. Er rät uns zur Vorsicht.«

Oskar Neuberger war Schreiner und betrieb eine Werkstatt auf seiner Farm, die er mit seiner Frau, ein paar Pferden und einem Hund bewohnte.

Sie fröstelte bei der Vorstellung von giftigem Getier, das sich in Ecken und unter Teppichen verkroch. »Bitte reparier die undichten Stellen noch heute.«

Er schüttelte bedauernd den Kopf. »Mir fehlt Material. Oskar bringt es uns übermorgen aus Durango mit.«

»Na wunderbar!« Mehr brachte sie nicht heraus.

»Ich habe die betreffenden Stellen vorerst mit Stoff gestopft. Beruhige dich.«

Wie konnte er angesichts der Bedrohung ruhig bleiben? Wobei sie sich nicht allein vor dem Biss dieser Tiere fürchtete. Versonnen tastete Rosa nach dem Siegelring an ihrer Halskette und blickte umher. In ganz Cortez und der näheren Umgebung verstand einzig Christine etwas von der Heilkunde. Sie war die Frau eines pensionierten Angestellten und hatte in jungen Jahren als Hilfsschwester gearbeitet.

Hilf dir selbst, dann hilft dir Gott.

Dies war Rosas erste Erkenntnis gewesen, als sie voller Euphorie die Kate bezogen hatte. Abgesehen von der Tatsache, dass sie seit Jahren unbewohnt und etwas windschief war, fehlte es an gewissen Annehmlichkeiten, die sie stets als selbstverständlich empfunden hatte, so beispielsweise im Winter den Stapel Kaminholz vor dem Haus oder einen Apotheker in der Nähe, der eine Salbe für die von Blasen und kleinen Entzündungen geplagten Hände und Füße herstellte. Vom hauseigenen Brunnen daheim in Berlin ganz zu schweigen.

Christine hatte ihnen eingeschärft, das Wasser für den Verzehr unbedingt abzukochen. »Nicht jeder Siedler besitzt einen Abort, sondern kippt seinen Unrat möglicherweise aufs Land«, erläuterte sie. »So gelangen Erreger immer wieder in Bäche und Flüsse, verunreinigen sie und machen uns krank. Wollen wir nicht elendig an Typhus oder Cholera zugrunde gehen, müssen wir Vorsicht walten lassen.«

Davon abgesehen hielt das trockene Klima in Colorado ebenfalls einige Tücken bereit. Vor der gnadenlosen Sonne hatte man sie hinreichend gewarnt, nicht jedoch vor dem selten verebbenden Wind, der feine Sandkörner mitbrachte und jedermann verzweifeln ließ.

Auch die Einsamkeit und die fremden Tierlaute hatten ihr anfangs den Schlaf geraubt.

Dafür störte sich in Cortez keiner an alleinstehenden Frauen, niemand schüttelte über Rosa den Kopf, wenn sie wie ihre männlichen Nachbarn dem Boden das Nötigste abrang. Hier in ihrer Siedlung, so gewann sie den Eindruck, waren alle gleich.

Wobei die wenigsten aufgrund von Entdeckerfieber ausgewandert waren. Arbeitslosigkeit, Hunger und Resignation hatten sie in den Wilden Westen getrieben. Die Hoffnung auf ein ehrliches Leben in Wohlstand verlieh ihnen täglich neue Kraft und ließ sie Entbehrungen schulterzuckend hinnehmen.

Unterdessen hatten Wendelin und Rosa ihre Mahlzeit beendet. Da erblickte sie mitten im Saatbeet ein Tier, das seinen Kopf neugierig aus der Erde steckte. »Diese verflixten Präriehunde!«

Ihr niedliches Aussehen täuschte, sie zerstörten mit ihren unterirdischen Gängen und Höhlen die Felder, bildeten Kolonien und vermehrten sich rasant.

»Wir müssen versuchen, mit ihnen zu leben«, meinte Wendelin und nahm sie am Arm. »Sie waren schon vor uns hier.«

»Klapperschlangen und Skorpione auch«, konterte Rosa.

Wendelin lachte, sie hielt einen Moment inne und fiel ein.

»Danke, dass du hier bist. Ich weiß nicht, was ich ohne dich angefangen hätte.« Sie sollte besser still sein, bevor ihr etwas Sentimentales entschlüpfte, das ihr so gar nicht ähnlich sah.

Auf Wendelins Zügen zeichnete sich Erstaunen ab.

»Du wärst auch ohne mich zurechtgekommen«, antwortete er schließlich weich. »Vielleicht mit einigen Hindernissen, aber du hättest es geschafft.«

»Sicher nicht so spielend wie Florence und Mary.«

»Keine ist wie Florence oder Mary.« Wendelin grinste. »Ich glaube, diese Art von Frauen jagt Männern Angst ein.«

»Will eine Frau hier bestehen, darf sie weder ängstlich noch zimperlich sein«, nahm Rosa ihre neue Freundin in Schutz. »Außerdem ist Florence ganz allein. Das Land und die harte Arbeit formen uns alle.«

»Das ist wahr.« Wendelin schlug sich gegen die Stirn. »Wie konnte ich das vergessen! Ich habe vorhin Adam an der Baustelle getroffen. Er war heute früh in Big Bend beim Postamt und bat mich, dir etwas zu geben.« Wendelin eilte ins Haus.

Bei den Siedlern war es üblich, dass diejenigen, die in die Stadt fuhren, Einkäufe und andere Alltagsgeschäfte für die übrigen elf Siedlerfamilien mit erledigten, wozu auch die Post zählte. Heute hatte der Zuckerrohrplantagenbesitzer Adam Haupt die Aufgabe übernommen.

Wendelin kehrte mit einem Kuvert zurück.

Als Rosa die Handschrift erkannte, riss sie ihm den Brief förmlich aus der Hand. »Er ist von Theodor!«

»Theodor? Das ist aber ein seltenes Vergnügen.« Wendelin setzte sich zu ihr auf die Bank. »Meist schreibt euer Vater die Briefe.«

Rosa öffnete das Kuvert.

Meine Lieben!
Seid Ihr wohlauf? Ich vermute, Ihr habt mit der Aussaat alle Hände voll zu tun. Wir hoffen sehr, dass Ihr mit dem Ertrag der Gemüseernte die Zeit überbrücken könnt, bis die Obstbäume wieder tragen. Hat es seit unserer letzten Korrespondenz endlich geregnet? Unser April gestaltet sich wie gewohnt. Nachts haben wir noch Frost, aber die Tage werden sichtlich länger und heller. Ich soll Euch die herzlichsten Grüße von Vater, Felix und Simon ausrichten. Vaters Gesundheit ist nach wie vor labil, zum Glück hat er keine weiteren Herzanfälle erlitten, ist aber weniger belastbar. Wie Ihr wisst, hat Meißner seine Anschuldigungen gegen Vater zurückgenommen und verhält sich seither friedlich. Ich bin froh, dass Ihr mich bisher nicht gefragt habt, wie mir dieser Schachzug gelungen ist. Belassen wir es lieber dabei. Ich finde Vaters Entscheidung,

dennoch gegen Meißner zu prozessieren, nach wie vor richtig. Aber das Tauziehen gegen den Kerl kostet ihn mehr Kraft, als er zugibt. Nächsten Monat ist es so weit, ich kann Euch gar nicht sagen, wie es mich erleichtert, einen Schlussstrich unter das Thema zu ziehen.

Rosa sah von dem Brief auf. »Was meint Theodor wohl mit der Andeutung?«

Wendelin trocknete sich mit einem Tuch den Nacken. »Wie ich ihn einschätze, hat er weniger Skrupel als euer Vater, Meißner auf Abstand zu halten. Um die Familie zu schützen, würde er so ziemlich alles tun.«

»Das ist wahr«, murmelte Rosa und vertiefte sich wieder in das Schreiben.

Aber das ist nicht der einzige Grund für meine Zeilen, und ich möchte nicht um den heißen Brei herumreden. Ihr sollt die Neuigkeit von mir selbst erfahren. Ich habe bei Professor Salzmann die Scheidung eingereicht und bin somit Elena zuvorgekommen. Um es vorwegzunehmen – die Schuld liegt bei mir. Vor einiger Zeit habe ich Vanda kennengelernt. Sie ist die Liebe meines Lebens, das habe ich bereits bei unserer ersten Begegnung gespürt. Die Situation ist für uns beide prekär, und wir werden heiraten, sobald die Scheidung rechtskräftig ist.

Rosa starrte in den Himmel, an dem sich dunkle Wolken zusammenbrauten. »Das musste ja eines Tages passieren. Elena ist ein Eisblock, man erfriert neben ihr.«

»Ich habe mich immer gefragt, was Theodor an ihr gefunden hat«, gab Wendelin zu. »Luxus und feine Gesellschaften sind alles, was sie je interessierten.«

»So ist es«, erwiderte Rosa. »Sie hat nie einen Finger für die Familie oder die Fabrik gerührt.« Als sie sich wieder dem Brief zuwandte, fiel ein Lichtbild heraus, auf dem eine junge Frau in einem hellen Gewand und einem Federhut zu sehen war. Volles blondes Haar fiel in weichen Wellen über ihr Dekolleté. »Sie ist sehr hübsch.« Rosa reichte es an Wendelin weiter.

»Ihr Lächeln ist so offen, sehr anziehend«, meinte er. »Wer würde sich nicht in eine Frau wie sie verlieben.«

Rosa schürzte wegen seines Kommentars die Lippen, hielt sich aber mit einer Äußerung zurück. »Mir ist es gleich, wer sie ist und woher sie kommt, solange sie meinen Bruder glücklich macht. Uns bleibt nur zu hoffen, dass sie es ernst mit ihm meint. Armer kleiner Felix.«

Wendelin nickte. »Lies weiter, Rosa.«

Ich sehe Euch vor mir, Ihr seid wahrscheinlich wie vom Donner gerührt. Hoffentlich könnt Ihr mir verzeihen, dass ich Kummer über die Familie gebracht habe. Den Augenblick der Wahrheit hatte ich aufgrund von Vaters Verfassung hinausgezögert. Gleichzeitig wollte ich aber auch vermeiden, dass man Vanda und mich zusammen sieht und über uns getuschelt wird. Was ich aber nicht ahnen konnte, ist, dass mich die gute Elena seit geraumer Zeit hat beschatten lassen. Ich trage es ihr nicht nach, jetzt hat sie endlich einen Grund, sich aus unserer Ehe zu befreien, ohne das Gesicht zu verlieren. Bedauerlicherweise machte sie mir zu Hause eine Szene. Für mich ein unverzeihliches Verhalten, zumal sie von Vaters Herzbeschwerden weiß. Seine Reaktion könnt Ihr Euch vorstellen. Ich weiß nicht, was ihn mehr aus der Fassung brachte, die Scheidung oder meine Verbindung zu einer »Hupfdohle«, wie er es nannte. Vanda ist klassische Tänzerin und beherrscht die Kunst der Pantomime, sie hat aber vor geraumer Zeit ihre Karriere für mich an den Nagel gehängt und arbeitet jetzt als Schneiderin. Dennoch degradiert ihre Vergangenheit sie in Vaters Augen zum Menschen zweiter Klasse. Für den Moment wechselt Vater nur das Nötigste mit mir. Ich muss gewiss nicht erwähnen, wie es um die Atmosphäre in der Fabrik bestellt ist. Zur Stunde bezieht Elena auf meine Kosten ein Apartment in Charlottenburg. Ich habe mit Felix geredet, er möchte gern bei mir bleiben, aber seine Mutter lässt nicht mit sich reden. Der Abschied von dem Kleinen war herzzerreißend, und nichts konnte ihn trösten. Meine Hoffnung, dass Vater eines Tages den Wunsch äußert, Vanda persönlich zu treffen, hält mich aufrecht. Ihr müsst sie alsbald kennenlernen, sie ist liebevoll, klug und sinnt wie Du, liebe Rosa, nach Eigenständigkeit. Du wirst sie liebgewinnen und verstehen.

Ich zähle die Tage, bis ich sie ganz offiziell als meine Verlobte vorstellen kann. Ihr Lieben, bitte wünscht uns Glück. Ihr fehlt uns sehr. Nun, da mein lieber Junge nicht mehr bei mir lebt, ist es unerträglich still im Haus. Umso glücklicher sind wir über jede Nachricht von Euch. In Liebe, Theodor.

Rosa schluckte ihre aufsteigenden Tränen hinunter.

»Er muss für seinen Fehler, Elena geheiratet zu haben, hart büßen«, vernahm sie Wendelins Stimme. »Man wird ihn wegen Ehebruchs für schuldig erklären. Damit ist sein Ansehen beschädigt, und Elena ist fein heraus.«

Rosa betrachtete ihn verdutzt. »Bist du etwa wie Vater der Meinung, dass der Eheschwur unter keinen Umständen gebrochen werden darf?«

»Das habe ich nicht gesagt. Aber bevor ein Mann heiratet, sollte er sicher sein, dass er die Frau gut leiden kann. Das hat Theodor nicht getan.«

Rosa schnaubte. »Ich weiß genau, warum ich nie das Anhängsel eines Mannes sein wollte. Mir genügt es nicht, dass mich jemand nur gut leiden kann oder meine Haushaltskünste zu schätzen weiß, von denen bei mir nicht die Rede sein kann.«

Wendelins tiefes Lachen hallte in ihr nach.

Sie musterte ihn. »Warum hast du eigentlich nie geheiratet? Du bist doch eine anständige Partie.«

»Aus einem ähnlichen Grund wie du.«

Sein Blick verunsicherte sie und brachte etwas in ihr zum Klingen. »Danke, dass du mich verstehst, Wendelin.«

Rosa war sich unsicher, wen sie mehr bedauerte. Theodor, der wegen seiner neuen Liebe bei Vater einen schweren Stand hatte. Oder Georg, der buchstäblich über Nacht Besitzer eines Bordells geworden war und zunehmend daran verzweifelte. Zumal der Sheriff mit seinem horrenden Strafgeld dafür Sorge trug, dass ihr Bruder das Etablissement nicht ohne Weiteres abstoßen konnte. Von Liddy und Katy ganz zu schweigen, die in keinem Haus dieser Art Aufnahme fanden. Georg überraschte sie immer wieder. Die Energie, mit der er trotz allem den Bau der Tochterfabrik vorantrieb, beeindruckte sie. In wenigen Wochen sollte sie eröffnet werden. Dennoch wollte sie nicht in seiner Haut stecken. *Wenn ich ihm und Theodor nur helfen könnte*, dachte sie.

Rosa erinnerte sich an ihr Entsetzen, als ihr bewusst wurde, welchen Geschäften ihre Tante nachgegangen war. Was ihrer Meinung über ihr glorreiches Vorbild einen gehörigen Dämpfer versetzt hatte. Andererseits hatte sie Rosa für ihre Schule zehntausend Dollar vermacht, um die Bildung von Kindern zu unterstützen. Was auch immer man über Funny Breitenbach denken mochte, für Rosa war und blieb sie eine bemerkenswerte Person, die neben Geschäftssinn und einer gehörigen Portion Kaltschnäuzigkeit auch ein großes Herz besessen hatte. Wie also sollte sie über ihre Tante urteilen?

»Schau mal.« Wendelin wies mit dem Kopf gen Himmel, an dem sich schwarze Wolkenberge über dem Tafelberg sammelten. Die Vögel, die vorher noch munter gezwitschert hatten, waren verstummt. »Da braut sich ein mächtiges Gewitter zusammen.«

»Grundgütiger. Du hast recht.« Rosa rang die Hände. »Ein kräftiger Regenschauer würde uns einiges an Arbeit ersparen.«

Eilig machten sie sich wieder ans Werk. Es dauerte jedoch nur Minuten, da erstarb auch der Wind, und Donner grollte heran.

Der erste Blitz erhellte den nachtschwarzen Himmel und schlug unweit von ihnen in einem Cottonwoodbaum ein.

Rosa stieß einen spitzen Schrei aus und ließ den Spaten fallen.

Gebannt starrten sie zum Himmel.

Wendelin weitete die Augen. »Das wird kein normaler Regenguss. Um Himmels willen!« Er nahm sie am Arm. »Ins Haus. Rasch!«

Sturmböen zerrten an zarten Pflanzen und kräftigen Ästen. Hagelkörner groß wie Taubeneier prasselten auf sie nieder und erschwerten ihre Sicht. Im Lauf verfing sich Rosas Halstuch an dem Ast eines Pfirsichbaums, sie machte sich hastig los und stolperte mit Wendelin zur Kate, wo sie furchtsam beobachteten, wie die frisch angelegten Beete binnen Minuten von einer weißen Schicht überzogen wurden. Wenig später wurde aus dem Hagel ein sturzbachartiger Regenguss. Hilflos verfolgten die beiden, wie sich der ausgedörrte Boden zusehends in eine Schlammwüste verwandelte.

Rosas Augen füllten sich mit Tränen. »Die ganze Arbeit, alles umsonst. Ob die zarten Knospen das Unwetter überstehen?«

Wendelin strich ihr übers Haar und heftete den Blick auf ihr Land. »Ich weiß es nicht.«

Frustriert betrachtete sie die Schwielen an ihren Händen. *Georg! Hoffentlich verschont das Unwetter wenigstens seinen Bau in Rico.* Ihrem Gefühl folgend, lehnte sie gegen Wendelins breite Schulter. Nie hatte sie seinen Trost mehr gebraucht als in diesem Moment, da ihr bewusst wurde, dass sie der Natur selbst mit harter Arbeit nie Herr würden.

Gedankenversunken tastete sie nach ihrem Siegelring – er war verschwunden. Sie wich zurück. »Mei…meine Kette!«

Bevor Wendelin sie davon abhalten konnte, stürzte Rosa ins Freie, achtete weder auf ihre Stiefel, die sich mit Wasser vollsogen, noch auf den Regen, der ihre Kleidung im Nu durchweicht hatte. Auf Knien und mit bloßen Händen grub sie in der Erde und spürte nicht, wie sich die Tränen auf ihrem Gesicht mit Regen und Schlamm mischten.

Dann fühlte sie, wie sich starke Hände um ihre Schultern schlossen. Ungeachtet des Wolkenbruchs zog Wendelin sie an sich. »Wir finden deine Kette.« Seine sanfte Stimme drang tief in ihr Herz. »Aber jetzt komm schnell ins Haus, sonst wirst du noch krank.«

Kapitel 22

Georg
Rico, 20. April 1883

Weil ihm die Gedanken um Rosa und Wendelin den Schlaf geraubt hatten, kämpfte sich Georg am Morgen nach dem Unwetter durch knietiefen Schlamm zum Postamt. Glücklicherweise hatte es trotz der Witterungsbedingungen geöffnet, die Schlange der Wartenden, die sich wie er um das Wohlergehen ihrer Familien und Freunde sorgten, reichte bis zum Gemischtwarenhändler drei Häuser weiter. Er reihte sich in die Schlange ein und traf auf den Sheriff.

Hank klopfte vor dem Eingang seine Stiefel ab. »So eine Schweinerei. Aber wir sind beim Unwetter zum Glück noch glimpflich davongekommen.«

Das konnte Georg nicht bestätigen, sein Architekt hatte von Schäden am neuen Bau gesprochen und erwartete ihn vor Ort.

»Die Obstplantagenbesitzer drüben in Saint Elmo soll es heftig getroffen haben, habe ich mir sagen lassen«, fuhr der Sheriff fort. »Wohnt Ihre Schwester nicht dort?«

Georg verneinte, dennoch ließ Hanks Nachricht sein Inneres flattern. Einige höfliche Worte darauf war er an der Reihe und gab ein Telegramm für Rosa auf.

Danach machte er sich mit einem mulmigen Gefühl auf den Weg zur Fabrik.

»Sehen Sie sich das mal an, Mister Breitenbach«, begrüßte ihn James Bishop und deutete zum frisch gedeckten Dach, in dem ein Loch von etwa zwei Meter Durchmesser klaffte.

Georg und sein irischer Architekt wechselten einen besorgten Blick.

»Das ist leider noch nicht alles.« Bishop öffnete die Pforten des neuen Fabrikgebäudes.

Fassungslos wich Georg zurück, denn das Wasser stand knöcheltief auf dem frisch gegossenen Fußboden.

»Der Sturzregen hat ganze Arbeit geleistet.« Bishop raufte sich das ergraute Haar. »Wir müssen damit rechnen, dass auch die frisch eingetroffene Inneneinrichtung etwas abbekommen hat. Lopez sieht sie sich nachher genauer an.«

Carlos Lopez war einer von Georgs besten Handwerkern.

Bishop schüttelte den Kopf. »Bis zur Eröffnung nächste Woche werden wir die Schäden nicht beseitigen können. Sie müssen sie verschieben. Tut mir leid.«

»Sie können nichts dafür.« Georg kämpfte um Gelassenheit. »Geben Sie mir bitte Nachricht, sobald Sie Näheres wissen.«

Wenig später machte er sich auf den Rückweg. Ein Teil der Wege war nach dem verheerenden Unwetter der letzten beiden Tage in einem denkbar schlechten Zustand.

Nachdenklich wich er einer tiefen Pfütze aus, um auf dem matschigen Untergrund nicht auszurutschen. Die Reparaturen würden den Rest seiner Rücklagen aufbrauchen, so viel stand fest. Auf Tante Funnys Erbe zurückzugreifen, kam nicht infrage, denn sie hatte außerdem verfügt, dass er von ihrem restlichen Nachlass eine Stiftung für junge Waisen gründete, deren Väter beim Bergbau ums Leben gekommen waren.

Er musste sich beeilen. In wenigen Minuten sollte Doktor Anderson eintreffen, jener Arzt, der die vier Damen des Female

Boarding House jede Woche gründlich untersuchte und sich sogleich vor Ort bezahlen ließ. Dennoch war es Georg ein besonderes Anliegen, Tante Funnys Vorsorge fortzuführen.

Der Arzt kam ihm bereits im Empfangsraum entgegen. »Wir haben ein Problem, Mister Breitenbach.«

Wie kann es auch anders sein, dachte Georg. »Besprechen wir uns am besten in der Schreibstube. Bitte folgen Sie mir.«

Der erfahrene Allgemeinmediziner Doktor Henry Anderson führte seine Praxis in Big Bend seit rund dreißig Jahren und galt laut Jessis Worten als diskret und vertrauenswürdig. Seine winzigen Augen und die abstehenden Ohren waren für den gutmütigen Spott verantwortlich, mit dem die Frauen ihn Georg beschrieben hatten.

Der Arzt putzte umständlich seine Brille. »Um es gleich auf den Punkt zu bringen: Miss Olivia ist in anderen Umständen. Ich habe sie darüber in Kenntnis gesetzt, dass man ihr das Kind nach der Geburt wegnehmen wird.«

Anderson verlor wirklich keine Worte. Georg pustete sich Luft zu. »Wieso entscheidet eine Behörde darüber, ob ein Kind bei seiner Mutter aufwächst oder nicht?«

Anderson lehnte die Fingerspitzen gegeneinander. »Ihre … Dienste bringen sie mit dem Gesetz in Konflikt, das sollte Ihnen bekannt sein. Eine Prostituierte – da schließen Sie sich gewiss meiner Meinung an – ist nicht befähigt, einem Kind die Erziehung und Bildung zukommen zu lassen, die ihm zusteht.« Trotz seiner harten Worte verzog er keine Miene.

»Wie kann ich ihr helfen?«, fragte Georg schließlich.

Der Arzt wiegte den Kopf. »Finden Sie einen guten Mann, der sie heiratet, das wäre für alle Beteiligten die beste Lösung. Ich kenne übrigens einige Damen, die in der gleichen Situation meinem Vorschlag gefolgt und heute respektable Frauen der Gesellschaft sind.«

Georg versuchte vergeblich, sich die schöne Mexikanerin als solide Ehefrau vorzustellen.

Die Stimme des Arztes nahm einen beschwörenden Tonfall an. »Als langjähriger Hausarzt kann ich Sie nur eindringlich davor warnen, sich des Fötus eigenmächtig zu entledigen. Meine Patientin hat bereits öfter Schicksal gespielt. Beim letzten Mal vor etwa zwei Jahren habe ich sie buchstäblich im letzten Moment vor dem Verbluten bewahrt.«

»Um Himmels willen!« Georg starrte aus dem Fenster, doch anders als sonst konnte ihn der Anblick des Silver Creek heute nicht besänftigen. »Ich werde mit ihr sprechen.«

»Tun Sie das«, erwiderte Anderson. »Ich habe den Behörden jede Schwangerschaft unverzüglich zu melden und wollte Sie lediglich über die Sachlage in Kenntnis setzen.«

»Ich danke Ihnen.« Georg wartete, bis sich der Arzt entfernt hatte, und lugte zum Empfangsraum. Ein vornehmer Mann mit Weste und blank geputzten Stiefeln wippte mit den Füßen, während eine Horde junger Kerle nahe der Bar stand und Jessi, die eben einen Freier verabschiedete, mit Augen, groß wie Wagenräder, maß.

Die Tür zu Olivias Reich blieb unterdessen geschlossen.

Er klopfte mehrfach, bevor sie ihren Kopf durch die Tür steckte und ihn zum Eintreten aufforderte.

»Halten Sie mich bitte nicht für unhöflich, aber ich wäre jetzt gern allein.« Die schwarze Schminke um ihre Augen verlieh ihrem fein geschnittenen Gesicht etwas Finsteres. Als sie sich die Lippen nachzog, gab ihre Korsage den Blick auf verführerische Kurven frei.

Georg tätschelte sie unbeholfen. »Anderson hat mir berichtet, dass Sie schon mehrfach Schwangerschaften abgebrochen haben. Olivia, das ist gefährlich und könnte Sie das Leben kosten. Wir finden sicher einen besseren Weg.«

Sie lachte bitter auf. »Verzeihen Sie meine deutlichen Worte. Sie sind ein netter Kerl, haben aber nicht die geringste Ahnung, wie es ist, wegen eines Kindes, das man weder will noch behalten darf, obendrein lange nichts zu verdienen.«

Olivias Worte lösten Betroffenheit in ihm aus.

»Ich tauge nicht als Mutter«, fuhr sie fort, »obwohl ich mir als junges Mädchen immer eine Familie gewünscht habe. Ja, lachen Sie mich ruhig aus! Aber ich habe meine Träume früh begraben, und jetzt will ich das, was in mir wächst, so schnell wie möglich loswerden.«

»Sie auszulachen, käme mir nicht in den Sinn«, widersprach Georg ruhig und entschied, seine Gedanken unverblümt auszusprechen. »Bitte helfen Sie mir zu verstehen. Sie sorgen sich ums Geld, weil Sie einige Monate nicht arbeiten können. Ich bin aber sicher, Sie konnten bei dem regen Zulauf im Haus genügend Mittel beiseitelegen. Das kann also nicht der wahre Grund sein.« Er beobachtete, wie sich Olivias Gesicht verschloss. »Wenn Sie ohnehin kein Kind wollen, dürfte es Ihnen nichts ausmachen, es nach der Geburt in fremde Obhut zu geben.« Georg hob ihr Kinn. »Was quält Sie wirklich?«

Sie blickte starr zu Boden und schien um die richtigen Worte zu ringen. »Ich habe nie mehr als Zuneigung empfunden, weder für meine Freier noch für meine Mitmenschen. Das ist auch gut so, es bewahrt mich vor Leid, verstehen Sie?«

»Ja.« Georg fühlte sich ihr plötzlich näher als je zuvor. »Mir geht es ebenso.« Jäh dachte er an seinen Vater, der den frühen Verlust seiner Frau nie verwunden hatte, und an Theodor, der jetzt, da seine Ehe zerbrochen war, darum kämpfte, dass seine Vanda in der Familie akzeptiert wurde. So etwas war nichts für ihn, da blieb er lieber allein.

»Ich kann es nicht zur Welt bringen …« Olivia wirkte auf einmal müde.

»Warum nicht?«

»Weil ich mich davor fürchte, das Kind im Arm zu halten, es zu lieben wie niemanden sonst und dann weggeben zu müssen«, brach es aus ihr heraus.

Georg fand es vermessen, ihr einen Rat zu erteilen, dennoch beschlich ihn das Gefühl, etwas sagen zu müssen. Er hielt sie ein Stück von sich ab. »Wo ist die kämpferische Olivia geblieben, die sich ihr Leben von niemandem diktieren lässt? Sollten Sie sich trotz aller Umstände dazu entscheiden, das Kind zu behalten, fangen Sie eben als ehrenwerte Frau irgendwo neu an.«

Sie lachte hysterisch. »Ach ja? Eine himmlische Idee, aber wissen Sie was?« Sie zog an den Schnüren ihres Korsetts, griff sich an beide Brüste, und Georg wusste plötzlich nicht, wohin er blicken sollte. »Glauben Sie mir, diese Dinger hier hat in den letzten Jahren wohl jeder Kerl von Rico und Umgebung in Händen gehalten! Welcher ehrenwerte Herr, der etwas auf sich hält, würde mich zur Frau nehmen oder mir eine anständige Stellung anbieten?«

Georg warf ihr den seidenen Umhang um, der über ihrem Sessel lag, und schüttelte sie leicht. »Bitte beruhigen Sie sich.«

»Ich weiß nicht, was ich tun soll. Können Sie mich bitte festhalten, Madame? Nur einen kleinen Moment.« Sie schmiegte ihre Wange an seine Brust, er strich verlegen über ihr Haar und hielt in der Bewegung inne.

»Madame?«, wiederholte er gedehnt. »Ich bin keine Madame.«

Auf ihren Zügen lag der Hauch eines Lächelns. »Sie irren. Wir nennen Sie immer unsere Madame, weil Sie sich genauso fürsorglich um uns kümmern wie Madame Funny.«

Georg blinzelte. »Danke, Olivia. Ruhen Sie sich aus. Es bleibt noch reichlich Zeit für Entscheidungen. Sie müssen mir aber versprechen, keine Dummheit zu begehen.«

»Danke, versprochen«, erwiderte sie nach kurzem Zögern.

»Gut.« Georg ließ sie allein und verließ das Haus. Unterdessen zogen alle ledigen und anständigen Männer der Umgebung vor seinem geistigen Auge vorüber. Selbst sie dürften wissen, womit Olivia ihr luxuriöses Leben finanzierte. Zudem verbreitete sich in Rico jede Neuigkeit in Windeseile. Georg fiel der verwitwete Apotheker ein, der sich bisweilen über sein einsames Leben beklagte. Aber ob Olivia seinen drei Kindern eine gute Mutter wäre? Soweit er informiert war, suchte auch der Wirt des Gasthauses, in dem er regelmäßig zu Abend aß, eine Frau. Er war ein sympathischer Kerl mit einem guten Herzen; was seine grobschlächtige Erscheinung anbetraf, darüber konnte man hinwegsehen. Georg verwarf den Gedanken wieder. Eine Frau wie Olivia würde an der Seite eines soliden Mannes innerlich verkümmern.

Gedankenverloren lüftete Georg seinen Hut, als ihm ein paar junge Damen entgegenkamen.

Seine Gedanken flogen nach Berlin. Er musste seine Familie über die Unwetterschäden informieren. Allerdings würde er seine Situation ein wenig herunterspielen, eine weitere Geldspritze seines Vaters kam für ihn nicht in Betracht.

Auf dem Postamt gab er ein Telegramm für seinen Vater auf und erledigte anschließend noch einige Einkäufe.

Als er zurückkehrte, entdeckte er hinter dem Haus eine Gestalt mit einem dunklen Lockenkopf, die Steine in den Silver Creek schleuderte. Es war der Herumtreiber, der hin und wieder auf seinem Grundstück übernachtete, sich aber stets aus dem Staub machte, sobald er Georg bemerkte. »Guten Tag, mein Junge.«

Er raffte erschrocken seine Habseligkeiten zusammen. »Bin schon weg, Mister.«

»Halt.« Georg näherte sich ihm. Man hätte den Jungen durchaus als hübsch bezeichnen können, würde nicht eine wulstige Narbe sein Kinn verunstalten.

Der Angesprochene verschränkte die Arme im Rücken und machte einen ausgesprochen verlegenen Eindruck.

Georg zwang ihm seinen Blick auf. »Was suchst du hier?« Einmal mehr erinnerte ihn der Junge an sich selbst, wenn er früher etwas ausgefressen und von seiner Mutter auf frischer Tat ertappt worden war.

Sein Gegenüber starrte betreten zu Boden. »Nichts für ungut. Ich werde mich auch nie wieder blicken lassen.«

Georg ließ den Korb mit frischem Gemüse sinken. »Vor wem versteckst du dich?«

Doch der Junge presste nur die Lippen fest aufeinander.

Georg wies auf eine Bank im Garten. »Setz dich und erzähl. Ich finde, ich habe ein Recht darauf zu erfahren, warum du um mein Haus schleichst wie eine Katze um die heiße Milch.« Er musterte ihn. »Ich bin Georg Breitenbach, und wie heißt du?«

»Georg Breitenbach«, wiederholte der Halbwüchsige gedehnt. »Ich bin ... Johnny Weizman.«

Die Art und Weise, wie der Junge seinen Namen aussprach, machte Georg hellhörig. »Bist du etwa Deutscher wie ich?«

Der Junge nickte, und auf einmal schienen sich die Schatten auf seinem Gesicht kurz zu verflüchtigen. »Meine Schwester und ich sind vor ein paar Jahren nach Rico umgesiedelt. Eigentlich lautet mein richtiger Name Levy Weißmann, den anderen kann ich nicht ausstehen.«

Der Name klang jüdisch. Da dem Jungen die Wendung ihres Gespräches nicht zu behagen schien, drang Georg nicht weiter in ihn. »Dann nenne ich dich Levy, einverstanden?«

Dieser sah erstaunt auf und murmelte einen Dank.

»Du bist mir trotzdem noch die Antwort schuldig, was du hier zu suchen hast«, hakte Georg nach.

Levy spielte mit einem dünnen Stock und mied seinen Blick. »Ich habe ... Ärger mit ein paar Leuten. Sie haben gedroht, mich windelweich zu prügeln, wenn ich mich noch mal in ihre Nähe wage.«

Daher wehte der Wind. »Was hast du denn ausgefressen?«

Levy schleuderte mit verzerrter Miene einen handtellergroßen Stein in den Bach. »Nichts – wollte meine Schwester besuchen, aber die lassen mich nicht zu ihr, seit sie mit dem Stadtkämmerer verheiratet ist. Sie will wohl nichts mehr mit mir zu tun haben.« Er schnaubte. »Sie schämt sich meinetwegen. Dabei wollte ich nur fragen, ob sie mir eine Arbeit besorgen kann.«

Georg betrachtete seine schlaksige Figur und die langen, schlanken Finger. Wie jemand, der anpacken konnte, wirkte er nicht gerade.

Levy beobachtete einen Schwarm kleiner Fische, die sich geschickt durch die reißende Strömung bewegten. »Daheim in der Eifel hat mein Vater eine Herberge mit einem angeschlossenen Weinhandel betrieben. Wir kamen gut zurecht, bis sein Bruder ihm das Erbe streitig gemacht hat.«

Wo waren seine Eltern jetzt? Wieso lebte er auf der Straße? Diese und andere Fragen schwirrten durch Georgs Kopf, während sich die wechselnden Gefühle auf dem jungen Gesicht abzeichneten. »Das tut mir leid, Levy. Welche Arbeit suchst du denn?«

»Ich mach alles. Ich kann Gäste bedienen, Zimmer putzen, in der Küche helfen, Einkäufe erledigen«, entgegnete der Junge eifrig, »was immer gewünscht wird.«

Georg legte den Kopf schief. »Kannst du auch kochen?«

»Leidlich, ich habe meiner Mutter viel in der Küche geholfen. Sie sagte immer, mit ein wenig Übung wird aus mir ein guter Koch.«

»Üben kannst du bei mir, wenn du willst.«

Levy weitete die Augen. »Wirklich? Sie bieten mir eine Arbeit?«

Georgs Mundwinkel hoben sich. »Nicht so hastig. Ich schlage vor, du beweist mir in den nächsten Tagen, was du kannst. Ich brauche sozusagen ein Mädchen für alles. Du musst das Haus in Ordnung halten, kochen und Botengänge erledigen. Meinst du, das schaffst du?«

»Jawohl. Sie können sich auf mich verlassen«, erwiderte Levy und fiel dabei in den Dialekt seiner Heimat.

»Sehr gut. Stellst du dich ordentlich an, steht einer Anstellung nichts im Wege. Wobei ...«, Georg hielt seinen Blick fest, »du weißt, dass dies ein Female Boarding House ist?«

»Ja, dort arbeiten Huren und geben den Männern, was sie bei ihren Frauen nicht kriegen«, erklärte Levy, ohne eine Miene zu verziehen. »Sind Ihre Damen schön?«

»Ja, jede auf ihre Art. Vor allem aber sind sie gute Menschen, die Respekt verdienen.« Georgs Blick wurde streng. »Solltest du auch nur ein Auge zu viel auf sie werfen, zerre ich dich eigenhändig an den Ohren auf die Straße zurück. Ich brauche jemanden, der sich förmlich unsichtbar macht und den Betrieb nicht stört – keinen aufdringlichen oder liebeshungrigen Backfisch. Hast du verstanden?«

Levy schnippte Grashalme von seiner Jacke. »Natürlich, Herr Breitenbach. Sie werden mich kaum bemerken.«

»Eins noch. Wir müssen uns darüber im Klaren sein, dass die Leute schlecht über uns reden werden. Über dich, weil du für ein Bordell arbeitest, und über mich, weil ich einen Herumtreiber beschäftige. Womöglich nimmt deine Schwester das auch zum Anlass, dir weiter aus dem Weg zu gehen. Überleg es dir gut.«

»Da gibt es nichts zu überlegen. Ich will ein anständiges Leben führen und eigenes Geld verdienen. Wenn sie mich gern hat, freut sie sich für mich.«

»Das ist ein guter Anfang«, sagte Georg freundlich. »Sieh dir meine Einkäufe an. Was würdest du aus den Zutaten zubereiten?«

Mit gekrauster Stirn lugte Levy in den Korb. »Pfannkuchen mit Kartoffeln und Gemüse«, erwiderte er prompt. »Wie viele Personen sind im Haus?«

»Fünf.«

Der Junge nickte. »Vielleicht reichen die Zutaten sogar für zwei Tage.«

Georg wusste nicht zu sagen, was ihn an Levy berührte. Vielleicht war es sein Eifer, sein Eindruck von Verlorenheit oder die Reife, die er zwischen seinen Worten heraushörte. »Wir sind es leid, in Gasthäusern zu essen. Komm um fünf wieder, dann zeige ich dir die Küche und die Vorratsräume. Koch uns heute das Abendessen, dann werden wir weitersehen.«

KAPITEL 23

Theodor
Berlin, 2. Mai 1883

Die Hiobsbotschaften aus Rico und Cortez hatten Theodor und seinen Vater erschüttert.

»Ich habe Geld auf Georgs Konto eingezahlt«, sagte Hermann eines Abends auf dem Nachhauseweg. »Ich weiß, dein Bruder will das nicht, aber ohne unsere Hilfe schafft er es nicht. Es ist wichtig, dass er die Fabrik so rasch wie möglich eröffnet.«

Theodor stimmte zu.

»Ich hätte Rosa von ihrem Plan abbringen müssen«, fuhr Hermann erregt fort. »Sollte die Ernte vernichtet sein oder die Obstbäume nicht tragen, werden sie im Winter hungern. Aber mit dem Dickschädel war ja nicht zu reden. Ein Mädchen hat im Wilden Westen nichts verloren. Da siehst du, was es ihr eingebracht hat!«

»Rosa ist kein unbedarftes Kind mehr und weiß sich zu helfen. Außerdem ist sie nicht allein in Cortez«, versuchte sein Sohn ihn zu besänftigen und spielte gedankenverloren mit dem Siegelring an seiner linken Hand. »Wendelin gibt auf sie acht.«

Doch es war für jedermann spürbar, wie schwer es Hermann fiel, seine Hilflosigkeit zu ertragen.

Wenn es für Vater und Sohn etwas Positives über die letzten Monate zu vermelden gab, das sie von ihren Sorgen ablenkte, war es sicher der steigende Absatz von *Schuherzeugung Breitenbach*. Nach Hermanns offizieller Erklärung spürten die beiden Männer förmlich, wie sich das Blatt wendete und die Kunden wieder vermehrt nach Breitenbach-Schuhen Ausschau hielten. Die erste Sportschuhkollektion hatte sogar ihre Erwartungen übertroffen, inzwischen bereiteten sie mit Steinhausen bereits die dritte vor. Womöglich lag ihr steigender Gewinn an der Neugier der Kunden, die verglichen, ob die Breitenbachs tatsächlich mit Meißners Waren konkurrieren konnten. Theodor und seiner Familie sollte es jedenfalls recht sein.

Die guten Aussichten lockerten die Stimmung in der Fabrik ein wenig auf.

Die einst so anheimelnde Atmosphäre der Stadtvilla hatte sich jedoch in ein Mausoleum verwandelt. Theodor wurde im Haus buchstäblich die Luft knapp. Die Momente, in denen Vater und Sohn beisammensaßen und angestrengt banale Konversationen führten, waren für ihn am schlimmsten. Zu Theodors Enttäuschung erstickte sein Vater jeden Versuch, über Vanda und das Ende seiner Ehe zu sprechen, sofort im Keim.

Auch an diesem Morgen herrschte zwischen ihnen angespanntes Schweigen, was allerdings der Situation geschuldet war, denn sie befanden sich auf dem Weg zum ehrenwerten Amtsgericht in der Neuen Friedrichstraße, wo der Fall Meißner gegen Breitenbach verhandelt werden sollte. Der kurze Fußweg von der Kutsche zum Gericht gab ihnen einen Einblick dessen, was sie erwartete. Unzählige Reporter belagerten das Eingangsportal und bombardierten sie mit ihren Rufen nach einer Stellungnahme.

Glücklicherweise war die Presse beim Prozess nicht zugelassen, und Salzmann lotste sie geschickt durch die Menschenmenge.

»Da ist Vögele«, raunte Hermann seinem Sohn zu und wies auf einen schmächtigen Mann mit Zwicker und schütterem Haar. Als sie hintereinander das Gebäude betraten, tat Vögele, als bemerkte er sie nicht.

Meißner hatte mit seinem Advokaten bereits seinen Sitz im Gerichtssaal eingenommen und warf ihnen einen vernichtenden Blick zu.

»Ich habe keine Ahnung, wie du den Kerl mundtot bekommen hast«, flüsterte Hermann und steuerte auf ihre Plätze in der ersten Reihe zu. »Aber ich danke dir von Herzen.«

»Keine Ursache.« Theodor sah stur geradeaus. Das Lügen lag ihm nicht, und er hoffte inständig, seinem Vater niemals die Wahrheit erzählen zu müssen. Denn dann käme auch sein früherer Opiumkonsum ans Licht; die Konsequenzen, die sein Vater unweigerlich daraus ziehen würde, malte er sich lieber nicht aus.

Dabei hatte Theodor in jener Zeit sorgfältig darauf geachtet, dass er Tian nur an Abenden besuchte, an denen er seine Vanda am nächsten Tag nicht sah. Anderenfalls wären ihr die Symptome seines Entzugs womöglich aufgefallen. Wollte er im süßen Rausch versinken, hatte er sich mit einem langen Bart und einfacher Arbeitskleidung getarnt, außerdem hielt er sich stets in einem separaten Raum des Chinesen auf, zu dem niemand sonst Zutritt hatte.

Alles, was ihn getrieben hatte, war der verzweifelte Kampf, an etwas anderes als den nächsten Rausch zu denken. Opium. Teufel und Erlöser zugleich. Es hatte jeden seiner Atemzüge bestimmt, sein ganzes Denken. In manchen Augenblicken erschien ihm der Druck schier unerträglich, dann war er versucht, Termine abzusagen oder irgendwelche Ausreden zu erfinden, damit er den Chinesen so schnell wie möglich aufsuchen konnte.

Aber nach seinem Entzug vor einigen Wochen, der ihn an die Grenze seiner Belastbarkeit geführt hatte, lag diese dunkle Zeit nun endgültig hinter ihm. Schließlich gab es auch noch Felix, Vanda und die Verantwortung für die Familie und das Unternehmen.

Man hatte ihn gewiss nicht bei Tian beobachtet, weshalb ihn die Frage umtrieb, wer ihn an Meißner verraten haben könnte.

Theodor zwang seine Konzentration auf die Gegenwart zurück. Als alle Platz genommen hatten, eröffnete der Richter die Verhandlung. Nach dem Verlesen der Anklageschrift trat Horatio Wolff als Zeuge auf und schilderte detailliert Meißners Versuche, Hermann Breitenbachs Ruf zu schädigen und seine Fabrik zu verunglimpfen. Danach wurde Bertold Vögele in den Zeugenstand gerufen und er wiederholte mit sachlichen Worten seine Aussage. Unterdessen ließ Theodors Vater ihn keinen Moment aus den Augen.

Salzmann begann sein Verhör und reichte Vögele Schreibutensilien. »An dem betreffenden Tag 1848 eskalierte die Lage zwischen dem Militär und Demonstranten, die sich mit allem, was ihnen zur Verfügung stand, zur Wehr setzten. Es herrschte also eine wilde Rangelei. Wären Sie so freundlich, auf dem Papier aufzuzeichnen, wo Herr Breitenbach, Herr Meißner und Sie gestanden haben?«

»Was hat er vor?«, flüsterte Theodor seinem Vater zu.

»Ich weiß es nicht«, kam es leise über Hermanns Lippen.

Vögele skizzierte indes die Szene.

Salzmann nahm den Schreibblock an sich und studierte ihn. »Wie groß sind Sie, Herr Vögele?«

»Eins fünfundsechzig. Ich weiß allerdings nicht, was das mit der Sache zu tun haben soll.«

Der Advokat legte dem Richter den Zettel vor und wandte sich wieder an den Zeugen. »Bitte erklären Sie uns, wie Sie dem einen Meter siebenundachtzig großen Kläger eine Straftat vorwerfen können, wenn Sie hinter ihm standen und Ihr Blick versperrt war?«

»Ich stand nicht direkt hinter ihm«, erwiderte Vögele hastig. »Ich beobachtete das Ganze durch Sichtlücken im allgemeinen Durcheinander.«

»Aha.« Salzmanns Stimme wurde schneidend. »Ihre ausgezeichnete Sehkraft hat nicht zufällig mit der Tatsache zu tun, dass Sie ein alter Bekannter von Herrn Meißner sind und ihm einen Gefallen schulden?«

Theodor drückte die Hand seines Vaters.

Vögele erbleichte und schnappte nach Luft. »Das ist eine Unterstellung.«

Meißners Advokat erhob Einspruch, doch der Richter wies ihn ab.

Salzmann warf Hermann einen vielsagenden Blick zu. »Das wäre von meiner Seite alles, Herr Richter.«

Der Richter klopfte auf den Tisch und bat um Ruhe. »Herr Meißner, möchten Sie sich zu den Aussagen äußern?«

»Ich habe nichts zu sagen«, kam es von der Anklagebank.

Daraufhin zog sich das Gericht zur Beratung zurück und bat die Anwesenden, im Flur auf die Urteilsverkündung zu warten.

Wolff gesellte sich zu Vater und Sohn.

»Vielen Dank, dass Sie sich zur Verfügung gestellt haben«, sagte Hermann.

»Selbstredend«, erwiderte der Detektiv. »Leider kann ich nicht bis zum Schluss bleiben, ich bin mit einem Klienten verabredet. Viel Glück, meine Herren.« Wolff entfernte sich.

Hermann, Salzmann und Theodor blieben zurück.

»Die Information über den Gefallen, den Vögele Meißner schulden soll, war mir neu«, wandte sich Hermann an seinen Advokaten. »Wie haben Sie das herausgefunden?«

Salzmann senkte seine Stimme. »Gar nicht, es ist nur ein Verdacht. Mir hat gestern nämlich ein Vögelchen gezwitschert, dass Vögele sich vor einigen Jahren von Meißner Geld geliehen hat. Seiner Reaktion nach zu urteilen, liege ich mit meiner Vermutung ganz richtig. Auf jeden Fall wirft es ein zweifelhaftes Licht auf den Zeugen. Wenn Sie mich kurz entschuldigen?«

Der Advokat steuerte auf den Waschraum zu.

»Geht es?«, fragte Theodor seinen Vater, der ausgesprochen mitgenommen wirkte.

»Natürlich. Das ist nur die Anspannung.«

Theodor konnte nur erahnen, was in seinem Kopf vorging. Wäre das Urteil nur schon gesprochen.

Unwillkürlich wanderte sein Blick zu dem Advokaten der Gegenpartei und dem Angeklagten, die in Sichtweite standen und sich unterhielten. Meißner lief, die Arme im Rücken verschränkt, auf dem Flur umher. Die Fassade des selbstgefälligen Mannes begann zu bröckeln.

Es dauerte eine geschlagene Stunde, bis sie wieder in den Gerichtssaal gebeten wurden.

Der Richter forderte Meißner auf, sich zu erheben. Seine klare, dunkle Stimme hallte durch den Raum, der so still war, dass man eine Stecknadel hätte fallen gehört.

»Das Gericht befindet den Angeklagten für schuldig der erpresserischen Handlungen, des Rufmordes und der Verleumdung und wird zu einer Freiheitsstrafe von achtzehn Monaten sowie zu einer Zahlung von fünfzigtausend Mark verurteilt. Die Freiheitsstrafe wird zur Bewährung ausgesetzt.«

Meißner erstarrte.

Hermann drückte stumm Theodors Hand, während es der Verurteilte eilig hatte, mit seinem Advokaten das Gebäude zu verlassen.

Auf Salzmanns Gesicht lag ein siegessicheres Lächeln, als Hermann sich bei ihm bedankte.

»Er hat bekommen, was er verdient. Die Presse wird ihn durch den Fleischwolf drehen«, erklärte der Advokat ungewohnt salopp. »Sollten Sie wider Erwarten von ihm hören, geben Sie mir bitte Nachricht. Ich empfehle mich. Mein Kutscher wartet.«

Die Miene seines Vaters entspannte sich merklich. Auf der Kutschfahrt heimwärts wies er Simon an, er möge sie im Café Anschütz absetzen; dabei begegnete er Theodors Blick. »Überrascht dich das, mein Sohn? Wir haben allen Grund zu feiern.«

Theodor atmete tief. »Du hast natürlich recht.« Insgeheim bezweifelte er, dass der Waffenstillstand mit Meißner anhalten würde, hielt sich aber mit einem Kommentar wohlweislich zurück; zu erleichtert war er, seinen Vater erlöst zu erleben.

Im Café nahmen sie an einem Tisch am Fenster Platz, und Hermann bestellte Champagner.

Theodor verfolgte sein Tun mit gefurchter Stirn. »Hat dir Schubert nicht den Alkohol wegen deiner Medizin verboten?«

»Ginge es nach ihm, müsste ich mich aufs Altenteil zurückziehen.« Hermann hob schmunzelnd das Glas. »Ich denke gar nicht daran. Auf unseren Sieg!«

Theodor schüttelte sich, als er am Champagner nippte. Er hatte nie verstanden, warum das saure Zeug so beliebt war.

Die Miene seines Vaters wurde ernst. »Ich möchte unseren Erfolg zum Anlass nehmen, mich bei dir zu entschuldigen.«

Theodor versuchte gar nicht erst, seine Überraschung zu verbergen. »Wieso?«

»Ich war verbohrt und wollte mir nicht eingestehen, dass ich entbehrlich geworden bin. Gleichzeitig jedoch habe ich es wie selbstverständlich hingenommen, dass du Tag für Tag hervorragende Arbeit leistest.« Hermann räusperte sich. »Du warst mir in der Zeit, als ich wegen meiner Herzprobleme pausieren musste, eine große Stütze. Ich konnte mich stets auf deinen Einsatz und deine absolute Loyalität verlassen.«

Theodor traute seinen Ohren kaum, und eine Welle von Freude überspülte ihn.

»Leider habe ich dir viel zu selten gedankt und dich obendrein bevormundet«, fuhr Hermann fort. »Verzeih, mein Junge.«

»Woher der plötzliche Sinneswandel?«, kam es wie von selbst über Theodors Lippen.

»Meine Krankheit hat mir körperliche Grenzen gezeigt, die ich nicht wahrhaben wollte. Und trotz meiner ruppigen Art«, Hermanns Lippen verengten sich zu einem dünnen Strich, »hast du es mir nie nachgetragen.«

»Natürlich nicht«, erwiderte Theodor sanft.

Sein Vater kniff die Augen zusammen und schwieg eine bedrückend lange Zeit.

»Ich mache mir Sorgen um Felix«, sagte er endlich. »Er sieht mitgenommen aus und ist viel zu still.«

»Allerdings. Nach jedem Besuch bettelt er, bei uns bleiben zu dürfen, aber das ist Elena leider gleichgültig.« *Um mich zu verletzen, mit Mutterliebe hat es wenig zu tun*, fügte Theodor in Gedanken hinzu. »Felix kommt wieder übers Wochenende.«

»Damit Elena ausgehen kann, warum sonst!«

Das konnte Theodor nicht leugnen, erschrak aber über die schneidenden Worte seines Vaters.

Hermann schob sein Champagnerglas beiseite. »Übrigens wird gemunkelt, dass sie einen Liebhaber haben soll.«

»Das interessiert mich nicht«, warf sein Sohn hastig ein, »sofern sie sich gut um Felix kümmert.«

Sein Vater schnaubte. »Dein Anstand in allen Ehren, aber in diesem Fall solltest du eine Ausnahme machen. Der Mann, mit dem sie sich trifft, ist nämlich der feine Geheimrat Steinhausen.«

Wie vom Donner gerührt saß Theodor da und starrte ins Nichts. »Woher weißt du das?«

»Unsere Frau Herbart hat mich doch gestern anlässlich der Feier der Unterzeichnung des Friedens, Freundschafts- und Handelsvertrages mit dem Königreich Madagaskar zu einem Empfang in der Botschaft begleitet.«

Frau Herbart unterstützte Fräulein Nehlsen seit einigen Monaten als zweite Sekretärin.

»Ja, und? Ich kann dir nicht folgen, Vater.«

»Warte es ab. Dort traf ich auf Siebert, den Leiter der Sparkasse.«

Theodor beugte sich vor. »Wilhelm Steinhausens ältesten Freund.«

»Richtig, und seine neue Sekretärin war ziemlich geschwätzig. Du weißt, wie gern manche Frauen tratschen. Jedenfalls erzählte sie Frau Herbart, Elena und Steinhausen sollen sich angeblich seit ein paar Wochen immer mittwochs und freitags zwischen vierzehn und sechzehn Uhr in Sieberts Ferienhaus in Steglitz treffen.« Hermann schob seinem Sohn einen Zettel zu. »Frau Herbart hat sie geschickt ausgefragt. Wir haben ihr diese Adresse zu verdanken.«

Theodor las die eilig hingeworfenen Zeilen. *Mittwoch, vierzehn bis sechzehn Uhr*, wiederholte er im Geiste. Ein Schmerz pochte plötzlich hinter seiner Schläfe. »Zu der Zeit hat Felix seine Klavierstunden ...« Seine Stimme versagte ihren Dienst.

»So ist es«, entgegnete sein Vater.

Theodor warf einen Blick auf seine Taschenuhr, unterdessen arbeitete sein Verstand fieberhaft. Dann fuhr er hoch. »Wir haben heute Mittwoch. Ich nehme eine Droschke.«

Sein Vater gab ihm ein Zeichen, sich wieder zu setzen. »Lass gut sein, ich habe Wolff beauftragt, das Haus zu beschatten. Es ist klüger, uns aus der Sache herauszuhalten.«

»Nein!« Theodor schob den Stuhl beiseite. In seinem Inneren brodelte es. »Das kann nicht wahr sein, davon muss ich mich mit eigenen Augen überzeugen. Erinnere dich an die Szene, die Elena mir wegen Vanda gemacht hat!«

»Wie könnte ich das vergessen«, stieß sein Vater hervor, hinter seiner Stirn schien es zu arbeiten. »Fahr schon, wir sehen uns nachher im Büro.«

»Danke.« Theodor eilte aus dem Café und winkte einem Droschkenfahrer. »Nach Steglitz bitte.«

Während sich das Gefährt durch den regen Verkehr schlängelte, meinte Theodor erneut Steinhausens Stimme zu hören, als sie sich in der »Neuen Welt« über den zunehmenden Umsatz von Sportschuhen unterhalten hatten. »Als ob hart arbeitende Männer wie wir für so einen Unfug Zeit hätten. Besonders, wenn uns ein zauberhaftes Weib zu Hause erwartet. Sie sind wirklich zu beneiden.« Jene Andeutung war ihm in unangenehmer Erinnerung geblieben.

Theodor klopfte im Rhythmus der Pferdehufe mit seinem Gehstock. War Steinhausens Andeutung nur eine seiner leichtfertig hingeworfenen Bemerkungen gewesen oder hatte er damals bereits ein Auge auf Elena geworfen?

Die schwüle Hitze, die an diesem Tag wie eine Dunstglocke über Berlin hing, bereitete ihm Kopfschmerzen. Mit wachsender Ungeduld beobachtete er die beiden widerspenstigen Schimmel, die sich nur mithilfe der Peitsche zu einem leichten Trab bewegen ließen.

Ein Schutzmann hob die Hand, die Droschke hielt an. Er glaubte nicht an Elenas doppeltes Spiel, zu vehement hatte sie immer darauf bestanden, dass er seine abendlichen Verabredungen mit der nötigen Diskretion behandelte. Womöglich irrte er auch, und Steinhausens Worte würden gleich ihre wahre Bedeutung entfalten.

»Wo darf ich Sie absetzen?«, fragte der Kutscher, als sie Steglitz erreichten.

»Fichtestraße, bitte. Halten Sie an der Blindenbildungsanstalt.« Von dort aus war der Weg hoch zum Fichtenberg, wo seit einigen Jahren Landhäuser und Villen gebaut wurden, bequem zu Fuß zu erreichen. Theodor entlohnte den Kutscher großzügig und bat ihn zu warten.

Keine zehn Minuten später tauchten die ersten Landhäuser vor ihm auf. Um deren Bewohner vor neugierigen Blicken abzuschirmen, hatte man sie hinter hohen Tannen errichtet, vom Weg aus unmöglich einzusehen. Und umgekehrt: Für Theodor konnte es kaum ein besseres Versteck geben.

Die angegebene Adresse stellte sich als ein aus roten Ziegeln erbautes Landhaus heraus. Der Leiter der Sparkasse musste vermögend sein, wenn er sich ein derartiges Feriendomizil leisten konnte. Auf dem gepflasterten Vorplatz stand eine Kutsche, offenbar war bereits jemand im Haus. Theodor verbarg sich hinter einem Brunnen, der sich am Rande des Grundstücks befand, und blickte sich vorsichtig nach allen Seiten um. Es würde ihn peinlich berühren, würde der Detektiv ihn entdecken. Doch von ihm war nichts zu sehen. Lautlos schlich er zur Kutsche, ein Pferd schnaubte, drehte sich zu ihm um, und Theodor strich ihm beruhigend über die Flanke.

Er verharrte bewegungslos am Wagen, den Kopf voller verwirrender Gedanken. Besonders einer blitzte wieder und wieder auf. Hatte Steinhausen ein Auge auf Elena geworfen, lange bevor er sich mit ihm in dem Etablissement getroffen hatte? Spann er den Faden weiter, so stellte sich die Frage, ob seine Einladung zu dem Chinesen eine spontane Entscheidung gewesen war oder gar ein ausgeklügelter Plan, um ihn mit dem Opiumrausch von der Affäre mit Elena abzulenken? Hatte Steinhausen ihn gar an Meißner verraten? Die Gedanken waren ungeheuerlich.

Aufmerksam beäugte er die Einfahrt. Dann sah er sie. Elena trug ein unauffälliges Kostüm und ein Kopftuch, das sie tief ins Gesicht gezogen hatte. Auf dem Arm hielt sie einen mit Lebensmitteln gefüllten Korb. Sie tarnte sich als Hausangestellte? Wäre dies nicht so erbärmlich, hätte Theodor vielleicht gelacht. Das Portal des Hauses öffnete sich weit, und er erhaschte einen Blick auf Steinhausen, akkurat gekleidet wie immer, der Elena mit seinen Augen zu verschlingen schien. Das war also der Mann, den er allwöchentlich in den Konferenzen traf und der sich ihm gegenüber völlig ungeniert verhalten hatte. Angewidert wandte sich Theodor ab.

KAPITEL 24

Hermann
Berlin, 3. Mai 1883

»Evchen, benachrichtigen Sie Geheimrat Steinhausen, dass ich ihn heute noch zu einem dringlichen Gespräch erwarte«, bat Hermann seine Sekretärin am folgenden Tag.

Er war eben von seiner Mittagspause zurückgekehrt, da kam ihm der Orthopäde mit einem verbindlichen Lächeln entgegen. »Gibt es Nachrichten bezüglich des Schweizer Geschäftsangebotes?«

Eine Kette renommierter Schuhgeschäfte hatte Interesse an einer Zusammenarbeit mit *Schuherzeugung Breitenbach* bekundet.

»Die Verträge liegen uns zur Unterschrift vor.«

»Wunderbar. Dann gratuliere ich«, sagte Steinhausen.

»Danke.« Hermann beobachtete den Orthopäden unauffällig, der einen ausgesprochen gut gelaunten Eindruck machte. *Das gestrige Schäferstündchen muss ja aufregend gewesen sein*, durchfuhr es ihn. »Bitte folgen Sie mir.« Er wandte sich an Fräulein Nehlsen. »Ich wünsche nicht gestört zu werden.«

»Wird erledigt, Herr Breitenbach.«

Im Besprechungszimmer machte Steinhausen Anstalten, sich an seinen angestammten Platz zu setzen, aber Hermann hob eine Hand. »Ich werde Sie nicht lange aufhalten.«

Zwischen den gekämmten Brauen seines Gegenübers bildete sich eine Falte. »Aha, was ist denn derart dringend, mich kurz vor Öffnung der Praxis hierher zu beordern, wenn ich fragen darf?«

»Sie sind recht selbstgefällig, Herr Geheimrat.« Hermann verengte die Augen. »Kommen wir also sogleich zur Sache. Sie wagen es, mit meiner Schwiegertochter ein Verhältnis anzufangen und mir und meinem Sohn ohne Scham ins Gesicht zu sehen?«

Wenn Hermann erwartet hatte, dass Steinhausen erbleichte oder alles abstritt, sollte er sich irren.

»Wir haben eine geschäftliche Verbindung, mein Privatleben geht niemanden etwas an«, erwiderte der Geheimrat ruhig.

»Ach, tatsächlich? Eine ziemlich unverfrorene Antwort.« Hermann drehte ein Kuvert in seinen Händen und zwang ihm seinen Blick auf. »Das kann ich nur zurückgeben. Sie haben sich auch aus meiner Familie herauszuhalten!«

Um Steinhausens Mund lag ein spöttischer Zug. »Es war Ihr Sohn, der wegen einer anderen die Scheidung eingereicht hat, wenn ich mich recht entsinne. Im Übrigen wissen Sie rein gar nichts von Elenas und meiner Verbindung. Im Gegenteil, Ihr Sohn hat sie doch förmlich in fremde Arme getrieben.«

»Seien Sie versichert, ich weiß genug, Sie mit sofortiger Wirkung zu entlassen«, erwiderte Hermann, der nicht minder Lust verspürte, sein Gegenüber die Faust spüren zu lassen. »Ich werde Sie bis zum heutigen Datum entlohnen. Danach sind Ihre Dienste in unserem Unternehmen nicht mehr erwünscht. Und jetzt verlassen Sie meine Fabrik und kommen mir nicht mehr unter die Augen!« Er legte dem verdutzten Geheimrat das Kündigungsschreiben in die Hände.

»Was fällt Ihnen ein?«, zischte Steinhausen. »Hinterfragen Sie lieber, ob die Gepflogenheiten Ihres Sohnes denen eines würdigen Nachfolgers entsprechen.«

»Hören Sie auf, mich zu langweilen«, warf Hermann kühl ein. »Schmutzige Wäsche wollten schon andere waschen. Lassen Sie uns gefälligst in Frieden. Auf Wiedersehen.« Mit kaum unterdrücktem Zorn winkte er seine Sekretärin zu sich.

»Begleiten Sie den Herrn Geheimrat bitte hinaus.«

Als dieser gegangen war, trat Hermann ans Fenster, von dem er die Fertigungshalle gut überblicken konnte. Wie in einem Ameisenhaufen ging es dort zu, Ochsenkarren wurden beladen, andere brachten eine Lieferung mit Materialien, die von ein paar kräftigen jungen Männern entladen wurden.

In Momenten wie diesen wünschte sich Hermann, seine Frau wäre noch am Leben und er könnte sich seine Sorgen von der Seele reden. Auch die Nachrichten aus Amerika hielten ihn in Atem. Sein Blick wanderte zu dem mannshohen Symbol des weißen Ahorns, das an der Wand hinter seinem Schreibtisch prangte. Mit der Last der Verantwortung hatte er zu leben gelernt, weshalb es ihn schier verrückt machte, nicht wie gewohnt die Zügel in die Hand nehmen zu können. Seine Frau hätte ihn gewiss daran erinnert, dass es das Vorrecht der Jugend war, eigene Entscheidungen zu treffen und aus Fehlern zu lernen. Für sie wäre eine Umsiedelung nach Amerika, den Bau einer Tochterfabrik eingeschlossen, ohnehin nie infrage gekommen. Hätte er damals nur bereits von seiner Herzschwäche gewusst! Doch nun war Hermann an einem Punkt seines Lebens angelangt, an dem er erkennen musste, dass der Traum, alsbald seine Kinder in Colorado zu besuchen, wie eine Seifenblase zerplatzt war. Doktor Schubert hatte ihm in einem Vieraugengespräch in aller Eindringlichkeit verdeutlicht, dass sich seine Herzprobleme mit zunehmendem Alter verschlimmern würden und eine Atlantiküberquerung medizinisch nicht vertretbar wäre. Von einer verkürzten Lebensdauer hatte er gesprochen. Damit konnte sich Hermann arrangieren, nicht aber mit der Gewissheit, Rosa und Georg aller Voraussicht nach niemals wieder in die Arme zu schließen. Er sah die beiden vor sich und fühlte plötzlich eine lähmende Müdigkeit, lehnte die Stirn gegen eine Wand und kämpfte seine aufsteigenden Tränen hinunter.

Dann nahm er Haltung ein. Seine Aufgabe war es jetzt, das Unternehmen in sicheres Fahrwasser zu lenken und für die Zukunft vorzusorgen.

Allem Anschein nach hatte Theodor in Vanda sein passendes Gegenstück gefunden, trotz aller Turbulenzen wirkte er weit glücklicher als während der Jahre seiner Ehe. Er musste ihn über das Gespräch mit Steinhausen unterrichten.

Hermann fand ihn in der Fertigungshalle mit dem Vorarbeiter in ein Gespräch vertieft, weshalb er sich im Hintergrund hielt.

»Haben wir ein Problem?«, fragte er, als sich sein Sohn ihm näherte.

»Nichts, was sich nicht beheben ließe«, wiegelte Theodor ab. »Was gibt es?«

Daraufhin gab sein Vater das Gespräch mit Steinhausen wieder.

»Eine gute Entscheidung«, sagte Theodor aufatmend. »Mir wäre es ein Graus, müsste ich ihm wöchentlich über den Weg laufen.«

Hermann schnaubte. »Wo denkst du hin? Mit Menschen seiner Couleur arbeiten wir nicht zusammen.«

Nachdenklich betrachtete er seinen Sohn und entdeckte eine neue Denkerfalte auf dessen Stirn. Wenngleich in Theodors Augen ein Strahlen lag, waren doch Spuren auszumachen, die die letzten Monate in seinen Zügen hinterlassen hatten. Warum fielen sie ihm erst jetzt auf? Die Trennung von Felix und die Scheidung machten ihm offenbar mehr zu schaffen, als es ihm bewusst gewesen war. *Ich muss mit Scheuklappen durch die Welt gegangen sein*, durchfuhr es Hermann.

»Wir werden aber einen orthopädischen Berater für die Sportkollektion benötigen, Vater«, riss Theodor ihn aus seinen Grübeleien. »Das ist schließlich der Trumpf an Qualität, der unsere Schuhe von Meißners unterscheidet.«

»Ich weiß, mein Junge. Ich habe meine Fühler bereits ausgestreckt. Es gibt durchaus interessante Kandidaten, aber es wird vermutlich eine Weile dauern, bis wir einen geeigneten Ersatz für Steinhausen gefunden haben.«

»Wir werden die Zeit irgendwie überbrücken.« Theodors Lächeln geriet schief.

»Du hast später noch einen Termin bei Salzmann, oder?«, hakte Hermann nach.

»Ja, um halb fünf. Elena fordert eine Entschädigung für meinen Ehebruch«, erklärte Theodor sachlich.

Doch er kannte seinen Sohn und konnte ermessen, was die schmutzigen Details ihrer Scheidung für ihn bedeuteten.

»Ich wünsche dir Glück.« Hermann trat näher. »Lass dich von dem Weibsbild nicht auspressen wie eine Zitrone. Bleib achtsam.«

»Das werde ich.« Theodors Gesicht verdüsterte sich. »Ich hoffe nur, sie lässt den Kleinen aus dem Spiel.«

Hermann schlug ihm auf die Schulter. »Geh mit gutem Beispiel voran, das ist alles, was du tun kannst. Die furchtbare Zeit geht vorüber, wir schaffen das gemeinsam.«

»Danke, Vater.« Theodors Stimme wärmte sein Innerstes.

Gedankenversunken kehrte Hermann an seinen Schreibtisch zurück, an dem ein Stapel Post auf seine Bearbeitung wartete.

Beim Sortieren fiel ihm ein weißer Umschlag mit fremdartigen Briefmarken auf. Er trug Rosas Handschrift.

Vorsichtig öffnete er das Kuvert.

Lieber Vater,

bist Du meine vielen Briefe bereits leid? Ich gebe zu, mich plagt ein wenig das Heimweh. Bitte versteh mich nicht falsch, mein Fleckchen Erde ist uns sehr ans Herz gewachsen, doch mir fehlt zuweilen unser Alltag in Berlin. Die kleinen Plaudereien mit Dir oder Theodor, und nur der Herrgott weiß, wie sehr ich Felix vermisse. Wenn ich darüber nachdenke, dass ich ihn nicht aufwachsen sehe, werde ich traurig. Wendelin sagt des Öfteren, alles Gute sei nie beisammen, und damit hat er wohl recht. Wie sehr ich mir wünsche, Dir meine Plantage zu zeigen. Die Sonne scheint fast das ganze Jahr, ganz anders als in Berlin. Wir hatten Glück im Unglück, die Aussaat mussten wir zwar wiederholen, aber ein Großteil der Knospen unserer Pfirsich- und Apfelbäume hat das Unwetter unversehrt überstanden. Wir hoffen und bangen, dass sie in diesem Jahr tragen, aber sicher ist es nicht. Ich kann gar nicht ausdrücken, wie erleichtert wir sind, dass das Dach unserer neuen Schule standgehalten hat. Kommenden Montag wird sie endlich eingeweiht, Pfarrer Montgomery kommt eigens aus Big Bend und wird anschließend einen Gottesdienst halten. Fünfzehn Kinder werden meine Schule besuchen. Kannst Du Dir denken, wie stolz ich bin? Meine Freundin Florence übernimmt die Mathematik- und Geografielektionen, unser Zuckerrohrplantagenbesitzer Adam wird praktischen Unterricht in der Landwirtschaft geben, und ich lehre sie das Lesen und Schreiben.

Leider konnte ich keine Lehrkraft für den Hauswirtschaftsunterricht gewinnen, also werde ich auch diese Aufgabe vorerst übernehmen.

Hermann ließ das Schreiben sinken. Rosa und Hauswirtschaft? Der Gedanke reizte sein Zwerchfell. *Not macht eben erfinderisch*, dachte er, lachte leise und las weiter.

Bei dem Unwetter hat Florence ein Rind verloren, ausgerechnet ihre tragende Leitkuh brach sich im Schlamm ein Bein. Ich habe Dir außerdem von der Kette mit meinem Siegelring erzählt, die ich im Hagelschauer verloren hatte? Wendelin hat sie wiedergefunden, und ich könnte nicht dankbarer sein.

Vater, dass ich Dir diesen Brief schreibe, hat einen Grund. Du ahnst, dass ich mir Sorgen um Dich und Theodor mache, nicht wahr? Wie Du hat auch er eine schwierige Zeit hinter sich, und er wird erst zur Ruhe kommen, wenn die Scheidung hinter ihm liegt und Felix sich mit der Situation arrangiert hat. Ich bin wirklich traurig, kannst Du ihm bitte etwas entgegenkommen? Bei allem, was Du Theodor vorwerfen könntest, ist er doch ein liebevoller Mann, der nie etwas anderes als das Beste für die Familie und das Unternehmen wollte. Ich habe ihn so oft bewundert und mir gewünscht, ich hätte nur einen Funken seiner Talente. Aus seinen Briefen spricht die Liebe zu Vanda. Wenn mein Bruder sie so sehr liebt, dass er sich klar zu ihr bekennt und Konsequenzen in Kauf nimmt, muss sie etwas ganz Besonderes sein. Bist Du nicht neugierig auf sie? Vater, bitte öffne Dein großes Herz, dort ist gewiss noch Platz für sie. Tu mir den Gefallen. Ich möchte, dass Ihr glücklich seid.

In Liebe, Deine Rosa

KAPITEL 25

Theodor
Berlin, 21. Juli 1883

Nur zwei Wochen nach Steinhausens Entlassung hatte Theodor einen erfahrenen Facharzt der Orthopädie aus Potsdam als Berater gewonnen, und die Zusammenarbeit nahm einen erfreulichen Anfang. Sein Vater wirkte zu jener Zeit oft gedankenversunken und bedrückt, und Theodor befürchtete bereits, dass sein Herz wieder Probleme bereitete. Aber dann teilte er ihm eines Abends mit, er gedenke, sich ab dem kommenden Jahr als Leiter von *Schuherzeugung Breitenbach* nach und nach zurückzuziehen. »Das verschafft dir Zeit, dich an die Führung des Unternehmens zu gewöhnen. Während des Prozesses stehe ich dir natürlich zur Seite, sodass wir den besten Zeitpunkt für den Wechsel bestimmen können. Was meinst du?«

Theodor hatte sich fassungslos für sein Vertrauen bedankt. Das war es also, was seinen Vater die letzten Wochen beschäftigt hatte.

Seine Freude wurde allerdings von gemischten Gefühlen getrübt, denn am nächsten Montag sollte das Gericht über den Scheidungsantrag Breitenbach/Breitenbach entscheiden, und Theodors Nervosität wuchs. Ihm waren genügend Fälle bekannt, in denen man derlei Anträge abgelehnt hatte.

Zudem bestimmte der Richter im Zuge des Scheidungsverfahrens auch die Höhe von Elenas Ausgleichszahlung. Ihre Forderung würde ein beträchtliches Loch in seinen Rücklagen hinterlassen, woraufhin ihm Professor Salzmann vorgeschlagen hatte, sie auf eine niedrigere Summe hinunterzuhandeln. Theodor hatte abgelehnt, er wollte ein Tauziehen und weitere Aufregungen für alle Parteien vermeiden.

Felix besuchte ihn und seinen Großvater weiterhin jedes Wochenende. Über seine Mutter und das Apartment in Charlottenburg verlor er kaum ein Wort, und Theodor drang nicht weiter in ihn. Es war schmerzlich genug, mitzuerleben, wie still er geworden war. Es wärmte stets sein Herz, wie der Junge an den Wochenenden in der Villa Breitenbach aufblühte. Rückte jedoch der Sonntagnachmittag näher, an dem Felix abgeholt werden sollte, wurde er zunehmend ungnädiger.

»Ich will nicht zurück, Papa«, brach es an einem heißen Sommersonntag aus ihm heraus, da sie im Garten auf einer Bank saßen und die Fische im Teich beobachteten. Felix lehnte sich gegen seinen Vater, möglicherweise fand er sich inzwischen zu groß, wie früher auf den Schoß seines Vaters zu klettern. »Hier ist es viel schöner.«

Theodor zog ihn an sich. »Wieso denn? Deine Mutter spielt doch auch gern mit dir.«

Felix zog eine Grimasse. »Ja, aber nur, wenn ihre Freundinnen oder Wilhelm nichts dagegen haben. Ich soll auch immer fleißig üben, damit ich den doofen Leuten auf dem Klavier vorspielen kann.«

Wilhelm Steinhausen. Der Name hinterließ einen bitteren Nachgeschmack in Theodors Mund.

Der Junge schlang die Arme um seinen Hals. »Hier habe ich Magda und Simon, dich, Großvater und meine Freunde zum Fußballspielen.«

Theodor suchte fieberhaft nach Gegenargumenten, es fielen ihm jedoch kaum welche ein. »Du wirst neue Spielkameraden gewinnen, mein Schatz, mit der Zeit wird es leichter, glaub mir. Und wir haben ja noch die Wochenenden für uns.« Die letzten Worte blieben ihm fast in der Kehle stecken.

Felix schüttelte heftig den Kopf. »Ich mag Wilhelm nicht. Der guckt sowieso nur Mama an, ich bin ihm völlig egal.«

Er versuchte seinen Sohn, so gut es ging, zu trösten. Doch war das überhaupt möglich?

»Frau Breitenbach ist eingetroffen, um Felix abzuholen«, sagte das Dienstmädchen. »Sie wartet im Salon.«

Doch als er sich nach Felix umdrehte, war dieser verschwunden. Offenbar hatte er den unbeobachteten Moment genutzt, um auszubüxen. Theodor unterdrückte ein Seufzen. »Magda, bitte suchen Sie den Lausejungen.«

Das Dienstmädchen eilte davon und Theodor ging in den Salon.

Elena hielt ihre Handtasche umklammert. »Guten Abend. Wo ist Felix? Der Kutscher wartet.«

Er trat näher. »Er hat mal wieder Reißaus genommen. Magda sucht ihn bereits.«

Über ihr Gesicht huschten Schatten. »Wir müssen uns unterhalten, Theodor.«

Sie nahmen an einem kleinen runden Tisch Platz und er sah sie erwartungsvoll an.

»Ich halte es für besser«, begann Elena, »wenn ich seine Besuche bei dir einschränke.«

»Warum?« Theodor überlief es kalt.

»Da fragst du noch? Jetzt ist es schon so weit gekommen, dass sich mein Sohn vor mir versteckt. Unsere Regelung bringt ihn durcheinander. Er muss sich in seinem neuen Zuhause endlich eingewöhnen.«

»Für ihn ist dies hier sein Zuhause«, korrigierte er sie so sanft wie möglich. »Er kommt mit der Situation nicht zurecht.«

Als sie ihn ansah, lag ein harter Zug um ihren Mund. »Wem sagst du das. Er verweigert das Essen, wenn Wilhelm am Tisch sitzt, und weint sich in den Schlaf.«

»Was womöglich daran liegt, dass er deinen Liebhaber ablehnt.« Theodor biss sich auf die Zunge, damit ihm nichts Unsachliches über die Lippen geriet.

Elenas Wangen nahmen eine ungesunde Röte an. »Er versucht erst gar nicht, sich mit Wilhelm zu verstehen. Herr Lehrmeister Kappler hat sich erst vor einigen Tagen über Felix' mangelnde Konzentration beklagt.« Sie versuchte ein Lächeln. »Nach dem Gerichtstermin fahren wir erst mal in die Sommerfrische. Die See wird ihm guttun.«

»Weiß er davon?«

Ihre Augen schimmerten feucht. »Nein, das kann ich mir sparen. Was auch immer ich ihm vorschlage, er lehnt es ohnehin ab. Er vergöttert dich, Theodor. Ich war und bin für ihn nur zweite Wahl.« Ihre Stimme zitterte leicht. »Er liegt mir ständig in den Ohren, dass er bei dir leben will. Ich liebe ihn doch, er gehört zu mir.«

Liebst du ihn wirklich?, flüsterte es in ihm. *Oder bist du zu tiefen Gefühlen gar nicht fähig?*

»Wilhelm setzt sich noch dieses Jahr zur Ruhe«, fuhr sie fort. »Ihm gehört ein sehr idyllisch gelegenes Haus an der Havel. Wir überlegen, uns nach der Hochzeit dort niederzulassen.«

»Mama, nein!«, schrie Felix, der mit weit aufgerissenen Augen neben Magda in der Tür stand. Er stürzte auf Elena zu, die aufgestanden war, und umklammerte sie. »Mama, bitte … nicht.«

275

Theodors Hals wurde eng.

Dicke Tränen kullerten dem Siebenjährigen übers Gesicht. »Bitte lass mich bei Papa bleiben.« Mit bebenden Lippen sah er zu ihr auf. »Wir können uns immer besuchen, Mama. In den Ferien ... komm ich auch zu dir.« Er vergrub das Gesicht in ihrem Kleid.

»Beruhige dich«, murmelte sie und strich ihm über den zuckenden Rücken. Auf ihren Zügen stand pure Verzweiflung geschrieben. »Ich kann dich nicht gehen lassen. Ich habe dich doch lieb, mein Sohn.«

»Ich weiß, Mama«, flüsterte er.

Elena suchte Theodors Blick.

Er trat auf die beiden zu. »Wenn du unseren Sohn liebst, liegt dir sein Glück sicher am Herzen.«

Eine schier endlose Zeit sagte niemand ein Wort, bis der durchdringende Glockenschlag der Standuhr die angespannte Stille durchbrach.

Elenas innere Kämpfe zeichneten sich auf ihrer Miene ab. Unter Tränen küsste sie schließlich den Scheitel ihres Sohnes. »Na schön, mein Kleiner.« Sie beugte sich zu ihm hinunter. »Dann holen wir die nächsten Tage deine Sachen.«

Felix jubelte, bedeckte die Wange seiner Mutter mit feuchten Küssen und umarmte seinen Vater.

Seine ungestüme Freude drang Theodor mitten ins Herz, er hielt ihn zärtlich umfangen und formte mit den Lippen einen leisen Dank, als er Elenas Blick begegnete.

»Mama, können wir meine Sachen jetzt gleich holen?«

Noch am selben Abend bezog Felix sein altes Kinderzimmer, und bald schon fühlte es sich für seinen Vater an, als wäre er nie fortgewesen.

Das Wochenende verging wie im Fluge, das Lachen kehrte in die Stadtvilla zurück.

Am Montagmorgen fand Theodors und Elenas Scheidungsverfahren statt. Er hatte in der Nacht kaum ein Auge zugetan. Während ein Richter die Formalitäten verlas, dachte er, wie nüchtern ihre fast neunjährige Ehe doch abgehandelt wurde. Kaum eine Stunde später wurde Theodor für schuldig am Scheitern der Ehe erklärt und dem Antrag auf Scheidung entsprochen. Elena und er reichten einander die Hand, Steinhausen erwartete sie bereits am Ausgang. Als Theodor das Gebäude verließ, fühlte er sich, als hätte man ihm eine Last von den Schultern genommen. Er war frei für Vanda und konnte es kaum noch erwarten, ihr die Neuigkeit zu überbringen.

Zurück in der Fabrik, gratulierte ihm sein Vater und teilte ihm mit, dass Meißner nach dem Gerichtsurteil empfindliche Einbußen an der Frankfurter Börse zu verzeichnen hatte. Daraus ließ sich nur schließen, dass man dem Schuhfabrikanten offenbar das Vertrauen entzog. Meißner dürfte zu kämpfen haben, seine Reputation wiederherzustellen. Ob nobel oder nicht, Theodor empfand bei dem Gedanken eine gehörige Portion Genugtuung.

Am Nachmittag atmete er die nach Blüten duftende Sommerluft tief in die Lunge. Vor der Fabrik bat er Simon, die Pferde anzuspannen. Eine gute halbe Stunde später hielt die Kutsche bei einer Damenschneiderei in der Leipziger Straße.

»Warten Sie hier.« Theodor steckte Simon ein paar Münzen zu.

»Gern, Herr Breitenbach.«

Gegen die Kutsche gelehnt und mit wachsender Erregung, beobachtete er das Kommen und Gehen in der Schneiderei. Als er Vanda entdeckte und ihr zuwinkte, wirkte sie sichtlich verwirrt.

Sie stieg in die Kutsche, und Simon trieb die Pferde an.

»Theodor! Wie lieb von dir, mich abzuholen. Aber ich verstehe nicht, wir waren doch gar nicht verabredet.« Sie hauchte ihm einen Kuss auf die Nasenspitze und betrachtete ihn aufmerksam. »Wie hat das Gericht entschieden?«

»Vor dir sitzt ein freier Mann, mein Herz.«

»Wie wunderbar. Ich freue mich für dich.«

Statt einer Antwort küsste er sie zärtlich.

»Hast du denn keine Angst, dass man uns zusammen sieht?«, fragte sie etwas später.

»Das ist mir im Moment gleichgültig.« Er nahm ihre Hand. »Wir beide haben etwas zu feiern, außerdem habe ich dich vermisst.«

»Du bist heute sehr aufgeregt. Gibt es dafür noch einen weiteren Grund?«

»Ich erkläre dir alles, sobald wir allein sind.« Theodor wies Simon an, sie bei der Suppenküche abzusetzen. »Fahren Sie ruhig heim. Ich nehme mir später eine Droschke.«

»Jawohl. Einen schönen Abend, Herr Breitenbach.«

Er legte den Arm um Vandas Taille und führte sie hinein. »Ist das Separee frei?«, fragte er Lisbeth, die gerade mit einem Tablett Suppenteller jonglierend aus der Küche eilte.

Vandas Freundin lächelte. »Ihr habt Glück. Die Gäste sind vor ein paar Minuten gegangen. Nehmt Platz.«

Unterdessen fühlte er Vandas fragende Blicke auf sich gerichtet.

»Führen Sie einen Bordeaux?«, wollte er von der Wirtin wissen, die mit gezücktem Bleistift auf die Bestellung wartete.

»So vornehm sind wir leider nicht«, erwiderte sie schmunzelnd. »Aber ich hätte einen guten Rheinwein anzubieten.«

»Dann bringen Sie uns bitte eine Flasche.« Er wartete, bis sich Lisbeth entfernt hatte, und genoss, wie Vanda ihn unter halb gesenkten Lidern musterte.

»Heute ist ein denkwürdiger Tag, nicht nur, weil ich jetzt ein geschiedener Mann bin«, setzte Theodor an und ließ sie dabei keinen Moment aus den Augen. Er wollte ihr Mienenspiel beobachten, wenn er ihr die Neuigkeit erzählte.

Lisbeth brachte das Gewünschte an den Tisch, schenkte ihnen ein und zog sich wieder zurück.

Die beiden prosteten sich zu.

»Und weiter?«, warf Vanda hastig ein.

»Mein Vater würde sich freuen, wenn du am Samstag mit uns zu Abend isst.«

Ihr Glas zitterte auf einmal so stark, dass sie es rasch absetzte. »Du nimmst mich auf den Arm!«

»Nein, es ist wahr«, erwiderte Theodor. »Er erwartet dich um sieben Uhr.«

Vanda tastete über den Tisch hinweg nach seiner Hand. »Himmel, ich … kann dir gar nicht sagen, was mir die Einladung bedeutet. Was hat deinen Vater umgestimmt?«

»Meine Scheidung vermutlich. Ich glaube, die Tatsache, dass Felix wieder zu Hause wohnt, hat den letzten Anstoß gegeben.«

»Ich bin schon sehr gespannt darauf, den großen Hermann Breitenbach kennenzulernen«, sagte sie weich. »Deiner Schilderung nach ist er ein Mann, der Bewunderung verdient.«

»Das ist er«, antwortete Theodor.

»Werde ich am Samstag auch deinen Sohn treffen?«

»Nein, Felix ist am Wochenende bei seiner Mutter. Vater und du habt also alle Zeit der Welt, euch zu unterhalten.«

»Das ist gut.« Vanda lächelte und küsste seinen Handrücken. »Wirst du Felix von mir erzählen?«

»Das habe ich bereits, mein Herz. Felix hat mich gefragt, ob du wie seine Mutter bist, und ich habe verneint. Er wollte wissen, ob du hübsch und nett bist. Er ist ziemlich neugierig, weißt du?« Theodor lächelte.

Eine lange Zeit sahen sie einander nur an und fühlten ihre Liebe mit jedem Atemzug.

»Wollen wir gehen?«, fragte Vanda, als sie den Wein geleert hatten.

Theodor zahlte die Rechnung und begleitete sie wie immer nach Hause, doch anders als sonst bedeutete sie ihm, leise zu sein, und zog ihn mit sich ins Haus.

Er blickte sich in ihrer karg möblierten Stube um. Das braune Sofa hatte bereits bessere Tage gesehen, aber die bunten Kissen verliehen ihm etwas Fröhliches. An einem Kleiderständer hingen Kostüme, Ballettschuhe und Schleier. Auf einer Anrichte stand neben einem Strauß Anemonen eine Fotografie aus ihrer Zeit im Zirkus. Vanda belastete ihren Alltag offenbar nicht mit unnützem Tand, was ihr früheres Wanderleben als Tänzerin sicher erheblich erleichtert hatte.

Dass sie von ihren Prinzipien abrückte und Theodor in diesem Augenblick in ihrer Wohnung stand, erfüllte ihn mit Glück und Staunen. Zärtlich zog er sie an sich. »Hast *du* keine Angst, dass man uns zusammen sieht?«

»Das ist mir im Moment gleichgültig.« Sie kicherte.

Er vergrub sein Gesicht in ihrem Haar. »Ich erinnere dich daran, wie du mir noch letzten Monat versichert hast, dass du mich erst dann mit nach Hause nimmst, wenn ich dich offiziell als meine Verlobte vorgestellt habe.«

Vanda schlang die Arme um seinen Hals und lachte leise. »Was kümmert mich mein Gerede vom letzten Monat. Du bist geschieden, hast dich deiner Familie erklärt und ihnen gesagt, dass du mich liebst. Dein Vater möchte mich kennenlernen, und du bist hier bei mir, das ist alles, was zählt.«

Theodors Puls beschleunigte sich, und sie senkte ihre weichen Lippen auf seine, berauschend und süß.

»Überleg es dir gut, mein Herz. Du führst mich wirklich in Versuchung«, raunte er, als sie wieder zu Atem kamen.

Vanda nahm seine Hand, und nur ein paar Herzschläge später fand er sich in ihrem Schlafzimmer wieder, wo sie die geblümten Vorhänge zuzog und die Schnüre ihres Kleides löste.

KAPITEL 26

Georg
Rico, 23. Juli 1883

Levy huschte an jenem frühen Morgen eilfertig in Jessis Zimmer, um es zu säubern und für ihre Freier herzurichten. Georg blickte ihm zufrieden nach und freute sich einmal mehr, seinem Herzen gefolgt zu sein, als er den Jungen eingestellt hatte. Seine anfängliche Unbeholfenheit hatte er mit Fleiß wettgemacht, und er hielt sich an sein Versprechen, im Hintergrund zu bleiben. Nach und nach hatte Georg herausgefunden, dass Levys Eltern wenige Wochen vor ihrer Ausreise kurz hintereinander an der Influenza gestorben waren und er mit seiner Schwester mittellos und allein nach Amerika übergesetzt hatte. Die Vorstellung ließ Georg frösteln. Kein Wunder, dass der Junge ungern über seine Vergangenheit sprach.

Mehrfach hatte er ihn auf die Probe gestellt. Einmal hatte er abgezählte Münzen in einen Geldbeutel gesteckt und deutlich sichtbar in der Schreibstube positioniert, doch Levy hatte ihn nicht angerührt. Eines Abends beobachtete Georg ihn, während sich der Empfangsraum füllte und er seiner ungeliebten Arbeit am Flügel nachging. Unterdessen sollte Levy Essen für den nächsten Tag vorbereiten. Zu Georgs Freude legte der Junge nicht mehr Neugier an den Tag als jeder andere Bursche seines Alters und erledigte seine Aufgaben ordentlich. Vor einigen Tagen hatte ihm Georg eine Kammer neben der Küche hergerichtet, wo sich zuvor der zweite Vorratsraum befunden hatte.

Ein Bote unterbrach Georgs Überlegungen und überreichte ihm ein Telegramm, mit dem er sich eilig in die Schreibstube zurückzog. Ungläubig las er es ein zweites und gleich darauf ein drittes Mal.

> *Scheidung wurde ausgesprochen. Felix ist wieder*
> *zu Hause. Steinhausen und Elena sind ein Paar.*
> *Hab ihn fristlos entlassen. Wir haben bereits*
> *einen neuen Orthopäden eingestellt. Sorg Dich*
> *nicht und pass auf Dich auf,*
> *Vater*

Die knappen und sachlichen Worte seines Vaters lösten eine regelrechte Flut von Gefühlen in Georg aus. Theodor musste überglücklich und erleichtert sein, dass der Kleine jetzt bei ihm lebte. Theodor, Vanda und Felix schien die Zukunft zu gehören. Gleichzeitig vermochte sich Georg das Drama nicht auszumalen, das sich zu Hause in Berlin abgespielt haben musste.

Georg drehte einen Bleistift in der Hand. Er hatte Steinhausen, der ihm von jeher als etwas zu glatt gebürstet erschien, nie einschätzen können, obgleich er sich ihm gegenüber stets korrekt und überaus freundlich verhalten hatte. Als Orthopäde und Berater für *Schuherzeugung Breitenbach* hielt Georg ihn jedoch für den besten Mann weit und breit. Sein Ruf als Frauenheld und Genussmensch eilte ihm voraus, aber dass er die Unverfrorenheit besaß, mit der Ehefrau seines Geschäftspartners anzubändeln, zeugte von einer Schamlosigkeit, die er ihm nie zugetraut hätte.

Er trommelte mit dem Bleistift auf den Schreibtisch. Irgendwie musste er seine Finger beschäftigen, doch half auch dies nicht, seinen Zorn zu besänftigen. Seiner Ansicht nach war Elena für Steinhausen nichts als eine weitere Trophäe, mit der sich der Kerl brüsten konnte. Nun, da Elena geschieden und nicht mehr die verbotene Frucht war, von der er kosten konnte, würde er wahrscheinlich rasch das Interesse verlieren. Wie auch immer, die beiden verdienten einander.

Georg setzte sich an den Flügel und begann zu spielen. Auch diesmal fühlte er, wie sich mit jedem Akkord ein Stück mehr jene Leichtigkeit in ihm ausbreitete, die nur die Musik ihm geben konnte.

Eine Weile später drangen die Stimmen der vier Frauen zu ihm herüber. Olivia, Blind Katy, Fad Liddy und Jessi Chocolate saßen in der Küche, nahmen völlig ungeniert trotz ihrer dürftigen Bekleidung das Frühstück ein und schwatzten. Liddy flocht wie selbstverständlich Jessis Haar, und Olivia sorgte täglich dafür, dass Brot, Butter und Honig in Katys Reichweite standen, damit sie alles mühelos ertasten konnte. Es berührte Georg jedes Mal aufs Neue, wie vertraut sie miteinander umgingen. Die vier wirkten wie ungleiche Schwestern, Neid und Eifersucht schienen sie nicht zu kennen. Umso schwerer gestaltete es sich für ihn jedoch, sie an andere Bordelle zu vermitteln. Auf seine diskreten Anzeigen hatten sich bisher nur Interessenten gemeldet, die ihm Angebote für Jessi und Olivia unterbreiteten.

Sein Blick schweifte zu der Schwangeren, die lediglich schluckweise Tee trank. Ganz im Gegensatz zu Liddy, die herzhaft zulangte.

»Guten Morgen, Madame«, kam es wie aus einem Mund von ihnen. Die Anrede, die sich die vier angewöhnt hatten, brachte Georg jedes Mal zum Lachen, doch alle Versuche, sie davon abzubringen, schlugen fehl. Offenbar wollten sie ihm auf diese Weise ihre Zuneigung bekunden.

Nacheinander wechselte er mit jeder Dame ein paar Worte und wandte sich zu guter Letzt an Olivia, die auffällig bleich war. Sie litt unter morgendlicher Übelkeit und wirkte übernächtigt, ging jedoch seinen besorgten Fragen stets geschickt aus dem Weg und beteuerte, es sei alles in bester Ordnung. Seine Sorgen konnte sie mit ihrer Bemerkung dennoch nicht zerstreuen.

Als er den Empfangsraum durchschritt, an dem bereits eine Handvoll Männer in Arbeitskleidung warteten, fiel ihm eine junge, schlanke Dame in einem roséfarbenen Kleid und passendem Hut auf. Sie blätterte in einer Tageszeitung und hatte es offenbar nicht eilig. Frauen verirrten sich der Natur entsprechend nur selten in Georgs Haus, schon gar nicht zu dieser Uhrzeit.

Als sich der Empfangsraum eine Weile später leerte und die junge Dame immer noch geduldig wartete, ging Georg auf sie zu.

»Kann ich etwas für Sie tun, Misses …?«

Sie strich sich eine Strähne ihres prachtvollen schwarzen Haares aus dem Gesicht, das sich aus ihrer Hochsteckfrisur gelöst hatte. »Laura Golding, und ich nehme an, Sie sind Mister Georg Breitenbach?«

»Ganz recht.«

Sie musterte ihn aus ausdrucksvollen, dezent geschminkten Augen. »Können wir uns irgendwo ungestört unterhalten?«

»Gewiss, in meiner Schreibstube.«

Sie lächelte charmant. Georg schätzte sie auf höchstens Mitte zwanzig. »Was halten Sie von dem neuen Café Salida, das vor Kurzem neben dem Gemischtwarenhändler eröffnet hat? Dort soll es einen ausgezeichneten Wiener Kaffee geben.«

Georg forschte in ihrem Gesicht, doch es lag keinerlei Argwohn darin. Die natürliche Eleganz, mit der sie ihren bestickten Umhang zusammenhielt, erweckte den Eindruck einer Dame aus besseren Kreisen. »Wenn Sie mir bitte verraten, worum es geht?«

»Es geht um die Zukunft, lieber Mister Breitenbach, um Ihre und meine.«

Ihre geheimnisvolle Antwort weckte seine Neugier. »Gut, sprechen wir im Café miteinander.«

Georg gab Jessi und Levy Bescheid und begleitete Miss Golding zur Main Street. Als sie das Café betraten, gab sie der Wirtin ein Zeichen, und diese wies ihnen einen Nischentisch zu.

»Wie geht es Ihnen, Harper?«, fragte sie die rundliche etwa dreißigjährige Frau.

»Sehr gut, danke, Miss Laura. Das Café läuft gut an. Mein Ben und ich freuen uns. Bitte wünschen Sie uns Glück.«

»Das mache ich«, erklärte die hübsche Frau, die Miss Laura genannt worden war.

Harper stellte ihnen wenig später zwei Tassen auf den Tisch.

»Ihre Fragen kann ich Ihnen vom Gesicht ablesen«, eröffnete Miss Laura schließlich das Gespräch. »Bitte lassen Sie mich kurz erklären. Neulich habe ich meinen alten Freund Jack Simmons wiedergetroffen. Sie kennen ihn vermutlich, er regelte Miss Funnys Nachlass.«

Georg nickte. »Ein sehr angenehmer Mann.«

»Das ist er. Bei einem Abendessen hat er mir berichtet, dass Sie vor nicht allzu langer Zeit *Breitenbachs Shoes* eröffnet haben. Ich hörte, die Fabrik habe bereits ein gut gefülltes Auftragsbuch vorzuweisen?«

»So ist es. Ich bin sehr zufrieden und hoffe, mich mit unserer Tochterfabrik in Rico etablieren zu können.«

»Ich wünsche von Herzen viel Erfolg«, setzte sie erneut an. »Jack eröffnete mir, dass Sie Ihr Etablissement zu verkaufen gedenken.« Einem kleinen Döschen in ihrer Tasche entnahm sie etwas Tabak, legte ihn auf ein Stückchen dünnes Papier und drehte sich mit geübten Fingern eine Zigarette, deren Rauch sie danach genüsslich inhalierte, ohne sich dabei von seinem Blick zu lösen.

»Nun ja, das ist nicht ganz richtig«, stellte Georg fest. »Das Haus werde ich in jedem Fall behalten, es ist bezaubernd. Mir geht es um meine vier Damen. Ich möchte sie gut unterbringen, meine Tante hat sich ihnen verbunden gefühlt, und sie verdienen nur das Beste.«

»Genau deshalb bin ich heute hier, Mister Breitenbach. Ich bin auf der Suche nach ein paar außergewöhnlichen Damen, mit denen ich in Rico ein eigenes Bordell eröffnen kann.«

Georg erfuhr, dass Miss Laura als Siebzehnjährige von dem konservativen Leben als Verlobte eines Hufschmieds die Nase voll hatte und nach Silverton zog, wo sie für das beste Haus am Ort als Prostituierte gearbeitet hatte. »Silverton gefällt mir nicht mehr, ich möchte mich hier in Rico als Madame selbstständig machen.«

Vor seinem inneren Auge tauchten Katy, Jessi, Olivia und Liddy auf. »Ich verstehe, Miss Laura. Ich darf Sie doch so nennen?«

»Ich bitte darum.« Sie trank vorsichtig einen Schluck Kaffee.

Georg hüstelte. »Mich würde interessieren, was Sie unter außergewöhnlichen Damen verstehen.«

»Nun, mir genügen keine hübschen Gesichter oder prallen Brüste. Ich brauche sanftmütige Frauen mit guten Umgangsformen, die einander verstehen. Tägliche Zänkereien sind mir nämlich zuwider. Sie müssen sich als Liebesdienerinnen verstehen, die mögen, was sie tun, und nicht als Huren. Ich brauche Frauen, die Männern jeder Neigung gerecht werden.«

Georg verschluckte sich an seinem Heißgetränk und tupfte rasch einen dunklen Spritzer von der Tischdecke. »Dann wären meine Damen vielleicht tatsächlich für Sie von Interesse. Jessi ist eine schwarze Schönheit, Liddy ist wegen ihrer Fülle sehr beliebt, Olivia ist unsere heißblütige Mexikanerin und Katy ...« Georg brach ab.

Miss Laura blickte ihn abwartend an.

»Sie nennt sich Blind Katy und ist wegen ihrer ... feinfühligen Lippen eine kleine Berühmtheit.«

Miss Laura hob eine Braue. »Das klingt vielversprechend. Dürfte ich die Damen kennenlernen?«

»Dem sollte nichts im Wege stehen«, antwortete Georg. »Kommen Sie gegen zwei in mein Etablissement, zu der Zeit haben wir geschlossen. Nur eins vorweg: Mir ist es eine Herzensangelegenheit, dass meine vier Damen gemeinsam vermittelt werden. Sie haben miteinander Höhen und Tiefen durchlebt und fühlen sich wie eine Familie.«

»Tatsächlich? Das höre ich selten, Mister Breitenbach. In der Regel kämpft jede Frau für sich allein.« Laura Golding erhob sich, legte einige Münzen in eine Schale und reichte Georg ihre behandschuhte Hand. »Sie sind eingeladen. Wir sehen uns später.«

Sie lächelten einander zu.

Georg deutete eine Verbeugung an. »Es wird mir ein Vergnügen sein.«

»Auf Wiedersehen, Harper!«, rief Miss Laura der Frau hinterm Tresen zu und verließ das Café.

Fetzen ihres Gespräches hallten in Georg nach, während er das Kommen und Gehen auf der Main Street verfolgte. Eine vornehme und gewandte Dame wie Miss Laura wollte eine

Madame werden? Wie kurios, er hätte sie sich ebenso gut als Botschaftergattin oder Aristokratin vorstellen können.

Kopfschüttelnd beschloss er, kurz in der Fabrik nach dem Rechten zu sehen.

Zufrieden kehrte er eine Weile später heim und berichtete den Damen von Miss Laura und ihrer Verabredung.

Sie standen an der Bar und unterhielten sich leise. Blind Katy presste die Fäuste in ihre Hüften. Der leere Ausdruck in ihren Augen ließ ihn immer noch schaudern. »Meinen Sie etwa, ich bin für die Golding fein genug?«

»Wieso nicht?«, wandte er ein. »Kennen Sie sie?

Katy wehrte ab. »Nur vom Hörensagen. Aber Madame Funny hat sich des Öfteren mit ihr getroffen.«

»Ich erinnere mich«, kam es nachdenklich von Liddy, die den Arm um Katy gelegt hatte. »Unsere Madame, Gott hab sie selig, hielt große Stücke auf sie und meinte, das Beste sei gerade gut genug für sie.«

»Genau aus dem Grund mach dir bitte keine Sorgen«, warf Jessi leise lachend ein. »Wenn *du* ihr nicht fein genug bist, Katy, sind wir es alle nicht.«

»Dicke Weiber findet man in jedem Bordell.« Liddy hob die Schultern. »Für mich wird sie keine Verwendung haben.«

Georg ließ den Blick über die ungleichen Frauen schweifen. »Hören Sie mir gut zu. Als ich das Erbe meiner Tante übernommen habe, versprach ich Ihnen, dass ich Sie nur freigebe, wenn Sie ein gutes Haus gefunden haben, und dabei bleibt es.« Er strich Liddy über den feisten Arm. »Miss Golding wird Sie entweder alle übernehmen oder keine.«

Olivias Augen ruhten ungläubig auf seinen. »Wir dürfen zusammenbleiben?«

»Auf jeden Fall«, erwiderte Georg und wandte sich wieder Liddy zu. »Mag sein, dass es in vielen Bordellen dicke Frauen gibt, aber keine mit so vielen Stammkunden, die Sie bereits seit

Jahren aufsuchen.« Er zwinkerte. »Das hat mir Willie Blackmore erzählt.«

»Mein kleiner Postbeamter.« Liddys Miene erhellte sich.

Dann drehte sich Olivia zu ihm um. Ihre Augen wirkten im Morgenlicht noch dunkler. »Weiß Miss Laura von dem Kind?«

»Nein«, erklärte er sanft, »ich halte es für klüger, wenn sie Sie zunächst kennenlernt. Sollte sie Interesse zeigen, reden wir gemeinsam mit ihr, einverstanden?«

»Gut.« Ihre Stimme bekam einen warmen Klang. »Schade, aus Ihnen ist eine wirklich gute Madame geworden. Es tut mir nur leid, dass wir keinen Ersatzpianisten finden konnten.«

»Was soll's, darauf kommt es jetzt auch nicht mehr an«, erklärte Georg trocken und klatschte in die Hände. »Machen Sie sich nachher ein wenig fein und zeigen Sie sich bitte von Ihrer besten Seite.«

Jessi trat auf ihn zu, schob ihren geschlitzten Rock bis zum Oberschenkel hoch und strich ihm über die feinen Härchen an seinem Nacken. »Ist es so recht, Madame?«

Als sie seine verdutzte Miene bemerkte, entfernten sich die Frauen kichernd, und er blickte ihnen amüsiert nach.

Pünktlich um zwei betrat Laura Golding das Female Boarding House und eilte Georg entgegen, der sich unauffällig die feuchten Hände an der Hose abwischte.

»Hübsch haben Sie es hier, Mister Breitenbach«, begrüßte sie ihn mit diesem charmanten Lächeln, dem gewiss schon viele Männer verfallen waren.

Er bot ihr Tee und Likör an, sie nahm dankend an und suchte seinen Blick. »Wäre es möglich, einzeln mit den Kandidatinnen zu sprechen?«

»Natürlich. Die Damen erwarten Sie in ihren Kammern. Ihre Namen finden Sie an den Türen.« *Die Frau hat Klasse*, durchfuhr es Georg fasziniert. »Haben Sie denn bereits ein geeignetes Haus für Ihr Etablissement gefunden?«, wollte er wissen, als sie einen kurzen Blick auf die Buchhaltung warf.

»Oh, habe ich das nicht erwähnt? Ja, Mister Breitenbach, mir gehört seit Kurzem das Haus mit den Türmchen und den Stallungen am Anfang der Main Street.«

Miss Laura plante, auf dem Grundstück zusätzlich einen Saloon bauen zu lassen, mit guter Küche und dem besten Whisky weit und breit. »Einen Ort, an dem sich jeder wohl-fühlt.« Sie tippte auf die Akte auf ihrem Schoß. »Ihre Damen werden wöchentlich untersucht, ich bin beeindruckt. Sie machen mich neugierig.«

Damit ging sie zur ersten Tür. Georg lief indes auf und ab, schickte ein Stoßgebet zum Himmel und beäugte die Zeiger seiner Taschenuhr, die sich kaum zu bewegen schienen.

Eine Weile später saßen sie wieder beieinander, und Georg zwang sich stillzusitzen.

»Die vier gefallen mir«, sprach Miss Laura die erlösenden Worte. »Sie wissen genau, wie sie die Männer zu nehmen haben. Sie sind reizend, besonders Olivia hat es mir angetan.«

Georg atmete auf. »Das freut mich sehr.« Der Augenblick der Wahrheit war gekommen, und er erzählte ihr ohne Umschweife von Olivias Schwangerschaft.

Miss Laura hörte ihm aufmerksam zu. »O je, die Ärmste.« Sie schlug die langen Beine übereinander. »Aber auch für das Problem finden wir eine Lösung. Ich könnte mir beispiels-weise vorstellen, dass sich Olivia, bis sie wieder arbeiten kann, als meine linke Hand um einen reibungslosen Ablauf und den Einkauf kümmert.« Als Georg nicht reagierte, fuhr sie fort. »Der Schutz und die Sicherheit stehen für mich an oberster Stelle, und Schwangere sollten von Liebesdiensten ausgeschlos-sen sein. Wer sagt uns denn, dass wir damit uns oder sogar dem Ungeborenen keinen Schaden zufügen?«

Dem konnte Georg nur beipflichten, und er bat die vier Damen, sich zu ihnen zu gesellen.

Miss Laura blickte sichtlich zufrieden in die Runde. »Können Sie sich vorstellen, ab September für mich zu arbeiten? Die Bedingungen von Mister Breitenbach bleiben bestehen. Ich verspreche Ihnen, Sie werden es nicht bereuen. Wir können gute Freundinnen werden, wenn Sie zustimmen.«

Die Frauen tauschten einen fragenden Blick und nickten. »Wenn unsere Madame Ihnen vertraut, werden wir es auch«, warf Jessi schließlich ein.

»Was ist mit mir?«, warf Olivia leise ein. »Madame hat Ihnen sicher alles berichtet.«

Miss Laura trat auf die Mexikanerin zu und schloss sie zu Georgs Überraschung in die Arme. »Das gilt speziell für Sie. Alles wird gut.«

Georg hätte jubeln mögen.

Nachdem sich die Frauen zurückgezogen hatten, besprachen Miss Laura und er noch die Details und wurden sich rasch einig. Es war kurz vor drei Uhr, da verabschiedete sie sich mit festem Händedruck.

»Jetzt freue ich mich umso mehr, da ich die passenden Damen gefunden habe.« Ihre langen Wimpern warfen Schatten, als sie seine Hand einen Moment länger festhielt als nötig. »Kommen Sie doch mal auf ein Gläschen abends bei mir vorbei. Ich bin noch neu in Rico und mir fehlt Gesellschaft.«

»Sehr gern«, erwiderte Georg warm.

Die ersten Freier betraten das Etablissement, und der Tag nahm seinen Fortgang. Ohne es näher zu begründen, hatte er Levy gebeten, am Abend, bevor sich das Haus erneut füllte, ein Festmahl zu kochen. Daraufhin hatte der Junge einen Eintopf mit Lammfleisch und viel frischem Gemüse zubereitet, vielleicht nicht das Richtige im Hochsommer, aber sehr schmackhaft. Danach unterhielten sich die vier Frauen angeregt im Flüsterton, und Georg ging zu Levy in die Küche und beobachtete, wie er mit verkniffener Miene Töpfe und Pfannen schrubbte, bis sie glänzten.

»Hast du etwas?«, fragte Georg, nachdem Levy weiterhin beharrlich schwieg.

»Was wird aus mir, wenn … unsere Frauen aus dem Haus gehen?«

Unsere Frauen. Gerührt klopfte Georg ihm auf die Schulter.

»Ist nicht schlimm, Mister Breitenbach.« Levy mied seinen Blick. »Sie brauchen sich keine Gedanken zu machen. Ich schlage mich schon durch.«

Georg nahm ihm einen eisernen Topf aus der Hand und stellte ihn auf den Tisch. »Wieso sagst du das, muss ich mir etwa ein neues *Mädchen für alles* suchen?«

»Das brauchen Sie jetzt nicht mehr.« Levy sah zu ihm auf, machte sich mit aufeinandergepressten Lippen von ihm frei und fuhr mit dem Aufräumen fort.

Georg verfolgte seinen Eifer mit vor der Brust verschränkten Armen. »Das ist richtig. Aber ich habe nicht vor, hier in Zukunft allein zu leben. Ich möchte das Haus zur Pension umbauen und dachte, ich kann auf dich zählen.«

Levy fuhr herum. »Eine Pension mit vier Fremdenzimmern? Und was wird aus dem Empfangsraum?«

»Den könnte ich in einen Frühstücksraum umfunktionieren, und abends gebe ich dort Klavierabende, dann allerdings für Liebhaber guter Musik.« Georg schüttelte ihn leicht. »Damit aber mein Traum Wirklichkeit wird, brauche ich jemanden wie dich, auf den ich mich verlassen kann.«

»Wenn das so ist.« Levy strahlte wie die Sonne selbst. »Dann möchte ich gern bei Ihnen bleiben.«

»Das freut mich. Wir sehen uns morgen, Junge.«

Georg kehrte zum Empfangsraum zurück. Es wurde Zeit, sich an den Flügel zu setzen und die Wartenden zu unterhalten. Doch an jenem Abend tat er es mit einem feinen Lächeln. Er rückte die gerahmte Fotografie von Funny Breitenbach zurecht, damit er sie beim Spielen betrachten konnte, warf dem Anhänger mit dem weißen Ahorn einen zufriedenen Blick zu und schlug den ersten Akkord an.

Kapitel 27

Rosa
Cortez, 20. August 1883

Florence hatte sich angeboten, ihr vor dem Mathematikunterricht bei der Pfirsichernte zu helfen, während Rosa auf eine Leiter stieg, um die herrlich duftenden Pfirsiche zu pflücken. Zugegeben, die Ausbeute war mäßig, aber die ersten Früchte in Händen zu halten, bestärkte sie in ihrer Entscheidung, den Bäumen durch angemessene Pflege wieder zu neuem Leben zu verhelfen.

Ohne ihre Arbeit zu unterbrechen, behielt sie den Sandweg im Blick. Wendelin war bei Sonnenaufgang zum Mercantile nach Big Bend gefahren, um ihr Gemüse zu verkaufen. Normalerweise war er zu dieser Zeit längst zu Hause. Unruhe ergriff sie.

Die Sonne blendete, ihre Freundin auf der anderen alten Holzleiter schien es nicht zu stören. Sie trällerte eine alte Volksweise und fuhr unverdrossen mit der Ernte fort. Ihr Gesang verband sich mit dem Läuten der Schulglocke, die zum Mittagessen rief, das die frühere Hilfsschwester Christine und ihre Tochter Agnes, von der ihr Tante Funny in einem ihrer Briefe berichtet hatte, täglich wie selbstverständlich für die Schüler zubereiteten. Rosa empfand Sympathie für Agnes, wenngleich sie ein völlig anderes Leben führte. Sie war mit Ernst Gerlach verheiratet, einem früheren entfernten Bekannten, den sie vor drei Jahren in Cortez geheiratet hatte, und erwartete ihr zweites Kind. Rosa befremdete es stets, wenn sie ihren Mann siezte, ihn mit »Herr Gerlach« ansprach und auch in dieser Form von ihm sprach. Offenbar war die förmliche Anrede auf dem Land und in Kleinstädten des Kaiserreichs immer noch üblich. Agnes ordnete sich ihm unter und stellte seine Rolle auch nie infrage. Einmal mehr fühlte Rosa Dankbarkeit, dass ihr Vater Ähnliches nie von ihr erwartet hatte. Für sie käme eine Ehe wie die von Agnes und Ernst nie in Betracht, da zog sie ein Leben in Freiheit vor.

Christine und Agnes winkten ihr zu, und sie erwiderte den Gruß. In Cortez packte jeder mit an. Andere Nachbarn hatten den Kindern warme Kissen für den Klassenraum genäht, denn der Kaminofen wurde voraussichtlich erst im Oktober eingebaut, wenn die Morgentemperaturen bis knapp über den Gefrierpunkt sanken. Die Unterstützung der Siedlerfamilien berührte Rosa, nie hatte sie einen Zusammenhalt wie diesen erlebt.

»Ich komme gleich wieder«, sagte sie zu Florence, als sie fertig war, und verteilte Pfirsiche an ihre Schüler. Die Kinder klatschten begeistert. Sie konnten nicht ahnen, was es für Rosa bedeutete, ihren großen Traum von einer eigenen Schule verwirklicht zu haben. Gewiss, es fehlte noch hier und da an Kleinigkeiten, aber es war ihr bereits jetzt eine große Befriedigung zu wissen, dass sie ihren Einwandererkindern die Möglichkeit für ein besseres Leben eröffnete. Die Verwirklichung ihres Traumes von einer Schule, in der sie jeden willkommen hieß, gleich welcher Herkunft oder Hautfarbe, schien jedoch in weite Ferne gerückt. Wie naiv sie gewesen war! Einzig die christlichen Eltern hatten ihre Kinder angemeldet, die beiden jüdischen Paare unterrichteten ihre Sprösslinge selbst.

Rosa kehrte an ihre Arbeit zurück, lehnte die Leiter nun auch gegen einen Apfelbaum und griff nach der ersten Frucht. Dann schirmte sie mit der Hand die Sonne ab und spähte zum Sandweg. »Wo Wendelin nur bleibt? Es ist schon nach eins.«

»Wendelin, immer nur Wendelin.« Florences tiefes, gurgelndes Lachen wirkte ansteckend, aber heute konnte sie an ihrem Kommentar nichts Komisches finden.

»Röschen, du starrst seit einer geschlagenen Stunde auf den Weg«, meinte Florence ungerührt, »als würde es an der Warterei etwas ändern.«

»Unsinn.« Rosa drehte ihr den Rücken zu. »Ich mache mir eben Sorgen. Du weißt, was einem hier alles zustoßen kann.«

»Das habe ich schon öfter von dir gehört. Ich glaube dir kein Wort.« Die Freundin klemmte sich den gefüllten Korb unter den Arm, stieg von der Leiter, kniff ihr kichernd in die Wange und wischte ein paar Blätter von ihrer Hose, mit der sie seit einiger Zeit jede Menge Aufsehen erregte.

»Ich verstehe nicht, was das Getue soll«, hatte sie vor ein paar Wochen zu Rosa gesagt, als sie die neue Hose stolz präsentiert hatte. »Schuften wie ein Mann dürfen wir, dagegen hat niemand etwas. Aber Hosen anziehen sollen wir nicht, obwohl sie um Längen bequemer sind als die dämlichen Kleider, die einem bei jeder Bewegung im Wege sind. Die Leute können mir den Buckel runterrutschen.«

Rosa fand, das hätte Florence nicht treffender formulieren können. Daraufhin war sie ihrem Beispiel gefolgt, hatte sich ebenfalls eine Hose genäht und die missbilligenden Blicke der Siedler geflissentlich ignoriert.

»Nimm es mir nicht übel, Röschen.« Florence ging zur Terrasse und füllte die Äpfel aus ihrem Korb in die größeren Behältnisse, die auf dem Terrassentisch standen. Immerhin hatten sie heute drei große Holzkisten bis zum Rand voll mit Äpfeln und eine mit Pfirsichen gepflückt. »Du weißt, was ich

297

von den meisten Mannsbildern halte, aber dein Wendelin ist ein Prachtkerl. Man sieht sich.« Pfeifend ließ Florence sie stehen, wischte sich die Hände an einem Tuch ab und sprang behände über den Zaun, der ihre Grundstücke trennte.

Irritiert rief Rosa ihr einen Dank nach und dachte über Florences Bemerkung über *ihren* Wendelin nach. Rosa fand es schlimm genug, dass ihr Herz höher schlug, befand er sich nur in ihrer Nähe. Warum ausgerechnet Wendelin, der beinahe ihr Vater sein könnte und sie besser kannte als sie sich selbst? Ihre Schwäche für ihn sollte für immer ihr Geheimnis bleiben. Umso ärgerlicher, dass Florence sie durchschaut hatte.

Florence. Zu Hause in Berlin hatte sich Rosa immer für mutig und entschlossen gehalten. Blickte sie jedoch zurück, erschien es ihr leicht, sich im sicheren Gefüge einer liebevollen Familie mutig zu fühlen. Seit sie die Freundin kannte, wusste sie, was Mut wirklich bedeutete. Florence, die ihre Rinder wie eigene Kinder behandelte, sie jedoch auch eigenhändig schlachtete, wenn es notwendig war. Die flinke Jägerin, die mit ihrer schlagfertigen Art jeden Mann in die Schranken zu weisen verstand. Aber das Land hatte ihnen im vergangenen Jahr eindrücklich bewiesen, dass niemand ohne fremde Hilfe überleben konnte, selbst Florence nicht, die auf ihre Eigenständigkeit immer besonderen Wert gelegt hatte.

Hinter ihr raschelte es. Rosa drehte sich vorsichtig auf der Leiter um und erhaschte einen kurzen Blick auf einen schlaksigen Jungen mit bloßem Oberkörper und langen Hosen, an dem ein prall gefüllter lederner Beutel hing. Mit einem Satz sprang er ins Unterholz und entzog sich ihrer Sicht.

Rosa blinzelte zum Tisch hinüber. Eine Kiste mit Äpfeln hatte sich sichtlich geleert.

So ein Flegel! »Hat dir niemand beigebracht, dass man seine Nachbarn nicht bestiehlt?«, rief sie ihm aufgebracht nach.

Doch einzig das Geräusch des Windes, der sich in den Ästen der Bäume fing, antwortete ihr.

Ihr Herz raste, und weil sich ihre Knie auf einmal weich wie Butter anfühlten, stieg sie von der Leiter und nahm auf der Terrasse Platz. Das Leben in der Wildnis hatte ihr Gehör geschult, in diesem Moment zweifelte sie jedoch an ihren neu erworbenen Fähigkeiten. Wieso hatte sie ihn nicht rechtzeitig bemerkt? Rosa starrte in die Richtung, in der der Indianerjunge verschwunden war.

Kaum hatte sich ihr Herzschlag wieder beruhigt, entdeckte sie in der Ferne einen sich rasch nähernden dunklen Punkt.

Schon erkannte sie die hochgewachsene Person auf dem Karren und sprang auf.

Freudig eilte sie dem Fuhrwerk entgegen. Wendelin sprang vom Karren und sie fiel ihm erleichtert in die Arme. »Himmel, da bist du ja endlich! Ich dachte schon, es wäre unterwegs etwas passiert.«

»Hoppla, welch schöne Begrüßung.« Lächelnd gab er sie frei. »Damit hast du ganz richtig gelegen. Adams Stute ist mit dem Karren durchgegangen. Ich habe ihm geholfen, sie wieder einzufangen.«

Sie sah zu ihm auf, und sein Lächeln fand in ihrem Inneren ein Echo.

Während sie die Einkäufe ins Haus brachte, beobachtete sie aus den Augenwinkeln, wie Wendelin dem Maultier über den Hals strich, es abspannte und in den Unterstand führte.

Sein schelmisches Zwinkern, als er ihre Blicke bemerkte, brachte sie aus der Fassung.

»Ich hoffe, hier war alles friedlich?«, wollte er wissen, nachdem er sich gewaschen und umgezogen hatte und sie mit einem Glas Limonade auf der Terrasse saßen.

Rosa schielte zu den Obstkisten vor der Tür. »Der Tag wäre friedlicher verlaufen, hätten wir keinen Apfeldieb in der Nähe.« Daraufhin schilderte sie Wendelin, was sich zugetragen hatte.

Er reagierte mit der gleichen Verwirrung, die auch sie empfunden hatte.

»Der Indianerjunge hätte ebenso gut im Haus unsere Vorräte stehlen können. So weit hat er sich zum Glück nicht vorgewagt«, ergänzte Rosa. »Er muss hungrig gewesen sein, das ist die einzig vernünftige Erklärung.«

Wendelin schüttelte den Kopf. »Ich weiß nicht, Rosa. Das ergibt keinen Sinn, zumal Indianerstämme üblicherweise in größeren Gruppen auf Beutezüge gehen. Vielleicht war es eine Mutprobe oder etwas in der Art.«

»Das glaube ich nicht. Er war allein, anderenfalls hätte ich es gespürt.« Gedankenversunken drehte sie ihr Glas zwischen den Fingern. »Der Diebstahl war nicht geplant, sonst hätte er mehr mitgenommen.« *Ich werde ihm einfach öfter etwas Obst auf die Terrasse legen*, überlegte sie. *Dann werden wir ja sehen.*

»Bestimmt ein Dummejungenstreich.« Damit schien für ihn das Thema beendet, denn er reichte ihr ein Kuvert. »Ich habe noch etwas für dich.«

Freudig riss Rosa das Kuvert auf und las das Telegramm ihres Vaters vor.

Hier ist alles bestens. Vanda passt gut zu Theodor.
Sie heiraten nächstes Jahr. Felix wirkt viel
glücklicher.

Wendelin stieß einen anerkennenden Pfiff aus. »Euer Vater scheint sich verändert zu haben, die Krankheit macht ihn milde. Oder hättest du dir noch vor einem Jahr vorstellen können, dass er Vanda akzeptiert? Sie muss Eindruck bei ihm hinterlassen haben.«

»Obendrein hat er Theodor sogar die Leitung der Fabrik übergeben«, sagte Rosa nachdenklich. »Wenn sein schwaches Herz etwas Gutes bewirkt haben sollte, dann dies.«

Wendelins Blick ruhte auf ihr, als er nach ihrer Hand griff und sie mit seiner umschloss. »Das ist aber noch nicht alles. Sieh dich nur an, Rosa. Dank dir bekommen die Kinder unserer Siedlung eine Schulausbildung. Ohne deine Beharrlichkeit wäre das nie geschehen. Du hast etwas erreicht, wofür dir hier jedermann dankbar ist.«

Die Wärme seiner Hand übertrug sich auf ihre. Zum ersten Mal seit Langem war sie sprachlos.

»Rosa«, fuhr er weich fort, »deine Familie weiß sehr wohl, dass du deine Träume in Berlin niemals hättest umsetzen können.«

Sie schluckte und hob die Schultern. »Ich hoffe, sie betrachten mich nicht als fahnenflüchtig oder undankbar.«

Wendelin lachte leise. »Nein, bestimmt nicht. Du baust nun in Cortez dein eigenes kleines Imperium und führst fort, wofür eure Familie steht. Sie sind bestimmt sehr stolz auf dich. Und ich bin es auch und freue mich, dass ich ein Teil deines neuen Lebens sein darf.« Zart strich er ihr über die Wange, und Rosa ließ es reglos geschehen. »Darf ich dich am Sonntag zum Tanzen ausführen?«, fragte er nach einer schier endlosen Pause.

Rosa versteifte sich. »Zum Tanzen? Wieso denn das?« Das Gespräch nahm eine gefährliche Wendung. Es wäre klüger, jetzt aufzustehen und sich wieder an die Arbeit zu machen. Aber sie fühlte sich plötzlich wie auf der Bank festgewachsen. Die Vorstellung, sich mit ihm im Rhythmus der Musik zu wiegen, war verlockend, sehr verlockend sogar. Wahrscheinlich suchte er lediglich ein wenig Zerstreuung vom harten Arbeitsalltag. Etwas Musik und Tanz, was war schon dabei? Für Rosa stellte sich jedoch die Frage, wie sie am nächsten Tag zur Normalität zurückkehren sollte, wenn sie einmal gespürt hatte, wie es sich anfühlt, von ihm gehalten und gewiegt zu werden. *Pass auf dein Herz auf,* raunte eine Stimme in ihrem Inneren.

»Anlässlich der Taufe von Adams Enkelsohn werden sie eine Feier veranstalten«, sagte Wendelin weich, »und wir sind eingeladen. Sie haben sogar eine Musikkapelle engagiert.« Sein Gesicht kam ihrem plötzlich ganz nahe. »Ich hätte es dir schon längst sagen müssen. Mir fehlte der Mut, aber seit einiger Zeit habe ich das Gefühl, dass sich etwas zwischen uns verändert hat.« Er schien sich zu sammeln. »Ich möchte um dich werben, wie es sich für einen Mann gehört, der die Frau, die er liebt, heiraten, und bei Herrn Breitenbach um deine Hand anhalten will.«

Lange Zeit starrte sie, unfähig zu sprechen, auf seinen Mund, während seine Worte in ihr nachhallten. Ihr Puls raste. »Unsinn, Wendelin. Du liebst mich wie ein Bruder, weil ... du mich großgezogen hast«, gelang es ihr schließlich zu antworten.

Wendelin strich ihr eine Strähne aus der Stirn. »Du irrst dich, Rosa. Ich liebe dich schon seit vielen Jahren.«

Auf einmal stand ihr wieder jene Szene vor Augen, in der sie ihrer Familie versichert hatte, sich in Colorado ein neues Leben aufbauen zu wollen. Sie hörte erneut Wendelins klare Stimme. *Ich möchte Rosa begleiten.* Da waren die vielen kleinen Gesten, seine Blicke. Die Erkenntnis kam schlagartig. »Du bist meinetwegen ausgewandert?«

»Ja.« Er räusperte sich. »Ich würde mein Leben für dich hergeben.«

Sie erhob sich ruckartig und kehrte ihm den Rücken zu.

Mit wenigen Schritten war er bei ihr und strich über ihre Arme. »Verzeih, wenn ich mich ungeschickt anstelle. Ich habe ... so etwas noch nie gemacht. Natürlich, wenn du mich nicht willst ... Du wolltest nie einen Mann. Ich verstehe das ...«

Ihre Blicke fanden sich.

»Ich wollte nie einen Mann, der mich nur gut leiden kann, und schon gar keinen, für den ich nur Mittel zum Zweck bin«, stellte Rosa schließlich richtig.

Sie wusste selbst kaum, wie es geschah, warum sie sich umdrehte, ihre Arme um seinen Hals legte und ihr Mund den seinen suchte, als führte ihr Körper ein Eigenleben.

Ein Schluchzen stieg ihr in die Kehle, als er sie an sich zog.

»Du hast mich also auch lieb?«, raunte er ihr nach einem langen, zärtlichen Kuss ins Ohr.

»Ja, das habe ich, sehr sogar.« Rosa lehnte sich leicht gegen ihn und atmete tief. Sie entsann sich nicht, wann sich ihre Gefühle für ihn gewandelt hatten, wann sie angefangen hatte, den Mann in ihm zu sehen, dem ihr Herz gehörte. Als sie sich von ihm löste, wurden ihre Augen feucht. »Du bist nicht irgendein Mann, Wendelin. Du hast mich immer akzeptiert und geachtet, wie ich bin. Leider habe ich es erst spät begriffen, dass es immer nur dich gegeben hat.«

Wendelin zog mit seinen Fingern die Linien ihres Gesichts nach. »Besser spät als nie. Ich frage mich nur, ob dein Vater mit mir einverstanden sein wird.«

Rosa küsste lachend seine Nasenspitze. »Du bist wahrscheinlich der einzige Schwiegersohn, mit dem er glücklich wäre.«

Wortlos hielt er sie umfangen. Mit geschlossenen Lidern genoss sie seine Wärme und sog seinen typischen Duft in sich auf. Als sie die Augen öffnete, wünschte sie, diesen Moment für immer einfangen zu können.

Eng umschlungen schmiedeten die beiden Zukunftspläne.

»Ich bin nur traurig, dass Vater und Theodor nicht bei unserer Trauung dabei sein können«, gestand Rosa und fragte sich mit bangem Herzen, wann sie die beiden wohl wiedersehen würde.

»Ich auch, mein Liebes«, antwortete Wendelin. »Aber wir schicken ihnen ein paar Fotografien, und wenn wir sie eines Tages besuchen, feiern wir ein rauschendes Fest.«

Sie lächelte. »Das ist eine schöne Idee.«

Eine weitere Stunde verging, in der Rosa den Maulesel versorgte und Wendelin ihnen ein schlichtes, aber schmackhaftes Abendessen zubereitete.

Einträchtig verfolgten sie eine Weile später, wie die Schatten der Cottonwood Trees länger wurden.

»Sieh nur!«, rief Wendelin. »Da kommt jemand!« Er wies mit ausgestrecktem Zeigefinger zum Sandweg, an dem sich eine dunkle Gestalt gegen die Nachmittagssonne abzeichnete.

»Wer kann das sein?«

»Ich schlage vor, wir sehen nach«, meinte er und zog sie auf die Füße.

Keine zwanzig Schritte weiter breitete die Gestalt mit dem hellen Haar die Arme aus. Da erkannte sie ihn.

»Georg!«, schrie sie mit sich überschlagender Stimme.

Unversehens fühlte sie sich in seiner warmen Umarmung wieder. Ihr Bruder wirbelte sie herum, bis sie ihn kichernd anflehte aufzuhören.

Sie musterte ihn. Monatelang hatten sie einander nicht gesehen. Ihr Bruder war wegen der Fabrik unabkömmlich. Wendelin und sie hatten ebenfalls nicht gewagt, das Land zur Erntezeit tagelang unbeaufsichtigt zu lassen.

»Gut siehst du aus, Brüderchen«, sagte sie atemlos. »Aber wieso hast du mir nicht verraten, dass du kommst?«

Er küsste ihre Wange. »Ich wollte dich überraschen.«

Wendelin beobachtete die beiden sichtlich zufrieden. »Ich dachte schon, du kommst nicht mehr, Georg.« Er wandte sich Rosa zu. »Ich war in seinen Plan eingeweiht.«

In gespielter Entrüstung stemmte Rosa die Hände in die Hüften. »Ich wusste gar nicht, dass ihr so hinterhältig sein könnt.«

»Also, mir gefällt es«, erwiderte ihr Bruder augenzwinkernd.

Nachdem sie ihrem Gast Plantage und Kate gezeigt hatten, sogen sie den Ausblick auf den Tafelberg mit seinem wechselnden Farbspiel sowie den des Ute Mountain zu ihrer Rechten in sich auf.

Der Wapitihirsch erschien diesmal in Begleitung zweier Kühe und eines Jungtieres, und Georg konnte kaum den Blick von dem abendlichen Schauspiel wenden.

»Ihr habt ein wunderschönes Stück Land gewählt. Wie friedlich es hier ist.«

Sie sah ihren Bruder liebevoll an und schmunzelte. »Es gibt bei uns eine Menge wilder Tiere, von denen ich dir aber nicht mehr verrate, sonst verderbe ich dir den ersten friedlichen Eindruck und du nimmst Reißaus. Aber erzähl, was gibt es Neues in der Fabrik und in Tante Funnys Haus?«

Georg lächelte. »Ihr werdet es nicht glauben, meine Damen haben das Haus verlassen und arbeiten ab sofort für Laura.«

»Laura?«, wiederholte Wendelin gedehnt. »Das klingt, als würdest du sie gut kennen.«

»Nun ja«, Georgs Züge wurden weich. »Sie heißt Laura Golding. Wir sind in den letzten Wochen Freunde geworden und treffen uns des Öfteren. Wenn ihr mich besucht, mache ich euch miteinander bekannt.«

Wendelin, der neben ihm saß, knuffte ihn in die Seite. »Sag nicht, sie hat dir den Kopf verdreht.«

Georg wehrte ab. »Um Himmels willen. Aber sie ist eine gebildete und warmherzige Person, die das Leben in vollen Zügen genießt. Das gefällt mir.«

Rosa betrachtete ihren Bruder nachdenklich. »Das klingt sympathisch. Wann beginnst du mit dem Umbau zur Pension?«

»Voraussichtlich nächsten Monat. Nichts soll mehr an das Bordell erinnern. Dennoch brauchen Levy und ich eine zusätzliche Kraft, die das Haus in Ordnung hält.« Er sah von einem zum anderen. »Ich möchte nicht wie Vater enden, der nur für das Unternehmen gelebt hat, bis ihn seine Krankheit zur Umkehr zwang.«

»Das verstehe ich«, warf Wendelin ein und klopfte Georg auf die Schultern. »Manchmal ändern nur wenige Momente ein ganzes Leben.«

Georgs Blick wanderte von einem zum anderen. »So philosophisch kenne ich dich ja gar nicht. Meinst du damit etwas Bestimmtes?«

Wendelin legte den Arm um Rosas Taille und küsste ihre Stirn. »Durchaus. Wir möchten noch in diesem Jahr heiraten und wünschen uns dich als Trauzeugen. Was sagst du dazu?«

Georg wurde erst blass, dann breitete sich ein Strahlen auf seinem Gesicht aus. »Liebend gern! Hast du dir also endlich ein Herz gefasst?«

»Du hast es gewusst?«, stieß Rosa verblüfft aus.

Georg lachte. »Wer mit offenen Augen durch die Welt läuft, sieht, dass er dich vergöttert und ihr zusammengehört.«

Er zog Rosa an sich. »Du hast den besten Mann der Welt gewählt. Ehrlich gesagt war ich nach unserer Ankunft recht zuversichtlich, dass aus euch beiden ein Paar wird. Immerhin wohnt ihr seit einem Jahr sozusagen Wand an Wand. Inzwischen hatte ich meine Hoffnung fast begraben.« Georg machte sich von ihr frei, schnäuzte sich geräuschvoll und griff nach Wendelins und Rosas Hand.

»Was für ein wundervoller und denkwürdiger Tag. Auf meine mutige und unerschrockene Schwester. Auf dich, Wendelin, weil du sie lieben und beschützen wirst, und auf den weißen Ahorn.«

NACHWORT

Über eine Million Auswanderer haben sich in den 1880er-
und 1890er-Jahren aus unterschiedlichen Gründen auf die
beschwerliche Überfahrt nach Amerika gemacht. Viele flohen
vor Verfolgung oder Arbeitslosigkeit, andere suchten ihr Glück
im Land der unbegrenzten Möglichkeiten. Unter ihnen befand
sich auch eine beträchtliche Anzahl von Pionierinnen, die in
die Wildnis auswanderten. Ich habe mich gefragt, was Frauen
dazu trieb, ein Leben voller Entbehrungen und harter körper-
licher Arbeit zu wählen. Zu meinem Erstaunen waren es bei
Weitem nicht nur Witwen, sondern gestandene Frauen, die ihre
Männer verließen, um ein selbstbestimmtes Leben zu führen.
Das Thema hat mich derart fasziniert, dass ich ihnen einen Teil
meiner Geschichte gewidmet habe.

https://www.planet-wissen.de/kultur/nordamerika/frauen_
im_wilden_westen/index.html

Die Idee, einen meiner Hauptprotagonisten in die unglückliche Position einer Madame zu stellen, keimte bei mir früh.
Womöglich haben Sie beim Lesen dieser Passagen gefragt, ob
es sie tatsächlich gegeben hat. Ganz klar ja! Natürlich handelt
es sich bei den Männern um Ausnahmeerscheinungen. Beim
Recherchieren stieß ich durch die Hilfe einer Freundin auf eine

Lektüre über die Upstairs Girls im Wilden Westen und fand ein Foto einer männlichen Madame in Begleitung seiner Dirnen, der sich gegen ein Klavier lehnt. Die etwas unglückliche Miene des jungen Mannes war es, die mich dazu brachte, dem konservativ erzogenen und schüchternen Georg diese Aufgabe zu überlassen.

Mir macht es immer Freude, historisch belegte Persönlichkeiten in meine Romane einfließen zu lassen, wobei ich zugeben muss, dass sie mir bei der Recherche zu diesem Buch sozusagen von selbst über den Weg gelaufen sind, weil sie sich tatsächlich in jener Zeit dort aufgehalten haben.

Dabei ist Mary Fields wohl eine der schillerndsten Persönlichkeiten, auch Kutschen-Mary genannt, die sich weder um Geschlecht und Rasse noch Benimmregeln scherte und dabei dennoch stets ein großes Herz bewies.

Nähere Informationen über diese bemerkenswerte Frau finden Sie hier:

https://en.wikipedia.org/wiki/Mary_Fields
http://www.badassoftheweek.com/fields.html

Meine Miss Laura hat eine weitere schillernde Persönlichkeit zum Vorbild. Ihr wahrer Name lautete Laura Evans; sie gehörte zwischen den 1890er- und 1950er-Jahren zu den bekanntesten Madames ganz Colorados und war dabei eine ebenso interessante wie vielschichtige Frau, die in zahlreichen Interviews freimütig aus ihrem bewegten und teils auch amüsanten Leben berichtete.

https://www.salidalibrary.org/laura-evans/

Der Gastronom Heinrich Wielert, bei dem Rosa und Georg in meiner Geschichte arbeiten, ist ebenfalls eine historisch belegte

Persönlichkeit. Der Hannoveraner eröffnete »Wielerts Café« im Jahre 1873 in Cincinnati.

Die Kolonialwaren-, Wein- und Butterhandlung August Schach dient mir als Beispiel für typische Ladengeschäfte des 19. Jahrhunderts. Erstmals tauchte die »Colonialwarenhandlung August Schach« 1882 am Tempelhofer Ufer 14 in Berlin-Kreuzberg auf. Zu dieser Zeit gehörte er zu den rund neunhundert »Kolonialwaren-Detailgeschäften«, die im Berliner Adressbuch von 1882 verzeichnet waren. Verkauft wurden Zucker, Salz, Reis, Nudeln, Grieß, Senf, Essig, Öl, Margarine, Gewürze, Süßigkeiten, Kaffee, Tee, Artikel für die Körperpflege, Tabak und Zigaretten, Gummi und Petroleum.

Sicher sind die Kuriositätenkabinette dem einen oder anderen von Ihnen bekannt. Als ich mich dazu entschied, eine derartige Show auf dem Überseeschiff veranstalten zu lassen, und näher in die Materie eintauchte, war ich entsetzt und fühlte mich für die armen entstellten Menschen beschämt. Tagtäglich hatten sie Spott und wüste Beschimpfungen zu ertragen. Schlussendlich festzustellen, dass diese Freakshows ihre einzige Möglichkeit waren, auf eigenen Beinen zu stehen, hat mich ein paar schlaflose Nächte gekostet.

Das Vergnügungslokal »Neue Welt« am Ostende der Hasenhaide in Berlin-Kreuzberg war tatsächlich lange Zeit in aller Munde. Weiterführende Informationen finden Sie hier: https://de.wikipedia.org/wiki/Hasenheide_(Stra%C3%9Fe)

Der Advokat Professor Salzmann erwähnt den Paragrafen 175: »*Die widernatürliche Unzucht, welche zwischen Personen männlichen Geschlechts oder von Menschen mit Thieren begangen wird, ist mit Gefängniß zu bestrafen; auch kann auf Verlust der bürgerlichen Ehrenrechte erkannt werden.*«

Hierbei handelt es sich um ein wörtliches Zitat aus dem Strafgesetzbuch, das hier nachzulesen ist: https://de.wikipedia.org/wiki/%C2%A7_175

In meiner Geschichte ist Hermann Breitenbach zu einem Empfang beim Botschafter eingeladen. Dieser Termin ist für den 15. Mai 1883 überliefert, an dem ein Friedens-, Freundschafts- und Handelsvertrag zwischen dem Königreich Madagaskar und dem Deutschen Reich unterzeichnet wurde.

http://www.documentarchiv.de/ksr/1883/konvention_deutsches-reich-madagaskar.html

MEINE WICHTIGSTEN QUELLEN

In die neue Welt – von Bremerhaven nach Amerika. Atlantiküberquerung im 19. Jahrhundert und die Bedingungen an Bord der Schiffe – Tanja Fittkau, ISBN 3-8382-0151-5, Ibidem-Verlag, 2010

Upstairs Girls, Prostitution in the American West – Michael Rutter, ISBN 978-1-56037-357-5, Farcountry Press, 2005

Shalom, Amerika! Die Geschichte der Juden in der Neuen Welt – Arthur Hertzberg, ISBN 3-926901-48-9, Knesebeck Verlag, 1992

Aufbruch in die Neue Welt, 1848. Vom Heuberg nach Amerika – Daniela Mattes, ISBN 3-939698-78-4, ASARO Verlag, 2009

Herrliche Zeiten. Die Deutschen und ihr Kaiserreich – S. Fischer-Fabian, ISBN 3-426-26099-9, Droemer Knaur, 1983

Das Tagebuch der Mattie Spenser – Sandra Dallas, ISBN 3-453-14699-9, Wilhelm Heyne Verlag, 1998

Ehescheidung in Deutschland 1794–1945. Scheidung und Scheidungsrecht in historischer Perspektive – Dirk Blasius, ISBN 3-525-35735-4, Verlag Vandenhoeck & Ruprecht 2011

DANKSAGUNG

Mein Manuskript allein reichte nicht aus, viele fleißige Bienen wurden benötigt, damit aus dem ersten Teil meiner Familiensaga über die Breitenbachs dieses wunderschöne Buch entstehen konnte.

Deshalb geht ein herzliches Dankeschön an:

Meine Agentin Lianne Kolf und ihre Mitarbeiterinnen in München für die wunderbare Zusammenarbeit.

Meine liebe Lektorin Lena Woitkowiak von Amazon Publishing, München, sowie allen fleißigen Helfern. Ihr seid großartig!

Meine Freundin, die fantastische Übersetzerin Dr. Charlotte Wolf, die mir ihr magisches Colorado gezeigt hat, mich in ihrem schönen Haus beherbergte und mir seither bei den Recherchen zu meiner Familiensaga eine unerlässliche Hilfe ist. Danke, dass du die Begeisterung für die Recherche mit mir teilst!

Meinen Kollegen, Wegbegleitern, Freunden und insbesondere meiner Familie, ohne die ich meinen Traum nicht leben könnte.

Mein größter Dank aber gilt Ihnen, meinen lieben Lesern! Sie sind der Motor, der mich anspornt, Ihnen weiterhin spannende Geschichten erzählen zu dürfen.

Bis bald, God bless und Shalom
Ihre Mina Baites

FSC
www.fsc.org

MIX

Papier | Fördert
gute Waldnutzung

FSC® C083411

Zeitfracht Medien GmbH
Ferdinand-Jühlke-Straße 7
99095 Erfurt, Deutschland
produktsicherheit@kolibri360.de

Druck:
CPI Druckdienstleistungen GmbH
im Auftrag der
Zeitfracht Medien GmbH
Ein Unternehmen der Zeitfracht - Gruppe
Ferdinand-Jühlke-Str. 7
99095 Erfurt